अनामदास का पोथा

अथ रैक्व आख्यान

हजारीप्रसाद द्विवेदी

राजकमल पेपरबैक्स

पहला पुस्तकालय संस्करण
राजकमल प्रकाशन प्राइवेट लिमिटेड द्वारा
1976 में प्रकाशित

राजकमल पेपरबैक्स में
पहला संस्करण : 1984
ग्यारहवाँ संस्करण : 2025

राजकमल पेपरबैक्स : उत्कृष्ट साहित्य के जनसुलभ संस्करण

राजकमल प्रकाशन प्रा.लि.
1-बी, नेताजी सुभाष मार्ग, दरियागंज
नई दिल्ली-110 002
द्वारा प्रकाशित

शाखाएँ : अशोक राजपथ, साइंस कॉलेज के सामने, पटना-800 006
पहली मंजिल, दरबारी बिल्डिंग, महात्मा गांधी मार्ग, प्रयागराज-211 001
1, अनमोल सोराबजी संतुक लेन, धोबी तलाव, मरीन लाइंस, मुम्बई-400 002

वेबसाइट : www.rajkamalprakashan.com
ई-मेल : info@rajkamalprakashan.com

बी.के. ऑफसेट
नवीन शाहदरा, दिल्ली-110 032
द्वारा मुद्रित

मूल्य : ₹350

अन्दर के चित्र : विक्रम नायक

ANAMDAS KA POTHA
Novel by Hazari Prasad Dwivedi

ISBN : 978-81-267-0765-2

हजारीप्रसाद द्विवेदी

जन्म : श्रावणशुक्ल एकादशी सम्वत् 1964 (1907 ई.)। **जन्म-स्थान :** आरत दुबे का छपरा, ओझवलिया, बलिया (उत्तर प्रदेश)।

शिक्षा : संस्कृत महाविद्यालय, काशी में। 1929 ई. में संस्कृत साहित्य में शास्त्री और 1930 में ज्योतिष विषय लेकर शास्त्राचार्य की उपाधि।

8 नवम्बर, 1930 को हिन्दी शिक्षक के रूप में शान्तिनिकेतन में कार्यारम्भ; वहीं अध्यापन 1930 से 1950 तक; सन् 1950 में काशी हिन्दू विश्वविद्यालय में हिन्दी प्राध्यापक और हिन्दी विभागाध्यक्ष; सन् 1960-67 में पंजाब विश्वविद्यालय, चंडीगढ़ में हिन्दी प्राध्यापक और विभागाध्यक्ष; 1967 के बाद पुनः काशी हिन्दू विश्वविद्यालय में; कुछ दिनों तक रैक्टर पद पर भी।

राजभाषा आयोग के राष्ट्रपति-मनोनीत सदस्य 1955; जीवन के अन्तिम दिनों में उत्तर प्रदेश हिन्दी संस्थान के उपाध्यक्ष रहे। नागरी प्रचारिणी सभा, काशी के हस्तलेखों की खोज (1952) तथा साहित्य अकादेमी से प्रकाशित नेशनल बिब्लियोग्राफी (1954) के निरीक्षक।

प्रकाशन : *बाणभट्ट की आत्मकथा, चारु चन्द्रलेख, अनामदास का पोथा, पुनर्नवा* (उपन्यास); *हिन्दी साहित्य की भूमिका, हिन्दी साहित्य : उद्भव और विकास, नाथ सम्प्रदाय, साहित्य सहचर, नाट्यशास्त्र की भारतीय परम्परा और दशरूपक, संदेश रासक, कालिदास की लालित्य योजना, मेघदूत : एक पुरानी कहानी, कबीर, सूर-साहित्य, सहज साधना, मध्यकालीन बोध का स्वरूप, प्राचीन भारत के कलात्मक विनोद कला, महामृत्युंजय रवींद्र* (आलोचना); *सिक्ख गुरुओं का पुण्यस्मरण, महापुरुषों का स्मरण* (स्मरण); *अशोक के फूल, कुटज, आलोक पर्व, कल्पलता, विचार प्रवाह, मध्यकालीन धर्म-साधना* (निबन्ध); *हिन्दी भाषा का वृहत् ऐतिहासिक व्याकरण* (व्याकरण); *हजारीप्रसाद द्विवेदी ग्रन्थावली*—12 खंडों में (सम्पूर्ण रचनाएँ)।

सम्मान : लखनऊ विश्वविद्यालय से सम्मानार्थ *डॉक्टर ऑफ लिट्रेचर* उपाधि (1949), *पद्मभूषण* (1957), पश्चिम बंग साहित्य अकादेमी का *टैगोर पुरस्कार* तथा केन्द्रीय *साहित्य अकादेमी पुरस्कार* (1973)।

निधन : 19 मई, 1979

भूमिका

अब मैं नाच्यो बहुत गुपाल!

कुछ दिन पहले एक अपरिचित मित्र आए थे। वे कुछ लिखने की योजना बना चुके थे। मुझसे कुछ परामर्श चाहते थे। मैं थोड़ी देर की बातचीत में ही समझ गया कि वे परामर्श कम और स्वीकृति अधिक चाहते थे। उन्होंने कहा था कि विधाता ने मनुष्यमात्र को सौ साल की आयु दी है; कुछ लोग पूर्वजन्म के पापों के कारण पहले ही मर जाते हैं और कुछ दूसरे लोग इस जन्म के पुण्यों के कारण अधिक जी जाते हैं। जो लोग 66-67 साल तक जी जाते हैं उनके पूर्वजन्म के पाप बहुत प्रचंड नहीं होते। शास्त्र के अनुसार वे मध्यम आयु भोगकर दीर्घायु में प्रवेश करते हैं। उस दिन मेरे यह मित्र बता गए थे कि वे दीर्घायु में प्रवेश कर चुके हैं या प्रवेश करने की तैयारी में हैं। मैंने जब उनसे पूछा कि वे निश्चित रूप

से क्यों नहीं कहते, तो उन्होंने बताया कि निश्चित रूप से दस दिन के बाद ही बता सकते हैं! कारण यह था कि अभी चान्द्र गणना के अनुसार ही दीर्घायु के कोठे में पहुँचे हैं, सौर गणना के हिसाब से अभी दस दिन शेष हैं! उन्होंने गम्भीर मुद्रा में बताया था कि यमराज के कार्यालय में चान्द्र गणना प्रचलित है, पर विधाता के दफ्तर में सौर गणना के हिसाब से काम होता है। यमराज पितृयान-परम्परा पर चलते हैं और ब्रह्माजी देवयान-परम्परा पर। कभी-कभी दोनों दफ्तरों की गणनाएँ परस्पर टकरा जाती हैं। अन्तिम निर्णय विधाता (ब्रह्मा) के इंगित पर होता है। पर दोनों में जितने दिनों का अन्तर होता है, उतने दिनों तक मरनेवालों को बड़ी साँसत सहनी पड़ती है। यमराज के दूत उन्हें घसीटकर ले जाना चाहते हैं। उधर ब्रह्मा का आदेश न मिलने से मरणशय्या पर पड़े रोगी का जीव निकल नहीं पाता। बुरी खींच-तान में बिचारे की दुर्गति हो जाती है। इस जानकारी के कारण मेरे ये मित्र सन्दिग्ध भाषा में बोल रहे थे। पर दस दिन का अन्तर कोई ख़ास अन्तर नहीं है। वे आश्वस्त थे कि अगले दस दिन भी निर्विघ्न बीत जाएँगे, क्योंकि उनके पुराने पापों की कमज़ोरी तो सिद्ध हो ही चुकी है। यह और बात है कि हर विश्वास-परायण के समान वे भी हिसाबी थे। अपनी बात का उपसंहार करते हुए उन्होंने हाथ घुमाकर, मुँह बिचकाकर, इतना जोड़ दिया था कि ''पर कौन जानता है? क्षणमुर्ध्वं न जानामि विधाता किं करिष्यति!''

इस अपरिचित मित्र की बात मुझे आकर्षक लगी थी। मुझे विश्वास हुआ था या यों कहिए कि मैंने मन-ही-मन शुभकामना की थी कि वे केवल दीर्घायु में प्रवेश ही नहीं करेंगे, उसे पूर्णतः भोगेंगे।

आज प्रमाण मिल गया है कि वे सचमुच दीर्घायु के कोठे में प्रवेश कर गए हैं।

यह उस दिन की बात है जब वे कुछ लिखने का संकल्प कर चुके थे और मुझे समर्पित करने की अनुमति माँग गए थे। अब तो वे सौर गणना के अनुसार भी दीर्घायु में प्रवेश कर चुके हैं। उनका पोथा भी आ गया है।

कभी-कभी जीवन में ऐसी बातें घट जाती हैं जिन्हें साहित्यिक समालोचक 'नाटकीय' समझकर उपेक्षा करते हैं। मतलब यह होता है कि जीवन में तो वह घटता नहीं, लेखक ज़बर्दस्ती घटा लेता है; अर्थात् नाटककार जिस प्रकार कथा को अपनी वांछित दिशा में मोड़ लिया करता है, उसी प्रकार ऐसी बातें भी बना ली जाती हैं। समालोचकों से न डरना कोई बुद्धिमानी नहीं है, पर डरके सही बात न कहना भी कोई अच्छी बात नहीं कही जा सकती। जीवन में कभी-कभी ऐसी

बातें अवश्य ही घट जाती हैं और उन्हें 'नाटकीय' कहने का एक ही अर्थ हो सकता है कि जीवन भी एक नाटक ही है। ईमानदारी की बात तो यही है कि जीवन सचमुच ही एक नाटक है। मेरे मित्र भी ऐसा ही मानते हैं। यहाँ मुद्दे की बात सिर्फ़ इतनी है कि जब यह मित्र अपनी बात कह रहे थे तो मैं भी मन-ही-मन हिसाब करने लगा था और यह विचित्र संयोग है कि मैं भी $66\frac{2}{3}$ वर्ष पार कर रहा था! पर मेरे मित्र मुझे इससे अधिक आयु का समझ रहे थे क्योंकि श्रद्धापूर्वक वे कह गए थे कि आप तो अब देवता-कोटि में पहुँच चुके हैं। उनकी बात का अर्थ मैं समझता था। पर मैंने प्रतिवाद करने की आवश्यकता नहीं समझी। महाभारत में कहीं लिखा है कि जो आदमी सतहत्तर वर्ष, सात महीने, सात दिन ज़ी जाता है वह देवता बन जाता है, सो उनके विचार से मैं इतनी उमर पार कर गया था। प्रतिवाद करने से व्यर्थ ही बात बढ़ती। और अन्तर भी कितना है? सिर्फ़ ग्यारह साल का! ग्यारह साल के लिए एक घंटे की माथापच्ची कोई अक्लमन्दी नहीं जान पड़ी! सो, वे कहते गए, मैं सुनता गया।

मेरे इस मित्र के समान कल्पनाशील आदमी कम ही होते हैं। वे अपनी कल्पनाओं को प्रामाणिक इतिहास मान लेते थे; उसमें रम जाते थे और प्रतिवाद या रोकाटोकी से मर्माहत-से हो उठते थे। आँसूभरी आँखों से ताकने लगते थे, जिसका अर्थ होता था–'आप भी ऐसा ही कहते हैं!'

मुझे ऐसे अवसरों पर उन्हें यह समझाने में काफ़ी समय लग जाता था कि उनकी प्रामाणिकता पर सन्देह करना मेरा उद्देश्य नहीं था। हालाँकि उद्देश्य यही होता था। इस प्रकार के झूठ में कोई दोष नहीं माना जाता, क्योंकि इसे अभिजात जनोचित शिष्टता ही समझा जाता है। फिर भी झूठ तो झूठ ही होता है। इससे बचने का शिष्ट तरीक़ा 'मौन' है–ऐसा मौन जिससे सुनानेवाले को पता ही न चले कि सुननेवाले के मन में क्या प्रतिक्रिया हो रही है। यह बात भी नाटकीय जैसी ही है। ऐसा नाटक मैं बहुत कर चुका हूँ। इसलिए मुझे इसमें कोई ख़ास परेशानी नहीं हुई।

मेरे मित्र ने बताया था कि जब सूरदास ने यही अवस्था पार की थी, तभी उन्होंने वह प्रसिद्ध पद लिखा था जिसमें कहा गया था कि 'अब मैं नाच्यो बहुत गुपाल!' प्रमाण? प्रमाण यही था कि ठीक आज ही, जब वे चान्द्र गणना के अनुसार $66\frac{2}{3}$ साल पूरे कर चुके हैं, इसी प्रकार के भाव उनके मन में आए हैं! मेरा मन सनाका खा गया था। मैं भी आज प्रातःकाल से यह पद रटे जा रहा था! तो क्या यह मान लिया जाए कि सूरदास जब $66\frac{2}{3}$ साल के हुए तो उनके मन

में इस प्रकार का पश्चात्ताप हुआ था? सूरदास बहुत महान सन्त थे। उनके बारे में तो यह दैन्योक्ति ही कही जाएगी। पर मेरे मन में और मेरे सामने बैठे अपरिचित मित्र के मन में यह भाव आज ही कैसे आ गया? दो के मन में उठा है तो तीसरे, चौथे के मन में भी उठता होगा! $66\frac{2}{3}$ महत्त्वपूर्ण लगता है!

मेरे मित्र उस दिन आश्वस्त होकर गए थे, पर मेरे मन में एक विचित्र हलचल पैदा कर गए थे।

उनकी बातों में भोलेपन के आवरण में अजीब लुभावनापन भी था। मैंने उनका नाम और पता जान लेना चाहा था पर वे विचित्र असमंजस में पड़ गए थे। 'नाम में क्या रखा है? कुछ भी समझ लीजिए। आप ही बताइए, आपका क्या नाम है? जिस नाम से सारी दुनिया आपको जानती है वह नाम क्या आपके गुरुजनों के मन में कहीं भी था जब आप इस संसार में आए थे? और अब आप जिस नाम से जाने जाते हैं, उसी का कोई वास्तविकता के साथ तालमेल है? असल में नाम में धोखा है।' और कोई अवसर होता तो उनकी बात को हँसकर उड़ा देता। कई लोग दूसरों पर रहस्यवादिता का रोब जमाने के लिए इस प्रकार के मिथ्या ज्ञान का घटाटोप फैलाया करते हैं, पर $66\frac{2}{3}$ की महिमा है कि मैं उस दिन अभिभूत हो गया। यह सही है कि अपने प्रचलित नाम के कारण मुझे कई बार कठिनाइयों में पड़ना पड़ा है। एक अहिन्दी-भाषी नेता ने जब मुझसे इसका अर्थ पूछा तो मैं केवल यही उत्तर दे सका कि यह नाम शब्द के रूप में बिल्कुल अर्थहीन है। एक दूसरे विद्वान् ने इसका अर्थ स्वयं बता दिया जो मेरी दृष्टि में बेमानी था। उनके अनुसार यह एक देवी के नाम से सम्बद्ध है। एक बार संस्कृत का पक्ष लेकर कुछ बोल रहा था कि किसी मित्र ने मज़ाक किया कि 'नाम तो आपका हिन्दुस्तानी है और समर्थन कर रहे हैं संस्कृतनिष्ठ हिन्दी का।' उस दिन मैंने भी कहा था–'नाम में क्या रखा है!' भगवान् साक्षी है कि मैं न संस्कृतनिष्ठ हिन्दी का समर्थन कर रहा था, न तथाकथित हिन्दुस्तानी का विरोध। कर रहा था संस्कृत की समृद्धि की स्थापना, पर मेरा नाम अकारण घसीट लाया गया!

इस नाम को लेकर मुझे अपने एक परम श्रद्धेय गुरु से भी उलझना पड़ा। अगर उस समय उलझने में हठ न पकड़ लेता तो शायद यह नाम बदल ही गया होता। मेरे श्रद्धेय गुरु संस्कृत के महान विद्वान् थे। उन्होंने कहा था कि तेरे नाम में मुसलमानियत की बू है। पितामह का दिया हुआ 'वैद्यनाथ' नाम ही ठीक है। बदल दे। मुझे 'बू' शब्द खटक गया। मैंने प्रतिवाद किया, 'गुरुजी, सुगन्धि कहिए। अगर इसमें ऐसी सुगन्धि है तो मैं इसे नहीं बदलने दूँगा।' गुरुजी द्रवित हो गए।

बोले, 'तो रहने दे।' और पितृ-पितामह का दिया नाम छूट गया, लोकदत्त नाम रह गया! एक बार मेरे परम श्रद्धेय अग्रजतुल्य महान कवि 'नवीन' जी ने मुझे एक पुस्तक भेंट की। उन्होंने उसमें मेरा नाम 'सहस्रार प्रसाद' कर दिया और कहा कि मैंने तुम्हारा नाम संस्कृत बना दिया। मैंने उन्हें बताया कि 'हजार' वस्तुतः 'सहस्र' शब्द में विद्यमान 'हस्र' का ही फ़ारसी उच्चारण है और इस शब्द द्वारा आर्य भाषा के विस्तृत परिवेश की सूचना मिलती है तो वे मुग्ध हो गए। पर मैंने उनके हाथ का लिखा संस्कृतीकृत नाम बड़े जतन से अपने पास रख छोड़ा है। यह बात जब मैंने एक बड़े तान्त्रिक विद्वान् को बताई तो खिन्न और विस्मित भी हुए। दोनों का कारण हम लोगों का अज्ञान था। उनके मत से सहजावस्था देनेवाली शक्ति का नाम ही हजारी है। 'सहज' शब्द गुणपरक है–'ह' (हठयोग) और 'ज' (जययोग) का समन्वित रूप और 'हजारी' क्रियापरक है–ह और ज का समन्वय करनेवाली देवी–'हजमाराति या देवी महामायास्वरूपिणी, सा हजारीति सम्प्रोक्ता राधेति त्रिपुरेति वा।' मुझे याद आया कि एक महाराष्ट्रीय विद्वान् ने भी कभी बताया था कि 'हजारी' एक देवी का नाम है। होगा, पर मेरा यह नाम इसलिए नहीं पड़ा कि यह किसी तन्त्रशास्त्रोक्त देवी के साथ सम्बद्ध था, बल्कि इसलिए कि गाँव-घर के लोग प्रसन्न थे कि मेरे जन्म से एक विषम संकट ही नहीं टला था, कुछ हज़ार रुपए की आमदनी भी हो गई थी। मुझे यह नाम 'विरुद' के रूप में मिला और अब तो गले पड़ गया है। पंडितों से तो सिर्फ़ इतना मालूम हुआ कि इसका अर्थ भी है–काफ़ी अच्छा अर्थ, जो शाक्त मत की त्रिपुरा हैं, वैष्णव मत की राधा हैं और योगियों की भाषा में हजारी हैं, मैं उन्हीं का प्रसाद हूँ। अर्थ अच्छा है, परमार्थ भी हो जाए तो क्या कहना, पर नाम में क्या रखा है, काम होना चाहिए। मेरे ये नए मित्र नाम नहीं बताना चाहते, काम दिखाना चाहते हैं। वे अपनी भावी रचना मुझे समर्पित करने की अनुमति लेकर चले गए। छोड़ गए सूरदास की व्याकुल वेदना, जो उन्होंने, मेरे इस नए मित्र के अनुसार, $66\frac{2}{3}$ वर्ष की अवस्था में अनुभव की थी–अब मैं नाच्यो बहुत गुपाल!

क्या तुलसीदास ने जब कातर-भाव से गाया था कि 'नाचत ही निसिदिवस मर्‍यो', तब उनकी भी अवस्था $66\frac{2}{3}$ साल की ही थी? कौन बताएगा? मित्र तो गए सो गए!

पर उनकी अनुपस्थिति का एक लाभ भी हुआ है। मैं उनकी भाषा में सोचने लगा था, उनके विचार को अपना सत्य मानने लगा था। नाम में क्या रखा है, यह एक विदेशी मुहावरा ही है। नाम इतना हल्का पदार्थ नहीं है।

'देखियत रूप नाम आधीना।' नाम को सामाजिक स्वीकृति मिली होती है। नामी, नाम से ही पहचाना जाता है। जिस नाम को सामाजिक स्वीकृति नहीं प्राप्त हुई, वह निरर्थक शब्दमात्र है। अर्थ, नामी है। नाम उसका संकेत देनेवाला पद है। नाम को जब सामाजिक स्वीकृति मिल जाती है तो वह 'पद' बनता है। तभी नामी पदार्थ–पद का अर्थ–बनता है। मेरे अपरिचित मित्र तब तक 'अपदार्थ' हैं, जब तक उनका कोई नाम नहीं है। एक नाम 'अनाम' भी है। भाई जैनेन्द्रकुमारजी ने एक उपन्यास लिखा है–'अनाम स्वामी'। इस अपरिचित मित्र को भी 'अनाम' कहा जा सकता है। स्वामी वे नहीं थे। मैं उन्हें आवश्यकतानुसार 'अनामदास' कह सकता हूँ।

महात्माओं की बात और है। वे लोग अपने बहाने साधारण मनुष्यों के मन को कुछ अच्छी बात सिखाना चाहते होंगे। किन्तु मैं साधारण मनुष्य के रूप में ही सोच सकता हूँ। किसी को सिखाना इसका उद्देश्य नहीं है। पीछे की ओर देखता हूँ, विराट् रिक्तता! जो कुछ करता रहा हूँ वह क्या सचमुच किसी काम का था? अपनी सीमाओं, त्रुटियों, ओछाइयों को छिपाकर अपने को कुछ इस ढंग से दिखाना कि मैं सचमुच कुछ हूँ, यही तो किया है। छोटी-छोटी बातों के लिए संघर्ष को बहादुरी समझा है, पेट पालने के लिए छीना-झपटी को कर्म माना है, झूठी प्रशंसा पाने के लिए स्वाँग रचे हैं–इसी को सफलता मान लिया है। किसी बड़े लक्ष्य को समर्पित नहीं हो सका, किसी का दुःख दूर करने के लिए अपने को उलीचकर दे नहीं सका। सारा जीवन केवल दिखावा, केवल भोंड़ा अभिनय, केवल हाय-हाय करने में बीत गया। तुलसीदास ने मेरे-जैसे ही किसी को देखकर कहा होगा–'कोउ भल कहउ, देउ कछु, असि वासना न मन तैं जाई।'

मगर यह रोना भी व्यर्थ ही है। क्या लाभ है इससे? किस दुखिया के आँसू पुँछने की सम्भावना है इससे? किसी का भला न होता हो तो उसका पँवारा पसारना सामाजिक अपराध ही है। फलितार्थ सिर्फ़ इतना ही है कि अनामदासजी ने एक पोथा भेज दिया है। मुझे समर्पित है यह। पर समर्पण उस अर्थ में नहीं है जिस अर्थ में साधारणतः हुआ करता है। उन्होंने लिखा है कि इसे जैसा चाहूँ वैसा करने का अधिकार मुझे है, इसी अर्थ में यह समर्पित है!

क्या किया जाए? न्यास का उत्तरदायित्व आ पड़ा है। छपा देना ही ठीक जान पड़ता है।

मगर छपे कैसे? काग़ज़ की ऐसी किल्लत है कि बड़े-बड़े नामी लेखकों की रचनाएँ

छप नहीं पा रही हैं। हर प्रकाशक नाम खोजता है। ऐसा नाम, जो कसके कमाया गया हो। नाम भी कमाया जाता है। कोई भी नाम रख लेने से काम नहीं चलता। संसार नाम की भी कमाई देखता है और यह अनामदास कहता है कि नाम में क्या रखा है। गोसाईं तुलसीदास–जिनका असली नाम क्या था, वह विवाद का विषय बना हुआ है–कह गए हैं कि नाम जाने बिना तो करतलगत वस्तु भी नहीं पहचानी जाती। कुछ-न-कुछ नाम तो होना चाहिए। नाम से ही नामी की पहचान होती है। मैं एक बार एक विकट ज्योतिषी के पास गया था। नाम से ही सब बता देता था। मैंने पूछा कि राशि-नाम बताऊँ या लोक-नाम। बोले, लोक-नाम। मैं हैरान था, क्योंकि इसके पहले एक ज्योतिषी से पाला पड़ा था, वे राशि-नाम से फल भाखते थे। एक प्रसिद्ध दैनिक-पत्र में हर सप्ताह राशिफल निकलता है। यह राशि-नाम के अनुसार देखा जा सकता है। जिस सप्ताह अनामदास मिले थे, उस सप्ताह उस दैनिक-पत्र ने मेरी राशि का फल बहुत अच्छा नहीं बताया था। लिखा था, इस सप्ताह तुम्हारी प्रतिभा लुप्त हो जाएगी। प्रतिभा कितनी लुप्त हुई, यह मैं नहीं समझ सका, क्योंकि लुप्त होने के पहले वह होनी चाहिए। जिसके प्रतिभा ही नहीं उसकी प्रतिभा लोप ही होकर कौन-सा नया करिश्मा कर लेगी! मगर अब सोचता हूँ कि अनामदास का मिलना और प्रतिभा का लोप होना क्या एक ही बात है? सुना है कि प्रतिभा नवनवोन्मेषशालिनी बुद्धि होती है, अनामदास शायद ऐसा पत्थर था जो उन्मेष की सम्भावना को भी दबा देता है। सारी दुनिया नाम कमाने के चक्कर में है और अनामदास ने उस दिन मुझे समझा दिया कि नाम में क्या रखा है। मैं भी मान गया, बुद्धि तो मारी ही गई थी। राशि-नाम ठीक ही होता होगा!

मगर अनामदास ने बताया था कि राशि-नाम भी धोखा ही है। कहते थे, भारतीय वर्णमाला की विन्यास-परम्परा से भिन्न यावनी वर्णमाला से राशि-नाम की पद्धति विकसित हुई है। किसी समय यहाँ कृत्तिका नक्षत्र से सत्ताईस नक्षत्रों की गणना होती थी, अब अश्विनी से होती है। पर बहुत-सी ज्योतिषिक गणनाएँ अब भी कृत्तिका से ही होती हैं! सत्ताईस नक्षत्रों के 108 चरण होते हैं। यावनी वर्णमाला में इतने अक्षर नहीं थे। जो थे, उनके पाँच स्वरों समेत 108 बनाना सम्भव नहीं था। क्रम उनका अ, ब, क जैसा था, बहुत-कुछ अंग्रेजी के ए, बी, सी की भाँति। यवन-भाषा के पाँच स्वरों के साथ आ, ई, ऊ, ए, ओ, बा, बी, बू, बे, बो होते थे। इन्हीं को नक्षत्रों के चरण का प्रतीक माना जाता था। मज़ेदार बात तो यह है कि इसे कहते भी अबकहरा चक्र ही हैं–यावनी वर्णमाला के चार

अक्षरों का भारतीय रूप! संस्कृत वर्णमाला के घ, ङ, छ आदि कुछ अक्षर जोड़कर 108 की संख्या पूरी की गई। यह एकदम कल्पित विधान है। कभी-कभी पंडित को इन अक्षरों से नाम बनाने में कठिनाई हो जाती है। मेरी ओर इशारा करके उन्होंने कहा था, क्या आपके नाम अर्थात् राशि-नाम रखने में कठिनाई नहीं पड़ी होगी? मैं हैरान था। मेरा जन्म तुलसीदास की भाँति मूल नक्षत्र के प्रथम चरण में हुआ था। उसका सांकेतिक अक्षर 'ये' है। संस्कृत में 'ये' से बननेवाले शब्द कम ही हैं। मेरी पत्री बनानेवाले पंडित अवश्य चक्कर में पड़े थे। बहुत बुद्धिबल लगाकर उन्होंने नाम रखा 'येन नाथ'! क्या मतलब हुआ? मतलब यही हुआ कि नाम में क्या रखा है, कुछ भी रख दो, काम चल जाएगा। अनामदास का कहना है कि यह भी धोखा है। होगा! फल भाखनेवाले तो काम चला ही लेते हैं। इस विचित्र विधान से ही ब्याह-शादी होती है। इससे जाति तय होती है, योनि का निश्चय होता है, गण का निर्णय होता है, कुंडली मिलाई जाती है—एक समानान्तर व्यवस्था खड़ी हो जाती है। मेरे एक मित्र थे, प्रख्यात ब्राह्मणवंश के कुल-भूषण। परन्तु उनका लड़का इस अबकहरा गणना-पद्धति के हिसाब से शूद्र वर्ण का निकला। यह केवल उसी ब्राह्मण-कन्या से विवाह कर सकता था जो इस ज्योतिषिक गणना से शूद्र वर्ण की हो। अनेक लड़कियों के पिता उसके विवाह का प्रस्ताव लेकर आए, पर उनमें से एक भी ज्योतिष के हिसाब से शूद्र नहीं निकली। जो लड़की उन्हें ठीक जँचती वही या तो ब्राह्मण निकलती या फिर क्षत्रिय या वैश्य। विवाह तय नहीं हो पाता था। बहुत परेशान थे। अन्त में एक ज्योतिषी ने 'विवाह-वृन्दावन' का श्लोक पढ़कर उनकी परेशान दूर की कि 'मैत्री यदा स्यात् शुभदो विवाहः'। ग्रहमैत्री बनती हो तो और बातों का विचार नहीं किया जाता। 'मैत्री' मिल गई थी। किसी प्रकार बला टली। अनाम की बातें वज़नदार लगती हैं।

बहुत-सी आदिम जातियों के नाम छिपाने का प्रयत्न होता है। आदिम मनुष्य नाम और नामी की एकता में विश्वास रखता था। यदि नाम मालूम हो जाए तो कभी दुश्मनी से कोई अभिचार कर सकता है। 'देवदत्त मर जाए' कहने से देवदत्त मर नहीं जाता, यह बात तो अब लोग कहने लगे हैं! बहुत आदिम काल में सोचते थे कि अगर ध्यानपूर्वक जप किया जाए तो 'देवदत्त' पद नहीं, इस पद का अर्थ—पदार्थ—देवदत्त मर जाएगा। कोई चित्र बनाकर उसकी छाती में छुरा भोंके तो छुरा उस चित्र के अर्थ में—जीवन्त मनुष्य में—लग जाएगा! अब लोग कहेंगे कि ये सब बेकार बातें हैं, पर अब भी गालियों में, अभिशाप में

उसका अवशेष बचा है! और ज्योतिषी भी उसी पुरानी प्रथा से चल रहा है। दुनिया से कोई भी विश्वास एकदम ग़ायब नहीं हुआ है। रूप बदलकर वह जी ही रहा है। नहीं जीता होता तो अपने को 'प्रोग्रेसिव' या प्रगतिशील कहने और माननेवाले लोग विरोधी के पुतले क्यों जलाते, मुर्दाबाद के नारे क्यों लगाते? आदिम मनोवृत्ति जी ही रही है! जिएगी!

अनामदास नहीं जानते कि दुनिया यह नहीं पूछती कि क्या कहा जा रहा है, वह पूछती है, कौन कह रहा है! कौन अर्थात् नाम। बड़े-बड़े समालोचक नाम देखकर आलोचना लिखते हैं; परीक्षक निर्देशक का नाम तौलकर उपाधिकारी की वैतरणी पार करा देते हैं! 'नाम' अनेक कामों को अपने में बाँधे रहता है। अब इस पोथे को पढ़ना होगा, फिर अगर अच्छा हुआ यानी मेरे मन-माफ़िक हुआ तो कहना होगा कि अनामजी को कोई जानता तो नहीं, पर लिखते अच्छा हैं। फिर प्रकाशक नख़रे करेगा। राज़ी भी होगा तो कहेगा कि किसी नामी आदमी से प्रस्तावना लिखवा दीजिए। महा झंझट है। सारी दुनिया नाम खोजती है। धर्म-ग्रन्थ तो नाम की महिमा से भरे पड़े हैं। सब झूठे हैं, सच्चे हैं महात्मा अनामदास!

मगर इस भले आदमी ने मुझे ही इस झकमारी के लिए क्यों चुना? बड़े-बड़े विद्वान् हैं, नेता हैं, राजपुरुष हैं, सेठ-साहूकार हैं; चाहें तो तिल का ताड़ बना दें, ताड़ का तिल बना दें। वहाँ जाओ। उनसे कहो, मुझ गरीब को क्यों फाँसते हो? विश्वास देखिए कि आए थे समर्पण करने की अनुमति माँगने; लिख दिया, 'आपको समर्पित है, जो चाहे कीजिए।' अजब समर्पण है! ऐसा समर्पण भी नहीं सुना। पढ़ना पड़ेगा। पता नहीं, क्या-क्या लिखा है? बात तो पते की थी। सिर खपाना बुरा नहीं होगा।

मुश्किल यह है कि हिन्दी में लिखना जितना आसान है, उतना पढ़ना नहीं। लोग फटाफट लिख देते हैं, पढ़नेवाला मग़ज़ मारता रहता है। व्यक्तिगत अनुभव के बल पर कह सकता हूँ कि कुछ ऐसे लेखक हैं जिनकी एक पुस्तक पढ़कर समाप्त नहीं कर पाया तब तक उनकी चार पुस्तकें छप गईं। अनाम भी कहीं वैसा ही लिक्खाड़ न निकले! मगर अब डरने से भी क्या होगा! संस्कृत के एक अनुभवी कवि सलाह दे गए हैं कि डर से तभी तक डरना चाहिए जब तक डर सचमुच सामने आकर खड़ा न हो जाए–'तावद् भयस्य भेतव्यं यावद् भयमनागतम्'। और यहाँ तो भय सिर पर सवार है! पोथे से छुटकारा नहीं है।

पोथा पढ़ गया। अजब गप्पी है यह अनाम। अनुभव का क्षेत्र तो इसका बहुत सीमित लगता है, पर उस सीमा के भीतर उछल-कूद कर सकता है। कभी-कभी तो ऐसा उछलता है कि लगता है कि अंगद-कूद करके ही मानेगा। कहते हैं, जब रामचन्द्रजी लंकाविजय करके लौटे तो ससुराल गए थे और साथ में वानरी सेना भी गई थी। लक्ष्मणजी सदा चिन्तित रहते थे कि कहीं लोक-व्यवहार से अनभिज्ञ बन्दर कुछ ऐसा न कर बैठें कि ससुराल में भद्द हो। सो, सब समय सिखाते रहते थे–मुझे देखते रहो, मैं जैसा इशारा करूँगा वैसा ही करना। बन्दर बिचारे भी काफ़ी सावधान थे। सब समय देखते रहते कि लक्ष्मणजी क्या इशारा करते हैं। भोजन करने सब लोग बैठे थे। लक्ष्मणजी ने बहुत सावधान कर दिया था। अन्न देखकर ही न टूट पड़ना, मेरी ओर देखते रहना, जैसा इशारा करूँ वैसा करना। ससुराल का मामला है, गड़बड़ न होने पाए। राम के एक ओर सुग्रीव बैठे, एक ओर युवराज अंगद। लक्ष्मणजी कोने में सुग्रीव के बग़ल में थे। दाएँ, बाएँ, सामने वानर यूथाधिपति लोग। भोजन परसा गया। लक्ष्मण ने इशारा किया, चुप शान्त। सब वानर उनकी ओर दृष्टि बाँधे अधीर-भाव से प्रतीक्षा करते रहे। लक्ष्मणजी ने नींबू का टुकड़ा उठाया, उसे दबाया। एक बीज छटककर ऊपर उठा। बन्दरों ने समझा, इशारा हो गया। पासवाला उचककर थोड़ा कूदा। धीरे-धीरे क्रम से एक-एक वानर उचकने लगा। थोड़ा और अधिक उचकने की होड़ लग गई। अंगद की बारी आई तो ऐसा उचके कि छत ही ले उड़े। राम-लक्ष्मण हैरान! यह क्या हो रहा है; मगर अंगद तो छत ले ही उड़े थे। इसी को अंगद-कूद कहते हैं। अनाम भी कभी ऐसी ही कुलाँचें भरता है। पर वह अंगद की भाँति छत लेकर नहीं उड़ पाता। छत से टकराकर नीचे ही आ जाता है। सीमा उसे अधिक बहकने नहीं देती। अनाम के भीतर सोया हुआ कोई कवि भी है। रह-रहकर वह जाग पड़ता है, पर न तो यह कवि उसके पूरे व्यक्तित्व को अभिभूत कर पाता है, न अनाम वैसा करने की उसे अनुमति ही देता हे। बिचारा सोया कवि जागता है, फिर किसी अदृश्य चाबुक की चोट खाकर बेहोश हो जाता है। न मरता है, न मोटाता है। अनाम के भीतर का आलोचक सब समय गर्जन-तर्जन द्वारा उसकी होश-हवास गुम करता रहता है। पर ऐसा लगता है कि यह आलोचक जितना गर्जन करता है, उतना शक्तिशाली नहीं है। कालिदास ने अपने एक विदूषक से कहलवाया है कि जैसा साँपों के डुंडुभ होता है वैसा ही ब्राह्मणों में मैं हूँ। डुंडुभ बिलकुल निर्विष सर्प है। अनाम का आलोचक भी आलोचकों में डुंडुभ ही है। कहने का मतलब यह है कि अनामदास के पोथे से लगता है कि उसके लेखक के भीतर का कवि सुप्त है, आलोचक

अशक्त। फिर भी कोई बात है जो आकृष्ट करती है।

शायद यह और कुछ नहीं, उसका मात्रा-ज्ञान है। कहाँ रुक जाना चाहिए, कहाँ मुड़ जाना चाहिए, कहाँ तेज़ चलना चाहिए, यह अनाम को मालूम है। पर कितना नहीं लिखना चाहिए, यह नहीं मालूम। मालूम होता तो इतना न लिखता। अभी तो भलेमानस ने एक अच्छा-ख़ासा महाभारत लिख मारा है। 'महाभारत' इसलिए नहीं कह रहा हूँ कि जो इसमें है वही अन्यत्र मिल सकता है और जो इसमें नहीं है वह कहीं नहीं मिल सकता (यदिहास्ति तदन्यत्र, यन्नेहास्ति न तत्क्वचित्), बल्कि इसलिए कि यह बहुत भारी है–वज़नी! महाभारत में ही कहा गया है कि तराज़ू के एक पलड़े पर वेद रखे गए, दूसरे पर यह पाँचवाँ वेद रखा गया, यही वज़नी साबित हुआ। सो, 'महत्ताद, भारवत्त्वाद् च महाभारतमुच्यते' महान और भारवान् होने के कारण इस ग्रन्थ को 'महाभारत' कहा गया! मेरा अनुमान है कि हिन्दी की थीसियों में जो सबसे भारी है–एक तो चौदह किलो का था!–उससे भी यह भारी सिद्ध होगा। इसलिए इसे भी 'महाभारत' ही कहना चाहिए–महान भारवाला पोथा! ऐसे भारवान् पोथे को किसी पाठक के सिर पर पटकने का अपराध मैं नहीं कर सकता! इसलिए मैंने इस ग्रन्थ के कुछ अंश चुने हैं। उन्हीं को प्रकाशित कराके अपने कर्तव्य का पालन कर रहा हूँ।

हिन्दी में एक प्रथा है, हर त्रुटि के लिए सहृदय पाठक से क्षमा माँग ली जाती है। किसी पाठक की, लिखकर क्षमा देने की बात नहीं सुनी गई पर इसके विपरीत भी कहीं कुछ नहीं सुना गया। अनुमान है कि हिन्दी का हर पाठक क्षमासिन्धु है। क्षमा माँगते ही वह उदार-भाव से मौन क्षमा प्रदान कर देता है। अनाम यह जानते हैं। क्षमा माँगने की उन्हें ज़रूरत नहीं महसूस हुई। जो बात अनायास मिल जाती है वह बिन माँगे भी मिल ही जाएगी। परन्तु मैं पाठकों से सहानुभूति की याचना अवश्य करना चाहता हूँ। कितना कठिन कर्तव्य निभा रहा हूँ, यह सब नहीं समझ सकेंगे। कुछ भुक्तभोगी ही इस बात को समझ सकते हैं। मेरा समान-धर्मा भुक्तभोगी शायद होगा ही नहीं कहीं। तब भी मैं याचना कर ही देता हूँ। दोष क्या है? बहुत होगा, नहीं मिलेगी। मिल भी जाए तो कौन-सा भंडार मिलता है, न भी मिले तो क्या नुक़सान हुआ जाता है!

अनामदास बहुत पहले से ही लिखते आ रहे हैं। उनके पोथे का एक मनोरंजक अंश है, रैक्व-आख्यान। कोई चालीस वर्ष पहले उन्होंने छान्दोग्य उपनिषद् के

रैक्व-आख्यान पर एक कहानी लिखी थी। कहानी का शीर्षक था–'सब हवा है!' वह कहीं प्रकाशित नहीं हुई। उन्होंने कहानी बड़े हल्के मनोभाव से लिखी थी। अब उसका दूसरा रूप उन्हें मिल गया है और उन्हें खेद हुआ है कि उन्होंने हल्कापन दिखाया था। जान पड़ता है, उसके अन्त में उन्होंने कुछ नई पंक्तियाँ भी जोड़ दी हैं। आरम्भ में लाल स्याही से यह भी लिख दिया है कि 'तब अति रहेऊँ अचेत'। जो हो, इस भूमिका में वह पुरानी कहानी दे रहा हूँ। इससे पाठकों को अनाम के व्यक्तित्व के एक विनोदी पक्ष का कुछ आभास मिलेगा। बाद में लिखा 'रैक्व-आख्यान' भी अलग से दिया जा रहा है।

सब हवा है!

"इस देश में अनेक बड़े-बड़े ऋषि-मुनि हुए हैं। उनकी तपस्या और मनन-चिन्तन से हम आज भी प्रभावित हैं। ऐसे ही एक ऋषि थे रैक्व। उपनिषद् में इनकी चर्चा आती है। जितना कुछ मालूम है उससे यही लगता है कि वे एक रथ के नीचे बैठकर अपना शरीर (शायद पीठ) खुजला रहे थे। उसी समय राजा जानश्रुति तत्त्व-ज्ञान की भिक्षा माँगने पहुँचे थे। कोई नहीं जानता कि रैक्व और सारी चीजों को छोड़कर रथ की छाया में ही क्यों बैठे थे। अनुमान किया गया है कि शायद वे स्वयं रथ बनाने या चलाने का कारोबार करते हों या ऐसा भी हो सकता है कि जिस प्रसंग की चर्चा उपनिषद् में मिलती है उस अवसर पर संयोग ही कुछ ऐसा था कि वे रथ की छाया में आ बैठे थे। पर दोनों अनुमान असंगत लगते हैं क्योंकि वे रथचालक नहीं थे, शुद्ध तत्त्व-चिन्तक ऋषि थे। संयोगवाली बात भी ठीक नहीं लगती। पहली बार जब राजा का दूत उनका पता लगाने गया तब भी वे रथ की छाया में ही बैठे-बैठे पीठ खुजला रहे थे और दूसरी बार जब स्वयं राजा उपस्थित हुआ तब भी वही हाल था। तीसरी बार भी राजा पहुँचा तो तथैव च। कितनी तो छाया मिलती होगी बेचारे को। कुछ अनुमान से यही कहा जा सकता है कि छाया की अपेक्षा उन्हें रथ से ही प्रेम था और यथासम्भव अपने रथ से दूर नहीं रहना चाहते थे। लेकिन इससे भी कठिन सवाल यह है कि वे अपनी पीठ क्यों खुजला रहे थे? एक कारण तो यह भी हो सकता है कि उन्हें नहाने की आदत न हो और शरीर में मैल बैठ गई हो! परन्तु ऋषि-मुनियों के बारे में यह बात कैसे कही जा सकती है। भारतवर्ष के पुराने साहित्य से इतना तो पता चल ही जाता है कि ऋषि-मुनि और चाहे कुछ न करते हों, सुबह-सुबह स्नान तो ज़रूर कर लेते

थे। सभी ऋषि स्नान करते थे तो रैक्व मुनि भी स्नान करते ही होंगे, इसलिए शरीर पर मैल जम जाना तो उनकी खुजली का कारण नहीं है। ऋषि-मुनि नहाते तो ज़रूर थे मगर देह पोंछते थे कि नहीं, इसमें सन्देह है। बेचारों के पास कपड़ा ही क्या होता था, वल्कल-मात्र! उससे देह पोंछने का काम ज़रा कठिन ही जान पड़ता है। हो सकता है, और इसी को छान्दोग्य में भी ठीक समझा गया है, कि बराबर शरीर के भीगे रहने पर रैक्व मुनि को थोड़ी-बहुत दाद की बीमारी हो गई हो। हालाँकि ऋषियों के बीमार होने की खबर भी बहुत कम ही मिलती है, पर दाद-जैसे रोग तो उन्हें हो ही नहीं सकते। कहते हैं, दाद की बीमारी सभ्यता की देन है। लोग ज्यादा कपड़ा पहनने लगे और दाद की बीमारी आ धमकी। रैक्व मुनि के दाद नहीं होगा। हो सकता है कि शरीर खुजलाने की उनकी आदत हो। ऋषि लोग अपने-आप पर नियन्त्रण कर लेते थे। खुजली होती भी थी तो उसे खुजलाने की ज़रूरत नहीं होती थी। कहते हैं कि भगवान् महावीर ने जब 13 साल तक घोर तप किया था तो उन्होंने शरीर को खुजलाया भी नहीं था। इससे इतना तो सिद्ध होता ही है कि ऋषि-मुनियों को खुजली होती तो अवश्य थी, पर अत्यधिक संयम के कारण वे उसे खुजलाते नहीं थे। पर रैक्व मुनि खुजला रहे थे। कुछ हरकतें मनुष्य जान-बूझकर नहीं करता, किसी प्रयोजन से भी नहीं करता, वे उसकी लत होती है। हो सकता है कि रैक्व मुनि भी किसी प्रयोजन से नहीं, बल्कि आदतन ऐसा किया करते थे। जो भी हो, उनकी खुजली का उल्लेख उपनिषदों में मिल जाता है। वे गाड़ी की छाया में बैठकर शरीर खुजला रहे थे।

"ऐसी ही अवस्था में राजा जानश्रुति उनकी सेवा में उपस्थित हुए थे। लगता है, ऊँची जाति के आदमी नहीं थे। राजा कहने से आजकल हम लोग जैसा धन-धान्य और शान-शौक़त का अनुभव करते हैं वैसा तो उस समय क्या रहा होगा। किसी छोटे-मोटे गाँव के खाते-पीते मुखिया रहे होंगे। लोग उन्हें राजा कहते थे और उपनिषद् में भी उन्हें राजा ही कहा गया है। इनके बारे में कोई विशेष सूचना नहीं दी गई है। केवल उन्हें राजा कहकर ही यह बता दिया गया है कि वे और दस आदमियों से अधिक सम्पन्न थे और उनके पास कुछ दास-दासी, सोना-चाँदी, गाय-बैल भी अवश्य थे। ज्ञान के पिपासु थे। उन्हें ज्ञान मिल नहीं रहा था। ज्ञान की खोज में उन्होंने न जाने किन-किन लोगों से बात की होगी, उसका कोई विवरण हमें नहीं प्राप्त है। हम इतना ही जानते हैं कि वे ज्ञान-प्राप्ति के लिए रैक्व मुनि के पास अवश्य पहुँचे और रैक्व मुनि थे कि शरीर खुजला रहे थे, गाड़ी की छाया में बैठकर। वे कुछ फ़क्कड़ ज़रूर थे। राजा के

आने पर कुछ-न-कुछ सम्मान किया ही जाता है और करना भी चाहिए। पर लगता है कि रैक्व मुनि पर उनके आगमन का कोई असर नहीं हुआ। न वे उठे और न और किसी प्रकार का सम्मान ही किया। बैठे रहे तो बैठे ही रहे!

"जो भी हो, राजा जानश्रुति कोई ऐसे-वैसे साधारण आदमी नहीं थे। वे कई भाषाओं के जानकार होंगे। इसमें शक करने की ज़रूरत नहीं है। आजकल भाषा की जानकारी ज्ञान की कसौटी मानी जाती है, खास करके अंग्रेज़ी की जानकारी। जो आदमी अंग्रेज़ी जानता है और झमाझम उसको बोल देता है कि वह चतुर माना जाता है। अंग्रेज़ी समझदार लोगों की भाषा है और जो लोग उसे जानते हैं वे अगर समझदार मान लिए जाते हैं तो इसमें बुराई कुछ नहीं है। जानश्रुति अंग्रेजी तो नहीं जानते होंगे, परन्तु हंसों की बोली वे समझते थे। आदमियों में जैसा अंग्रेज़, चिड़ियों में वैसा हंस। हंसों की भाषा समझनेवाला उन दिनों अवश्य समझदार माना जाता होगा। राजा जानश्रुति जानते थे। परन्तु भाषा जानने मात्र से वे अपने को ज्ञानी नहीं समझते थे। बहुत लोग समझते हैं। हमारे गाँव में एक पंडितजी थे, कौओं की भाषा समझते थे। उनके मत से कौआ सर्वज्ञ होता है। वह तरह-तरह की आवाज़ करके अज्ञ मानव-जन को बराबर सावधान करता रहता है। बताता रहता है कि अब क्या घटनेवाला है। लेकिन आदमी है कि वह समझ ही नहीं पाता। हमारे गाँव के पंडितजी कौओं की बोली समझते ही नहीं थे, लोगों को उसका अर्थ भी बता दिया करते थे। भीड़ लगी रहती थी उनके द्वार पर। आश्चर्य की बात तो यह है कि अधिकांश लोगों को विश्वास था कि वे कौओं की भाषा बिल्कुल सही-सही बता देते हैं। पंडितजी की बात अगर कभी ग़लत साबित होती थी तो लोग समाधान कर लिया करते थे कि कौए ने तो ठीक ही बताया होगा, पंडितजी ने ठीक-ठीक समझा नहीं। आदमी से ग़लती तो होती ही रहती है। अगर कौओं की भाषा इतनी सटीक है तो हंसोंवाली का तो कहना ही क्या!

"हंस विवेकी पक्षी है। वह नीर-क्षीर को अलग कर देता है। यद्यपि अभी तक किसी ने परीक्षा करके इस बात का जायज़ा नहीं लिया कि सचमुच हंस पानी मिले हुए दूध में से दूध ले लेता है और पानी छोड़ देता है या नहीं। बंगाल के एक पक्षीप्रेमी ने अनेक प्रकार के प्रयोग करके यह निष्कर्ष निकाला था कि यह बात सही नहीं है। असल में हंस को जब दूध पिलाया जाता है तो उसके जबड़ों से एक प्रकार कर रस क्षरित होता रहता है। इसी क्षरित लाला-रस को लोग पानी समझ लेते हैं। परन्तु आजकल ऐसा नहीं सुना गया कि बंगाली पंडित

की इस खोज के बाद हंसों के बारे में लोगों की धारणा बदल गई है। मुझे तो एक दूसरे बंगाली विद्वान् ने यह बताया था कि जिन पक्षियों पर ये प्रयोग किए गए हैं वे असली मानसरोवर के हंस थे ही नहीं। सो, हंसों की इज्जत अभी बची हुई है और वे इतने विवेकवान् माने जाते हैं कि महाज्ञानी साधु-सन्त अब भी परमहंस कहलाते हैं। सो राजा जानश्रुति के ज़माने में हंसों की महिमा और भी अधिक प्रतिष्ठित थी और वे हंसों की भाषा समझते थे। यह कोई मामूली बात नहीं थी।

''राजा जानश्रुति कहीं जंगल में भ्रमण कर रहे थे। क्यों भ्रमण कर रहे थे, यह ठीक-ठीक नहीं मालूम। खोजी तो वे थे ही, कुछ खोजने के लिए निकल पड़े होंगे या यों ही स्वास्थ्य लाभ के लिए जंगल की हवा खा रहे थे। रास्ते में उन्हें हंसों का जोड़ा मिल गया। राजा लोग शिकार के शौकीन होते हैं। वे चाहते तो इन हंसों को मारकर घर ले आ सकते थे। उस दिन रात्रिकालीन भोजन में सुस्वादु मांस पाकर तृप्ति अनुभव कर सकते थे, परन्तु वे और लोगों से कुछ भिन्न थे। उन्होंने हंसों का शिकार नहीं किया। चुपचाप खड़े होकर उनकी बातचीत सुनते रहे। भाषा तो वे जानते ही थे, समझ गए कि वे क्या बातें कर रहे हैं। वे आपस में बात कर रहे थे कि जिस प्रकार पाँसे के सब निचले दावे ऊँचे दावों के अन्तर्गत आ जाते हैं उसी प्रकार मनुष्य जितने भी पुण्यकर्म करते हैं वे सब सर्वरथी, तत्त्वज्ञानी रैक्व मुनि के पास पहुँचते हैं। उन दिनों पाँसे का खेल कैसे हुआ करता था, यह पंडितों के अनुमान की बात है। लेकिन हंसों के कहने का तात्पर्य इतना अवश्य था कि छोटे-छोटे आदमियों के जितने भी धर्म-कर्म, ज्ञान और पुण्य हैं वे सर्वरथी रैक्व के पास पहुँच जाते हैं। राजा की आँखें आश्चर्य से फैल गईं। कौन है यह रैक्व; जो इतना प्रतापी है कि सब लोगों के तप, स्वाध्याय, मनन-चिन्तन आदि उसके पास पहुँच जाते हैं? वह निश्चय ही कोई महान तत्त्वदर्शी होगा, पता लगाना चाहिए। जिसकी प्रशंसा हंस भी करें वह ज़रूर बड़ा तत्त्वज्ञानी होगा। यह बात बहुत-कुछ ऐसी ही थी जैसी आजकल घटित हो रही है। जिसकी प्रशंसा श्वेतकाय अंग्रेज़ कर दें, उसे आज भी महान तत्त्वज्ञानी मान लिया जाता है। उसकी खोज तो की ही जाती है।

''राजा जानश्रुति ने अपने चरों को चारों ओर भिजवा दिया। खोजो उस महान तत्त्वज्ञानी को, जिसकी प्रशंसा हंस भी करते हैं। वह कहाँ रहता है, क्या करता है, कैसे उसके पास पहुँचा जा सकता है! चरों ने दौड़ लगाई। उन दिनों जहाँ-जहाँ खोजा जा सकता था वहाँ-वहाँ वे गए। अन्त में एक ने आकर खबर दी कि रैक्व

कोई बहुत दूर नहीं रहते, पास ही किसी रथ की छाया में बैठकर शरीर खुजलाते रहते हैं। सन्धान पाते ही राजा बहुत-सा उपहार लेकर उस रथ के पास पहुँचे जिसकी छाया में बैठे परम तत्त्वज्ञानी रैक्व मुनि शरीर खुजला रहे थे। उन्हें देखकर राजा को आश्चर्य हुआ।

''उपनिषद् की गवाही से इतना ही पता चलता है कि रैक्व मुनि ने शूद्र राजा को उपदेश देना अस्वीकार कर दिया। अन्न और सोने का उपहार भी लौटा दिया। गायें, सोने के हार, घोड़े जुते हुए रथ सब लौटा दिए। राजा ने जानना चाहा था कि वे किस देवता की उपासना करते हैं। परन्तु रैक्व तो फक्कड़ आदमी थे। उन्होंने कहा कि उन्हें राजा के गोवंश, हार और रथ से कोई मतलब नहीं है। बेचारे जानश्रुति लौट आए।

''उपनिषद् में कुछ विशेष रूप से यह नहीं बताया गया है कि इसके बाद क्या हुआ। केवल कहानी का अन्तिम अंश इस प्रकार बताया गया कि वे दूसरी बार ऋषि के पास गोवंश, हार और रथ तो ले ही गए, अपनी सुन्दर कन्या को भी ले गए। फक्कड़ ऋषि अब जाकर प्रसन्न हुए और जानश्रुति की सुन्दरी कन्या का मुख अपनी ओर उठाकर बोले कि 'हे शूद्र, इस सुन्दर मुख के कारण तुम मुझे बोलने को बाध्य कर रहे हो।'

''सो, बाध्य होकर उन्होंने अपना उपदेश जानश्रुति को सुनाया। उपदेश बड़ा संक्षिप्त था। उन्होंने बताया कि वायु में ही समस्त वस्तु-जगत् का लय हो जाता है; जब आग बुझती है तो वह वायु में ही लीन हो जाती है; जब सूर्य अस्त होता है तो वह भी वायु में ही विलीन हो जाता है; जब जल सूख जाता है तो वायु में ही उसका विलय हो जाता है। इस प्रकार वायु में ही संसार के सम्पूर्ण पदार्थों का विलय हो जाता है। रैक्व मुनि ने यह नहीं बताया कि समस्त जगत् सिर्फ़ वायु में विलीन ही होता है या उत्पन्न भी होता है। ऊपर-ऊपर से देखने से इस तत्त्वज्ञान का अर्थ सिर्फ़ यही होता है कि सब चीज़ें हवा में विलीन हो जाती हैं। अगर इस तत्त्वज्ञान का अर्थ हो कि वायु ही समस्त जगत् का कारण है और सारा विश्व वायु में ही लीन हो जाता है तो ग्रीस देश के एक दूसरे फ़क्कड़ डाइजोनीज़ के साथ रैक्व मुनि की तुलना की जा सकती है, लेकिन अब तो यह केवल अनुमान की बात है कि वे उस ग्रीस देश के दार्शनिक की तरह यह मानते नहीं थे कि वायु ही समस्त पदार्थों का चरम आश्रय है। जो भी हो, कहीं कुछ छूटा हुआ-सा लगता है और ऊपर-ऊपर से यह तत्त्वज्ञान सुन्दरी राजकन्या के पाने योग्य तो नहीं ही लगता। कहीं कुछ और बात होगी।

"इस तत्त्वज्ञान को प्राप्त करने के लिए जानश्रुति को बीच में क्या-क्या प्रयास करने पड़े और अन्त में उन्हें अपनी कन्या को लेकर क्यों जाना पड़ा, और सारी घटना से शरीर के खुजलाने का क्या सम्बन्ध है, यह अभी तक मालूम नहीं था। ठीक-ठीक मालूम तो अब भी नहीं है, परन्तु जितना कुछ मालूम हुआ है वह मनोरंजक अवश्य है। आगे वह कहानी दी जा रही है।"

रैक्व आख्यान

एक

उन दिनों देश का अधिकांश भाग जंगलों से घिरा हुआ था। इन जंगलों में जहाँ अनेक हिंसक जन्तु फैले हुए थे, वहाँ ज्ञान के साथ कुछ तपस्वी भी यत्र-तत्र अपनी कुटिया बनाकर रहा करते थे। कुछ तपस्वी तो केवल तपश्चर्या में ही सारा समय लगा देते थे, लेकिन कुछ ऐसे भी थे जो अध्ययन-अध्यापन किया करते थे। उनके यहाँ जिज्ञासु विद्यार्थियों की उपस्थिति बराबर बनी रहती थी। ये ऋषि कहलाते थे। वे गृहस्थ-रूप में रहते थे, उनके अपने बाल-बच्चों के अतिरिक्त गायें भी हुआ करती थीं और किसी-किसी के यहाँ बकरियाँ भी रहती थीं। बकरियों को 'अजा' कहा जाता था। उनके दूध से जो घी बनता था उसे 'आज्य' कहा जाता था। ऋषियों के यहाँ यज्ञ आदि हमेशा हुआ करते थे और आज्य का हवन आवश्यक माना जाता था। बाद में गाय के घी को भी 'आज्य' ही कहा जाने

लगा। दोनों प्रकार के घी हवन के काम आते थे और पौष्टिक भोजन के लिए भी आवश्यक माने जाते थे। रिक्व ऋषि बड़े मेधावी तपस्वी थे, उनके यहाँ अध्ययन-अध्यापन भी होता था, यज्ञ-याग के अनुष्ठान भी होते थे और दार्शनिक और आध्यात्मिक चिन्तन भी हुआ करता था। उनका पुत्र छोटी उम्र से ही इन सब क्रियाओं में बड़े उत्साह से योग देता था और बड़े ध्यान से पिता की बातें सुना करता था। रिक्व ऋषि जब अपने विद्यार्थियों को समझाते थे कि संसार में जो नानात्व दिखाई दे रहा है वह वस्तुतः किसी एक ही मूल से विकसित हुआ है और फिर वे एक मूल में विलीन हो जाएँगे तो उनका बालक पुत्र आश्चर्य से चकित होता रहता था। उसमें सोचने-विचारने की प्रवृत्ति तीव्र रूप से विद्यमान थी और पिता की बातों को समझने के लिए वह विभिन्न मूलों की कल्पना करता था। बालक का कुछ ऐसा दुर्भाग्य था कि बहुत जल्दी ही उसके पिता स्वर्गवासी हो गए, माता तो उनके जन्म के साथ ही प्रस्थान कर गई थी। कोई भाई भी नहीं था, बहिन भी नहीं थी। आश्रम उजड़ गया। बालक अनाथ हो गया। परन्तु उसमें सोचने की प्रवृत्ति बराबर बनी रही। कभी-कभी वह अन्य ऋषियों के आश्रमों में जाता, लोगों की बातें सुनता और स्वयं सोचने का प्रयत्न करता। जंगल में जो कुछ मिल जाए उससे वह पेट भर लेता था। किसी के द्वार भिक्षा माँगने नहीं गया। उसका अधिकांश समय चिन्तन-मनन में ही व्यतीत होता था।

उसने किसी पुराने ऋषि का मन्तव्य सुना था कि सृष्टि के आदि में केवल जल की ही सत्ता थी। जल से ही सत्य का उदय हुआ। सत्य ही ब्रह्म है। ब्रह्म से प्रजापति की उत्पत्ति हुई और प्रजापति से देवताओं की सृष्टि हुई। ये देवता-गण केवल सत्य की ही उपासना करते हैं। यह सिद्धान्त उसे बड़ा विचित्र मालूम हुआ। क्या संसार का मूल जल है? क्या सत्य जल से आया है? इस वचन का तात्पर्य क्या हो सकता है? जल से उत्पन्न हुए सत्य की क्या कोई मौलिक सत्ता है? ऋषि ने बताया था कि सत्य में तीन अक्षर हैं। एक 'स' है, एक 'ति' है और एक 'अ' है। पहला और तीसरा अक्षर सत्य है और बीचवाला मिथ्या है। इसका मतलब बालक की समझ में नहीं आया, लेकिन उसने अपने मन में यह निष्कर्ष निकाला कि आदि सत्य है और अन्त सत्य है, बीच का प्रपंच सब मिथ्या है। इसका मतलब यह हुआ कि जो कुछ दिखलाई दे रहा है वह बीच का है और सब असत्य है। उसके पिता ने बताया था कि सभी वस्तुएँ एक ही तत्त्व से निकली हैं और उसी तत्त्व में विलीन हो जाएँगी। अब ऋषि के वाक्य में उसने इतना और जोड़ लिया कि वह मूल तत्त्व जिससे सब निकला है वह सही है और जिसमें सब विलीन हो

जाएगा, वह भी सही है—केवल बीच का प्रपंच मिथ्या है। परन्तु उसका मन यह मानने को किसी प्रकार तैयार नहीं था कि वह मूल तत्त्व जल ही है।

लड़का चिन्तन-मनन में इतना खो गया कि उसे संसार की किसी और बात का ध्यान ही नहीं रहा। केवल ध्यान करता था और समझने का प्रयत्न करता था कि वह मूल तत्त्व क्या है जिससे सबकुछ उत्पन्न होता है और जिसमें सब विलीन हो जाता है। अपनी इस सोचने की आदत के कारण वह लोक-सम्पर्क में बहुत कम आता था। अनाथ तो था ही, वह पूर्णरूप से अनिकेत भी हो गया, अर्थात् उसके पास अपना कहा जाने लायक कोई घर भी नहीं था। वह एकान्त-सेवी हो गया था। प्रातःकाल नदी में स्नान करने के बाद वह ध्यान में बैठ जाता और सोचने लगता। तन-मन की सुधि न रहती, भूख लगती तो आस-पास का कन्दमूल लेकर पेट भर लेता। उसे पता ही नहीं था कि दुनिया में और क्या होता है, अन्न कैसे उत्पन्न होता है, सामाजिक जीवन क्या चीज़ है, पुरुष और स्त्री का क्या भेद है, इन सब बातों से वह एकदम अपरिचित ही बना रहा, लेकिन उसकी सोचने की प्रक्रिया निरन्तर बढ़ती ही जाती थी।

देखते-देखते बालक किशोरावस्था में आ गया। कभी कोई परिचित ऋषि या जिज्ञासु उससे मिल जाता तो उसे रिक्व का बेटा कहकर पुकारता। रिक्व का बेटा अर्थात् रैक्व। किशोरावस्था में प्रवेश करने पर उसे सिर्फ़ इतना ही मालूम था कि उसका नाम रैक्व है अर्थात् किसी रिक्व ऋषि का बेटा। इससे अधिक न उसने जाना और न किसी ने बताया। लेकिन जिज्ञासु जनों में उसके प्रति आदर का भाव अवश्य बढ़ गया था। उसमें चिन्तन-मनन की प्रवृत्ति, निरन्तर ध्यान करने की शक्ति और हर बात में मूल तक पहुँचने का प्रयास, प्रशंसा की दृष्टि से देखा जाता था। धीरे-धीरे लोग उसे देखने के लिए भी आने लगे। ऐसा विश्वास किया जाने लगा कि यह निष्क्रिय, निष्काम तरुण तापस समस्त सिद्धियों को प्राप्त कर रहा है; क्योंकि उसकी प्रवृत्तियाँ बहिर्मुख नहीं हैं, अन्तरतर में लीन हो गई हैं। लोगों के आते-जाते रहने पर भी वह उनकी ओर विशेष ध्यान नहीं देता था, अपनी समाधि में उसी प्रकार बैठा रहता था। लेकिन उसका यश जैसे-जैसे फैलता गया वैसे-वैसे उसके पास खाने-पीने की चीज़ें आने लगीं। लोग कुछ-न-कुछ उसके पास रख जाया करते थे। इससे जंगल में जाकर कन्द-मूल खोजने की कठिनाई से वह बच गया। उसकी ध्यान-धारणा और भी निर्विघ्न-भाव से चलने लगी। इस बीच एक घटना और हुई।

तरुण तापस रैक्व जब अपने आसन से उठा तो तीसरा पहर हो गया था।

उस दिन उसने अपनी समाधि में इस बात का अनुभव किया था कि समस्त चैतन्य जगत् को जो चीज़ सचमुच प्राणवन्त बनाए हुए है, वह वायु है। वस्तुतः प्राण भी वायु ही है। तो इस प्राण को ही क्या मूल तत्त्व माना जा सकता है? कुछ दिन पहले उसने किसी ऋषि से सुना था कि समस्त पदार्थों का परम तत्त्व प्राण ही है। प्राण में ही समस्त तत्त्व विलीन हो जाते हैं। प्राण ही सबको जीवन्त बनाए हुए है। यह प्राण ही वायु के रूप में बाह्य जगत में व्याप्त है। परन्तु वायु क्या चरम और परम है या इससे भी परे कोई चीज़ है? तरुण तपस्वी ने देर तक इस विषय पर मनन किया। उन्हें पता ही नहीं चला कि कब सूर्योदय हुआ, कब मध्याह्न हुआ और कब सूर्य पश्चिम की ओर ढरक पड़ा। जब वे उठे तो उनका मन बहुत प्रसन्न था। वे अब प्राण-तत्त्व का रहस्य समझना चाहते थे। उन्हें ऐसा लग रहा था कि उन्होंने कोई बहुत बड़ी उपलब्धि पा ली है। उठकर वे नदी में स्नान करने के लिए चले गए। आज उनका चित्त बहुत ही उत्फुल्ल था; लेकिन जब वे नदी में उतरे तभी उन्होंने देखा कि आसमान के पश्चिमी किनारे पर काले मेघ-खंड दिखाई दे रहे हैं। सरल तपस्वी को यह समझ में नहीं आया कि आँधी आनेवाली है। जिस वायु की महिमा को उन्होंने अपनी समाधि में अनुभव किया था, वही प्रचंड वेग धारण करके सिर पर आनेवाला है; इसका उन्हें लेश-मात्र भी ध्यान नहीं था। अचानक बड़े जोर की आँधी आई। नदी उस प्रचंड वेग से उफन उठी। विचारमग्न ऋषि कुछ तरंगों के एक ही आघात से उलट गए और आँधी के साथ भयंकर वर्षा भी शुरू हो गई। जब तक वे सँभलें तब तक नदी की गरजती हुई धारा ने उन्हें बहा लिया। यद्यपि वे बुरी तरह से आँधी-पानी में फँस गए थे फिर भी उनका मन प्रसन्न था, क्योंकि वे वायु की प्रचंड शक्ति का प्रत्यक्ष अनुभव कर रहे थे। ऋषिकुमार नदी की गरजती हुई तरंगों से काफी दूर तक धकेले जाते रहे और अन्त में एक ऊँचे शिला-खंड से टकरा गए। किसी प्रकार से शिला-खंड के ऊपर जा बैठे। आँधी तब भी तेज चल रही थी और नदी की धारा तब भी तेज गरज रही थी। ऋषिकुमार भी बहुत थक गए थे और शिला-खंड पर बैठते ही वे मूर्च्छित हो गए। कितनी देर तक वे बेहोशी की हालत में रहे यह उन्हें भी नहीं मालूम, लेकिन स्वप्न में भी वे यही सोचते रहे कि वायु सबसे प्रचंड शक्ति है, जल से भी और धरती से भी। यह वायु का ही वेग था जो जल को खींच लाया, पानी बरसने लगा। नदी के जल को उछाल दिया, वह फुफकारने लगी और उन-जैसे चेतन प्राणी को उसने ऐसा धक्का मारा कि वे न जाने कितनी दूर इस अज्ञात जगह पर आ बैठे। वायु की महिमा सचमुच प्रचंड है। वे अब भी जो सपना

देख रहे हैं या सोच रहे हैं वह सिर्फ़ इसलिए है कि उनकी साँस चल रही है, यह साँस भी वायु ही है। अचेतावस्था में उन्हें बार-बार अपनी इस नई उपलब्धि का आभास मिलता रहा। वे आनन्दित और उल्लसित होते रहे।

धीरे-धीरे आँधी का वेग कम हुआ। नदी का भयंकर फूत्कार शान्त हुआ, आसमान में तारे दिखाई देने लगे। ऋषि की मूर्च्छा भंग हुई। वे चकित भाव से आकाश की ओर देखने लगे। इतने असंख्य तारे अब तक दिखाई क्यों नहीं देते थे! वायु के प्रचंड वेग से सारा आसमान मेघों से भर गया और तारे तक उसमें लुप्त हो गए! वायु की महिमा सचमुच विस्मयकारी है!

रैक्व के पिता सामवेद के प्रख्यात विद्वान् थे। नाना देशों से आए हुए धुरन्धर विद्वान् उनसे साम-गान के बारे में चर्चा करते थे। बालक रैक्व को सब समझ में नहीं आता था। कभी-कभी ऋषियों के साथ उनके पुत्र भी आ जाया करते थे। खुले और चमकते हुए तारों से भरे हुए आकाश को देखकर रैक्व को पुरानी बात याद आ गई। उस समय रैक्व की अवस्था बहुत थोड़ी थी, सब चीज़ें उसकी समझ में नहीं आती थीं। वृद्धों के पास जाने में तो उसे संकोच भी होता था लेकिन नौजवान ऋषि-पुत्रों की चर्चा में वह खुलकर हिस्सा लेता था। तारों-भरे आकाश को देखकर उसे याद आया कि तीन तरुण ऋषिकुमार उसके आश्रम में साम-गान की चर्चा में लगे हुए थे। उनमें दो तो ब्राह्मण थे और तीसरे क्षत्रिय थे। ब्राह्मण ऋषियों में प्रथम थे शालवान् के पुत्र शिलक और दूसरे थे चिकितायन के पुत्र दाल्भ्य। क्षत्रिय ऋषि जीवल के पुत्र प्रवाहण थे। तीनों उद्गीथ-विद्या के मर्मज्ञ थे। एक बार इन लोगों में इस तत्त्व के आश्रय के सम्बन्ध में विचार हुआ। शिलक के प्रश्नों का उत्तर देते हुए दाल्भ्य ने बताया था कि साम का आश्रय स्वर है, स्वर का आश्रय प्राण है, प्राण का आश्रय जल है और जल का आश्रय स्वर्ग-लोक है। इसके आगे प्रश्न नहीं करना चाहिए, क्योंकि साम को 'स्वर्ग-लोक' कहकर ही स्तुति की गई है–'स्वर्गो वै लोकः सामवेदः।'

किन्तु शालवान् के पुत्र शिलक, चिकितायन के पुत्र दाल्भ्य के इस कथन से सहमत नहीं हो सके। यह कैसे हो सकता है कि स्वर्ग-लोक ही अन्तिम सत्य है? उन्होंने शिलक के प्रश्न के उत्तर में कहा था–स्वर्ग-लोक का आश्रय मनुष्य-लोक है–यह मिट्टी की धरित्री है। शिलक ने बाद में दाल्भ्य के ढंग पर ही स्वीकार किया कि इसके आगे प्रश्न अनुचित है। सबकी प्रतिष्ठारूप इस मनुष्य-लोक की प्रतिष्ठा और क्या हो सकती है? साम को पृथ्वी कहकर ही स्तुति की गई है–'इयं वै रथन्तरम्!' सो साम का चरम आश्रय यह मनुष्य-लोक ही है।

जीवल के पुत्र प्रवाहण को यह भी चरम आश्रय नहीं जान पड़ा। बोले, 'मनुष्य-लोक ही अन्तिम सत्य नहीं है। मनुष्य-लोक की भी कोई गति होनी चाहिए। यह कैसे मान लिया जाए कि इसके आगे कुछ है ही नहीं? वस्तुतः इसका भी आश्रय आकाश है। भूतमात्र आकाश में ही उत्पन्न होते हैं, आकाश में ही विलीन होते हैं। आकाश सबसे बड़ा है। आकाश ही परम आश्रय है।'

आज रैक्व शुभ्र आकाश को देख रहे हैं। तो क्या यह आकाश ही सबकुछ है? इसी में सब-कुछ विलीन हो जाता है, इसी से सब उत्पन्न होता है, इसी में सब-कुछ चक्कर मार रहा है? किन्तु इसमें प्राण कहाँ है? प्राण के बिना तो कुछ भी चंचल नहीं होता। जीवधारियों में जो प्राण है वही आकाशमंडल में व्याप्त वायु है? वायु ही पृथ्वी और स्वर्ग के अन्तराल को भरता है? आकाश पर इसका प्रभुत्व नहीं है? पृथ्वी उसकी क्षमता से परे है? रैक्व मुग्ध-भाव से आकाश की ओर देखते रहे। उन्हें ठीक उत्तर नहीं सूझ पड़ा। सोचते हुए वे अपने स्थान से उठे और जिधर पानी का प्रवाह नहीं फैला था उस ओर धीरे-धीरे बढ़ने लगे। उनके मन में तीन तत्त्व मुख्य रूप से चक्कर काट रहे थे : वायु, जल और आकाश। अन्धकार चारों ओर व्याप्त हो गया था। रास्ता पाना कठिन मालूम हो रहा था। वे ठीक नहीं समझ पा रहे थे कि आखिर वे हैं कहाँ। अपनी कुटिया से कितनी दूर हैं। जब-जब वे कुटिया की बात सोचते थे तब-तब उनके मन में वायु की शक्तिशालिता उजागर हो उठती थी। यह वायु ही है जिसने उन्हें अचानक यहाँ तक ठेल दिया। यह वायु ही है जिसने जल को ऐसा प्रलयंकर बना दिया। यह वायु ही है जिसने आकाश को काली मसृण स्याही से पोत दिया था और अब निर्मल तारे-खचित शुभ्र रूप में प्रकट करा रहा है। लेकिन वायु क्या चरम है? वायु का भी कुछ कारण होना चाहिए। वायु क्या स्वयं शक्तिशाली है या किसी और से शक्ति पाता है?

मगर तरुण तापस अँधेरे में रास्ता टटोलते हुए आगे बढ़ रहे थे। रास्ता तो कहीं था नहीं। दूर तक कँटीली झाड़ियों का विस्तार था। थोड़ी ही देर में चन्द्रमा का उदय हुआ। सारी वनस्थली में किसी ने दूध की चादर बिछा दी। तरुण तापस और आगे बढ़ा। उसे कुछ खेत दिखाई पड़े। निश्चय ही वे किसी गाँव के निकट पहुँच गए थे। उन्होंने सावधानी से चारों ओर देखा, एक पगडंडी-सी दिखाई पड़ी। गाड़ियों के चलने से चिह्न बन गए थे। एक गाड़ी तो लगता है तूफान में फँस गई थी, क्योंकि उसके पहिए दूर-दूर तक धँसे हुए दिखाई देते थे। उन निशानों पर आगे बढ़ते हुए एक जगह और आकर रैक्व एकदम रुक गए। यह क्या? सामने एक बैलगाड़ी, जिसे उन दिनों 'रथ' कहा करते थे, बुरी तरह कीचड़ में धँसी पड़ी

है। बैल उसमें अवश्य जुते हुए थे, लेकिन जान पड़ता है कि आँधी के भयंकर वेग से भाग खड़े हुए थे और गाड़ी धँसी पड़ी हुई थी। गाड़ीवान पास ही में मरा पड़ा था। रैक्व के मन में करुणा का उदय हुआ। हाय! बेचारा आँधी-तूफान में मर ही गया, लेकिन गाड़ी से कोई दस-पन्द्रह हाथ पर एक और जीव उसी तरह आँधी-पानी से जूझता हुआ शिथिल-मूर्च्छित पड़ा हुआ था। रैक्व ने पहले तो उसे भी मरा समझा, परन्तु एकाएक अपने चिन्तन से प्राप्त उपलब्धि की याद आ गई–वायु के बिना कोई जीवित नहीं रहता। देखना चाहिए कि यह जीवित है कि मर गया है। अगर जीवित होगा तो नाक से साँस निकल रही होगी। गाड़ीवान की नाक पर हाथ रखकर देखा, कोई हलचल नहीं थी। दूसरे प्राणी की नाक पर हाथ रखकर देखा तो साँस चल रही थी।

ऋषिकुमार ने सोचा कि अगर इसकी कुछ सहायता की जाए तो शायद जी जाए। कठिनाई यह थी कि यह दूसरा प्राणी इतने कपड़ों से और मणि-मोतियों से जड़ा हुआ था कि उनकी समझ में नहीं आया कि ये सब कपड़े क्या हैं। ये मोती-मानिक जैसी चीज़ें इस प्राणी ने पहले से ही धारण की थीं या बाद में उसके शरीर पर डाली गई हैं। यह प्राणी निस्सन्देह मनुष्य ही था। हाथ, पैर, नाक, मुँह, देह सबकुछ मनुष्य-जैसे थे, परन्तु था कुछ विचित्र। इस प्रकार की मानवमूर्ति उन्होंने अपने जीवन में कहीं देखी नहीं थी। उनके समझ में नहीं आया कि आँधी और तूफान से जो कपड़े इधर-उधर बिखर गए हैं, उनका क्या उपयोग किया जाए। फिर भी कुछ तो करना ही चाहिए।

उन्होंने अपने सिद्धान्त की परीक्षा की। अगर वायु सबकुछ का कारण है और समस्त वायु में ही विलीन हो जाता है तो वायु के उपचार से इस प्राणी को कुछ राहत मिल सकती है। उन्होंने उसके शरीर पर उलझे हुए कपड़ों का एक सिरा उठाया और हवा करने लगे। थोड़ी देर में उन्होंने देखा कि उस प्राणी में कुछ हलचल हुई। ऐसा लगा कि उसकी मूर्च्छा दूर हो रही है और वह धीरे-धीरे स्वस्थ हो रहा है। एक और आश्चर्य मुनि को यह हुआ कि जिस कपड़े से वे हवा कर रहे थे वह सूख गया। रैक्व के आश्चर्य का ठिकाना नहीं रहा। उन्होंने धीरे-धीरे उसके सब कपड़े उतारकर सुखाने का निश्चय किया। उन्होंने उसका सिर उठाकर कपड़ा हटाना चाहा। एकाएक उनका ध्यान उसकी आँखों की ओर गया। ऋषिकुमार विस्मित होकर देखने लगे। ऐसी आँखें तो मनुष्य की नहीं होतीं। ये तो बिल्कुल मृग की आँखें हैं। अवश्य ही इस प्राणी ने कहीं से मृग की आँखें लेकर अपने चेहरे पर बैठा ली हैं। वे धीरे-धीरे आँखों के चारों ओर उँगली फिराकर देखने

लगे कि कहीं जोड़ के चिह्न हैं या नहीं। नहीं थे। ऋषिकुमार एकदम उसके चेहरे पर झुक गए। अवश्य ही कोई रहस्य है! उसी समय उस प्राणी की आँखें खुल गईं। वह अचकचाकर उठ बैठा। क्रोध-भरे स्वर में उसने कहा, "कौन है तू? क्या कर रहा है?" रैक्व ने इतनी मधुर वाणी कभी नहीं सुनी थी। उन्होंने समझा, निश्चय ही यह कोई देवलोक का मनुष्य है। हाथ जोड़कर बोले, "मैं बहुत प्रसन्न हूँ देवलोक के मनुष्य! तुम्हारी संज्ञा लौट आई, तुम उठकर बैठ गए, मैं तुम्हारे कपड़े सुखाने का प्रयत्न कर रहा था।" देवलोक के प्राणी को रैक्व की यह वाणी सुनकर कुछ कुतूहल हुआ। बोला, "तुम कौन हो?"

रैक्व ने गद्‌गद-भाव से प्रणति की और कहा, "धन्य हो देवता! मुझे लोग रिक्व ऋषि का पुत्र रैक्व कहते हैं। मैं भी आँधी-तूफान में फँस गया था और इधर आते समय देखा कि यह रथ भी फँस गया है। इसका चलानेवाला मर गया है, इसका एक प्राणी जीवित है। तुम धन्य हो। अब बताओ, तुम कौन हो?"

रैक्व की सरल निष्कपट स्तुति से देवता को प्रसन्नता हुई। उसने उठकर अपने कपड़े ठीक किए और चुपचाप एक ओर ज़रा ऊँची ज़मीन देखकर आसन ग्रहण किया। रैक्व उसके पीछे-पीछे उसी तरह खिंचते चले गए जैसे चुम्बक के पीछे लोहा खिंचता है। ऐसा लगता है कि रैक्व जिसे देवलोक का मनुष्य समझ रहे थे, उसे थोड़ी-बहुत चोट भी आई थी। उसकी पीठ में, हाथ में कुछ चोट के निशान भी थे। रैक्व को लगा कि अकारण ही उसके अन्तरतर में एक भयंकर आँधी चल रही थी। ऐसा दिव्य रूप उन्होंने कभी नहीं देखा था, इतनी मीठी बोली उन्होंने कभी नहीं सुनी थी। यह कौन है? क्या स्वर्ग के देवता ऐसे ही होते हैं? कातर-भाव से बोले, "अगर मैं कुछ सेवा करने योग्य माना जाऊँ तो आज्ञा पाकर कृतार्थ होऊँगा।" देवलोक का मनुष्य उसकी ओर एकदम देखता ही रहा। उसके मुख पर सीधे चन्द्रमा की शुभ्र किरणें बरस रही थीं। रैक्व ने कातर-विनीत वाणी में कहा, "हे देवलोक के मनुष्य! तुम्हें देखकर मेरा सारा अस्तित्व तुम्हारी सेवा के लिए ढरक जाना चाहता है। मैंने बचपन में मधुर साम-वाणी सुनी है, परन्तु ऐसी मीठी वाणी आज तक नहीं सुनी। मुझे आज ऐसा जान पड़ता है कि मेरा जन्म कृतार्थ है, मेरा जप-तप सफल है, मेरा सारा अस्तित्व परिपूर्ण हो गया है। अहा हा, कैसा सुन्दर रूप है! सत्य कहता हूँ देवता, मैंने ऐसी सुन्दर आँखें पहले कभी नहीं देखीं। तुम जब हँसते हो तो मुझे लगता है कि फूल बरस रहा है, तुम जब बोलते हो तो मुझे लगता है कि अमृत की वर्षा हो रही है। कैसा अद्‌भुत है! अब तक मैंने तुम्हारी अवस्था के जितने ऋषि-पुत्र देखे हैं, सबके केश रूक्ष

और जटिल होते हैं, परन्तु तुम्हारे केश कितने मुलायम और मनोहर हैं। तुम्हारे अधरों में कैसी दिव्य प्रभा है। मुझे ठीक-ठीक बताओ, तुम किस स्वर्गलोक के निवासी हो और यहाँ कैसे आ गए?" आनन्द-गद्गद होकर रैक्व ने उसके मुलायम बालों को हाथों से अनुभव करने का प्रयत्न किया। फिर अत्यन्त सरल सहज भाव से उन्होंने देवता के गालों पर भी हाथ फेर दिया और आनन्द-कातर भाव से बोले, "अहा हा, तुम्हारी अवस्था के ऋषि-पुत्रों के तो रूखे-रूखे बाल जम आते हैं, कैसा दिव्य तुम्हारा मुख-मंडल है, कितने लाल-लाल अधर हैं।" स्वर्गीय प्राणी ने ज़रा झिड़ककर कहा, "ऋषिकुमार, ज़रा दूर हटकर रहो। तुम क्या पहली बार किसी स्त्री को देख रहे हो?" ऋषिकुमार कुछ समझ नहीं सका, केवल आँखें फाड़कर उसकी ओर देखता ही रहा। अब उस स्वर्गीय प्राणी ने कहा, "देखो ऋषिकुमार! मैं महाराज जानश्रुति की कन्या हूँ, तुम्हें इतनी तो जानकारी होनी ही चाहिए कि इस तरह से स्त्रियों का स्पर्श करना अनुचित है, पाप है, परन्तु मैं तुम्हारी सरलता पर मुग्ध हूँ। मुझे ऐसा लगता है कि तुमने जीवन में मेरी जैसी कोई लड़की देखी ही नहीं। तभी तुम्हें आश्चर्य हो रहा है। मैं राजा की कन्या हूँ, कुछ समझ रहे हो?"

ऋषिकुमार भौंचक्के खड़े थे। असमंजस में पड़े हुए बोले, " 'कन्या' शब्द से मैं परिचित हूँ; लेकिन वह होता क्या है, यह मैं नहीं जानता।" अब राजकुमारी को कुतूहल हुआ–"अच्छा ऋषिकुमार, तुमने व्याकरण पढ़ा है?" ऋषिकुमार ने गर्व से कहा, "अवश्य पढ़ा है।"

"तो फिर जानते हो, व्याकरण में पुल्लिग और स्त्रीलिंग होता हैं?"

"जानता हूँ।"

"तुम पुल्लिग हो, मैं स्त्रीलिंग हूँ। आगे मुझे सम्बोधित करना तो वह व्याकरण-सम्मत स्त्रीलिंग के अनुसार होना चाहिए। मुझे क्या सम्बोधन करोगे, बोलो तो।"

ऋषिकुमार अभिभूत हतप्रभ की भाँति उसकी ओर देखते रहे। बोले, "मैं नहीं जानता। इतना अवश्य जानता हूँ कि स्त्रीलिंग शब्द भाषा में व्यवहार किए जाते हैं। पद का मुझे ज्ञान है, पदार्थ का मुझे ठीक ज्ञान नहीं है। मैं जानता हूँ कि कन्या शब्द स्त्रीलिंग है, इसलिए मैं आपको कन्या शब्द से सम्बोधित कर सकता हूँ। मुझे यह भी मालूम है कि आर्ये, भवति, शुभे, इत्यादि शब्द स्त्रीलिंग के सम्बोधन हैं। परन्तु मुझे ठीक नहीं मालूम कि इन पदों के अर्थ–पदार्थ–क्या हैं।"

जाबाला ने हँसकर कहा, "अच्छी बात है। तुम मुझे 'शुभे' कहकर पुकारा करो। मैं देवलोक से नहीं आई हूँ, इसी पृथ्वीलोक पर महाराज जानश्रुति की कन्या

हूँ। मैं तुम्हारे प्रति कृतज्ञ हूँ। तुमने मेरे प्राण बचाए। मैं इस रथ पर बैठकर अपने एक सम्बन्धी के यहाँ जा रही थी, बीच में ज़ोर की आँधी आई और पानी बरसने लगा। आँधी का वेग इतना तेज था कि बैल रास्ता छोड़कर इधर भाग पड़े। फिर वे किसी तरह जुआ उतारकर न जाने किधर चले गए। जान पड़ता है कि भागते हुए बैलों ने गाड़ीवान को अपने खुरों से रौंद डाला, वह बेचारा समाप्त हो गया है। मुझे भी बचने की आशा नहीं थी। तुम एक काम कर सकते हो? मुझे मेरे पिता के घर पहुँचा दो।''

ऋषिकुमार अत्यन्त विनीत भाव से बोले, ''शुभे, तुम जैसा भी आदेश करोगी, उसका पालन करना मेरे लिए हर्ष और गौरव की बात होगी। परन्तु तुम्हारे पिता के घर का रास्ता मुझे मालूम नहीं है। तुम्हें अपनी पीठ पर बैठाकर जिधर कहो, उधर पहुँचा दूँ।''

राजकुमारी हँसने लगी। बोली, ''देखो ऋषिकुमार, तुम्हारा यह प्रस्ताव अनुचित है। इससे लोक-निन्दा होगी। कोई भी युवक किसी कुमारी को पीठ पर ले जाने की बात नहीं करता। सोचता भी नहीं। मुझे सिर्फ़ उस रास्ते तक पहुँचा दो जहाँ से बैलगाड़ी इधर आई है। मेरे पिता के आदमी अवश्य ही उधर खोजने के लिए आए होंगे। मेरे पैरों में यदि कष्ट न होता तो उतनी दूर जा सकती थी।''

ऋषिकुमार हैरान थे। उनकी समझ में नहीं आया कि इसमें लोक-निन्दा की क्या बात है। कुछ हारे हुए-से बोले, ''शुभे, मैंने वृद्ध लोगों से सुना है कि आर्त्त और विपन्न लोगों की सेवा करना धर्म है, मैं तो धर्म की ही बात कर रहा हूँ। क्या मैं कुछ अनुचित कह रहा हूँ?''

राजकुमारी मुग्ध दृष्टि से ऋषिकुमार की ओर देखती रही। कैसा सरल भाव है! कैसा सहज-कमनीय मुख! हँसकर बोली, ''हाँ कुमार, तुम जानते ही नहीं कि कितनी अनुचित बात कह रहे हो!''

ऋषिकुमार सोच में पड़ गए—''मैं जानता कैसे नहीं! यह धर्म-संगत प्रस्ताव है। इसमें अनुचित क्या हो सकता है? नहीं शुभे, इसमें कुछ भी अनुचित नहीं है। आ जाओ मेरी पीठ पर। अनुचित क्या है भला!'' और अपनी पीठ राजकुमारी के सामने कर दी। उन्हें आशा थी कि वह उनकी पीठ पर आ जाएगी। पीठ में एक अजीब-सी सनसनाहट हो रही थी। वह शान्त नहीं हुई। राजकुमारी दो पग पीछे खिसक गई। बोली, ''तुम बहुत भोले ही ऋषिकुमार, उठो, मेरी ओर देखो।''

पीठ की सनसनाहट ज्यों-की-त्यों बनी रही। बाध्य होकर उन्हें उठना पड़ा। हताश होकर चकित दृष्टि से उन्होंने राजकुमारी को देखा। राजकुमारी हँस रही

थी। निराश ऋषिकुमार उस मोहक हँसी से अभिभूत हो गए–"हँसती हो शुभे, मैंने कोई हास्यास्पद आचरण किया है?"

राजकुमारी का मुख म्लान हो गया। बोली, "नहीं ऋषिकुमार, तुम स्वर्गीय ज्योति हो। मेरी हँसी तो अधम जन के कलुषित चित्त का विनोद है। हाय, तुम्हारे-जैसा पवित्र मन कहाँ मिलता है? अच्छा कुमार, मुझे देखकर तुम्हें कैसा अनुभव होता है?"

"–अनुभव? जानती हो शुभे, सबकुछ वायु से उत्पन्न होता है, वायु में विलीन हो जाता है। मेरे भीतर, तुम्हारे भीतर और समस्त विश्व-ब्रह्मांड में वायु ही सबकुछ करा रहा है। मेरे भीतर जो प्राणवायु है, वह तुम्हें देखकर बहुत चंचल हो गया है। तुम्हें दिखाई नहीं देता, पर मेरे भीतर भयंकर आँधी बह रही है। मैं नहीं जानता कि वह मुझे उड़ाकर कहाँ ले जाएगी। पर वह उड़ा रही है। मैं उड़ रहा हूँ। वह मेरे अन्तर्वर्त्ती प्राणवायु को तुम्हारे भीतर ठेलकर घुसा देना चाहती है। मेरा प्राण चंचल हो उठा है। वायु की इस अद्भुत शक्ति का परिचय मुझे पहले नहीं था। तुम्हें देखकर मुझे नया प्रकाश मिल रहा है। प्रकाश का कारण वायु ही है।"

"थोड़ा रुको ऋषिकुमार! तुमने बहुत बड़ी बात कही है। पर तुम जिसे वायु कहते हो वह क्या सचमुच वायु है? वह वस्तुतः एक प्रत्यय है, प्रतीति है। जानते हो ऋषिकुमार, प्रत्यय आत्मा का धर्म है। पद और पदार्थ को यह प्रत्यय ही जोड़ता है।"

"नहीं शुभे, यह बात मेरी समझ में नहीं आ रही है। वायु तो सबका कारण है, उसका कोई कारण कैसे हो सकता है? तुम जिसे प्रत्यय कहती हो, उस पर मैंने विचार नहीं किया है। क्या यही अच्छा होता कि तुम्हारे साथ बैठकर इस पर विचार करता!"

"ऋषिकुमार, मैं तुम्हारे साथ बैठकर विचार कर सकती तो कितना अच्छा होता! पर तुम नहीं जानते कि ऐसा सम्भव नहीं है।"

"क्यों, इसमें क्या दोष है?"

राजकुमारी ने हँस दिया। ऋषिकुमार फिर सोचने लगे। राजकुमारी ने ही मौन तोड़ा।

"जानते हो ऋषिकुमार, मेरे पिता के पास एक बड़े विद्वान् आए थे। वे बता रहे थे कि कोई राजा जनक थे जिनके पास याज्ञवल्क्य ज्ञानचर्या के लिए गए थे। याज्ञवल्क्य से राजा जनक ने पूछा कि मनुष्य की ज्योति क्या है। याज्ञवल्क्य ने पहले उत्तर दिया कि 'मनुष्य की ज्योति सूर्य है। यह सूर्य के ही कारण है कि

मनुष्य बैठने, विचारने, कार्य करने और लौटने की शक्ति रखता है।' राजा जनक ने कहा, 'जब सूर्य छिप जाता है, तब मनुष्य की ज्योति क्या है?' याज्ञवल्क्य ने उत्तर दिया कि 'तब मनुष्य की ज्योति चन्द्रमा है; क्योंकि चन्द्रमा की ज्योति के कारण ही मनुष्य बैठ सकता है, विचार कर सकता है तथा लौट सकता है।' राजा जनक ने कहा कि 'जब सूर्य और चन्द्रमा दोनों अस्त हो जाते हैं, तब मनुष्य की ज्योति क्या है?' याज्ञवल्क्य ने कहा कि 'निश्चय ही तब मनुष्य की ज्योति अग्नि है, क्योंकि अग्नि के प्रकाश के कारण ही मनुष्य बैठ सकता है, विचार कर सकता है और लौट सकता है।' जनक ने कहा कि 'जब सूर्य अस्त हो जाता है, चन्द्रमा अस्त हो जाता है और अग्नि बुझ जाती है, तब मनुष्य की ज्योति क्या है?' याज्ञवल्क्य ने कहा कि 'अब आप मुझे गहनतम प्रश्न की ओर ले जा रहे हैं। जब सूर्य अस्त हो जाता है, चन्द्रमा अस्त हो जाता है, जब अग्नि बुझ ज़ाती है, तब आत्मा ही एकमात्र ज्योति है!''

''विचित्र है। इस चर्चा में वायु का कोई स्थान ही नहीं है!''

''हाँ, इसीलिए मैं सोचती हूँ कि जिसे तुम वायु कहते हो वह वही चीज तो नहीं है जिसे जनक 'आत्मा' कहते हैं! सोचो, सोचने में दोष क्या है!''

''सोचूँगा शुभे, तुम्हारे इस सुन्दर मुख से निकली वाणी साम-गान की तरह पवित्र लगती है। इस सुन्दर मुख ने मुझे सोचने को बाध्य कर दिया है।''

राजकुमारी हँसती रही, ऋषिकुमार मुग्धभाव से उसकी ओर देखते रहे। इसी समय कुछ लोग उधर आते दिखाई पड़े। राजकुमारी ने ऋषिकुमार से कहा, ''जान पड़ता है, मेरे आदमी आ रहे हैं। तुम कहीं दूर जाकर छिप जाओ। ये लोग जानने न पाएँ कि हम लोग यहाँ एकान्त में बात कर रहे थे।'' ऋषिकुमार हैरान! ''क्यों, क्या इसमें भी दोष है?'' राजकुमारी ने बल देकर कहा, ''हाँ, है; जल्दी करो।''

ऋषिकुमार ने अनमने भाव से आज्ञापालन किया। राजकुमारी को लेकर सब लोग चले गए। ऋषिकुमार का मन उदास हो गया। रथ के पास जाकर देखा तो गाड़ीवान का शव भी नहीं था। शायद उसे भी उठा ले गए। रथ को ज़रूर खींचकर कीचड़ से निकाल दिया गया था, पर शायद वह बेकार हो गया था। किसी ने उसे ले जाने की आवश्यकता नहीं समझी। तीन दिन, तीन रात ऋषिकुमार उस रथ के पास बैठे रहे। उन्हें आशा थी कि कोई-न-कोई उसे लेने आएगा। राजकुमारी के कुछ समाचार मिलेंगे। कोई नहीं आया। उन्होंने रथ को खींचकर उस स्थान पर रखा जहाँ राजकुमारी बैठी थीं। उसी की छाया में बैठकर चिन्तन करने लगे। पर पीठ की सनसनाहट बनी रही। वे प्रायः उसे खुजला लेते।

दो

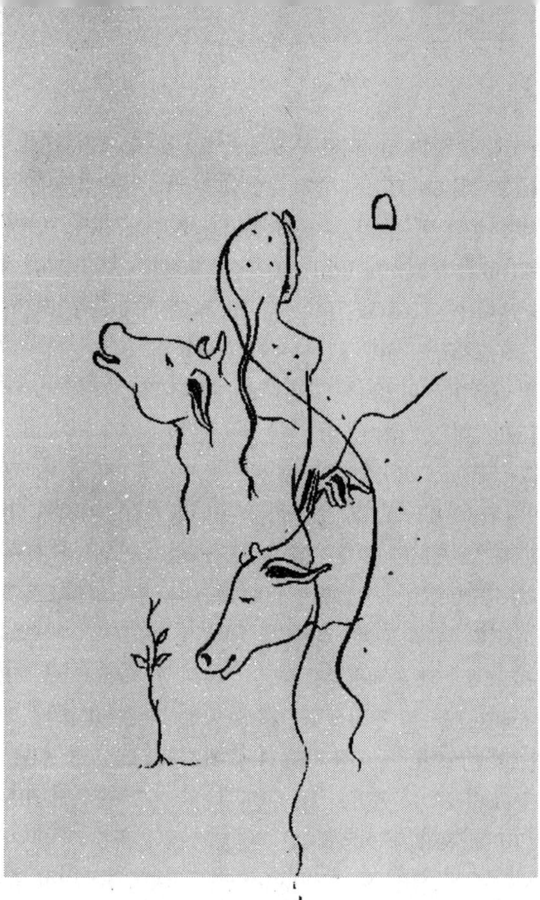

जाबाला राजा जानश्रुति की इकलौती दुलारी कन्या थी। बड़े लाड़-प्यार में उसका लालन-पालन हुआ था। लड़की बहुत बुद्धिमती थी। राजा जानश्रुति ने उपयुक्त अध्यापकों को लगाकर उसे पढ़ने-लिखने में चतुर बनाया था। यद्यपि राजा का वैभव बहुत अधिक था; वह सौ बैलों की खेती करता था, अनेक दास-दासी उनके यहाँ नियुक्त थे; जाबाला की कुछ करने की आवश्यकता नहीं थी; परन्तु फिर भी वह खेतों में जाती, कर्मकारों के साथ खेती-बारी का काम देखती और अपने हाथों से गाय-बैलों की सेवा भी करती थी। राजा जानश्रुति आस-पास के गाँवों में सबसे सम्पन्न व्यक्ति थे। उनकी रूपवती और गुणवती कन्या को प्राप्त करने के लिए अड़ोस-पड़ोस के अनेक राजकुमार प्रयत्नशील थे, परन्तु जाबाला कुछ विचित्र स्वभाव की लड़की थी। उसे अपनी विद्या और ज्ञान

पर गर्व था। वह ऐसे किसी युवक से विवाह नहीं करना चाहती थी, जो ज्ञान और विद्या में उसके समकक्ष न हो। राजा जानश्रुति लाड़-प्यार में पली अपनी बेटी के योग्य वर नहीं खोज पा रहे थे, क्योंकि उनकी जाति के लोगों में पढ़ने-लिखने का विशेष चलन नहीं था। अच्छे पढ़े-लिखे युवक ब्राह्मण और क्षत्रियों में ही प्राप्त हो सकते थे। जाबाला की प्रखर बुद्धि की समकक्षता उनमें भी बहुत थोड़े ही कर सकते थे। इस प्रकार माँ-बाप की लाड़ली जाबाला का विवाह-कार्य रुका हुआ था। उसे उसकी बहुत चिन्ता भी नहीं थी। वह पठन-पाठन और शास्त्र-चिन्तन में ही आनन्द अनुभव करती थी।

उस दिन जाबाला अपनी मौसी के घर जा रही थी। मौसी के यहाँ कोई उत्सव था। वह गाँव बहुत दूर नहीं था इसलिए माता-पिता की अनुमति लेकर दिन रहते ही जाबाला केवल गाड़ीवान को साथ लेकर अपनी मौसी के घर जा रही थी। अचानक आसमान धूल से भर गया। गाड़ीवान को आँधी और वर्षा का आभास मिल गया। उसने जाबाला को सावधान किया। अपना घर अभी बहुत दूर नहीं छूटा था। मौसी का घर अधिक दूर था। गाड़ीवान ने जाबाला की अनुमति से गाड़ी को घर की ओर लौटाया भी, लेकिन आँधी का वेग इतना प्रचंड था कि वे बीच में ही फँस गए। आँधी के साथ-साथ पानी भी बड़ी तेज़ी से बरसने लगा। चारों ओर अँधेरा-ही-अँधेरा हो गया। बैल गाड़ीवान के नियन्त्रण से बाहर हो गए। वे रास्ता छोड़कर झाड़ियों के भीतर घुस गए और बुरी तरह विद्रोह कर बैठे। इधर गाड़ी का चक्का भी धँस गया। गाड़ीवान ने उतरकर उसे ठीक करने का प्रयत्न किया और इसी बीच बैल अपने कन्धे से जुआ उतारकर रथ को लिए ऊधम मचाने लगे। कुछ भी दिखाई नहीं देता था। ऐसा लगा कि गाड़ीवान नीचे गिर गया है और बैल उसे बुरी तरह से रौंद रहे हैं। जाबाला साँस रोक यह दृश्य देखती रही। एकाएक वह गाड़ी से कूद पड़ी, लेकिन आँधी के वेग से वह कुछ थोड़ी दूर तक ठेली जाती रही। उसके बाल अस्त-व्यस्त हो गए थे। उसने चिल्ला-चिल्लाकर गाड़ीवान को बुलाया, लेकिन कहीं कोई नहीं आया। बैल भाग चुके थे। वह स्वयं एक झाड़ी से उलझकर गिर गई। आँधी की तीव्र गति बढ़ती ही जाती थी; देर तक वह बेहोश पड़ी रही।

जाबाला को चोट उतनी नहीं लगी थी, जितना उसके मन में भय समा गया था। बेहोश वह भय के आघात से हुई थी। वह कितनी देर बेहोश रही, उसे पता ही नहीं चला। उसी अवस्था में उसे जान पड़ा कि कोई उसकी आँखों के चारों ओर उँगलियों से दबा रहा है। उसकी आँखें खुलीं। सामने उसके चेहरे पर आँखें

गड़ाए कोई ताक रहा था। उसे भय हुआ। वह एक झटके में बैठ गई। देखा, रूक्ष जटिल चेहरेवाला कोई तापस आश्चर्य से उसे देखे जा रहा है। क्रोध से उसने डाँटा। तापस डरकर पीछे हट गया। जाबाला के वस्त्र अस्त-व्यस्त थे। आँधी और वर्षा से बुरी तरह बिखर गए थे। तापस का भयभ्रान्त मुख उसे अच्छा लगा। वह हाथ जोड़कर गिड़गिड़ा रहा था। पहले तो उसने उसे मूर्ख ही समझा। पर उसकी बातों से उसे लगा कि यह ऋषिकुमार बुद्धिमान भी है और भोला भी। जीवन में उसने शायद कभी किसी स्त्री को नहीं देखा। जाबाला को वह स्वर्गलोक का प्राणी समझ रहा है। उसे कुतूहल हुआ। भोले ऋषिकुमार की बातें उसे मीठी लगीं। थोड़ी देर तक की बातचीत से ही उसे ऐसा लगने लगा कि ऋषिकुमार प्यारे-प्यारे भोले शिशु के समान है। उसे लोक-व्यवहार का कुछ भी ज्ञान नहीं है। अगर वह देर तक उससे बात कर सकती तो अच्छा होता, पर विघ्न आ गया। ऋषिकुमार तो नितान्त भोला है, पर वह तो लोक-व्यवहार जानती है। उसे कहीं छिपने को कहकर वह घर लौट आई। पर लौट आने पर भी मन चंचल ही बना रहा। कहाँ गया होगा वह? क्या सोचता होगा? दिव्य लोक के प्राणी के बिछुड़ने पर क्या मानसिक अवस्था उसकी हुई होगी? कचट जाती नहीं, हृदय मसोस उठता है। हाय, बिचारा बड़ा ही भोला है! कहता है, सबकुछ वायु से ही निकला है, उसी में विलीन हो जाएगा। हृदय में न जाने कैसी उथल-पुथल महसूस करता है, पर मानता है कि यह भी वायु से ही उत्पन्न हुआ है! भोलेराम को और कुछ का पता ही नहीं है। हृदय में उसके आँधी बह रही है, वायु ही तो है!

मगर जाबाला स्वयं कुछ हलचल महसूस कर रही है। छाती में कहीं बुरी तरह हलचल है। यह भी क्या वायु का ही प्रताप है! पहले उसे कुतूहल हुआ था, अब उससे अलग कोई भाव है। भोलेराम कहते हैं कि उनके बाल रूक्ष हैं, जटिल हैं और स्वर्गीय प्राणी के मुलायम हैं! हाय रे भोला, तू तो जानता ही नहीं कि केशों को मुलायम बनाने के लिए कितनी दासियाँ लगी रहती हैं, कितना तेल-उबटन खर्च होता है; कहीं तेरे बालों की भी ऐसी ही सेवा हुई होती तो क्या कम सुन्दर या कमनीय होते! जाबाला के मन में एक विचित्र प्रकार की गुदगुदी अनुभूत हुई। अगर उसे अवसर मिलता तो वह उसकी ऐसी सेवा करती कि तीन दिनों में उसका रूप निखर आता। एक सप्ताह भी अगर वह उसे धौरी गाय का दूध पिला सकती तो उसका शरीर तप्त कांचन की भाँति लहक उठता। नाई बुलाकर उसके सुन्दर मुख को चाँद की तरह चमका देती। तीन दिन के तेल-उबटन से वह दिव्य पुरुष की भाँति खिल उठता। मगर है हठी। नाई से ही झगड़ पड़ेगा। तेल-उबटन

लगानेवालों से तो लड़ ही पड़ेगा। सब तो वायु का खेल है, तुम कौन होते हो दखल देनेवाले! मगर जब वह गुस्सा होगा तो उसका भोला मुँह और भी कमनीय हो जाएगा। जाबाला उसे आँखों से ही डाँट देगी–'नहीं, ऊधम मत करो, चुपचाप जो कहती हूँ करा लो।' मान जाएगा या नहीं? मान जाएगा। कहेगा, 'इस सुन्दर मुख की वाणी के कारण मैं बाध्य हो रहा हूँ।' मज़ा आ जाएगा। भोलेराम को पता ही नहीं कि सुन्दर मुख की वाणी कितनी गहराई में चोट करती है!

मगर जाबाला यह सब क्या सोच रही है। असम्भव दिवास्वप्न हैं ये सब! जंगल का जानवर पगहा तुड़ाकर भागा सो भागा। अब क्या वह पकड़ाई देगा! अगर पकड़ में आ भी गया तो जाबाला को उसकी सेवा के लिए कौन अवसर देगा! छिः, वह राजकुमारी है, उसे ऐसा सोचना क्या शोभा देता है! जाबाला कुछ बेचैनी महसूस कर रही है। वह भागा कहाँ, मैंने ही तो भगा दिया! यही तो उसके हृदय को कुरेद रहा है। वह बिचारा तो पीठ सामने करके उस पर जाबाला को बैठाकर उसके घर तक पहुँचाने को गिड़गिड़ा रहा था। कह रहा था, इसमें दोष ही क्या है। एक बार जाबाला के जी में आया कि उसकी पीठ पर सवार हो ही जाए। पर रुक गई थी, दोष तो था ही। ऐसा भी कहीं होता है। उस जंगली मृगछौने को इसमें दोष नहीं दिखता तो क्या राजकुमारी जाबाला भी वैसी ही बन जाए? नहीं, उस समय उसने अपने मन पर काबू पा लिया, यह अच्छा ही हुआ। उसने अपने पिता से सुना था कि पुरा काल में भी कोई जाबाला थी। उसका बेटा सत्यकाम बड़ा ज्ञानी हुआ था। परमज्ञानी होने के बाद वे अपने को सत्यकाम जाबाल कहते थे। एक बार उन्होंने याज्ञवल्क्य को बताया था कि मन ही सत्य है। पर राजा जनक ने कहा था कि यह आंशिक सत्य है। आंशिक सत्य क्या पूर्ण सत्य का विरोधी होता है? मन ने उसे चंचल बनाया था, उसने उस पर काबू पा लिया था; पर आंशिक रूप से ही सही, सत्य की एक झलक तो मिल ही गई थी। भोलेराम बता रहे थे, उनके प्राणों में वायु आन्दोलित हो रही थी। उदंक ऋषि ने याज्ञवल्क्य को कहा था कि प्राण ही परम सत्य है। जनक ने उसे भी आंशिक सत्य ही बताया था। तो उधर भी आंशिक सत्य का ही साक्षात्कार हो रहा था! पूर्ण सत्य क्या होता होगा? न भोले ऋषिकुमार को उसका साक्षात्कार हुआ, न सुशिक्षिता राजकुमारी को ही।

जाबाला के पिता ने बताया था कि महाराज जनक ने कहा था कि 'जिसे वाणी व्यक्त नहीं कर सकती, किन्तु जो वाणी को अभिव्यक्ति प्रदान करती है, उसी को परम सत्य समझो; उसे नहीं जिसकी लोग व्यर्थ उपासना करते हैं।

जिसकी कल्पना करने में मन असमर्थ है, किन्तु जो मन की कल्पना करती है, उसी को परम सत्य समझो। जिसे देखने में नेत्र असमर्थ हैं, किन्तु जिसके द्वारा हम नेत्रों से देखते हैं; वही परम सत्य है। जिसे श्रवण सुन नहीं सकते, किन्तु जो श्रवण-ज्ञान की शक्ति प्रदान करती है, वही परम सत्य है। जिसे प्राण श्वसित अथवा उच्छ्वसित करने की शक्ति नहीं रखते, किन्तु जो प्राणों को श्वासोच्छ्वास की शक्ति प्रदान करती है, उसी को परम सत्य समझो!'

भोलेराम को यह बताया जाता तो उसकी क्या प्रतिक्रिया होती उन पर? वे तो वायु को ही परम और चरम मान बैठे हैं। जाबाला ने जब उनसे पूछा कि क्या वायु वही चीज़ तो नहीं है जिसे जनक आत्मा कहते हैं, पर सोचने पर राजी हो गए थे। क्या सोचा होगा? सोचता वह ज़रूर होगा। पर कैसे सोचेगा? दुधमुँहे बच्चे का-सा तो स्वभाव है। किसी से मिलता-जुलता भी नहीं। बहुत-सी बातें तो सत्संग से ही जानी जाती हैं। आँखें मूँदकर चुपचाप ध्यान करने से ही सब बातों का पता कहाँ लग पाता है! उस भोले के समान मुझमें विचारों की दृढ़ता तो नहीं है, पर जानती मैं उससे अधिक हूँ। जाबाला के मन में आया कि अवसर मिलता तो वह उसे अधिक सोचने को बाध्य कर सकती थी। इस 'सुन्दर मुख' की वाणी की वह उपेक्षा नहीं कर सकेगा। पर अवसर क्या मिल सकेगा? जाबाला उद्विग्न हो उठी।

इसी समय उसका ध्यान भंग हुआ। वृद्ध आचार्य औदुम्बरायण उसके भी गुरु थे और उसके पिता के भी। जाबाला को तो उन्होंने गोद में खिलाया था। लड़की के प्रति उनका स्नेह और ममत्व बहुत अधिक था। जाबाला भी माँ जब नहीं रहीं तो उसकी माता के समान ही उसे स्नेह और दुलार दिया। जाबाला उनसे पढ़ती भी थी और अनेक प्रकार के बालहठ भी पूरा कराती थी। उनके स्नेह के कारण वह ढीठ भी हो गई थी। पढ़ते समय वह उनसे खुलकर बहस करती। आचार्य उसके गुरु और माता दोनों का काम करते थे। यद्यपि जाबाला अब सोलह पार कर चुकी थी, पर वृद्ध आचार्य उसे नन्ही बिटिया के समान ही समझते। राजा जानश्रुति ने जाबाला के लिए उपयुक्त वर ढूँढ़ने का भार भी उन्हें ही दिया था। आचार्य जैसा वर चाहते थे, वैसा मिल नहीं रहा था। राजा जब उनसे अधिक आग्रह करते तो वह सहज भाव से उत्तर देते, अभी जल्दी ही क्या है। उनकी बिटिया की उमर ही क्या है, अभी तो दूध के दाँत भी नहीं टूटे। जाबाला भी समझती थी कि आचार्य का कहना ठीक है। कई दिनों से वे आए नहीं थे। कहीं गए हुए थे। आज आकर सीधे बिटिया के पास पहुँचे—"क्या कर रही है बिट्टो रानी? सुना, उस दिन तुझे चोट आ गई। अब कैसा लग रहा है?"

जाबाला का ध्यान भंग हुआ। वृद्ध आचार्य को देखकर उसे प्रसन्नता भी हुई और उसके मन में कुछ अमनख का भाव भी आया। ठुनककर बोली, ''ठीक तो हूँ, पर आप मुझे छोड़कर चले कहाँ गए थे?''

आचार्य ने हँसते हुए कहा, ''अरे, क्या बताऊँ बिट्टो रानी, मैं भी तेरी ही तरह आँधी-तूफान में फँस गया था। तुझे छोड़कर कहाँ जाऊँगा? मैं तो समझता था तू मौसी के घर आराम से होगी और इस बूढ़े को भूल ही गई होगी।''

जाबाला ने आशंकित होकर पूछा, ''आप कैसे तूफान में फँस गए, तात!''

आचार्य असल में उस दिन जाबाला के योग्य वर की तलाश में ही गए थे। इस बात को उन्होंने छिपा लिया। बोले, ''मेरे एक सहपाठी थे। बहुत दिनों से उन्हें देखा नहीं था। सोचा, जब तक तू मौसी के यहाँ रहेगी तब तक मेरा मन तो यहाँ लगेगा नहीं, इस बीच उन्हें देख आऊँ। उनका पुत्र बड़ा तत्त्वज्ञानी है। वे लोग अश्वल गोत्र के हैं, आश्वलायन कहे जाते हैं। बड़े आश्वलायन जो मेरे सहपाठी थे, वे अब नहीं रहे। उनके सुपुत्र को देखकर ही लौट आया। अपने पिता की कीर्त्ति को यह लड़का बढ़ा रहा है। बड़े-बड़े तत्त्ववेत्ता उससे ज्ञानचर्चा करने आते हैं। पिछली बार तो एक यज्ञ में जितने विचारक आए थे सबने एक स्वर में स्वीकार किया कि तरुण आश्वलायन बहुत बड़ा तत्त्वज्ञानी है। मगर मैं तो रास्ते में ही फँस गया। उनके घर तो दूसरे दिन पहुँचा।''

''क्या हुआ तात, बताइए न!'' उतावले भाव से जाबाला ने पूछा।

''हुआ क्या बिटिया, सन्ध्या समय सूर्यास्त से कुछ पूर्व ही जब मैं चन्द्रधुनी नाले के किनारे-किनारे जा रहा था, अप्रत्याशित रूप से आसमान काला हो गया। भयंकर वेग से आँधी आई। ऐसा जान पड़ा कि मुझे उड़ा ही ले जाएगी। नाले का पानी भी बुरी तरह उफन रहा था। मुझे आस-पास कोई आश्रय नहीं मिला। ऐसा लगा कि यह भयंकर वात्या मुझे नाले में ही फेंक देगी। संयोग से एक ठूँठा शिंशपा वृक्ष दिख गया। आँधी की ओर पीठ करके मैंने कसके उस ठूँठ को पकड़ लिया। आँधी गरजती रही, पानी बरसता रहा और मैं उस ठूँठ को दोनों हाथों से कसकर बाँधे बैठा रहा। पानी क्या था, लगता था, कोई लोहे की रस्सियों से पीट रहा है। मैं सविता देवता की मन-ही-मन स्तुति करता भींजता रहा। नाले के दोनों किनारों पर हंसों के दल चिल्लाते रहे। इधर से एक दल चिल्लाता था, 'रयि क्व।' उधर से दूसरा दल उतने ही ज़ोर से चिल्लाता, 'रयि क्वे।' जैसे आँधी का वेग बढ़ता वैसे चिल्लाहट भी बढ़ती जाती। एकाएक मेरे मन में आया, ये तो शुद्ध संस्कृत में जवाब-सवाल चला रहे हैं। तू समझती है बेटा, इसका क्या अर्थ है?''

"अर्थ? अर्थ कैसा? यह तो उनकी बोली है। आपको जैसा सुनाई पड़ा, वही ध्वनि यह है।"

"नहीं रे, 'रयि' सम्पत्ति को कहते हैं। तुझे बताया तो था, याद नहीं है? वेदों की ऋचाओं में भी यह शब्द आता है। मुझे लगा कि एक दल पूछ रहा है कि सम्पत्ति कहाँ जाती है? दूसरा दल जवाब दे रहा है, रैक्व के पास!"

"तात, आप भी क्या बात करते हैं। हंस संस्कृत बोलते थे?"

"नहीं, नहीं, वे तो अपनी बोली में ही कुछ पूछ रहे होंगे। मैंने जो सुना उसका संस्कृत में यही अर्थ होता है। मैं क्या यों ही मान लेता! दूसरे दिन मुझे तरुण आश्वलायन ने भी यही बात बताई और मज़ेदार बात तो यह है बिटिया, कि सचमुच ही रिक्व मुनि का एक पुत्र महातपस्वी रैक्व है। लोग तो उसकी अलौकिक शक्तियों को देखकर उसे दिव्य पुरुष ही मानने लगे हैं। तरुण आश्वलायन तो उस महान तापस के दर्शन भी कर आए हैं। कहते थे कि यह किशोर किसी से कुछ भी नहीं बोलता। वह किसी को भी ज्ञानी नहीं मानता। कभी बोलता भी है तो बहुत कम। उसे अपने ऊपर जितना विश्वास है, उतनी ही दूसरों पर अनास्था। बेकार की बात करनेवालों को वह तिरस्कारयोग्य समझता है। प्रायः 'शूद्र' कहकर लोगों का तिरस्कार करता है। लोग बुरा नहीं मानते क्योंकि उसकी सिद्धियाँ सत्य हैं। महा फक्कड़ है। पंडित और सिद्ध अवश्य है। वह वायु को सब वस्तुओं का कारण मानता है। मनुष्य-शरीर में प्राण-रूप से जो वायु निबद्ध है, उसे वश में करके सबकुछ पाया जा सकता है। आश्वलायन से उसकी थोड़ी बातचीत हुई थी। वह अपने प्राणों को इस प्रकार निरुद्ध कर सकता है कि हवा में उड़ सकता है, उनका ऐसा संक्रमण दूसरों में कर सकता है कि लोग रोग-मुक्त हो सकते हैं। हज़ारों की संख्या में लोग उसकी सिद्धियों से लाभान्वित हुए हैं। पर वह ऐसा भोला है कि कुछ जानता ही नहीं। आश्वलायन से उसने कहा था कि यदि किसी दिन बाहरी वायु पर नियन्त्रण पाने की सिद्धि उसे मिल जाए तो वह काल की गति को भी रोक सकता है। आश्वलायन ने उससे थोड़ी देर बात करके ही उसकी विद्वत्ता और तपश्चर्या की गहराई जान ली है। पर वह भोला अपनी ही शक्ति को भी नहीं जानता। बातें करता है तो ऐसा लगता है कि दुधमुँहा बच्चा बोल रहा है। दृढ़ता इतनी है कि अपने अनुभव के सामने श्रुति-वाक्यों को भी प्रमाण नहीं मानता। आश्वलायन का दृढ़ विश्वास है कि हंसों में उसी के गुण का बखान हो रहा है।"

जाबाला को कैसी जाने टीस अनुभव हुई। आश्चर्य से उसकी आँखें टँग गईं–

"विचित्र है, तात!"

"विचित्र तो है ही। तेरे पिताजी से जाकर मैंने सारी बातें बताईं तो तुरन्त नाले के पास जाकर उन्होंने भी हंसों की कहानी सुनी। आश्वलायन से भी मिल आए। अब तो उन्होंने आश्वलायन से अनुरोध किया है कि उन्हें उस किशोर तापस के पास ले चलें। लेकिन आश्वलायन ने आकर समाचार दिया कि तरुण तापस कुटिया में नहीं है, शायद आँधी-तूफान में कहीं उड़ ही गया! राजा ने और भी चर भेजे हैं। मुझे भी खोजने का काम मिला है। कैसे खोजूँ, कहाँ खोजूँ? कौन जाने, जीवित है भी या नहीं!"

जाबाला के प्राण उत्कंठ हो गए। वह जानती है, उस सिद्ध तापस को। उसने देखा ही नहीं, पाया है। भोला तो वह अवश्य है, पर क्या प्राणों के संक्रमण द्वारा वह सचमुच रोग-शोक, चिन्ता से मुक्त कर सकता है! तातपाद तो उच्छ्वसित हैं, बिना देखे ही। देखते तो इनकी क्या दशा होती। उसके मन में कई बार आया कि वह तातपाद को बता दे कि उसकी भेंट उससे हो चुकी है पर हर बार कोई लज्जा उसकी वाणी रुद्ध कर गई। हाय-हाय, उसने कैसी निधि पाई थी! पर किसी दुर्भाग्य ने उसे पाई हुई निधि से दूर कर दिया। हृदय विदीर्ण होकर टुकड़े-टुकड़े हो जाना चाहता है। वाणी रुद्ध हो गई है। चेतना गहराई में विलीन हो गई है। आचार्य बहुत-कुछ कहते रहे, जाबाला ने कुछ नहीं सुना। फिर वे चले गए।

देर तक जाबाला सोचती रही। तरुण तापस वायु को जानता है, उसके कहने का अर्थ शायद कुछ और है। वह क्रियामार्गी है; जाबाला अब तक उसे ज्ञानमार्गी समझती रही।

जाबाला कह नहीं पा रही है मगर उसके हृदय में भारी उथल-पुथल है। उस ऋषिकुमार ने अपना नाम रैक्व ही तो बताया था। वह जीवित तो अवश्य है पर कहाँ है? हाय, उसने उसे दूर जाकर छिप जाने को कह दिया और स्वयं चली आई। आकर क्या उसने उसे खोजा नहीं होगा! क्या वह विक्षिप्त की भाँति 'शुभे-शुभे' कहकर चिल्लाया नहीं होगा! क्या बीती होगी उस भोले तापस-कुमार पर! वह अपनी व्यथा किसी से कह नहीं रही थी। भीतर-ही-भीतर से वह अपने ताप से आप ही जलने लगी।

राजा ने पुत्री की अवस्था देखी तो व्याकुल हो गए। वैद्य बुलाए गए, पर रोग का कुछ पता नहीं चला। आचार्य की तो दशा और चिन्तनीय थी। क्या हो गया उनकी प्यारी बिट्टो रानी को! चेहरा सूखता जा रहा है, शरीर काला पड़ता जा रहा है। आश्वलायन ने बताया था कि रैक्व ने सैकड़ों को अपने अन्तर्निहित वायु

को संक्रमित करके नीरोग बना दिया था। उन्होंने राजा से प्रस्ताव किया कि रैक्व को खोजने के लिए और अधिक प्रयत्न किया जाए। वही जाबाला को रोग-मुक्त कर सकता है। पता लगाने का अभियान और तेज कर दिया गया। चरों ने आकर सूचना दी कि कोई तापसकुमार उस टूटे रथ की छाया में समाधि लगाता है जिससे बिटिया मौसी के घर जा रही थी और जो तूफान में फँस जाने के बाद बुरी तरह टूट गया था। वह समाधि लगाता है तो एक हाथ धरती के ऊपर उठ जाता है। जब समाधि टूटती है तो फिर धरती पर आ जाता है। बोलता बहुत कम है। रथ को थोड़ी देर के लिए ही छोड़ता है। प्रातःकाल नित्य-क्रिया और स्नानादि के लिए जाता है। कहीं कन्दमूल खोजकर खा लेता है, फिर समाधि पर बैठ जाता है। कुछ रोगी दिन-भर बैठे रहते हैं। सन्ध्या-समय उनसे थोड़ी बात कर लेता है। खोया-खोया-सा ही रहता है। किसी की ओर ताकता भी नहीं। पीठ अवश्य खुजलाता रहता है। कभी-कभी तो समाधि की अवस्था में भी खुजला लेता है। राजा ने आचार्य से कहा कि वे स्वयं जाकर पता लगाएँ कि यही व्यक्ति रैक्व है या नहीं। जाबाला को जब यह समाचार मिला तो उससे नहीं रहा गया। आचार्य को बुलाकर उसने जोर देकर कहा कि "तात, निस्सन्देह यही व्यक्ति रैक्व है।" आचार्य ने पूछा कि "तू कैसे कह सकती है कि यही तापस रैक्व है?" तो उसने बिना किसी झिझक के कहा, "मैं जानती हूँ।" और उठकर अन्यत्र चली गई। आचार्य को कुछ अप्रत्याशित लगा। वे देर तक उसकी प्रतीक्षा में खड़े रहे, पर वह लौटी नहीं।

तीन

आचार्य औदुम्बरायण रैक्व का पता लगाकर सीधे राजा के पास पहुँचे। राजा उस समय जाबाला के पास बैठे थे। बेटी के अज्ञात रोग से वे बहुत व्याकुल थे। लेकिन बेटी बहुत ठीक थी। यद्यपि उसका शरीर अब भी दुर्बल था; पर रैक्व के मिल जाने के समाचार से वह बहुत आश्वस्त हो गई थी। पिता को बता रही थी, वे व्यर्थ ही दुःखी हैं, वह बिल्कुल स्वस्थ है। पर पिता की चिन्ता बनी हुई थी। आचार्य एकदम वहीं पहुँच गए। उन्हें देखकर राजा और जाबाला दोनों ही आश्वस्त हुए। राजा ने आतुर-भाव से पूछा कि क्या वे रैक्व से मिल सके हैं? आचार्य प्रसन्न थे। बोले, ''बैठिए महाराज, बताता हूँ। बड़े बेढव जीव से मिलकर आ रहा हूँ।''

राजा की उत्सुकता और बढ़ गई–''तो क्या यह मनुष्य कोई और है? आपने

जिस तापस को देखा, वह रैक्व से भिन्न है?"

जाबाला की आँखें कान तक फैल गईं। वह मानो आँख और कान दोनों को मिलाकर सुनना चाहती थी।

आचार्य ने हँसते हुए कहा, "हैं तो वे रिक्व ऋषि के पुत्र महाभाग रैक्व ही– पर विचित्र जीव हैं। गया तो समाधि लगाए हुए थे। समाधि भंग हुई तो थोड़ी देर तक खोए-खोए से रहे। फिर मुझे देखकर खिसियाए-से बोले, 'आप कौन हैं? यहाँ क्या करने आए हैं?'

"मैंने विनीत भाव से कहा, 'उदुम्बर-गोत्रीय औदुम्बरायण हूँ, तापस-कुमार! महाराज जानश्रुति ने मुझे भेजा है। मैं जानना चाहता हूँ कि आप क्या महान ऋषि रिक्व के सुपुत्र रैक्व हैं?' "

" 'हूँ तो रिक्व ऋषि का पुत्र रैक्व ही। पर यह जानश्रुति कौन हैं? क्या ये महाभागा शुभा के पिता हैं?' मुझे आश्चर्य हुआ। मैंने विनीत भाव से कहा, 'नहीं, उनकी कन्या का नाम कुछ और है, शुभा नहीं।' "

" 'तो कोई और होंगे। उन्हें मुझसे क्या काम है?' "

जाबाला की छाती को बिजली चीर गई। उसकी वाणी रुद्ध थी, पर उसका रोम-रोम चिल्लाकर कह रहा था–'नहीं, नहीं, शुभा जाबाला ही है! महाराज जानश्रुति ही शुभा के पिता हैं।' किसी को यह चीत्कार नहीं सुनाई दिया। महाराज तो कुछ आश्वस्त-से ही लगे कि जिसकी लड़की को यह तापसकुमार जानता है वह जानश्रुति कोई और हैं!

आचार्य औदुम्बरायण ने बताया कि उन्होंने तापसकुमार से कहा कि राजा जानश्रुति उनसे तत्त्वज्ञान की चर्चा करना चाहते हैं। तापसकुमार ने अवज्ञा की हँसी के साथ कहा, 'ज्ञान की चर्चा करना चाहते हैं? आप उनके कौन होते हैं?'

" 'मैं उनका अध्यापक हूँ।'

" 'तो ज्ञान की चर्चा आपसे ही क्यों नहीं कर लेते? यहाँ मुझे विव्रत करने क्यों आना चाहते हैं?'

" 'मैं उनकी सब जिज्ञासा शान्त नहीं कर सकता। वे बहुत जिज्ञासु हैं, मैं अल्पज्ञ हूँ।'

" 'अच्छा, आप अल्पज्ञ हैं? अल्पज्ञ-जैसी बातें तो आप कर ही रहे हैं!' "

आचार्य ने कहा, "मैंने ऐसे अशिष्ट उत्तर की अपेक्षा नहीं की थी। थोड़ा अप्रतिभ हो गया। तापस को मानो प्रसन्नता हुई। बोला, 'मैं भी अल्पज्ञ हूँ, परन्तु पहले मैं यह जानना चाहता हूँ कि आप मुझसे अधिक अल्पज्ञ हैं या कम। बताइए,

आपने व्याकरण पढ़ा है?'

''मैं इस आदमी से अधिक बात नहीं करना चाहता था। मेरे अभिमान को चोट पहुँची थी। पता नहीं, फिर यह कैसा अशिष्ट वाक्य बोले; इसलिए चुप ही रहा। मगर उसके चेहरे पर भोलापन देखकर थोड़ा कुतूहल हुआ। कहा, 'इतना ही समझिए कि कभी व्याकरण पढ़ा अवश्य था, पर आपसे कम ही जानता हूँ।' तरुण तापस हँस पड़ा, 'वही तो जानना चाहता हूँ कि मुझसे कितना कम जानते हैं। बताइए, स्त्रीलिंग और पुल्लिग पद आप जानते होंगे, पर पदार्थ का भी ज्ञान है? स्त्री-पदार्थ और पुरुष-पदार्थ का भेद आपको मालूम है?'

''मैंने सिर हिलाकर ही बताया कि मुझे मालूम है।

''तरुण तापस ने आश्चर्य से पूछा, 'यह तो बड़ा आश्चर्य है! आपने कभी स्त्री-पदार्थ देखा है?'

''मैं हैरान था, केवल उसके भोले मुँह को आश्चर्य से ताकता रह गया।

'' 'तब तो आप निश्चय ही मुझसे अधिक जानते हैं। मुझे नहीं मालूम था। मुझे तो कुछ ही दिन पहले एक महान दिव्य गुरु मिल गया। उसी गुरु ने मुझे पद और पदार्थ का भेद बताया। तब तक मुझे ज्ञान नहीं था कि पद और पदार्थ को जोड़नेवाला एक पदार्थ है प्रत्यय। वह आत्मा का धर्म है। मैं तो जान गया, पर अभी मैं उसे उपलब्ध नहीं कर पाया। मैं सोच रहा हूँ। प्रत्यय का कुछ रूप मुझे उपलब्ध हो गया है। देखिए, मेरे गुरु का नाम 'शुभा' है। यह पद-मात्र है। शुभा पदार्थ बिल्कुल भिन्न है। उस पदार्थ-जैसी सुन्दर चीज़ मैंने आज तक नहीं देखी। इस समय वह पदार्थ मेरे सामने नहीं है, पर पद आज भी मेरे साथ है। जब मैं कहता हूँ, 'शुभा', तो वह पदार्थ अनायास मेरे मन में आ जाता है। आपके मन में नहीं आएगा, क्योंकि आप उसे नहीं जानते। जानते हैं, वह पदार्थ मेरे मन में क्यों आ जाता है? प्रत्यय के बल से। अगर किसी दिन मैं उसे फिर देखूँ तो पहचान लूँगा कि यह शुभा है। आप नहीं पहचानेंगे, क्योंकि पद और पदार्थ को जोड़नेवाला पदार्थ प्रत्यय है। मेरे पास है, आपके पास नहीं है। यह वायु से निश्चय ही भिन्न है। वायु होता तो आपको भी पहचान देता। मगर आप इस बात को कैसे समझेंगे? आपको शुभा-जैसा गुरु तो मिला नहीं! आप मुझसे ज्ञान में अधिक हैं। भाग्य में हीन! ठीक कह रहा हूँ न!'

'' 'ठीक तो कह रहे हैं पर यह शुभा कौन है, आप मुझे कुछ पहचान बता सकते हैं? आप एक बात भूल रहे हैं। मैंने स्त्री और पुरुष-पदार्थ के भेद जानने की बात कही थी। पुरुष और स्त्री जातिवाचक शब्द हैं, शुभा व्यक्तिवाचक।

शुभा-जैसी और भी स्त्रियाँ होंगी। पर उनमें कुछ विशेषता होती। जाति सामान्य होती है, व्यक्ति विशेष।'

''ऋषिकुमार चकित। बोले, 'आप मुझसे निश्चय ही अधिक जानते हैं। मगर इतना और जान लीजिए कि शुभा-जैसी कोई नहीं हो सकती। वह अद्वितीय है, अनुपमेय है। जाकर आप अपने राजा से कहिए कि मैं कुछ नहीं जानता। मेरा समय नष्ट न करें। शुभा-जैसी कोई स्त्री आपको मिल जाए तो उसी से ज्ञानचर्या करें। जाइए, मुझे और काम है!'

''इतना कहकर वे उठ गए। मैं सोच नहीं सका कि अब क्या करूँ। एक ओर वहीं बैठ गया। वे स्नान करके फिर समाधि पर बैठ गए। बात करते-करते कई बार उन्होंने पीठ खुजलाई।

''मैं दूर से ही उन्हें समाधि की अवस्था में देखता रहा। वहाँ और भी कई लोग बैठे थे। उन्होंने बड़ी श्रद्धा के साथ बताया कि तापस से अपने रोग के बारे में कुछ कहने की आवश्यकता नहीं होती। समाधि-भंग के समय जिस पर उनकी दृष्टि पड़ जाती है वह रोग, शोक, चिन्ता, ग्लानि से अवश्य मुक्त हो जाता है। आप पर उनकी दृष्टि पड़ गई है। अब आपकी सारी चिन्ता दूर हो जाएगी।

''अर्धरात्रि को तापस धरती पर आ गए और रथ के नीचे ही पैर फैलाकर सो गए। मैंने समाधि और निद्रा का भेद स्पष्ट देखा। निद्रा की स्थिति में भी वे पीठ खुजला लेते थे। परन्तु थी वह गाढ़ निद्रा। ब्राह्म मुहूर्त्त में वे उठे, नदी-तट पर जाकर नित्य कृत्य किया। फिर स्नान करके रथ के नीचे आ गए। उस समय कई लोग चुपचाप प्रणाम करके खड़े हो गए। बड़ी प्रसन्नता के साथ उन्होंने उनकी ओर देखा। किसी-किसी से दो-एक बातें भी कर लीं। उनकी प्रसन्न मुद्रा देखकर मैंने भी उनके सामने उपस्थित होने का साहस किया। मुझे भय था कि कहीं कुछ अन्यथा न बोल दें। पर मुझे यह देखकर बड़ा आश्चर्य हुआ कि उनके भोले मुँह पर कुछ कातरता दिखाई पड़ी। बोले, 'कल बुरा मान गए, आचार्य! मैं अल्पज्ञ हूँ, आप बहुत जानते हैं। अल्पज्ञ की बात का बुरा नहीं माना जाता। कल मैंने स्वप्न में अपने गुरु को देखा। गुरु, महाभागा शुभा! वे तो दिव्यलोक-निवासिनी हैं। स्वप्न में आ गईं। आचार्य, क्या बताऊँ कि उनका रूप कैसा सुन्दर है! उनके मुख पर हमारे-जैसे रूखे बाल नहीं हैं, एकदम चिकना, फूल के समान खिला हुआ। आँखें एकदम मृग की आँखों जैसी हैं—बड़ी-बड़ी, काली-काली, अत्यन्त मोहन। केश हमारे-तुम्हारे-जैसे नहीं हैं, एकदम मुलायम, काले, लहरदार! समझे!'

''मैं कुछ जवाब दूँ उसके पहले ही मानो अपने-आपसे ही कह उठे—'कैसे

समझेंगे? देखा भी हो!'

''कहीं फिर न बिगड़ उठें, इस आशंका से मैंने बात आगे बढ़ाने का प्रयत्न किया। कहा, 'आश्चर्य है ऋषिकुमार, महाभागा शुभा आपको स्वप्न में दिख गईं। यह तो अद्भुत है!'

''ऋषिकुमार प्रसन्न हुए। उल्लसित-भाव से कहने लगे—'केवल दिख नहीं गईं, बातें कीं। उन्होंने ही तो कहा कि तुम आचार्य से बात करना नहीं जानते। वे दुःखी हो गए हैं। समझे आचार्य!'

''क्या उत्तर दूँ, यह सोच ही रहा था कि वही बोल पड़े—'कैसे समझेंगे? आपने देखा भी हो!'

''मौन रहना ही उचित था। सो, मैं केवल उत्सुकता से उनकी ओर ताकता रहा—एकटक!

'' 'शुभा ने मुझसे कहा कि तुम्हें आचार्य का सम्मान करना चाहिए। नहीं तो पाप होगा। अच्छा आचार्य, मुझे बता दें कि मैं आपका सम्मान कैसे करूँ? न जाने इस पाप का दंड कितना भोगना पड़ेगा।'

''ऋषिकुमार का मुख म्लान हो गया। पहले दिन जो फक्कड़ाना लापरवाही थी वह एकदम लुप्त हो गई। वे ज़ोर-ज़ोर से अपनी पीठ खुजलाने लगे। मैंने उन्हें आश्वस्त करने के लिए कहा, 'नहीं ऋषिकुमार, तुमसे कोई पाप नहीं हुआ है, कोई दंड भी नहीं भोगना पड़ेगा। तुम्हारे प्रश्न का उत्तर देना मेरे लिए तो कठिन ही है, पर वृद्धों से सुना है कि आसन देकर और प्रणिपात करके वृद्धों का सम्मान किया जाता है।'

''बीच ही में तापसकुमार झुँझलाकर बोल उठे—'आप कैसे जानते हैं? शुभा जानती हैं। आपको पता है कि जिसे धर्म कहा जाता है, वह कभी-कभी भयंकर पाप भी हो जाता है? पर कैसे जानेंगे? शुभा जानती हैं।'

''मैं हैरान था! मनु नहीं, वशिष्ठ नहीं, आपस्तम्ब नहीं, अत्रि नहीं, याज्ञवल्क्य नहीं, धर्म के बारे में जानती हैं तो केवल शुभा! पागल है क्या!

''परन्तु ऋषिकुमार की वाग्धारा आज रुकना नहीं चाहती थी। उसकी बातें उसकी सच्चाई और भोलेपन से ऐसी मीठी लगती थीं कि मैं उत्सुकतापूर्वक सुनता ही रहा।

'' 'अच्छा आचार्य, विपन्न व्यक्ति की सेवा धर्म है न? कैसे जानेंगे आप? कल स्वप्न में मैंने शुभा से पूछा था कि ये लोग मेरे पास रोग-मुक्त होने की आशा से आते हैं, उनकी सेवा धर्म है या नहीं?' उन्होंने हँसकर कहा—'है! शुभा जब

हँसती है तो लगता है कि फूल झर रहे हैं!'

''मैंने कुतूहल के साथ कहा, 'इतना तो मैं भी बता सकता था।' तापसकुमार ठठाकर हँसे और बोले, 'इतना मैं भी जानता था। लेकिन बस, इतना ही। उस रात को ऐसा हुआ कि शुभा को चोट आ गई थी। मैंने कहा कि वे मेरी पीठ पर बैठ जाएँ। यह तो धर्म ही था। लेकिन शुभा ने कहा कि नहीं, यह ठीक नहीं होगा। ऐसा किसी युवक का सोचना भी पाप है। मैं नहीं माना, मैंने अपनी पीठ उसके सामने कर दी। वे हट गईं। मेरी पीठ में सनसनाहट अनुभव हुई। थोड़ी देर वैसे ही बैठा रहा। पर शुभा हट गईं। उन्होंने कहा कि यह अनुचित है, पाप है। सचमुच पाप था। मेरी पीठ की सनसनाहट वैसी ही बनी रह गई। पाप का फल तो मिलता ही है। मैंने वायु-निरोध कर इसे दूर करना चाहा। नहीं दूर हुआ। ऐसा लगता है कि गहराई में कोई शल्य धँस गया है और वहाँ वायु की शक्ति काम नहीं कर पाती। अच्छा आचार्य, वायु से भी कोई प्रबल चीज़ होती होगी? मगर आप कैसे जानेंगे? शुभा बता सकती हैं। शुभा, महाभागा शुभा!' ''

राजा और आचार्य औदुम्बरायण इस मनोरंजक बातचीत में इतने तल्लीन थे कि वे देख ही नहीं सके कि जाबाला के चेहरे पर कैसी सफ़ेदी आ गई। उसे जान पड़ा कि उसके अन्तरतर को कोई आरी से चीर रहा है। उसकी आँखों से आँसू की धारा उमड़ पड़ी थी, पर उसने प्रयत्नपूर्वक अपने को सँभाल लिया। उसके भीतर अजीब तरह की हलचल थी। कैसे बताए कि उस भोले तापसकुमार की शुभा वही है। हाय, यह वयस्क शिशु कितना भोला है, कितना सरल! उसने लोकगीतों में किसी भोले प्रेमी की कहानी सुनी थी। वह थका-माँदा अपनी अज्ञातनामा प्रिया के द्वार पर पहुँचकर गिड़गिड़ाकर पूछने लगा, 'वह है कहाँ, कोई बता दे मुझे।' प्रिया कटकर रह गई। शर्म से बोल ही नहीं पाई कि 'अरे भोले बटोही, वह मैं ही तो हूँ, वह मैं ही तो हूँ।' जाबाला को कुछ वैसा ही अनुभव हो रहा था।

आचार्य कहने लगे–''मैं कुछ कहूँ, यह तापस को स्वीकार नहीं था। इसलिए मैं चुपचाप सुनता रहा। भोलेराम को यह बताना व्यर्थ था कि शुभा के अतिरिक्त कोई और भी कुछ जानता है। पर महाराज, यह शुभा कौन है? उसके पिता का भी वही नाम है जो आपका है।'' फिर जाबाला की ओर देखकर बोले, ''जानश्रुति-कन्या तो तुम भी हो बिट्टो रानी! इतने में तो तू उसकी गुरु शुभा के समान ही है। पता नहीं, उसने इस भोले तापस को कितनी गहराई में प्रभावित किया है!''

जाबाला रुद्धवाक्, हतचेष्ट!

आचार्य ने आगे कहा, ''अभी इस सत्संग का सबसे मनोरंजक अंश आपको नहीं बता पाया। मैंने विनोद करने की इच्छा से ही पूछा, 'अच्छा ऋषिकुमार, प्राणवायु से भी अधिक गहराई में जो चीज़ है उसके बारे में शुभा ने कुछ नहीं बताया? सुना है कि तत्त्वज्ञानी लोग उसे 'मन' कहते हैं। आपको इसका पता नहीं है?'

''ऋषिकुमार ने कहा, 'है। मैंने बाल्यावस्था में अपने पिता से सुना था कि आरुणि उद्दालक ने अपने पुत्र श्वेतकेतु से कहा था कि जिस प्रकार एक सूत्र में बँधा हुआ पक्षी पहले प्रत्येक दिशा में उड़ने की चेष्टा करता है और कहीं शान्ति न पाकर उसी स्थान पर बैठ जाता है जहाँ पर कि वह बँधा हुआ है; ठीक उसी प्रकार सौम्य मन प्रत्येक दिशा में उड़ने के बाद कहीं शान्ति न पाकर श्वास पर ठहर जाता है, क्योंकि मन श्वास से ही बँधा हुआ है। तभी से मैंने मन के बारे में सुन रखा है। पर मन तो श्वास से बँधा है। श्वास वायु है। इसलिए मन वायु के बस में रहता है। शुभा ने उसके बारे में कुछ नहीं बताया। समय ही कहाँ मिला! शूद्रों का मेला था, उन्हें पकड़कर न जाने कहाँ ले गए। अच्छा आचार्य, आप क्या अनुभव करते हैं, मन प्रबल है या वायु?'

''मैंने किसी भूमिका के बिना दृढ़ता के साथ कहा, 'मन।'

''ऋषिकुमार सोचने लगे। अपने-आप से ही कहा, 'शुभा ने कहा था, मैं जिसे वायु कहता हूँ वह वही चीज़ है जिसे तत्त्वदर्शी लोग आत्मा कहते हैं। मन बीच में कहाँ से आ गया?' फिर मेरी ओर देखकर बोले, 'मुझे ऐसा लगा है आचार्य, कि वायु भी शक्तिशाली है पर अलग स्तर पर। मन भी हो सकता है, दूसरे स्तर पर। इनमें विरोध नहीं है। महाभागा शुभा ने बताया था कि पद और पदार्थ को जोड़नेवाला तत्त्व प्रत्यय है, वह आत्मा का धर्म है। यह प्रत्यय रहता तो मन में ही है। श्वास में तो निश्चय ही नहीं रहता। पर...नहीं आचार्य, मैं भटक गया हूँ, मुझे ठीक सूझ नहीं रहा है, मैं गुरु की खोज में जा रहा हूँ। आप नहीं जानते, मैं बहुत व्याकुल हूँ।'

''मैं चुपचाप बैठा रहा। हटने का कोई प्रयत्न नहीं किया। ऋषिकुमार चिन्तित दिखाई पड़े। फिर एकाएक बोले, 'वायु के बल पर मैं निर्जीव वस्तुओं में गति पैदा कर सकता हूँ, पर सजीव वस्तुओं पर यह बल नहीं चलता। आपके हाथ में जो डंडा है, उसे छोड़िए तो ज़रा।'

''मैंने छोड़ दिया। वह धरती पर गिर गया। ऋषिकुमार ने श्वास-निरोध

किया। थोड़ी देर में डंडा सीधा खड़ा हो गया और धीरे-धीरे उनकी ओर सरकने लगा। उन्होंने रेचक की प्रक्रिया शुरू की। डंडा धीरे-धीरे मेरे पास आ गया और लुढ़ककर धरती पर गिर गया। ऋषिकुमार ने मेरी ओर देखकर कहा, 'अब आप इस पर मन की शक्ति लगाकर देखिए तो, इसमें हलचल होती है या नहीं।'

''मैंने हाथ जोड़कर कहा, 'ऋषिकुमार, मुझे मन की शक्ति लगाने का अभ्यास नहीं है। मैंने सुनी-सुनाई बात आपसे कही है।'

''ऋषिकुमार ने आश्चर्य से मेरी ओर देखा—'आप बिना परीक्षा किए ही कोई बात मान लेते हैं? विचित्र है। यह तो नेयता हुई। यही शूद्र-धर्म है।'

''फिर एकाएक उठकर खड़े हो गए। बोले, 'मैं ही परीक्षा करूँगा। कहीं गुरु के दर्शन हो जाते!' फिर कुछ असमंजस में पड़े दिखाई दिए—'आपने यह नहीं बताया कि मुझे किस प्रकार आपका सम्मान करना चाहिए। बताइए न!' मैं क्या बताता! उनके उद्विग्न भोले मुख की ओर ताकता रहा। फिर ऋषिकुमार ने नम्रता के साथ कहा, 'मैं आपको प्रणिपात निवेदन करता हूँ। मेरा किया हुआ यह सम्मान ग्रहण करें।' फिर एकदम चल पड़े, जान पड़ा जैसे उड़े जा रहे हैं। शायद गुरु की खोज में चल पड़े। मैं दूर तक उन्हें जाते देखता रहा। रह-रहकर वे अपनी पीठ पर हाथ फेर लेते थे।''

कहानी समाप्त करने के बाद राजा और आचार्य दोनों ने आश्चर्य के साथ देखा कि जाबाला का चेहरा सफेद हो गया है। वह एकदम पाषाणमूर्ति के समान जड़ीभूत हो गई है। दोनों उसकी दशा से चिन्तातुर हो उठे।

चार

ऋषिकुमार रैक्व व्याकुल-भाव से चलते गए। कहाँ जा रहे हैं, यह उन्हें स्वयं नहीं मालूम। विचित्र प्रकार की व्याकुलता उनके मन में है पर वे समझ नहीं पा रहे हैं। प्राण-वायु की शक्ति से वे थोड़ा-बहुत जड़ पदार्थों को प्रभावित कर सकते हैं। आश्वलायन ने यह तो उन्हें बताया था कि हंसों की वाणी से स्पष्ट है कि 'रयि' पदार्थ रैक्व के पास पहुँच जाते हैं। पर उन्होंने यह नहीं बताया कि 'रयि' वस्तुतः जड़ पदार्थों का वाचक है। पर स्वप्न में शुभा कैसे खिंच आई, वह तो जड़ पदार्थ नहीं है! स्वप्न कौन देखता है? आचार्य कहते हैं कि मन नामक कोई पदार्थ है, वह वायु से अधिक शक्तिशाली है। यह उनकी सुनी-सुनाई बात है, परीक्षित सत्य नहीं है; पर जिससे सुना होगा, वह कदाचित् परीक्षा कर चुका हो। स्वप्न में क्या मन कार्यरत रहता है? स्वप्न क्या है? सुषुप्ति क्या है?

प्राण-वायु और मन का क्या सम्बन्ध है? किससे पूछा जाए, कौन बताएगा? शुभा बता सकती थी पर वह मिलेगी कहाँ? क्या मन की शक्ति से उसे प्रत्यक्ष खींचा जा सकता है? स्वप्न में जो बिना बुलाए ही आ गई, वह क्या प्रयत्न करने पर भी जाग्रत अवस्था में नहीं मिल सकती? ऋषिकुमार चलते गए। कुश-कंटकों से पैर बिन्ध जाते थे, पर वे अपनी धुन में मस्त थे। कब रात हुई, कब थककर बैठ गए, इसका ध्यान ही नहीं रहा। पीठ की जो सनसनाहट भूल गई थी, वह अवसर पाते ही फिर अनुभूत हुई। उन्होंने पीठ पर हाथ फेरा। व्यथा कुछ गहराई में उतरती जान पड़ी। छाती तक उसने हमला किया। एक हाथ से छाती पकड़ी। सनसनाहट जा नहीं रही है। प्राणायाम करना चाहिए, पर प्राणायाम सिद्ध नहीं हो रहा है। व्याकुलता बढ़ गई जान पड़ी। क्लान्ति से शरीर चूर-चूर हो गया। उन्हें झपकी आ गई। थोड़ी देर में वे सो गए। स्वप्न में शुभा दिखाई पड़ी। चिन्ता-कातर मुख की शोभा कुछ और ही थी। उन्हें शुभा के अमृत-वचन सुनाई दिए : 'ऋषिकुमार, तुम्हारी पीठ में बड़ी वेदना है। आओ, तुम्हारी पीठ सहला दूँ।' और सचमुच ही शुभा ने उसकी पीठ पर हाथ फेर दिया। कितना शीतल स्पर्श था! सारी व्यथा जाती रही। ऋषिकुमार को अपूर्व तृप्ति मिल रही थी। पर अचानक उनकी निद्रा भंग हुई। बैठे-बैठे जहाँ लेट गए थे वहाँ एक सुन्दर-सी लता थी। उसी के पल्लव हवा के झोंके से उनकी पीठ पर झूम रहे थे। क्या रहस्य है? इस लता में कुछ दैवी शक्ति थी क्या? पर हिल तो रही है वायु से ही। यह तो वायु की शक्ति का ही उद्घोष है। ऋषिकुमार को अपना परीक्षित सत्य फिर अभिभूत करने लगा—वायु ही परम शक्तिशाली तत्त्व है! पर स्वप्न क्या वायु का उपजाया था? वे फिर विचारमग्न हो गए।

प्रातःकालीन हवा ने उनमें ताजगी भरी। उन्हें लगा कि पीठ की सनसनाहट कुछ कम हुई है। वे खड़े हो गए और फिर चलने लगे। वायु में ऐसा कुछ अवश्य है जो शरीर में स्फूर्ति भरता है।

कल दिन-भर कुछ न खाया, न पिया। आज उन्हें भूख और प्यास दोनों का अनुभव हुआ। सामने नदी थी। पहले स्नान कर लिया जाए, फिर कुछ कन्दमूल-फल खोजा जाए। वे सीधे नदी की ओर बढ़े। किनारा बुरी तरह ऊबड़-खाबड़ था। किनारे-किनारे कुछ आगे बढ़े। एक जगह उतरने का अच्छा घाट-सा बना हुआ था। वे उतर गए। पर स्नान नहीं कर सके। वहाँ एक वृद्धा स्नानादि से निवृत्त होकर सूर्य को अर्घ्य दे रही थीं। वे एकटक उन्हीं की ओर देखने लगे। आश्चर्य और कुतूहल से उनकी आँखें कान तक फैल गईं। शुभा के मुख की तरह यह मुख

भी चिकना था। कहीं दाढ़ी-मूँछ के जटिल बाल नहीं थे। कहीं-कहीं झुर्रियाँ थीं, पर सब मिलाकर वह शुभा के मुख के समान ही सौम्य-मनोहर था। केश कुछ सफेद थे, पर यह सफेदी तो बूढ़े ऋषियों के केशों में भी दिख जाती है। वे बड़े ऋषियों के सफेद बालों से अधिक स्वच्छ और मुलायम थे। क्या ये भी स्त्री-पदार्थ हैं? पूछना चाहिए।

पर उन्हें पूछना नहीं पड़ा। वृद्धा महिला ने ही उनकी ओर देखकर पूछा, ''इस तरह क्या ताक रहे हो, सौम्य? तुम कौन हो?''

ऋषिकुमार के आश्चर्य में मानो बाढ़ आ गई। यह वाणी भी वैसी ही मधुर है, कानों में मानो अमृत घोलती हुई। वे क्या कहकर सम्बोधन करें, कुछ समझ में नहीं आया। 'शुभे' कहें? ना। शुभा तो बस एक ही है–अद्वितीय! तो फिर? व्याकरण और कोश में पढ़े हुए अनेक स्त्रीलिंग सम्बोधन उनके मन में आए, पर निश्चय कुछ भी नहीं कर सके। कौन जाने, ठीक से समझ पाएँ या नहीं। बहुत छुटपन में पिता से सुना था कि ब्रह्मचारी को यदि भिक्षा माँगने जाना हो तो गृहस्वामिनी को 'भवति' कहकर सम्बोधन करना चाहिए। व्याकरण की दृष्टि से गृहस्वामिनी भी तो स्त्री-पदार्थ है। भिक्षा माँगने का कभी अवसर ही नहीं मिला और आज भी नहीं माँग रहे हैं, फिर भी 'भवति' सम्बोधन बुरा तो नहीं है। उनके गले से आवाज़ नहीं निकल पा रही थी। रुक-रुककर बोले, ''भवति, प्रणिपात स्वीकार करें। मैं रिक्व ऋषि का पुत्र हूँ, लोग मुझे रैक्व कहते हैं। पर पहले आप मुझे यह बताएँ कि क्या कहकर मैं आपको सम्बोधित करूँ?''

वृद्धा को कुछ कुतूहल हुआ। मृदु-भाव से कहा, ''सौम्य, तेरे-जैसे लड़के मेरी-जैसी वृद्धा को 'माँ' कहकर पुकारते हैं। तुझे इतना भी नहीं मालूम? तेरी माँ तो होंगी!''

ऋषिकुमार की आँखें विकच पुंडरीक की तरह खिल गईं। अपने-आपको ही समझाते हुए कहा, ''ठीक ही समझा था, आप भी शुभा की भाँति स्त्री-पदार्थ हैं?''

वृद्धा को और भी विस्मय हुआ–''क्या तूने स्त्री नहीं देखी, तेरी माँ या बहिन नहीं है? घर में कोई महिला नहीं है?''

''थोड़ा रुको माँ, थोड़ा रुको। मेरी माँ थीं, मगर मेरे जन्म के समय ही चल बसीं, ऐसा पिताजी ने बताया था। पिताजी भी बचपन में मुझे छोड़कर वायुलीन हो गए, मैं अकेला ही रहा। ध्यान और तप में लग गया!''

''तो तूने सचमुच कोई स्त्री नहीं देखी?''

''देखी है माँ, शुभा को देखा है; बहुत सुन्दर है शुभा। बहुत मीठा बोलती

है। बहुत बड़ी तत्त्वज्ञानी है। पिछली रात ही तो उसे स्वप्न में देखा है।''

''शुभा कौन है, बेटा?''

''मेरी गुरु हैं। उन्होंने ही तो मुझे बताया था कि स्त्री-पदार्थ और पुरुष-पदार्थ में भेद है। उन्होंने ही बताया कि पद और पदार्थ का सम्बन्ध 'प्रत्यय' जोड़ता है। प्रत्यय आत्मा का धर्म है। पर मैं थोड़ा-बहुत ही सीख पाया। थोड़ी देर के लिए ही तो उन्हें देख पाया था।''

ऋषिकुमार अजीब-सी व्याकुलता अनुभव करने लगे। उनके हाथ अनायास पीठ की ओर चले गए। वे जोर-जोर से पीठ खुजलाने लगे। वृद्धा के मन में इस वयस्क शिशु के प्रति वात्सल्य-भाव उमड़ आया। बोली, ''तू तो बेटा, इतना बड़ा हो गया, लेकिन अभी दुधमुँहे बच्चे-जैसा भोला-भाला है। यह बता कि तुझे मालूम है कि बच्चे को माँ की हर आज्ञा का पालन करना चाहिए?''

''मालूम है माँ, मेरे बचपन में मैंने अपने पिता के आश्रम में एक तत्त्वदर्शी महात्मा दाल्भ्य वैरोचनि को देखा था। उन्होंने बताया था कि आदि-मनु ने कहा है कि आचार्य से सौ गुना गौरव पिता का होता है और पिता से हजार गुना गौरव माता का होता है, पर मुझे अवसर ही कहाँ मिला कि मैं माता को गौरव दूँ?''

''आज मिला है न? मैं तेरी माँ हूँ। उठ, पहले स्नान कर ले। फिर मेरे साथ मेरी कुटिया में चल, वहाँ कुछ खा ले, फिर तुझसे और बात पूछूँगी। उठ, जल्दी कर।''

''अच्छा माँ, जो आप कहोगी, वह अवश्य करूँगा, पर मैं मन और आत्मा के बारे में जानने को व्याकुल हूँ, स्वप्न और निद्रा का रहस्य जानने को छटपटा रहा हूँ, आप यह सब बताएँगी न?''

''चल बेटा, यह तो तुझे किसी बड़े तत्त्वज्ञानी से पूछना चाहिए। तुझे एक बड़े तत्त्वज्ञानी से मिला दूँगी।''

''वे भी क्या स्त्री-पदार्थ हैं, माँ?''

''नहीं रे, वे तेरे पिता के समान हैं, मेरे पति। माँ का पति कौन होता है, जानता है?''

''जानता हूँ—पिता!''

''तो उन्हें अपना पिता मानकर जो पूछना हो, पूछना।''

''वे शुभा के समान ही ज्ञानी होंगे, माँ!''

''अभी तो उठकर स्नान कर। पहले मैं तेरी शुभा के बारे में जान लूँ, फिर बताऊँगी कि शुभा के समान हैं या उससे बड़े। उठ बेटा, स्नान कर।''

वृद्धा माता ने ऋषिकुमार के रूक्ष मस्तक पर प्यार से अपना हाथ रख दिया। उन्हें अद्भुत आनन्द मिला।

स्नानादि से निवृत्त होकर ऋषिकुमार रैक्व वृद्धा की कुटिया में गए और पहली बार माँ के हाथ का बना भोजन ग्रहण किया। उन्हें सबकुछ विचित्र लग रहा था। भोजन में अकृष्ट-पच्य नीवार के उबाले हुए दाने थे और साथ में उसी प्रकार के भुने हुए कुछ कन्दमूल, जिनमें थोड़ी मात्रा में लवण मिलाया गया था। ऋषिकुमार ने बड़ी तृप्ति के साथ उन्हें ग्रहण किया। वे एक-एक के बारे में पूछते जाते थे। माँ ने उन्हें बताया कि यह तपस्वी लोगों का भोजन है। गृहस्थ लोग जमीन जोतकर चावल-गेहूँ आदि उगाते हैं। जो जमीन जोती जाती है उसे कृष्ट भूमि कहते हैं। पर तपस्वी लोग बिना जोती जमीन में जो पौधे अपने-आप उगते हैं और फिर स्वयं पककर झड़ जाते हैं, ऐसे दानों से ही काम चलाते हैं। इसी को अकृष्ट-पच्य अन्न कहते हैं। ये अग्नि की सहायता से उबाले जाते हैं। फिर पत्ते के दोने में उन्होंने थोड़ा-सा मधु भी दिया। उन्होंने यह भी बताया कि उनके पास एक गाय भी है, पर अभी वह दूध नहीं दे रही है। जल्दी वह दूध देने लगेगी तो ऋषिकुमार को दूध-दही भी थोड़ा-बहुत मिल सकेगा।

माँ ने प्यार से पूछा, "बेटा, तुझे कभी दूध मिला है?"

"हाँ माँ, जब पिताजी जीवित थे तो मिलता था, पर अब कई वर्षों से नहीं मिला।"

वृद्धा माता की आँखें डबडबा आईं—"हाय, तुझे न माता का सुख मिला, न पिता का। अच्छा बेटा, तू यहीं रहकर जैसा चाहे वैसा चिन्तन-मनन कर। माँ को छोड़कर कहीं मत जा। कल तिल के पत्ते लाकर तेरे केश साफ कर दूँगी। तेरे शरीर पर मैल भी जम गई है। इंगुदी तेल में थोड़ा-सा जौ पीसकर उबटन बनाऊँगी और तुझे खुद नहवाऊँगी। हाय, सोने-जैसा चेहरा कैसा हो गया है। यह तू बार-बार पीठ क्यों खुजला रहा है बेटा, वहाँ भी मैल जम गई होगी।"

"नहीं माँ, वह तो पाप का फल है। मैंने पाप किया था, उसी का दंड भोग रहा हूँ। यहाँ बड़ी सनसनाहट मालूम होती है।"

"पाप? तू क्या पाप करेगा? पाप तो मन में होता है। तेरा मन तो शुद्ध निर्मल है। उसमें पाप कहाँ आ सकता है?"

"पाप मन में होता है, माँ? आश्चर्य है! मैंने तो कभी मन की बात ही नहीं सोची। अच्छा माँ, मन क्या प्राणवायु से अधिक शक्तिशाली होता है?"

"देख बेटा, इसी शरीर में अन्न का बना अंश भी है, प्राण भी है, मन भी

है, विज्ञान भी है, आत्मा भी है। इनमें सत्य सभी हैं पर उत्तरोत्तर बलवान हैं। मैंने सुना है कि भृगु ने अपने पिता वरुण से परम सत्य के स्वरूप के विषय में प्रश्न किया। वरुण ने उन्हें तपःसाधना द्वारा स्वयं ब्रह्म-ज्ञान प्राप्त करने का उपदेश दिया। उन्होंने केवल इतना निर्देश-भर दिया कि परम सत्य अथवा ब्रह्म एक ही होना चाहिए : 'जिसमें समस्त पदार्थ-जगत् का उद्भव हो, जिसमें समस्त पदार्थ-जगत् की स्थिति हो।' तपःसाधना करने के बाद भृगु ने लौटकर पिता से कहा कि अन्न को परम सत्य माना जा सकता है। पिता को इससे सन्तोष न हुआ और पुनः तप करने को कहा। भृगु ने फिर आकर कहा कि 'प्राण को परम सत्य माना जा सकता है।' और शेष कई बार उन्होंने ऐसे ही उत्तर दिए। पिता को भृगु के इन उत्तरों से, कि प्राण और मन और बुद्धि परम सत्य माने जा सकते हैं, सन्तोष न हुआ। अन्त में, भृगु ने यह उत्तर दिया कि 'आनन्दमय आत्मानुभूति को समस्त जगत् का उद्गम माना जा सकता है।' यह ज्ञान रहस्य रूप से सदा 'भार्गवी-विद्या' के नाम से प्रसिद्ध है तथा यह 'परम स्वर्ग' में भी प्रतिष्ठित है।''

''नया सुन रहा हूँ, माँ! ज़रा और खोलके समझाओ ना!''

''अब यह सब तो तू मुझसे न पूछ। अभी तेरे पिताजी के पास ले चलूँगी, उनसे जो पूछना हो पूछ लेना। मुझे यह बता कि किसने तुझे बताया कि तूने पाप किया है?''

''शुभा ने!''

''क्यों, क्या बात हुई कि शुभा ने तुझे बता दिया कि तू पाप कर रहा है?''

''नहीं माँ, शुभा ने तो सिर्फ़ इतना कहा था कि तुम जो कह रहे हो वैसा सोचना भी पाप है। पर मुझसे ग़लती हो गई और पाप लग गया!''

''मुझसे सब बता सकता है, बेटा? क्या सोचना पाप है?''

''हाँ माँ, सब बता देता हूँ।''

फिर ऋषिकुमार ने सारी कथा कह सुनाई। माँ के वली-कुचित चेहरे पर प्रसन्नता की लहरें खेल गईं। सब सुन लेने के बाद बोलीं, ''मेरे भोले लाल, शुभा ने भी ठीक कहा था, तूने भी ठीक कहा था। पर यह जो सनसनाहट है, वह पाप के कारण नहीं है, मन के कोने में छिपी हुई किसी दुर्दम अभिलाषा-भावना की देन है। इसे तो शुभा ही ठीक कर सकती है। पर तू यह बात कभी न सोच कि तूने पाप किया और उसका दंड भोग रहा है। नहीं, इसमें पाप की कोई बात नहीं है। तू समझ नहीं रहा है कि तेरे मन में कहीं बहुत गहराई में शुभा को पाने की

अभिलाषा है। वही सनसनाहट के रूप में अनुभूत हो रही है। यह ठीक हो जाएगा!''

''ठीक हो जाएगा, माँ? कैसे?''

''बताऊँगी। पहले तो शुभा को खोजना पड़ेगा।''

''वह कहाँ मिलेगी, माँ? वह तो दिव्यलोक-निवासिनी है।''

''मिलेगी, चिन्ता न कर। चल, तुझे तेरे पिताजी के पास ले चलूँ।''

पाँच

"देख बेटा, तुझे महान तत्त्वज्ञानी औषस्ति ऋषि के पास ले जा रही हूँ। इन्होंने सृष्टि के रहस्य को समझा है, अपने पूर्वज महान उषस्त के चिन्तन-मनन का परिष्कार किया है और याज्ञवल्क्य के अध्यात्म-ज्ञान को तप और स्वाध्याय के द्वारा और भी उज्ज्वल बना दिया है। तेरी शंकाओं का वे ही समाधान करेंगे। अभी मैंने उन्हीं को तेरा पिता कहा है। उनके पास विनम्र होकर जाना, भूमि पर सिर रखकर प्रणाम करना और जब तक वे बैठने को न कहें, तब तक हाथ जोड़कर खड़े रहना। मेरी बात समझ रहा है न?"

"समझता हूँ, माँ! पर ऐसा क्यों करना होगा? महाभागा शुभा ने भी मुझे स्वप्न में समझाया था कि वृद्धजन का सम्मान करना चाहिए। पर सम्मान इसी तरह क्यों किया जाए, यह बात मेरी समझ में नहीं आई। बहुत छुटपन में मैंने

देखा था कि मेरे पिता के पास दूर-दूर से ब्रह्मचारी आते थे; वे हाथ में कुछ-न-कुछ समिधा लेकर आते थे और पिताजी को प्रणाम करके तब तक खड़े रहते थे जब तक वे उन्हें बैठने को नहीं कहते थे। मेरी समझ में यह सब नहीं आता।''

''समझ जाएगा बेटा, यह शिष्टजनों का आचार है। यदि तुम वृद्धजन के पास जाओ तो प्रणिपात करो और उनकी आज्ञा पाए बिना मत बैठो। यदि कोई वृद्ध तुम्हारे पास आएँ तो उठकर उन्हें प्रणाम करो और फिर आसन दो। मनु ने बताया है कि जब कोई वृद्धजन तरुण के सामने आता है तो तरुण का प्राण ऊपर उठने लगता है। तरुण जब उठकर अभिवादन करता है तो फिर प्राण यथास्थान लौट आता है। हर शिष्ट आचरण का कोई-न-कोई कारण तो होता ही है। उनका पालन अवश्य करना चाहिए।''

''करूँगा, माँ!''

''और देख, उन्हें क्या कहकर सम्बोधित करेगा?''

'' 'पिताजी' कहूँगा।''

''नहीं, अभी तू ज्ञान की इच्छा से जा रहा है, 'भगवन्' या 'भवव:' कहना। तत्त्वज्ञानी आचार्य को जिज्ञासु जन ऐसा ही कहकर सम्बोधित करते हैं।''

''ऐसा ही करूँगा।''

''और देख, तेरे पिताजी के पास जैसे जिज्ञासु ब्रह्मचारी हाथ में समिधा लेकर आया करते थे वैसे ही तू भी हाथ में समिधा ले ले। समिधा यज्ञ का उपकरण है। उसे हाथ में लेकर जाने का अर्थ है कि अभी यज्ञ पूरा नहीं हुआ। ब्रह्मचारी कुछ और ज्ञान प्राप्त करने की इच्छा से आया है। वह जिज्ञासु है। समझ रहा है?''

''हाँ माँ, समिधा लेकर चलूँगा।''

''मैं उनसे तेरे बारे में पहले से ही थोड़ा बता आती हूँ। उन्हें तुझे उपदेश देने में आसानी होगी।''

माताजी थोड़ी देर में लौट आईं और रैक्व से चलने को कहा और वृद्ध ऋषि के पास उन्हें पहुँचाकर लौट आईं।

मृगचर्म पर आसीन शुभ्रकेश ऋषि औषस्ति ने मन्द स्मित के साथ रैक्व की ओर देखा। उनका अभिवादन स्वीकार करके पास ही पड़े एक कुशासन पर बैठ जाने का इंगित किया। उन्हें देखकर रैक्व के मन में सहज श्रद्धा का भाव आया। वे हाथ जोड़कर खड़े ही रह गए। दुबारा आसन ग्रहण करने का निर्देश पाकर वे कुछ अभिभूत-से आसन पर बैठ गए, पर उनकी वाणी रुद्ध ही रही।

औषस्ति ने ही पहल की–''अच्छा सौम्य, तू उद्‍गीथ के विचक्षण व्याख्याता

ऋषि रिक्व का पुत्र है न?''

''हाँ, भगवन्!''

''तेरी माताजी ने मुझे बताया है कि तूने कठोर तप किया है और अब कुछ शंकाओं के समाधान के लिए मेरे पास आया है। तो बता न सौम्य, क्या शंकाएँ हैं तेरी?''

रैक्व ने कहा, ''भगवन्, मैंने बहुत विचार के बाद सत्य पाया है कि वायु ही सबसे प्रबल तत्त्व है। वह ब्रह्मांड में वायु के रूप में और पिंड में प्राण के रूप में क्रियाशील है। ब्रह्मांड के चार देवता–अग्नि, सूर्य, चन्द्र और जल–वायु के अधीन हैं और पिंड के चार इन्द्रिय–वाणी, चक्षु, श्रोतृ और मन–प्राण के अधीन हैं। मैंने प्राणायाम की साधना की है। मैं अनुभव से जानता हूँ कि वायु सबसे प्रबल तत्त्व है। पर महाभागा शुभा ने पूछा था कि वायु क्या वही वस्तु है जिसे महर्षि याज्ञवल्क्य और राजर्षि जनक 'आत्मा' कहते हैं, तो मैं कुछ उत्तर नहीं दे सका। भगवन्, यह आत्मा क्या चीज़ है?

''फिर भगवन्, मैं मन के बारे में भी जानना चाहता हूँ। कुछ लोग कहते हैं कि मन, प्राण से भी अधिक सूक्ष्म है, स्वप्न में वही देखनेवाला होता है। मैं समझ नहीं पा रहा हूँ कि मन का क्या स्वरूप है और स्वप्न का क्या रहस्य है!''

''साधु वत्स, तूने अपना विश्वास और अपनी शंका दोनों को बहुत स्पष्ट रूप से कह दिया है। तूने बहुत तपस्या की है, पर तपस्या का एक बहुत आवश्यक अंग है सत्संग। उसी की कमी तुझमें जान पड़ती है। जो जिस बात को जानता है उससे पूछते रहने से अपनी एकान्त-चिन्तन की त्रुटियाँ दूर होती रहती हैं। पूछते रहना चाहिए। तू जो सोच रहा है, वह नई बात नहीं है, ग़लत भी नहीं है। पर तूने अपनी जानकारी को अन्य जानकारों से पूछकर संशोधित नहीं किया।''

''पूछना क्या इतना आवश्यक है, भगवन्?''

''देख सौम्य! जैसे कोई गन्धार देश के किसी व्यक्ति को आँखें बाँधकर निर्जन स्थान में लाकर छोड़ दे, वह जैसे सब दिशाओं को शोर मचाकर गुँजा देता है, और चिल्लाता है कि आँखें बाँधकर मुझे पकड़ लाए, आँखें बाँधे ही छोड़ दिया है; और फिर जैसे कोई बन्धन को खोलकर उसे कहे, अमुक दिशा में गन्धार देश है, उधर चला जा, तो वह बुद्धिमान् गाँव-गाँव पूछता हुआ गन्धार देश को पहुँच जाता है; ठीक इसी तरह, आचार्य को, गुरु को, पाकर यह भटकता हुआ पुरुष अपने 'सत्' रूप को पाने के लिए चल देता है। इस संसार में बँधे रहने की अवधि तो उतनी ही है जितनी देर तक कोई रास्ते पर डालनेवाला जानकार आँखों पर

बँधी पट्टी खोल नहीं देता। उसके बाद तो 'सत्' की प्राप्ति हो ही जाती है।''

''समझ रहा हूँ, भगवन्।''

''तो सौम्य, तू सत्संग कर। कुछ दिन जानकार लोगों के बीच घूमकर अपने परखे हुए सत्य को फिर से जाँच ले।''

''जानकार लोगों की बात की भी जाँच करनी होगी, भगवन्?''

''हाँ! तू आत्मा के बारे में जानना चाहता है न?''

''हाँ, भगवन्!''

''बहुत पुरानी बात है। एक बार प्रजापति ने घोषणा की थी कि हृदयाकाश में जिस 'आत्मा' का निवास है वह पापों से अलग है, जरा और मृत्यु से छूटा हुआ है, भूख और प्यास से परे है, सत्य-काम और सत्य-संकल्प है—उसी की खोज करनी चाहिए, उसी को जानना चाहिए। जो उस 'आत्मा' को ढूँढ़कर जान लेता है, वह सब लोकों को और सब कामनाओं को पा लेता है।

''प्रजापति की यह घोषणा देव तथा असुर दोनों के कानों में पड़ी। उन्होंने मन-ही-मन कहा, चलो, उस आत्मा का पता चलाएँ, जिसे पा जाने से सब लोकों और सब कामनाओं की प्राप्ति हो जाती है। देवों में से 'इन्द्र' और असुरों में से 'विरोचन' इसी की खोज में निकल पड़े। वे दोनों हाथों में समिधा लेकर, एक-दूसरे के बिना जाने प्रजापति के पास आ पहुँचे। उन्होंने प्रजापति के आश्रम में जाकर बत्तीस वर्ष तक ब्रह्मचर्यपूर्वक निवास किया।''

''बत्तीस वर्ष!''

''हाँ सौम्य, सबसे श्रेष्ठ ज्ञान पाने के लिए यह कोई बड़ी अवधि नहीं है।''

''फिर क्या हुआ?''

''फिर प्रजापति ने उनसे पूछा, किस इच्छा से तुम आश्रम में आए हो? उन्होंने कहा, भगवन्! आपकी घोषणा चारों तरफ गूँज रही थी कि 'आत्मा' पापों से अलग है, जरा और मृत्यु से छूटा हुआ है, भूख और प्यास से परे है, सत्य-काम और सत्य-संकल्प है—उसी को खोजना चाहिए, उसी को जानना चाहिए; जो उस 'आत्मा' को ढूँढ़कर जान लेता है वह सब लोकों को और सब कामनाओं को पा लेता है—हम उसी 'आत्मा' की खोज में आपके आश्रम में आए हैं।''

''यह तो अद्भुत है। प्रजापति ने उन्हें क्या समझाया, भगवन्?''

''प्रजापति ने उन दोनों से कहा, यह जो आँख में पुरुष दीखता है, यह 'आत्मा' है। फिर कहा, यही 'अभय' है, यही 'ब्रह्म' है। उन दोनों ने पूछा,

'भगवन्! यह जो जल में दीखता है, जो दर्पण में दीखता है—यह कौन-सा आत्मा है?' प्रजापति ने उत्तर दिया, 'इनमें भी वही आत्मा दीख पड़ता है जो आँख में दिखाई देता है।' फिर प्रजापति ने उन दोनों से कहा, 'पानी के बर्तन में तुम दोनों अपने को देखो, और फिर 'आत्मा' के विषय में जो कुछ समझ न पड़े, वह मुझसे पूछो।' उन्होंने पानी के बर्तन में देखा। प्रजापति ने पूछा, 'क्या दीखता है?' उन्होंने कहा, 'भगवन्! हमें अपना पूर्ण रूप दीख रहा है, लोम से नख तक, अपना प्रतिरूप, अपनी छाया।' प्रजापति ने उन दोनों से फिर कहा, 'सुन्दर अलंकार और वस्त्र धारण करके, साफ़-सुथरे होकर, पानी के बर्तन में देखो।' उन दोनों ने सुन्दर अलंकार और सुन्दर वस्त्र धारण किए, अपने को साफ़-सुथरा किया, और पानी के बर्तन में देखने लगे। प्रजापति ने उनसे पूछा, 'क्या दीखता है?' उन्होंने कहा, 'भगवन्! जैसे हम सुन्दर अलंकार, सुन्दर वस्त्र धारण किए हुए हैं, साफ़-सुथरे हैं, इसी प्रकार हम दोनों के प्रतिबिम्ब अलंकारवाले, सुन्दर वस्त्र धारण किए हुए और साफ़-सुथरे हैं।' प्रजापति ने कहा, ' 'जाग्रतावस्था' में जिसे तुम देखते हो, यह 'आत्मा' है, यह 'अमृत' है, 'अभय' है, यही 'ब्रह्म' है!' वे दोनों यह सुनकर शान्त-हृदय होकर चल दिए।''

''फिर क्या हुआ, भगवन्?''

''विरोचन तो सन्तुष्ट होकर चले गए। उन्होंने शरीर को ही आत्मा मान लिया। यह ग़लत नहीं था, पर अधूरा अवश्य था। पर इन्द्र ने सोचा कि शरीर तो नष्ट हो जाता है, पर आत्मा अविनश्वर है। वे फिर प्रजापति के पास लौट आए। कई बार उन्हें नई-नई बातें बताई गईं। उन्हें बताया गया कि स्वप्न में जो देखता है, वह आत्मा है। फिर जो सुषुप्ति में विद्यमान रहता है वह आत्मा है। पर इन्द्र बार-बार यह सोचकर लौट आते थे कि प्रजापति ने अभी पूरी बात नहीं बताई। इसीलिए अन्त में वे सत्य को जान सके।''

''क्या जाना, भगवन्?''

''प्रजापति ने बताया था कि देखो इन्द्र! यह शरीर तो मरणधर्मा है, मृत्यु से ग्रसा हुआ है। यह मरणधर्मा शरीर उस अमृत-रूप अशरीर आत्मा का अधिष्ठान है, उसके रहने का स्थान है। आत्मा स्वभाव से अशरीर है, परन्तु जब तक इस शरीर के साथ अपने को एक समझकर रहता है, तब तक उसे भी सुख-दुःख लगा ही रहता है; क्योंकि सुख-दुःख तो शरीर का धर्म ही है। जब तक शरीर के साथ यह अपनी एकता बनाए रखेगा, सुख-दुःख से नहीं छूट सकेगा। वायु, अभ्र, विद्युत, गर्जना—ये भी तो अशरीर ही हैं, कहाँ है इनका शरीर? जिस प्रकार ये 'आकाश'

में रहते हैं, पर शरीर न होने के कारण दीखते नहीं; हाँ, अपने दृश्य-रूप में तब प्रकट होते हैं जब परम ज्योति 'सूर्य' से इनका सम्पर्क होता है; सूर्य की गरमी पाकर वायु अपने असली रूप को धारण कर बहने लगता है; सूर्य की गर्मी से ही अभ्र प्रकट होते हैं, विद्युत चमकती है, गर्जना प्रकट होती है; इसी प्रकार आत्मा भी अशरीर है, वह 'शरीर' में रहता है; परन्तु जब उसका भी 'परम ज्योति' ब्रह्म के साथ सम्पर्क हो जाता है, तब वह भी अपने असली रूप को धारण कर लेता है।''

''असली रूप का क्या तात्पर्य है, भगवन्?''

''जब मनुष्य इस अवस्था में पहुँच जाता है–शरीर में रहता हुआ भी अपने को अशरीरी अनुभव करने लगता है–तब वह खाता हुआ, खेलता हुआ, रमता हुआ, सैर करता हुआ, इस प्रकार विचरता है जैसे यह शरीर, ये बन्धु-बान्धव, ये आस-पास के लोग उसे कुछ याद ही नहीं। वह संसार के जो काम करता है, ऐसे करता है जैसे शरीर के साथ उसका कोई सम्बन्ध नहीं। परम ज्योति के सम्पर्क में आने के कारण वह अपने को शरीर से अलग देख लेता है। वह ऐसा स्पष्ट देख लेता है कि जैसे रथ के साथ घोड़ा जुता होता है वैसे ही उसका प्राण, उसका आत्मा इस शरीर-रूपी रथ के साथ जुता हुआ है; वह स्वयं शरीर नहीं है, न शरीर तथा आत्मा का कोई मूलगत सम्बन्ध है। आकाश में जहाँ भी आँख जड़ी हुई है, वहीं 'चाक्षुष पुरुष', वह आत्मा, बैठा है और इस विशाल जगत् को मानो झरोखों में बैठा झाँक रहा है। आँख क्या है? यह कोई स्वतन्त्र वस्तु नहीं है, उसी के देखने का साधन है–जो देख रहा है, वही 'आत्मा' है। नासिका गन्ध ग्रहण करने के लिए है–यह साधन है; जो गन्ध ग्रहण करता है, वही 'आत्मा' है। कान सुनने के लिए है, यह साधन है; जो सुनता है, वही 'आत्मा' है।''

''और मन क्या है, भगवन्?''

''मन आत्मा का देव-चक्षु है, दिव्य नेत्र है। इससे यह आगे-पीछे, भूत-भविष्यत् सब देखता है। इसी दिव्य-चक्षु द्वारा मन में ही रमण करता है, परन्तु यह भी आत्मा का साधन है; जो मन के द्वारा मनन करता है वही 'आत्मा' है। जो देवगण इस संसार के साथ अधिक सम्पर्क न रखकर ब्रह्मलोक में विचरण करते हैं, ब्रह्म-ध्यान में लीन रहते हैं, वे इसी 'आत्मा' की उपासना किया करते हैं, इसीलिए सब लोक और सब कामनाएँ उनके वश में रहती हैं। जो उस आत्मा को ढूँढ़कर जान लेता है वह सब लोकों और सब कामनाओं को प्राप्त कर लेता है।''

"भगवन्, यह सब क्या सुन रहा हूँ! मैंने पहले तत्त्वज्ञानियों से न पूछकर बहुत बड़ी भूल की है।"

"हाँ, वत्स, मैं चाहूँगा कि तत्त्वज्ञानियों से मिलकर अपनी जानकारी में संशोधन कर। देख वत्स, सत्य एक और अखंड है। इसके एक भी पहलू को सही-सही पकड़ लेने पर बाकी सब साफ हो जाते हैं। कुछ दिन सत्संग करके मेरे पास आ जाना।"

"कृतार्थ हुआ भगवन्! एक प्रश्न और..."

परन्तु वृद्ध औषस्ति इतना ही कहकर फिर ध्यानस्थ हो गए। रैक्व इस बीच तीन बार पीठ खुजला चुके थे।

रैक्व थोड़ी देर तक प्रतीक्षा करते रहे कि ऋषि फिर उन्हें कुछ बताएँगे, पर ऋषि का ध्यान नहीं टूटा। देर तक प्रतीक्षा करके अधीर होकर वे उठने को हुए। इसी समय औषस्ति ने आँखें खोलीं और उन्हें सम्बोधित किया, "रैक्व!"

"हाँ, भगवन्!"

"तुमने वायु को परम शक्तिशाली तत्त्व समझा है न?"

"समझा था भगवन्, अब कुछ और समझने का प्रयत्न करूँगा।"

"बहुत ग़लत नहीं समझा था, वत्स! वैदिक ऋचा के द्रष्टा ऋषि ने भी कभी ऐसा अनुभव किया था–'नमस्ते वायो। त्वमेव प्रत्यक्षं ब्रह्मासि' ('हे वायु, तुम्हें प्रणाम करता हूँ। तुम्हीं प्रत्यक्ष ब्रह्म हो।) परन्तु उनके समझने में और तुम्हारे समझने में थोड़ा अन्तर है। 'ब्रह्म' तो समझते हो न?"

"नहीं, भगवन्।"

"तुमने जैसे अपने सीमित चिन्तन से यह अनुभव किया है कि पिंड में जो प्राण है वही ब्रह्मांड में वायु है–दोनों वास्तव में एक ही तत्त्व हैं, उसी प्रकार, सौम्य, पुराण-ऋषियों ने अनुभव किया था कि पिंड में जो आत्मा है वही ब्रह्मांड में ब्रह्म है–सदा विद्यमान अखंड चैतन्य-स्वरूप, अनाविल आनन्द-रूप। एक शब्द में, बेटा सच्चिदानन्द। इसीलिए ब्रह्म और आत्मा अभिन्न तत्त्व है। मन्त्र-द्रष्टा ऋषि ने वायु को ही प्रत्यक्ष ब्रह्म कहा था। अर्थात् सत्ता की सदा विद्यमानता, चैतन्य की शाश्वत लीला आदि आनन्द की अनवरत अभिव्यक्ति का प्रत्यक्ष रूप वायु है। वैदिक विचारक एकैक-तत्त्ववादी थे। वे जिस समय जिस देवता की स्तुति कर रहे होते थे उस समय उसी को एकमात्र परम शक्ति के रूप में प्रत्यक्ष अनुभव करते थे। कभी वे सूर्य को, कभी अग्नि को, कभी अन्य देवता को परम शक्ति का प्रत्यक्ष विग्रह मानकर उसी परम शक्ति की बात कहते थे जिसका एक रूप वह ध्यानस्थ

देवता होता था। वायु भी उसी का रूप है, उसके माध्यम से वह परमशक्ति को अनुभव करने का प्रयत्न करते थे। तुम शायद ऐसा नहीं करते। मेरा अनुमान ठीक है, सौम्य?"

"लगता है कि आपने ठीक ही अनुमान किया है। मैं जब वायु को शक्तिशाली तत्त्व मानता हूँ तो वायु को ही सबकुछ मानता हूँ। उसके माध्यम से और किसी शक्ति को पकड़ने का प्रयास नहीं करता!"

"यह दोष है, वत्स।"

"मुझे फिर क्या करना चाहिए, भगवन्?"

"तप और स्वाध्याय से, मनन और निदिध्यासन से, ध्यान और समाधि से वह परम तत्त्व अनुभव का विषय बनता है। परन्तु यह अच्छी तरह जान लो वत्स, कि सत्संग और सदाचार से, स्वाध्याय और ब्रह्मचर्य से ही यह मनुष्य का शरीर, इसके भीतर देखनेवाला अन्तःकरण वह पवित्र अधिष्ठान बनता है जिसमें आत्मानुभूति स्थिर और अचंचल होकर निवास करती है। सत्यवचन रथीतर सत्य को ही परम तप मानते थे, तपोनिष्ठ पौरुषष्ठि तपस्या और ब्रह्मचर्य को ही परम सद्गुण मानते थे और नाक मौद्गल्य स्वाध्याय को ही सर्वश्रेष्ठ साधन स्वीकार करते थे। वेदों के परम रहस्यज्ञ बादरायण व्यास पर-दुःख को दूर करने के सच्चे प्रयास को ही धर्म का मूल मानते थे। सत्य बड़ा गुण है, स्वाध्याय और सत्संग परम तप है, और पर-दुःख-कातरता सबसे बड़ा मानवीय गुण है। सर्वत्र आत्मानुभूति का प्रत्यक्ष प्रमाण है दूसरों के सुख के लिए अपने-आपको दलित द्राक्षा की तरह निचोड़कर दे देना। इससे बड़ा तप मुझे मालूम नहीं है। मेरी बातें समझ रहे हो, सौम्य!"

"समझ रहा हूँ, भगवन्!"

"तूने एकान्त-वास करके बहुत तप किया है न, वत्स?"

"किया है भगवन्!"

"एकान्त का तप बड़ा तप नहीं है, बेटा! देखो, संसार में कितना कष्ट है, रोग है, शोक है, दरिद्रता है, कुसंस्कार है। लोग दुःख से व्याकुल हैं। उनमें जाना चाहिए। उनके दुःख का भागी बनकर उनका कष्ट दूर करने का प्रयत्न करो। यही वास्तविक तप है। जिसे यह सत्य प्रकट हो गया है कि सर्वत्र एक ही आत्मा विद्यमान है वह दुःख-कष्ट से जर्जर मानवता की कैसे उपेक्षा कर सकता है, वत्स? क्या समझते हो, कर सकता है?"

"नहीं कर सकता, भगवन्!"

''साधु वत्स, सज्जनों का संग, सद्ग्रन्थों का अध्ययन, सत्य पर दृढ़ आस्था और दुःखी जनों की सेवा ही परम धर्म है। समझ रहे हो?''

''समझ रहा हूँ, भगवन्!''

''देखो, पूर्ण मनुष्य बनो। चार पुरुषार्थ हैं–धर्म, अर्थ, काम, मोक्ष। इनमें पहले तीन साधन हैं, अन्तिम साध्य है। पहले तीन में धर्म सबसे बड़ा है। उसके अनुकूल रहकर अर्थ का उपार्जन करना चाहिए। अर्थ प्रधान नहीं है–धर्म का अविरोधी रहकर ही पुरुषार्थ है। धर्म के विरुद्ध जाने पर त्याज्य है। इसी प्रकार सौम्य! काम, धर्म और अर्थ का अविरोधी रहकर ही पुरुषार्थ कहलाता है। धर्म और अर्थ के विरुद्ध जाने पर वह आचरणीय नहीं रहता। समझ रहे हो, वत्स?''

''पूरी तरह नहीं समझ रहा हूँ, भगवन्!''

''अपनी माताजी से पूछना।''

''पूछूँगा भगवन्।''

''अच्छा सौम्य, तूने ब्रह्मचर्य-वास कर लिया है। विधिपूर्वक नहीं हो सका, पर उसमें तुम्हारा कोई दोष नहीं है। अब गृहस्थ-आश्रम में प्रवेश करने का समय आ गया है।''

''नहीं समझा, भगवन्!''

''कैसे समझेगा, वत्स? तूने गृहस्थ जीवन का सुख देखा ही नहीं। जानता है सौम्य, पितृ-ऋण से मुक्त होने के लिए कुलीन जन विवाह किया करते हैं। विवाह के माध्यम से ही पुरुष और स्त्री पूर्णता प्राप्त करते हैं, संसार के सबसे बड़े लक्ष्य प्रेम को प्राप्त करते हैं।''

''नहीं समझा, भगवन्!''

''यह भी माताजी से पूछ लेना। अब तुम जा सकते हो। मेरी बातों पर मनन करने के बाद फिर आना। यदि कोई सन्देह रह गया हो तो उसका निराकरण कर लेना। जाओ बेटा, 'तेजस्विनावधीतमस्तु!' हमने अब तक जो पढ़ाया, तुमने जो पढ़ा, वह तेजस्वी हो!''

छह

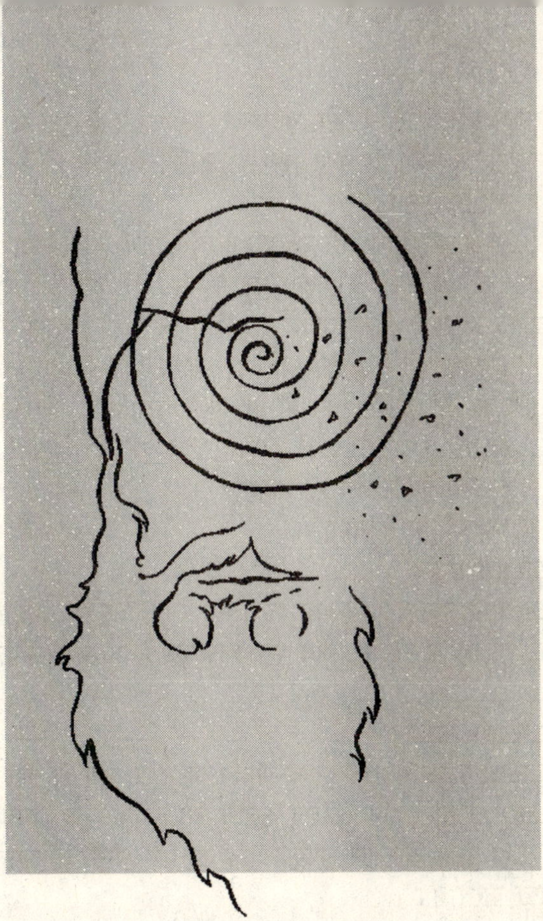

रैक्व थके हुए, हारे हुए-से माताजी के पास चले। यह शरीर नाशमान् है, प्राण विनश्वर साधन-मात्र है, मन भी नष्ट हो जानेवाला साधन है, अविनश्वर है केवल आत्मा। पिंड में जो आत्मा है वह ब्रह्मांड-व्यापी ब्रह्म है। उनके मन में बड़ी उथल-पुथल थी। माताजी से विवाह का अर्थ पूछना है, वृद्ध ऋषि कहते हैं कि विवाह मनुष्य को पूर्ण बनाता है। क्या रहस्य है इन बातों का? उनकी तपस्या अधूरी है, क्योंकि सत्संग नहीं किया। बात ठीक लगी। अगर महाभागा शुभा न मिल गई होती तो उनका ज्ञान बढ़ नहीं पाता। महाभागा शुभा! चम्पक पुष्प का-सा रंग है, मृगछौने की-सी आँखें, अमृत की-सी वाणी है। यह सब भी क्या विनश्वर तत्त्व हैं? जिन आँखों को देखकर उन्हें भ्रम हुआ था कि मृग की आँखें किसी प्रकार चिपका दी गई हैं वह भी विनश्वर साधन-मात्र है? होगा, पर उसे

भुलाया जा सकता है? विनश्वर वस्तुएँ इतनी मोहक कैसे होती हैं? शुभा का सौन्दर्य सत्य है, अविस्मरणीय है, मोहन है। विनश्वर होने से कोई चीज असत्य क्यों होगी? ऋषि औषस्ति कहते हैं कि विरोचन ने शरीर को ही आत्मा मान लिया था यह बात बिल्कुल असत्य नहीं है, अधूरा सत्य है। क्या दूसरा अर्थ यह है कि शरीर भी सत्य है? माताजी से पूछना होगा। शरीर का ध्यान आते ही शुभा का मोहन दिव्य रूप ध्यान में आ जाता था। रूप अधूरा सत्य है। पूरा सत्य क्या है? शायद आत्मा, मन और प्राण के साथ वह पूरा सत्य है। शुभा के दिव्य रूप में भी आत्मा है, उसकी मृग-जैसी आँखें उस आत्मा के साधन-रूप में ही सत्य हैं। सत्संग करना चाहिए। सत्संग तो शुभा के साथ ही हो सकता है या फिर माताजी के साथ।

रैक्व सारी बातों को अच्छी तरह समझ लेना चाहते थे। माताजी के पास पहुँचने के पहले कहीं एकान्त में बैठकर सब बातों पर विचार कर लेना उन्हें ठीक जान पड़ा। वे नदी तट की ओर बढ़ गए। अपने में ही खोए हुए वे आगे बढ़ते गए। रास्ते में उन्हें रुक जाना पड़ा।

एक स्त्री अपने छोटे-से दुर्बल बच्चे को गोद में लिए बैठी हुई थी। उसके शरीर को ढँकनेवाला गन्दा वस्त्र तार-तार हो गया था। आँखें गड्ढों-जैसी हो गई थीं। बाल बुरी तरह उलझे हुए थे। जान पड़ता था वह कई दिनों से भूखी थी। गोद में पड़ा हुआ नंगा बच्चा कंकालमात्र रह गया था। उसमें प्राणों का स्पन्दन समाप्तप्राय था। रैक्व उसे देखकर ठिठक गए। यह कौन है? स्त्री उन्हें देखकर रास्ते से हटने का प्रयास करने लगी। जान पड़ा, उसे हटने में कठिनाई हो रही है। रैक्व ने उसे ध्यान से देखा। निश्चय ही वह स्त्री-पदार्थ थी! रैक्व ने उसके कष्ट का अनुभव करके कहा, "रुको भवति, मैं इधर से घूमकर चला जाऊँगा। पर तुम हो कौन?"

स्त्री ने बड़ी करुण दृष्टि से उनकी ओर देखा। बोली, "ब्रह्मचारी, मैं एक दुखिया स्त्री हूँ। यह मेरा बच्चा है। कई दिनों से मुझे भी आहार नहीं मिला है, यह बच्चा भी निराहार है। अब तो यह दम भी तोड़ रहा है। मुझमें इतनी भी शक्ति नहीं रह गई है कि नदी में से दो बूँद पानी लाकर इसके मुँह में दूँ। हे भगवान!" इस कातर-करुण वाणी से रैक्व को कष्ट हुआ। बोले, "मैं अभी दौड़कर नदी से पानी लाता हूँ"—और बिना किसी उत्तर की प्रतीक्षा किए वह दौड़ पड़े। नदी से पत्तों के दोनों में पानी लाकर उन्होंने बच्चे के मुँह में डाला। बच्चा कुछ सचेत हुआ। उसकी माँ ने बड़े आयास से उसे खींचकर छाती से लगा लिया।

उसकी गड्ढे-जैसी आँखों से आँसू झरने लगे। रैक्व की समझ में नहीं आ रहा था कि क्या करें।

थोड़ा सोचकर उन्होंने कहा, "मैं तुम्हारी सहायता करना चाहता हूँ। पर मेरी समझ में नहीं आ रहा है कि कैसे तुम्हारी सहायता करूँ। तुम क्या मेरी माताजी के पास चल सकती हो? वे बहुत दयालु हैं, वे तुम्हारा कष्ट दूर करने का उपाय भी बता सकती हैं। मैं तुम्हें सहारा देकर वहाँ तक ले चलता हूँ। बहुत दूर नहीं है।" स्त्री ने विश्वास के साथ कहा, "चलूँगी ब्रह्मचारी, तुम आगे-आगे चलो, मैं पीछे-पीछे आ जाऊँगी। पर मैं किसान की स्त्री हूँ, भीख नहीं माँग सकती। कुछ काम-काज करके मजदूरी कर सकती हूँ। तुम्हारी माताजी कोई काम देंगी तो भगवान उनका भला करेंगे।"

रैक्व धीरे-धीरे आगे चले, वह स्त्री अपने बच्चे को लेकर बड़े कष्ट से उनके पीछे-पीछे चली। माताजी कुटिया के पास ही थी। रैक्व ने थोड़ा आगे बढ़कर पुकारा–"माँ, इधर देखो, यह दुखिया बहुत कष्ट में है। मेरी समझ में नहीं आ रहा है कि कैसे इसका कष्ट दूर करूँ।" माताजी बाहर आईं। उस दुखिया स्त्री को देखकर उन्होंने सहानुभूति-भरे स्वर में कहा, "हे भगवान्, यह तो बहुत कष्ट में है! क्या हुआ है बेटी? इस बच्चे का पिता कहाँ है? जल्दी बता, तुझे क्या कष्ट है?"

स्त्री बहुत थक गई थी। बोलने में भी उसे कष्ट हो रहा था। इशारे से ही उसने बताया कि वह भूख और प्यास से व्याकुल है। माताजी ने बड़ी तत्परता से घर से कुछ अन्न और जल लाकर उस स्त्री को दिया और दोने में थोड़ा शहद लेकर बच्चे को चटाने को कहा। रैक्व चुपचाप खड़े देखते रहे। अन्न और जल पाकर वह स्त्री कुछ स्वस्थ हुई। माताजी ने प्यार से पूछा, "बता बेटी, तू कहाँ से आई है? इस बच्चे के पिता से क्या तेरी खटपट हो गई है? अकेली क्यों घूम रही है?"

रैक्व प्रत्येक प्रश्न को ध्यान से सुनते रहे। स्त्री ने दीर्घ निःश्वास लिया। बोली, "भाग्यहीन हूँ माताजी, मेरा विवाह एक गरीब किसान से हुआ था। विवाह के कई साल बीत जाने पर भी जब कोई बच्चा नहीं हुआ। जब अनेक पूजा, मनौतियों के बाद यह बच्चा पैदा हुआ तो इसका बाप ही मर गया। मैं अनाथ हो गई।"

रैक्व को एकाएक याद आया कि ऋषि औषस्ति ने कहा था कि विवाह से स्त्री और पुरुष पूर्ण मनुष्य बनते हैं। तो, यह स्त्री पूर्ण मनुष्य बन चुकी है। पूर्ण बनने पर इसकी ऐसी दुर्दशा क्यों है?

माताजी का चेहरा म्लान हो गया था–"कैसे मर गया, बेटा? हाय, हाय, तू

सचमुच अनाथ हो गई!''

स्त्री ने सहानुभूति की वाणी सुनी तो और भी बिफर पड़ी–''क्या बताऊँ माताजी, दीन-दुखियों का पूछनेवाला कोई नहीं है। इस बच्चे का पिता राजा जानश्रुति के घर पर काम करता था। उनका हल भी जोतता था और उनकी गाड़ी भी चलाता था। एक दिन राजकुमारी कहीं जा रही थी। वही गाड़ी चला रहा था। उस दिन बड़े जोर की आँधी आई, पानी भी खूब बरसा। गाड़ी में जुते बैल भाग गए। उसी तूफान में वह भी मर गया। राजा के आदमियों ने मुझे उसके मरने की सूचना भी नहीं दी। गाँव के लोगों से मालूम हुआ कि राजकुमारी तो बच गई, मगर इस बच्चे का बाप मर गया। पता नहीं, उन लोगों ने उसका शव कहाँ फेंक दिया। समाचार पाकर मैं वहाँ गई तो उस शव का कहीं पता नहीं लगा। गाड़ी वहाँ पड़ी थी पर सुना कि उसके नीचे कोई साधु बैठता था जो अब उसे छोड़कर कहीं चला गया है। मैं तो दुर्भाग्य का शिकार हो ही गई। राजकुमारी के जीवित लौट आने पर राज्य में बहुत खुशियाँ मनाई गईं, पर इस दुखिया की याद भी किसी को नहीं आई। बच्चे का दुःख नहीं देखा गया। भीख माँग नहीं सकती। इस छोटे बच्चे को देखकर कोई काम भी नहीं देता। क्या करूँ, यह तो अब शायद ही बचे। रास्ते में यह ब्रह्मचारी मिले। इन्होंने ही दो बूँद पानी देकर बच्चे को कुछ देर और बचा लिया है। माताजी, मैं पैरों पड़ती हूँ, मुझे कुछ काम दें। मैं आपका ऋण कभी नहीं चुका सकूँगी। सेवा करूँगी और जैसे भी हो, इस बच्चे को पाल-पोसकर बड़ा करूँगी, भगवान् आपका भला करेंगे।''

वह दुखिया स्त्री धरती पर सिर रखकर गिड़गिड़ाने लगी। रैक्व का मन क्षोभ से भर गया। यह तो उन्हीं की कहानी सुना रही है।

माताजी ने एक बार रैक्व की ओर देखा। शायद उनके चेहरे पर पड़ी प्रतिक्रिया की रेखाओं को पढ़ लेना चाहती थीं।

माताजी ने उस स्त्री को आश्वासन दिया। उसने कहा कि उनके यहाँ कोई काम तो नहीं है क्योंकि यह स्वयं दास-तपस्वियों का आश्रम है, पर वह तब तक वहीं रहे जब तक कि उसके लिए कोई कामकाज की व्यवस्था नहीं हो जाती। माताजी ने उस स्त्री और उसके बच्चे के लिए व्यवस्था की और फिर जड़वत् स्तब्ध खड़े रैक्व के पास आईं।

रैक्व को उस प्रकार खड़ा देख उनका हृदय स्नेह से भर आया। बोलीं, ''क्या सोच रहा है बेटा, इतना उदास क्यों है?'' रैक्व क्षुब्ध जान पड़े। बोले, ''माँ, लगता है यह वही रथ-चालक है जो शुभा को लेकर उस दिन चला था। हाय, बिचारा

मर ही गया। पर उसके मरने से किसी और पर विपत्ति पड़ेगी, यह तो मुझे उस समय सूझा ही नहीं। पर शुभा तो जानती होगी, उसे भी इसका कुछ ध्यान नहीं रहा। अच्छा माँ, राजा जानश्रुति तो बड़ा जिज्ञासु माना जाता है, उसे इस दुखिया की कोई परवा ही नहीं। तत्त्वज्ञान के पीछे जो व्यक्ति पागल है, उसे इतना ध्यान तो रखना ही चाहिए।''

माताजी ने दीर्घ निःश्वास लिया–''बेटा, तू नहीं जानता, संसार में कितना दुःख-दैन्य है! पर छोड़ इन बातों को। यह बता कि तेरी पिताजी से क्या बात हुई?''

''माँ, पिताजी ने मेरी तपस्या की एक बड़ी त्रुटि समझा दी है। मैंने सत्संग नहीं किया। सोच रहा था सत्संग के लिए शुभा को खोजूँ, पर शुभा भी अज्ञानी ही जान पड़ती है। इस दुखिया की बात भी वह नहीं सोच सकी।''

''सो तो है।''

''पर सत्संग के लिए शुभा को खोजना ही पड़ेगा। फिर तुम भी तो हो!''

माताजी के चेहरे पर हल्की मुस्कान आ गई।

''तो सत्संग का एक साथी शुभा होगी, दूसरी तुम्हारी माँ होगी। और कोई तीसरा भी सोच सकता है, बेटा?''

''मैं तो सोच नहीं पा रहा हूँ, माँ! और किसी को मैं जानता ही नहीं। लेकिन पिताजी ने बताया है कि तपस्या की कसौटी तो समाज है। इसका क्या मतलब हुआ, माँ?''

''मान ले बेटा, तू किसी जंगल में अकेला तप कर रहा है, तू सत्यवादी है। अब इस बात की परीक्षा कैसे होगी कि तू सचमुच सत्यवादी है। जब दस मनुष्यों के सम्पर्क में आएगा, कहीं तेरे स्वार्थ पर चोट पहुँचेगी। उस समय अपना मतलब साधने के लिए झूठ नहीं बोलेगा, किसी बात को छिपाने का प्रयत्न नहीं करेगा, तभी न मालूम हो सकेगा कि तू सत्य पर दृढ़ है? अकेले-अकेले तो हर आदमी सत्यवादी और धर्मनिष्ठ होने का दावा कर सकता है। दस जनों के सम्पर्क में आने से ही न उसकी निष्ठा की परीक्षा होगी? समझ रहा है न, बेटा?''

''तो माँ, यह जो परम तत्त्व के बारे में तत्त्वजिज्ञासुओं में चर्चा होती है वह धर्म या सत्य नहीं है?''

''देख बेटा, तू किस तत्त्व को सबसे बड़ा, प्रबल या एकमात्र तत्त्व मान रहा है, यह धर्म का निर्णायक नहीं है। धर्म कुछ कर्तव्यों और आचरणों से प्रकट होता है। सुना है बेटा, आजकल कुछ तत्त्वज्ञानी यह भी कहने लगे हैं कि ईश्वर या ब्रह्म

की सत्ता माने बिना भी धर्म का आचरण किया जा सकता है। जो अपने-आपकी सुख-सुविधा का ध्यान न रखकर दूसरों के दुःख को दूर करने का प्रयत्न करता है, सत्य से च्युत नहीं होता, दूसरों का कष्ट दूर करने के लिए अपना प्राण तक त्याग सकता है, वही धार्मिक है। वह परम और चरम तत्त्व के बारे में क्या मानता है, यह बड़ी बात नहीं। बड़ी बात है कि वह कैसा आचरण करता है, औरों के साथ कैसा व्यवहार करता है, उनके लिए कितना त्याग कर सकता है; यही तय करेगा कि वह धर्म-परायण है या नहीं।''

''तो माँ, यह परम तत्त्व की खोज बेकार है?''

''बेकार तो नहीं है बेटा, कई बार यह निर्णय करना कठिन होता है कि क्या कर्तव्य है और क्या कर्तव्य नहीं है। उस समय यदि परम तत्त्व का स्वरूप स्पष्ट रहे तो उसी की अपेक्षा में निर्णय करना आसान होता है।''

''समझ में नहीं आ रहा है, माँ!''

''देख, धर्म कुछ मूल्यों से बनता है और मूल्यों का निर्णय परम तत्त्व की अपेक्षा में ही होता है।''

रैक्व चिन्ता में पड़ गए। उन्हें माँ की बातें पहले-जैसी लगीं। थोड़ी देर चिन्तित मुद्रा में खड़े ही रह गए।

माताजी भी थोड़ी देर तक चुपचाप खड़ी रहीं। ऐसा जान पड़ा, वे कुछ पुरानी स्मृतियों में खो गई हैं। थोड़ा रुककर उन्होंने इस प्रकार कहा जैसे प्रत्येक वाक्य को तौल-तौलकर जाँच कर रही हों—''बेटा, आजकल लोग मूल तत्त्व की खोज में पागल-से हो रहे हैं। वे इस निष्कर्ष पर पहुँचे जान पड़ते हैं कि शरीर, प्राण, मन, बुद्धि—सभी नष्ट हो जानेवाले तत्त्व हैं। सच्चा तत्त्व, जिससे सारा जगत् उत्पन्न हुआ है, जिसके बल पर सबकुछ जी रहा है और अन्त में सबको जिसमें लीन हो जाना है वह ब्रह्म है, वही शरीर में आत्मा है। उसे देखा नहीं जा सकता, पकड़ा नहीं जा सकता, वह किसी इन्द्रिय का विषय नहीं है। इसी को एक शब्द में 'तज्जलान' कहा जाता है। मेरी समझ में यह सब नहीं आता। आ भी नहीं सकता। मेरे लिए इनकी एक ही उपयोगिता है कि ऐसा करना चाहिए जिससे केवल नाशमान् पदार्थ ही जीवन का लक्ष्य नहीं बन जाएँ। पर मैं उन नाशमान् कहे जानेवाले पदार्थों की उपेक्षा की बात नहीं सोच पाती। आखिर मनुष्य के आचरण उसके संकल्प से ही स्थिर होते हैं। संकल्प तो मन में ही होगा। मन की हम कैसे उपेक्षा कर सकते हैं? पुराने ऋषियों ने कहा था कि यह मनुष्य काममय है, कामनाओं से भरा हुआ है। वह जैसी कामना करता है वैसा ही उसका संकल्प

होगा; जैसे उसके संकल्प होंगे वैसा ही वह कर्म करेगा और जैसे उसके कर्म होंगे वैसा ही वह फल प्राप्त करेगा। यह कामना और संकल्प तो मन में ही पैदा होंगे। कर्म तो इन्द्रियों द्वारा ही निष्पन्न होगा। हों नाशमान् पर ये प्राण, मन, इन्द्रिय, शरीर–ये ही तो हमारे साधन हैं। इनकी उपेक्षा कैसे की जा सकती है। पुराण-ऋषियों की यह बात मुझे बहुत पसन्द आती है कि 'कामना-रूपी नदी पुण्य और पाप के दो किनारों के बीच प्रवाहित होती है, अपने संकल्प या दृढ़ निश्चय के द्वारा हमें इसे पुण्य के अनुकूल करना होता है।' इसलिए मन की हम उपेक्षा नहीं कर सकते।"

"पाप और पुण्य कैसे समझ में आएँगे, माँ?"

"हाँ बेटा, तूने ठीक प्रश्न किया है। बादरायण व्यास ने कहा है कि जिस कार्य से किसी को शारीरिक या मानसिक कष्ट होता है, वह पाप-कार्य है। पर जिससे किसी का दुःख दूर हो, उसका इहलोक और परलोक सुधर जाए, रोगी निरोग हो जाए, दुखिया सुखी हो जाए, भूखा अन्न पाए, प्यासा जल पाए, कमजोर लोग आश्वासन पाएँ, वे सब पुण्य हैं; क्योंकि इनसे अन्तःकरण में विराजमान परम देवता प्रसन्न होते हैं।"

"समझ रहा हूँ माँ, इस दुखिया का दुःख दूर करना पुण्य है। यह कर्तव्य है। इसकी ओर ध्यान न देकर राजा जानश्रुति ने पाप किया है।"

"सो तो है।"

"अच्छा माँ, इस स्त्री को मैं क्या कहूँ?"

"देख बेटा, अपने से छोटी स्त्रियों को बेटी कहा जाता है, समान अवस्था की स्त्रियों को बहिन कहा जाता है और बड़ी उमर की स्त्रियों को माँ कहा जाता है। इसे तू दीदी कहा कर। मैंने उसे बेटी कहा, वह तेरी बहिन हुई, बड़ी बहिन को दीदी कहा जाता है। समझा?"

"शुभा को क्या कहूँगा, माँ?"

"मुझे तनिक समझ लेने दे। बाद में बता दूँगी कि तू उसे क्या कहकर पुकारेगा।"

"अच्छा माँ, सभी स्त्रियों को पारिवारिक सम्बन्धों में ही क्यों पुकारा जाता है?"

"अपने भले के लिए! पारिवारिक सम्बन्ध, चाहे वे वास्तविक हों या कल्पित, मनुष्य के अवचेतन को पवित्र और निर्मल बनाते हैं। जिस दिन लोग इस बात को भूल जाएँगे, उस दिन समाज उच्छिन्न हो जाएगा।

"नहीं समझ सका, माँ!"

"समझेगा। शुभा शायद समझा सकेगी।"

"नहीं समझा सकेगी माँ, उसने इतना बड़ा पाप किया है।"

"तो पहले उसे समझाना पड़ेगा कि उसने पाप किया है और जब उससे वह मुक्त हो जाएगी तो वह तुझे समझाएगी कि पारिवारिक सम्बन्ध, भले ही वे काल्पनिक हों, कितने पवित्र होते हैं!"

"मैं शुभा को खोजने जाऊँ, माँ?"

"तू उसे कैसे खोजेगा? वह राजकुमारी है, उसके पास सभी थोड़े ही पहुँच सकते हैं?"

"फिर मैं कैसे समझाऊँगा कि उसने पाप किया है?"

"सोचना पड़ेगा। अभी तो चल, तुझे अच्छी तरह स्नान करा दूँ। मैंने नापित बुलवाया है, वह तेरा चेहरा खिला देगा।"

"अच्छा माँ, अगर तुम दाढ़ी और केश की सफ़ाई कर दो तो शुभा मुझे पहचान लेगी?"

"कैसे कहूँ, शायद पहचान ले, शायद न पहचाने।"

"तो फिर रहने दो माँ, शुभा ने अगर नहीं पहचाना तो न मैं उसे इस दुखिया दीदी के बारे में कुछ बता पाऊँगा, न कोई सत्संग ही कर सकूँगा।"

माताजी के अधरों पर हल्की मुस्कान थी। वे बोलीं, "तो शुभा का पहचानना अधिक आवश्यक है। तू जैसा कहेगा वैसा ही होगा। लेकिन एक बार अच्छी तरह बालों को धो देने में तो कोई हर्ज़ नहीं है। चल, ज़रा तिल के पत्तों के झाग का गुण तो देख ले।"

रैक्व छोटे बच्चे की तरह माँ के निर्देश पर तिल के पत्तों के झाग का गुण देखने चले।

सात

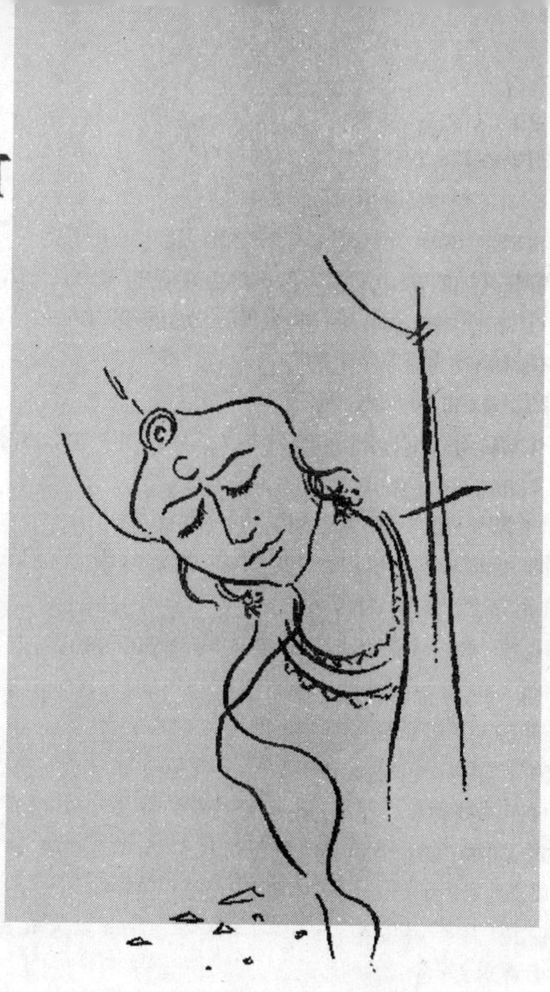

जाबाला दिन-पर-दिन सूखती गई। आचार्य औदुम्बरायण की दुश्चिन्ताओं का अन्त नहीं था। राजा जानश्रुति कल्पना-विहारी जीव थे। तत्त्वज्ञान के पीछे वे पागल थे। संसार का मूल तत्त्व क्या है, अगर वह ब्रह्म है तो निमित्त कारण है या उपादान कारण है? वह कौन-सी चीज़ है जिसमें समस्त चराचर जगत् उत्पन्न होता है, जीवित रहता है और फिर सबको अपने आपमें समेट लेता है? मृत्यु के बाद आत्मा नाम की कोई चीज़ बनी रहती है या सबकुछ खत्म हो जाता है; जागरण, स्वप्न और निद्रा से भिन्न कोई चतुर्थ अवस्था है या नहीं?—इन्हीं बातों की उधेड़बुन में वे लगे रहते थे। जब कभी किसी तत्त्वज्ञानी से उनका साक्षात्कार हो जाता था तो घंटों बैठकर इन बातों पर विचार करते थे और बाद में अपनी प्यारी बिटिया से उनकी चर्चा करते थे। जाबाला उनके विचारों को सदा

उत्साहपूर्वक सुनती और अपनी शंकाएँ बताती। पर जब से वह अस्वस्थ रहने लगी थी, उनके तत्त्वचिन्तन में भारी बाधा आ पड़ी। आचार्य औदुम्बरायण उनके पुरोहित भी थे और परिवार के संरक्षक भी। वे बार-बार उनसे चिरौरी करते कि वे जाबाला का कोई उपचार सुझाएँ। आचार्य भी कम परेशान नहीं थे। जाबाला के लिए वे माता, पिता, गुरु सब थे। वैद्यों और ओझा लोगों से उपचार पूछते, जड़ी-बूटियाँ ले आते, मन्त्र-जप करते और अनेक प्रकार के टोटकों का भी प्रयोग करते। कठिनाई यह थी कि जाबाला स्वयं इन बातों को अनावश्यक समझती थी। वह बराबर यही कहती कि वह बिल्कुल ठीक है। उसके लिए आचार्य को या पिताजी को परेशान होने की ज़रूरत नहीं है।

लेकिन परेशान वह स्वयं थी। जब तक वह जानती थी कि तरुण तापस आस-पास ही कहीं है, वह उस टूटी गाड़ी की छाया में बैठा पीठ खुजलाया करता है और समाधि लगाए बैठा रहता है, तब तक उसे आशा थी कि एक बार उससे मिलेगी। देखेगी कि महाभागा शुभा को देखकर उसके चेहरे पर क्या भाव आते हैं। पर उसे कोई युक्ति नहीं सूझती थी कि कैसे उससे मिले। वह आचार्य से अपनी आकांक्षा प्रकट करती तो यह बहुत कठिन नहीं होता, पर कैसे कहे? कोई अज्ञात भावना उसका कंठ-रोध कर देती थी। हर बार वह मन मसोसकर रह जाती। सोचती, मिलना तो एकान्त में ही ठीक होगा। वह भोला मृग-छौना न जाने उसे देखकर क्या कर बैठे? उसका मन कहता कि वह दुनिया की रीति-नीति से अनभिज्ञ तापस शायद अपने गुरु को देखकर उसके चरणों पर अपना सिर धर दे, शायद अपनी प्रिया को देखकर लिपट ही जाए। शायद अपने सर्वज्ञ तत्त्वज्ञानी को पाकर अनगढ़ प्रश्नों की बौछार ही शुरू कर दे, शायद साम-गान के समान पवित्र शुभा-स्तुति से उसे अभिभूत ही कर डाले। बिचारा बड़ा ही भोला है, उसे उचित-अनुचित का ज्ञान भी तो नहीं है। बुद्धिमान है। स्वयं-परीक्षित सत्य में विश्वास रखनेवाला है, श्रद्धावान है, पर संसार से एकदम अपरिचित है। क्या ठिकाना, कैसा व्यवहार करे। भले मानस ने स्त्री-पदार्थ देखा ही नहीं। जिज्ञासु ऐसे कि यही परीक्षा करने लगे कि अभागिन जाबाला की आँखें किसी मृग की आँखों को चिपकाकर तो नहीं बनाई गई हैं; स्वयं परीक्षा के ऐसे धनी कि स्वयं हाथ से मसलकर ही केशों की कोमलता का अन्दाज़ लगाने लगे! भोलेपन की हद है!

मगर अब पता नहीं, कहाँ चल पड़े हैं। गए हैं आत्मा की खोज करने! बुरी घड़ी में मैंने पूछ दिया था कि तुम जिसे प्राण कहते हो वह वही चीज़ तो नहीं है जिसे याज्ञवल्क्य आत्मा कहते हैं। वह तो कहो कि मैंने अपना नाम नहीं बताया,

नहीं तो जैसे शुभा-शुभा की रट लगाए हैं वैसे ही जाबाला-जाबाला की रट लगाते। लोगों से कहते कि आप कैसे जानेंगे, जाबाला से तो आप मिले नहीं। फिर मैं मुँह दिखाने लायक नहीं रहती।

तत्त्वज्ञान की चर्चा अब जाबाला को अच्छी नहीं लगती। यह क्या चीज़ है जिसने तत्त्वज्ञान की जिज्ञासा को एकदम उड़ा दिया है? जाबाला समझ नहीं पाती।

बार-बार अपने को प्रिया-रूप में सोचने में उसे एक अपूर्व गुदगुदी अनुभव होती। फिर थोड़ी हँसी भी आती। वह तो एकदम जंगल का जीव है। उसे क्या मालूम कि प्रिया किस चिड़िया का नाम है। पर वह बार-बार इसी रूप में अपने को क्यों सोचती है? उसे ऐसा नहीं सोचना चाहिए। उड़ता पंछी कहाँ से आया, कहाँ गया! उसके बारे में सोचते रहना क्या उचित है? मगर मन मानता नहीं। जो कुछ उसने सुना है उससे लगता है शुभा उसके हृदय में बैठ गई है, उसका नाम वह श्रद्धा से लेता है, गुरु-रूप में लेता है। यह क्या प्रिया के बारे में सोचना है? पर और हो भी क्या सकता है यह प्रेम के सिवा? जाबाला व्याकुल हो जाती है। उससे एक बार, सिर्फ़ एक बार, मिलने का अवसर किसी प्रकार मिल पाता! नहीं मिला, अब तो मिलेगा भी नहीं। हाय, किसे वह अपनी मनोव्यथा बताए! जो सुनेगा वह हँसी उड़ाएगा। नहीं, उसकी बात सोचना उचित नहीं है। जाबाला बार-बार निश्चय करती कि अब उसके बारे में नहीं सोचेगी, नहीं सोचती। पर यह निश्चय बहुत क्षणिक होता। खाते समय, सोते समय, काम-काज करते समय वह यही सोचने लगती कि वह तापस इस समय क्या कर रहा होगा।

जाबाला को अब कुछ भी अच्छा नहीं लगा। कहीं कुछ हो गया है, कहीं कुछ खो गया है!

आचार्य औदुम्बरायण चिन्तित थे। एक दिन उन्हें पता चला कि किसी दूर गाँव में कोई सिद्ध महात्मा आए हैं, उनके आशीर्वाद से अनेक दुःखी लोग अपनी कठिनाइयों से मुक्त हो चुके हैं। वे उनकी खोज में गए। मिलकर आचार्य को बहुत प्रसन्नता नहीं हुई। वे बहुत उदास लौटे। जाबाला जानती थी कि वे उसके लिए बहुत चिन्तित हैं, पर उनकी आज की उदासी कुछ और तरह की थी। जाबाला पहलेवाली उदासी और इस नई उदासी का अन्तर नहीं समझ सकी। उसने अप्रसन्नता प्रकट करते हुए पूछा कि वे उसके लिए इतना परेशान क्यों हो रहे हैं, उसे हुआ क्या है, ठीक ही तो है! आचार्य अन्य दिनों की भाँति हँसकर उत्तर न दे सके। वे और भी गम्भीर हो गए। जाबाला को यह विचित्र लगा। वह उनकी

ओर अभियोग-भरी कातर दृष्टि से देखने लगी। आचार्य कुछ अधिक ही गम्भीर लगे। वे अत्यन्त क्लान्त-श्रान्त की भाँति बिना कहे ही एक आसन पर बैठ गए। जाबाला कुछ समझ नहीं सकी कि आज आचार्य इतने उदास क्यों हैं? इतने उदास तो वे कभी नहीं होते। देर तक दोनों चुप रहे। आचार्य ने ही मौन भंग किया। बोले, "बेटी, तू ठीक समझ रही है, मैं तेरे स्वास्थ्य के बारे में बहुत चिन्तित हूँ। पर आज की चिन्ता कुछ और के लिए है। जनपद में एक महात्मा के आने का समाचार मिला था। प्रजा को उनकी चमत्कारी शक्तियों पर बड़ी आस्था है। वे जब प्रसन्न चित्त से आशीर्वाद देते हैं तो लोगों के सभी प्रकार के कष्ट दूर हो जाते हैं, ऐसा मैंने सुना था। सोचा, तेरे लिए आशीर्वाद माँग लूँ। पर मेरा जाना बुरा हुआ। मैं भविष्य की चिन्ता से आतंकित होकर लौटा हूँ।"

जाबाला का मन सनाका खा गया। कैसे अनिष्ट की चिन्ता से आचार्य व्याकुल हैं? क्या तरुण तापस के किसी अनिष्ट की आशंका है? वह प्रश्नभरी आँखों से आचार्य को एकटक देखती रह गई।

आचार्य औदुम्बरायण ने फिर थोड़ी देर चुप रहकर आकाश की ओर देखा। ऐसा लगा, जैसे ऊपर से किसी अदृश्य विपत्ति के अचानक आ गिरने की आशंका से द्युलोक को चीरकर उस पार देखने का प्रयत्न कर रहे हैं। शंकित जाबाला ने पूछा, "क्या हुआ तात, स्पष्ट बताइए न! मैं बहुत आकुल हो रही हूँ।"

आचार्य ने उसे आश्वस्त करते हुए कहा, "नहीं, तुझे बहुत आकुल नहीं होना है। बता रहा हूँ।"

"हाँ तात, सब बताइए।"

"क्या बताऊँ बेटी, पहले तो उस महात्मा के प्रति अश्रद्धा हुई। मैंने सुना है कि वे यज्ञ के विरोधी हैं, ब्राह्मणों के विरोधी हैं, देवताओं के विरोधी हैं, यहाँ तक कि एकान्त के तप और मनन के भी विरोधी हैं। ऐसे आदमी के पास जाकर क्या मिलेगा? पर जब पहुँच ही गया, तो एक बार मिल लेने में क्या हर्ज़ है, ऐसा सोचकर चला गया।"

"तो आप उनसे मिले?"

"मिला न! तभी तो चिन्तित हो गया हूँ।"

"क्या कहा उन्होंने?"

"क्या कहा, वह तो बाद में बताऊँगा। पहले उन्हीं के बारे में सुन। महात्मा प्रायः निर्वस्त्र थे। वे बहुत वृद्ध तो नहीं थे, केश उनके अभी काले थे, पर उनमें एक विचित्र प्रकार का तेज था। ऐसा लगता था किसी बिल के द्वार पर मणिधर

सर्प ने अपनी मणि उतारकर रख दी है। शरीर उनका काला था, नाक चिपटी, कान बड़े-बड़े चौड़े और ललाट सपाट। उनके निकट जो स्त्री-पुरुष बैठे थे प्रायः छोटी जाति के लोग थे, पर उनके चेहरों पर श्रद्धा की चमक थी। महात्मा सामने आग की धूनी जलाए बैठे थे, उनका सारा शरीर इसी धूनी की भस्म से पुता हुआ था। पास में एक ताँबे का चिमटा था और एक मिट्टी का टोंटीदार पात्र भी, जिसमें वे जल रखते होंगे। मुझे देखते ही उन्होंने पूछा, 'ब्राह्मण हो? यज्ञ-याग का अनुष्ठान करते हो?' मैंने स्वीकारात्मक उत्तर दिया। फिर बोले, 'कैसे आए हो?' मैंने अनिच्छापूर्वक कहा कि मेरी बेटी का स्वास्थ्य ठीक नहीं है, आपके आशीर्वाद के लिए आया हूँ। वे ठठाकर हँसे–'यज्ञ-भाग से कुछ लाभ नहीं हुआ?' मुझे बुरा लगा। पर चुप रहा। गृहस्थ को साधु के विचारों की नहीं, उसके आशीर्वाद की आकांक्षा रहती है। सो, मैं चुप बैठा यही सोच रहा था कि अब उठ पड़ूँगा। मुझे आश्चर्य तब हुआ जब मैंने अचानक सुना कि वे कह रहे हैं–'उठना मत। मेरी बातें तुम्हें अच्छी नहीं लगीं, पर मैं बेटी का दुःख दूर करने का उपाय सोच रहा हूँ।' फिर उन्होंने बहुत-से प्रश्न किए। कब से कष्ट है? क्या कष्ट है? क्या-क्या उपचार हुए हैं? आदि-आदि। मैंने भी वर्षावाले दिन की और उसके बाद की घटनाओं को सही-सही बता दिया।"

"फिर क्या हुआ?"

"वे आँखें मूँदकर सुनते रहे। सब सुनने के बाद उन्होंने मेरी ओर तीव्र दृष्टि से देखा। समझ नहीं सका कि उसमें क्रोध का भाव था या कुतूहल का। फिर एकाएक गरजकर बोले, 'तुम क्या राजा जानश्रुति हो? उसी की कन्या तो उस दिन वर्षा और आँधी में फँसी थी!' मैंने विनीत-भाव से कहा कि मैं राजा जानश्रुति का पुरोहित हूँ। जिस लड़की के स्वास्थ्य के बारे में आपका आशीर्वाद पाने आया हूँ उनके जनक तो राजा जानश्रुति हैं, पर वह मेरी भी बेटी है। आप यही समझें कि वह मेरी ही बेटी है। मैंने ठीक कहा न, बेटी?"

जाबाला ने साश्रु नयनों से आचार्य को देखा। बोली, "आपने ठीक ही कहा तात! बिल्कुल सही। मेरे लिए और कौन इतनी चिन्ता कर सकता है? पर फिर कहती हूँ, तात, आप व्यर्थ ही परेशान हो रहे हैं, मैं तो आप ही के आशीर्वाद से ठीक हो रही हूँ।"

आचार्य ने स्नेह से जाबाला के सिर पर हाथ फेरते हुए कहा, "परेशान होने की क्या बात है बेटी? महात्माओं के आशीर्वाद से तो मंगल ही होता है। अगर मैं वहाँ न गया होता तो इसका एक पक्ष प्रकट ही नहीं हो पाता।"

"सो क्या, तात?"

"बताता हूँ। महात्मा ने पहले जो थोड़ा रोष प्रकट किया था, वह ठंडा हुआ। बोले, 'आप ठीक कहते हैं, परन्तु तब तक यह झूठ ही रहेगा जब तक आप केवल जानश्रुति की बेटी को ही बेटी समझें और प्रजा की बहू-बेटियों को भी उसी प्रकार बेटी न समझें। आप राजा जानश्रुति के पुरोहित हैं। 'प्रजा' शब्द का अर्थ ही सन्तान है। राजा के लिए प्रजा की सारी बेटियाँ उसकी अपनी बेटी हैं। सबका समान ध्यान रखना चाहिए। मुझे दुःख है कि राजा जानश्रुति और उनके पुरोहित इस ओर से बिल्कुल अनवहित हैं।' मैंने विनीत-भाव से पूछा कि क्या वे ऐसा कुछ जानते हैं जिससे राजा या उनके पुरोहित का प्रमाद प्रकट होता हो? महात्मा ने कहा, 'अभी बताता हूँ। पहले तुम्हारी बेटी का उपचार बता दूँ।' "

"विचित्र लग रहा है, तात! क्या उपचार उन्होंने बताया?"

"उन्होंने बताया कि 'तुम्हारी बेटी को कोई मानसिक कष्ट है। उसके मन की बात समझने का प्रयास करो।' फिर थोड़ा सोचकर बोले, 'उसके मनोविनोद के लिए और मनोदेवता की आराधना के लिए कोहलीयों के नृत्य-नाट्य की व्यवस्था करो। कोहलीयों ने मन के देवता को पहचाना है, वे नाना-कौशल से मनोजन्मा विकारों का शमन करते हैं। पहले तुम्हारे ऋषि लोग इन बातों को महत्त्व नहीं देते थे। अब तो वे भी नृत्य को देवताओं का चाक्षुष यज्ञ और नाट्य को पाँचवाँ वेद मानने लगे हैं। लेकिन एक बात का ध्यान रखना। नृत्य का और नाट्य का उद्देश्य चैतन्य को जाग्रत करना है। आजकल बहुत-से वृत्ति-जीवी उनसे जड़ मनोविकारों को जगाने का काम लेने लगे हैं। कोहलीयों में यह दोष नहीं है।' "

"यह भी विचित्र है! फिर क्या कहा?"

"फिर बोले, 'एक आध्यात्मिक अपराध भी हुआ है। उसका परिणाम बुरा होगा।' "

"आध्यात्मिक अपराध! आध्यात्मिक अपराध तो पाप होता है न तात?"

"पाप ही समझो। महात्मा ने 'आध्यात्मिक अपराध' ही कहा था।"

"क्या अपराध बताया, तात?"

"वह गाड़ीवान मर गया। उसकी पत्नी और नन्हा-सा बच्चा अनाथ हो गए। भूख-प्यास से व्याकुल, शोक से आर्त्त होकर वह न जाने कहाँ भटक रही है। महात्मा ने बताया कि 'जिस राजा के राज्य में बच्चे और स्त्रियाँ भूख-प्यास से व्याकुल होती हैं उसका सत्यानाश हो जाता है—और राजा नरक का अधिकारी होता है। राजा जानश्रुति के राज्य में एक नहीं अनेक स्त्री-पुरुष, वृद्ध-बालक, भूख

से, प्यास से, रोग से व्याकुल हैं। जाकर जनपद में प्रत्यक्ष देख आओ!' इतना कहकर महात्मा एकदम चुप हो गए।''

''भयंकर बात है! आपने क्या जनपद के लोगों को देखा तात?''

''देखा। महात्मा ठीक कह रहे हैं। राजा जानश्रुति ब्रह्मतत्त्व को जानने के लिए व्याकुल हैं, उधर प्रजा में त्राहि-त्राहि मची हुई है। मैं तो कर्तव्य-मूढ़ हो गया हूँ, बेटी! पाप तो हो ही रहा है!''

''नहीं तात, अपनी इस बेटी के रहते आपको कर्तव्य-मूढ़ नहीं होना पड़ेगा। मैं जनपद में घूमूँगी, आपको साथ लेकर। जब तक प्रजा भूखी है, जाबाला को शान्ति नहीं मिलेगी। इसमें बहुत सोचना नहीं है। पर उस स्त्री को और उसके बच्चे को कैसे खोजा जाए? सारे पाप के मूल में तो मैं ही हूँ। हे भगवान्! यह सीधी-सी बात मुझे पहले क्यों नहीं सूझी।''

''नहीं, अभी तुझे जनपद में घूमने को मैं नहीं कहूँगा। राजा से बात करके मैं अन्न-वितरण का कार्य शुरू कर देता हूँ। लेकिन केवल अन्न-वितरण से तो काम नहीं चलेगा। फिर सारी प्रजा को भिक्षा पर आश्रित भी तो नहीं बनाया जा सकता। उन्हें काम देना होगा। यह राजा की सहायता के बिना कैसे होगा?''

''तो मैं अभी निष्क्रिय बैठी रहूँ?''

''मैं लौटकर फिर महात्मा के पास गया था। पर वे उस स्त्री और उसके बच्चे को खोजने निकल पड़े हैं। जाते समय कह गए हैं कि दुखियों का दुःख दूर करना ही सच्ची आध्यात्मिक साधना है, यही तप है, यही मोक्ष है!''

''यह बात जँच रही है। मेरा मनोविनोद अब कोहलीयों के नृत्य से नहीं होगा, इसी साधना से होगा। तातपाद बिल्कुल चिन्ता न करें। यदि कहीं कोई दुर्बलता मुझमें है तो इसी से दूर होगी। उठिए तात, अब अधिक विलम्ब करने से पाप का बोझ और बढ़ जाएगा।''

''आवेश में जो कार्य किया जाता है, क्षण-स्थायी होता है।''

''मैं आवेश में नहीं कह रही हूँ तात, कर्तव्य-बुद्धि से कह रही हूँ। आप स्वयं देख आए हैं कि लोग कितने दुःखी हैं, फिर मेरा घर में बैठे रहना क्या उचित होगा? बहुत दिनों से सुनती आ रही हूँ कि आत्मा अजर है, अमर है, उसका अधिष्ठान यह शरीर विनाशमान है। यह क्या बात की बात है? मेरा अन्तरतर आज चिल्लाकर कह रहा है कि शरीर, मन, प्राण सभी विनश्वर साधन तभी तक सार्थक होंगे जब उन्हें दुखियों का दुःख दूर करने में लगा दिया जाएगा। कुछ अन्यथा कह रही हूँ, तात?''

''नहीं बेटी, तू बिल्कुल ठीक कह रही है। पर विधाता ने मनुष्य को शरीर, मन, प्राण के अतिरिक्त बुद्धि भी दी है। देवकी-पुत्र कृष्ण ने कहा है कि सेवा भी समझ-बूझकर करनी चाहिए–बुद्धावनवेष्टव्या! थोड़ा समझना तो पड़ेगा ही। तात्कालिक उपाय तो कल से शुरू कर दिए जाएँगे। तू तब तक स्वस्थ हो जा! स्वस्थ शरीर में ही स्वस्थ चित्त का निवास होता है। स्वस्थ चित्त में ही सात्त्विक संकल्प पुष्ट होता है।''

''मुझे कुछ भी तो नहीं हुआ है, तात! आपने मुझे वीर-बाला बनने की शिक्षा दी है, वह कब काम आएगी!''

''समय नहीं हुआ है। तुझे कुछ मानसिक चिन्ता है। इसीलिए तेरा खाना, पीना, सोना सब विघ्नित है। तू सूखती जा रही है। कितनी क्षीण हो गई है! मैं जानता हूँ, तू वीर-बाला है। जानती है, प्रातृद ने अपने पिता से 'वीर' शब्द की क्या व्याख्या की थी? उन्होंने बताया था कि 'वीर' शब्द के 'वी' अक्षर का अर्थ है विष्ट अर्थात् अन्न; और 'र' अक्षर का अर्थ है रमण–प्राण। अन्न में ही सब प्राणी प्रविष्ट हैं और प्राण में ही सब रमण करते हैं। जो इन दोनों का रहस्य जानता है, इनका सामंजस्य कर सकता है, उसी को वीर कहते हैं, वह सबका आश्रय हो जाता है। तू इस रहस्य को भूल गई है। प्राण और अन्न का सामंजस्य नहीं कर पा रही है। यह तुझे सबका आश्रय बनाने में बाधक हो रहा है। देख बेटा, अन्न और प्राण के सामंजस्य को तो मन ही भिन्न-भिन्न कर सकता है। महात्मा ने भी बताया है कि तुझे मानसिक कष्ट है। बता न बेटा, तुझे क्या मानसिक कष्ट है?''

जाबाला ने कुछ उत्तर नहीं दिया। उसके कपोल-मंडल पर लालिमा की तरंग खेल गई। आँखें अनायास नीची हो गईं। क्या बतावे? कुछ बताने योग्य भी तो हो। वृद्ध आचार्य की अनुभवी आँखों से किशोरी के पांडुर कपोलों पर अचानक खेल जानेवाली यह लालिमा छिप नहीं सकी। वे असमंजस में पड़ गए।

आठ

रैक्व ने अपनी नई दीदी से जनपद के बारे में अनेकविध जानकारी प्राप्त की। पिछले दो वर्षों से वर्षा न होने से लोग भूख-प्यास, रोक-शोक से त्राहि-त्राहि कर रहे हैं। राजा की ओर से कोई खोज-खबर नहीं ली गई है। कितने ही लोग—स्त्री, पुरुष, बालक, वृद्ध—भूख से तड़प-तड़पकर मर गए हैं। उस दिन जो भारी वर्षा हुई, उससे आगे आनेवाले दिनों में कदाचित् अच्छी खेती हो सकेगी और लोगों को कुछ-न-कुछ खाने को अन्न और पीने को पानी मिलेगा, पर इस समय तो लोग व्याकुल हैं। जब आशा का कुछ वातावरण बना, उसी समय दीदी पर कुछ ऐसा आ पड़ा कि वह और भी संकट-ग्रस्त हो गई और गाँव छोड़ने को बाध्य हुई। इस समय कौन किसकी सहायता कर सकता है? रैक्व को गहरी व्यथा हुई। यह सब क्या है? क्या इस संकट से उबरने का कोई मार्ग है? कौन इस विषम

परिस्थिति में मार्ग-दर्शन कर सकता है? उनके मन में रह-रहकर शुभा की दिव्य-मूर्ति आ जाती। वही ठीक उपाय बता सकती है। वह परम ज्ञानी है, धर्म का रहस्य समझती है, उचित-अनुचित का विवेक रखती है। शुभा ही बता सकती है कि इस समय क्या करना चाहिए। उसकी वाणी में अमृत है। आँखों में शामक तेज है, मुख पर दैवी कान्ति है। कितनी मनोज्ञ है शुभा, कितनी बुद्धिमती! इस समय वह मिल जाती तो कितना अच्छा होता! मगर यह पाप भी तो उसी से हुआ है। रैक्व का मन थोड़ी देर के लिए क्षोभ से व्याकुल हुआ। फिर समाधान भी मिल गया। जैसे मुझे इस घटना के पाप-पक्ष का भान नहीं हुआ, उसी प्रकार शुभा को भी भान न होने की सम्भावना भी तो है। बताना चाहिए। अवश्य शुभा को बताना ही होगा। वे व्याकुल भाव से माताजी के पास गए।

माताजी से अपनी व्याकुलता बताकर बोले, ''माँ, मैं जानना चाहता हूँ। शुभा से मिलकर यह सब बताऊँगा और पूछूँगा कि क्या करना चाहिए। उसे पाप से बचाना भी तो है। शायद मेरी तरह शुभा को भी इस घटना के इस दारुण पक्ष की जानकारी न हो। क्या कहती हो माँ, इन दुखियों का दुःख दूर करने में मैं क्या कर सकता हूँ?''

''कुछ करना तो अवश्य चाहिए, बेटा! पर तू तो दुनिया का कुछ भी नहीं जानता। शुभा राजा की बेटी है। वह अवश्य कुछ उपाय कर सकती है, पर तू उससे मिलेगा कहाँ?''

''क्यों, गाड़ी के पास। दीदी कह रही है, वह गाड़ी वहीं पड़ी है।''

माताजी को हँसी आ गई। बोलीं, ''तू समझता है कि शुभा गाड़ी के पास ही चक्कर काटती होगी! नहीं रे, राजकुमारियाँ ऐसे जहाँ-तहाँ नहीं मिलतीं। उस दिन तो कुछ संयोग ऐसा था कि वहाँ मिल गई। प्रतिदिन ऐसा संयोग थोड़े ही आता है। तू तो उस गाड़ी के नीचे कई दिन रहा, कितनी बार तुझे वहाँ शुभा के दर्शन हुए?''

रैक्व म्लान हो गए। माताजी की बात ठीक लगती है। पर गाड़ी को कैसे छोड़ा जा सकता है? उनके हताश चेहरे को देखकर माताजी ने कहा, ''मान ले, शुभा नहीं मिलती, तो इन दुखियों के बारे में कुछ नहीं करेगा?''

''करूँगा माँ, अवश्य करूँगा। तुम जैसा कहोगी वैसा करूँगा। बताओ न, क्या करूँ! प्राणायाम से कुछ सधनेवाला है? सधे तो प्रयत्न करूँ। पिताजी तो कहते हैं, प्राण भी विनश्वर हैं।''

''मैं भी तेरे साथ चलूँगी। राजा जानश्रुति से भी मिलूँगी। परन्तु तू अपनी

गुरुभक्ति ज़रा मन में ही रख। सबसे अपने गुरु, महाभागा शुभा का गुणगान न करते फिरना। मैं जैसा कहूँगी, वैसा ही करने का वचन दे। तेरे साथ चलूँगी। बोल, मैं जैसा कहूँगी वैसा ही करेगा न?"

"हाँ माँ, वैसा ही करूँगा।"

"प्राणायाम भी अपनी जगह पर ठीक है। पर तू इस घटना को खंड-दृष्टि से न देख। यह विशाल मानवता का प्रश्न है। तेरे पिताजी इसे वैश्वानर की उपासना कहते हैं।"

"वैश्वानर क्या है, माताजी?"

"वैश्वानर? सम्पूर्ण विश्व का रूप ही नर-रूप में आराध्य है। खंड-दृष्टि से नहीं, पूर्ण-दृष्टि से देखना ही वैश्वानर की उपासना है। पर चल, उन्हीं से पूछ ले। उनकी आज्ञा तो लेनी ही पड़ेगी। उनकी आज्ञा के बिना मैं तेरे साथ कैसे चल सकती हूँ!"

माताजी रैक्व को साथ लेकर ऋषि के पास पहुँचीं। वे उस समय प्रसन्न मुद्रा में थे। रैक्व को देखकर अतीव प्रसन्न-भाव से बोले, "कैसा लग रहा है, सौम्य? माताजी के आश्रय में प्रसन्न तो है? चिन्तन-मनन के कार्य में कोई व्याघात तो नहीं आया?"

रैक्व ने माताजी की ओर देखा। माताजी समझ गईं कि अभी से वचनपालन होने लगा है। मन्दस्मित के साथ उन्होंने उत्तर दिया—"और क्या चाहिए, इस वयस्क बच्चे को माँ चाहिए थी, और आपको पुत्र चाहिए था। संयोग से दोनों का मनोरथ पूरा हुआ। भगवान् का अनुग्रह है!"

औषस्ति ऋषि प्रीत हुए। फिर माताजी ने वे सब बातें बताईं जिनके कारण रैक्व ने जानपद जनों की सेवा का संकल्प किया है और यह भी बताया है कि आपकी अनुमति हो तो मैं भी इसके साथ जाना चाहती हूँ। फिर यह अनुरोध भी किया कि जाने के पूर्व वे दोनों वैश्वानर-साधना का रहस्य जानने की आकांक्षा से उनके पास आए हैं।

ऋषि और भी प्रीत जान पड़े। बोले, "साधु वत्स, तुम्हारा संकल्प महान है। तुम अपनी माताजी के साथ अवश्य जाओ। सौम्य, राग-द्वेष और तृष्णा-लोभ से परे पहुँचे हुए द्वैपायन व्यास ने कहा है कि लोक-ताप से तप्त होना सबसे बड़ा तप है, क्योंकि वह अखिलात्मा पुरुष की परमाराधना है। यही वैश्वानर-उपासना भी है। मैं स्वयं तुम्हें वैश्वानर-साधना के बारे में बताने की सोच रहा था। अब तुम्हारे मन में यदि जिज्ञासा उठी है तो उत्तम अवसर भी मिल गया। पुत्र, जिज्ञासु

को ही रहस्य समझाना चाहिए। वही चरितार्थ होता है। तुम सुनने के लिए उत्सुक हो न, वत्स?''

रैक्व ने विनीत-भाव से कहा, ''अवश्य सुनना चाहता हूँ।''

''तो सावधान होकर सुनो! पहले मैं वह प्राचीन कथा सुनाता हूँ जो गुरुमुख से मैंने सुनी थी। फिर मैं तुम्हें अपने चिन्तन-मनन से प्राप्त विचारों को भी सुनाऊँगा। सुनो :

''उपमन्यु का वंशज प्राचीनशाल, पुलुष का वंशज सत्ययज्ञ, भल्लव का वंशज इन्द्रद्युम्न, शर्कराक्ष्य का वंशज जन, अश्वतराश्व का वंशज बुडिल—ये पाँचों बड़ी-बड़ी शालाओं के स्वामी थे, वेदों के महान पंडित भी थे। एक बार ये इकट्ठे हुए और विचार करने लगे कि 'आत्मा' क्या है, 'ब्रह्म' क्या है?

''वे इस निश्चय पर पहुँचे कि अरुण का वंशज उद्दालक आजकल 'वैश्वानर-आत्मा' की खोज में लगा हुआ है, चलो, उसके पास चलें। वे उसके पास पहुँचे।

''उन्हें आया देखकर उद्दालक ने सोचा, ये महाशाल, महाश्रोत्रिय मुझसे ब्रह्मज्ञान विषयक प्रश्न करेंगे, मैं इनकी सब बातों का उत्तर न दे सकूँगा; किसी अन्य गुरु के पास उन्हें ब्रह्म-ज्ञान के लिए भेज दूँ।

''फिर उसने कहा, 'हे महानुभाव! केकय देश का राजा अश्वपति आजकल 'वैश्वानर-आत्मा' की खोज में लगा हुआ है। चलो, हम सब मिलकर उसी के पास चलें।' फिर वे सब उसके पास गए।

''जब वे उसके पास पहुँचे, तो राजा ने उनका अलग-अलग सम्मान करवाया और अगले दिन प्रातःकाल उठकर उनके पास पहुँचा और बोला, 'महानुभावो, आपके शुभागमन से मैं धन्य हुआ। आप कैसे पधारे? मेरे जनपद में कोई चोर नहीं है, कोई कृपण नहीं है, कोई मद्यप नहीं है, कोई अनाहिताग्नि नहीं है, कोई अविद्वान् नहीं है, कोई व्यभिचारी नहीं है—फिर व्यभिचारिणी तो हो ही कैसे सकती है? हे महानुभावो! फिर भी हो सकता है कि मेरे अनजाने में कहीं कुछ दोष रह गया हो। आप कृपापूर्वक मुझे त्रुटियों को बतावें। मैं हाल में ही एक यज्ञ करनेवाला हूँ, जितना-जितना एक-एक ऋत्विक् को धन दूँगा, उतना-उतना आपको भी दूँगा। आप मेरे यहाँ ही निवास करें!'

''उन्होंने कहा, 'राजन्, हम त्रुटि बताने नहीं आए हैं। मनुष्य जिस प्रयोजन से घूम रहा हो, जिस बात की खोज में हो, उसे वही कहना चाहिए। सुना है, आप आजकल 'वैश्वानर-आत्मा' पर विशेष मनन कर रहे हैं, आप हमें इसी का उपदेश दें।'

''राजा ने कहा, 'प्रातःकाल मैं इस बात का उत्तर दूँगा।' अगले दिन प्रातःकाल हाथ में समिधा लेकर वे राजा के पास पहुँचे। वैसे तो, शिष्य का उपनयन करके उसे दीक्षा भी दी जाती है, परन्तु राजा इन महात्माओं के विनय भाव को देखकर इतना प्रसन्न हुआ कि उनका बिना उपनयन किए ही उन्हें उपदेश देना स्वीकार किया।

''राजा ने पहले उपमन्यु के वंशज प्राचीनशाल से पूछा, 'आप किसे 'आत्मा' समझकर उसकी उपासना करते हैं?' उसने उत्तर दिया, 'हे राजन्! मैं तो 'द्युलोक' को आत्मा मानकर उसकी उपासना करता हूँ।' राजा ने कहा, 'ठीक है, 'वैश्वानर-आत्मा' का यह रूप तो है, परन्तु पूर्ण-रूप यह नहीं है। उसके विशाल रूपों में जो तेजोमय रूप है, आप उसकी उपासना करते हैं। आप वैश्वानर के सुतेजा रूप की आराधना करते हैं, इसलिए आपके घर में 'सुत' है, 'प्रसुत' 'आसुत' है, अर्थात् घर में सोम-रस की धाराएँ 'सुत' हो रही हैं, बह रही हैं। तभी परमेश्वर के आशीर्वाद से आपको भोजन मिलता है, प्रिय वस्तु दृष्टिगोचर होती है। जो इस प्रकार 'वैश्वानर-आत्मा' के तेजोमय रूप की उपासना करता है, उसे उनके आशीर्वाद से भरपेट भोजन मिलता है, प्रिय वस्तुएँ देखने को मिलती हैं, उसके कुल में ब्रह्मतेज दीख पड़ता है। यह तेजोमय द्युलोक, 'वैश्वानर-आत्मा' का, जिसे आप खोज रहे हैं, 'मूर्धा' है, एक अंश है। आपका मूर्धा गिर जाता, अगर ब्रह्म के पूर्णरूप को जानने के लिए मेरे पास न आते।'

''फिर पुलुष के वंशज सत्ययज्ञ को सम्बोधित करके राजा ने पूछा, 'हे प्राचीनयोग्य! आप किसे 'आत्मा' समझकर उसकी उपासना करते हैं?' उसने उत्तर दिया, 'हे राजन्! मैं तो 'आदित्य' को–इस सूर्य को–आत्मा मानकर उसकी उपासना करता हूँ।' राजा ने कहा, 'ठीक है, 'वैश्वानर-आत्मा' का यह रूप तो है ही, परन्तु पूर्ण-रूप यह नहीं है। उसके अनेक रूपों में जो विश्व-रूप है, उसकी आप उपासना करते हैं। इसलिए आपके कुल में विश्व-रूप दिखाई देते हैं। वैश्वानर के ही आशीर्वाद से आपके यहाँ रथ चलते हैं, दासियाँ हैं, हार हैं, भरपेट भोजन है, सुहावने दृश्य हैं–यही सब तो विश्व-रूप है। जो इस प्रकार 'वैश्वानर-आत्मा' के विश्व-रूप की उपासना करता है, उसे उसके आशीर्वाद से भर-पेट भोजन मिलता है, प्रिय वस्तुएँ देखने को मिलती हैं, उसके कुल में ब्रह्म-तेज दीख पड़ता है। यह विश्वरूप आदित्य 'वैश्वानर-आत्मा' का, जिसे आप खोज रहे हैं, 'चक्षु' है, एक अंश है। आप अन्धे हो जाते, अगर ब्रह्म के पूर्ण-रूप को जानने के लिए मेरे पास न आते।'

''फिर भल्लव के वंशज इन्द्रद्युम्न को सम्बोधित करके राजा ने पूछा, 'वैयाघ्रपद्य! आप किसे 'आत्मा' समझकर उसकी उपासना करते हैं?' उसने उत्तर दिया, 'राजन्! मैं तो 'वायु' को आत्मा मानकर उसकी उपासना करता हूँ।' राजा ने कहा, 'ठीक है, 'वैश्वानर-आत्मा' का यह रूप तो है ही, परन्तु पूर्ण-रूप यह नहीं है। इसके अनेक रूपों में जो 'पृथक् वर्त्मा'–भिन्न-भिन्न भागों में बहनेवाला उसका रूप है–आप उसकी उपासना करते हैं। वैश्वानर के अनुग्रह से आपके पास नाना भेंटें आती हैं, और नाना रथश्रेणियाँ पीछे-पीछे चलती हैं। उन्हीं के अनुग्रह से आप अन्न प्राप्त करते हैं, प्रियजनों को देखते हैं। जो इस प्रकार 'वैश्वानर-आत्मा' के नाना मार्गों में जानेवाले रूपों की उपासना करता है, उसे उनके आशीर्वाद से भरपेट भोजन मिलता है, प्रिय वस्तुएँ देखने को मिलती हैं, उसके कुल में ब्रह्म-तेज दीख पड़ता है। यह पृथक-पृथक भागों में बहनेवाला वायु 'वैश्वानर-आत्मा' का 'प्राण' है। आपका प्राण निकल जाता, अगर आप ब्रह्म के पूर्ण-रूप को जानने के लिए मेरे पास न आते।'

''फिर शर्कराक्ष्य के वंशज जन को सम्बोधित करके राजा ने पूछा, 'आप किसे 'आत्मा' समझ उसकी उपासना करते हैं?' उसने उत्तर दिया, 'हे राजन्! मैं तो 'आकाश' को आत्मा मानकर उसकी उपासना करता हूँ।' राजा ने कहा, ' 'वैश्वानर-आत्मा' का यह रूप तो है ही, परन्तु पूर्ण-रूप यह नहीं है। इसके अनेक रूपों में जो 'बहुल'–अनन्त–रूप है, उसकी आप उपासना करते हैं। इसी कारण आपके पास बहुल प्रजा तथा धन है। उन्हीं के अनुग्रह से आप अन्न प्राप्त करते हैं, प्रियजनों को देखते हैं। जो इस प्रकार 'वैश्वानर-आत्मा' के बहुल-रूप की उपासना करता है, उसे उनके प्रसाद से भरपेट भोजन मिलता है, प्रिय वस्तुएँ देखने को मिलती हैं, उसके कुल में ब्रह्म-तेज दीख पड़ता है। यह अनन्त आकाश 'वैश्वानर-आत्मा' का मध्य-भाग है, धड़ है। आपका धड़ नष्ट हो जाता, अगर आप ब्रह्म के पूर्ण-रूप को जानने के लिए मेरे पास न आते।'

''फिर अश्वतराश्व के वंशज बुडिल को सम्बोधित करके राजा ने पूछा, 'वैयाघ्रपद्य! आप किसे 'आत्मा' समझकर उसकी उपासना करते हैं?' उसने उत्तर दिया, 'हे राजन्! मैं तो 'जल' को आत्मा मानकर उसकी उपासना करता हूँ।' राजा ने कहा, 'ठीक है, 'वैश्वानर-आत्मा' का यह रूप तो है ही, परन्तु पूर्ण-रूप यह नहीं है। इसके अनेक रूपों में जो 'रयि'–सम्पत्ति, ऐश्वर्य–रूप है, उसकी आप उपासना करते हैं। इसी कारण आप रयिमान् तथा पुष्टिवान् हैं। भगवान् वैश्वानर के अनुग्रह से मनुष्य अन्न खाता है, प्रिय देखता है। जो इस प्रकार 'वैश्वानर-आत्मा'

के रयि-रूप की उपासना करता है, उसे प्रभु के प्रसाद से अन्न मिलता है, वह प्रियदर्शन होता है, उसके कुल में ब्रह्म-वर्चस्व दीख पड़ता है। यह रयि-रूप जल 'वैश्वानर-आत्मा' का बस्ति-प्रदेश—मूत्राशय—है। आपका बस्ति-प्रदेश नष्ट हो जाता, अगर आप ब्रह्म के पूर्ण-रूप को जानने के लिए मेरे पास न आते।'

"फिर, अरुण के वंशज उद्दालक को सम्बोधित करके राजा ने पूछा, 'हे गौतम! आप किसे 'आत्मा' समझकर उसकी उपासना करते हैं?' उसने उत्तर दिया, 'राजन! मैं तो पृथिवी को आत्मा मानकर उसकी उपासना करता हूँ।' राजा ने कहा, 'ठीक है। 'वैश्वानर-आत्मा' का यह रूप तो है ही, परन्तु पूर्ण-रूप यह नहीं है। इसके अनेक रूपों में जो 'प्रतिष्ठा'—सबको सँभालनेवाला—रूप है, उसकी आप उपासना करते हैं। इसी कारण आप प्रजा और पशुओं से प्रतिष्ठित हो रहे हैं। उन्हीं के अनुग्रह से मनुष्य अन्न खाता है, प्रिय देखता है। जो इस प्रकार 'वैश्वानर-आत्मा' के प्रतिष्ठा, अर्थात् स्थिरता के रूप की उपासना करता है, उसे प्रभु-प्रसाद से अन्न मिलता है, वह प्रिय-दर्शन होता है, उसके कुल में ब्रह्म-वर्चस्व दीख पड़ता है। यह पृथिवी की प्रतिष्ठा, 'वैश्वानर-आत्मा' के पाँव हैं। आपके पाँव सूख जाते, अगर आप ब्रह्म को जानने के लिए मेरे पास न आते।

"इतना कह चुकने के बाद अश्वपति कैकय ने उन सब उपासकों को सम्बोधित करके कहा, 'आप लोग 'वैश्वानर-आत्मा' को भिन्न-भिन्न तौर से जानते रहे, उसके पृथक-पृथक रूप की उपासना करते रहे, और अन्न खाकर जैसी तृप्ति होती है वैसी तृप्ति का जीवन व्यतीत करते रहे। आप लोग प्रादेश-मात्र 'वैश्वानर-आत्मा' की एक-एक अंश में उपासना करते रहे हैं। जो यह समझकर उपासना करता है कि वह एक प्रदेश में ही नहीं है, अपितु सर्वत्र विद्यमान है, वह सब लोकों में, सब भूतों में, सब आत्माओं में विद्यमान है, वैसी तृप्ति का अनुभव करता है जैसी बुभुक्षित व्यक्ति अन्न खाकर अनुभव करता है।'

" 'उस सर्वत्र विद्यमान 'वैश्वानर-आत्मा' का विराट् रूप देखो। तेजोमय द्युलोक उसका मूर्धा है, विश्वरूप-आदित्य उसका चक्षु है, पृथग्वर्त्मा वायु उसका प्राण है, अनन्त आकाश उसका धड़ है, ऐश्वर्य-रूप जल उसका बस्ति-प्रदेश है, पृथिवी उसके पाँव हैं, यज्ञ की वेदी उसकी छाती है, यज्ञ की कुशा उसके रोम हैं, गार्हपत्याग्नि उसका हृदय है, अन्वाहार्यपचनाग्नि उसका मन है। आहवनीयाग्नि उसका मुख है।' "

कथा समाप्त करके ऋषि ने रैक्व की ओर देखा। बोले, "इस कथा का अर्थ जो मेरी समझ में आया है वह यह है सौम्य, कि समूचा विश्व एक पुरुषोत्तम का

रूप है। यह जड़ धरित्री, सप्राण वनस्पति, जीवन्त जन्तु और बुद्धिमान् मनुष्य उस एक की ही विभिन्न अभिव्यक्ति हैं—तुम भी, प्राण भी, आकाश भी, सूर्य भी, चन्द्र भी। जो ऐसा समझकर सेवा में प्रवृत्त होता है उसमें 'अहंकार' नहीं होता। अहंकार सेवा की महिमा को ही कम नहीं करता, वह सेवा को सेवा ही नहीं रहने देता। अच्छा सौम्य, तुमने वायु के स्तर पर निखिलात्मा वैश्वानर को पकड़ने का प्रयत्न किया था न? तुमने बताया था न, कि वायु ही पिंड में प्राण है?"

"हाँ भगवन्, ऐसा ही सोचा था।"

"कोई दोष नहीं है। सभी उस महासत्य के ही विभिन्न पक्ष हैं, किसी एक को कसकर पकड़ने से भी सत्य के द्वार तक पहुँचा जा सकता है। मुझे लगता है कि हर आदमी के लिए सत्य का रास्ता अलग-अलग होता है। आवश्यक नहीं कि सब एक ही मार्ग से चलकर परम तत्त्व तक पहुँचें। सच्चाई से अगर अपने स्वभाव के अनुरूप चलो तो किसी पक्ष को पकड़कर सत्य तक पहुँच सकते हो। वायु का चुनना तो केवल तुम्हारे विशिष्ट स्वभाव का सूचक-मात्र है। समझ रहे हो, वत्स!"

"समझ रहा हूँ, भगवन्! आपने मेरे स्व-भाव को कैसा पहचाना है, यह जानना चाहता हूँ।"

"हाँ वत्स, वह भी पहचानने का प्रयत्न कर रहा हूँ। पर मेरा तो अनुमान मात्र ही होगा। तुम्हें स्वयं अपने-आपको पहचानना होगा। स्व-भाव को तो स्वयं ही ढूँढ़ना पड़ता है।"

"आपका क्या अनुमान है, भगवन्?"

"मेरा अनुमान है कि तुम्हारा झुकाव प्राण-तत्त्व की ओर है, और तुम ब्रह्म के प्रिय रूप को अपनाने में समर्थ हो। महाज्ञानी याज्ञवल्क्य ने प्राण की उपासना करनेवाले को 'प्रिय ब्रह्म' का अधिकारी बताया था।"

"समझ नहीं पाया, भगवन्!"

"पुरानी बात है, सौम्य! विदेहराज बड़े जिज्ञासु थे, उन्हें भिन्न-भिन्न आचार्यों ने ब्रह्म को भिन्न-भिन्न रूपों में बताया था। किसी ने वाणी को, किसी ने प्राण को, किसी ने मन को, किसी ने कान को, किसी ने हृदय को ब्रह्म-रूप में पहचानने को कहा था। याज्ञवल्क्य ने इनका अर्थ, इनकी सीमाएँ और इनका लक्ष्य बताया था। वे भिन्न-भिन्न सुनाई देने पर भी वस्तुतः ब्रह्म के किसी एक पक्ष की ओर इंगित करते हैं।"

"थोड़ा और स्पष्ट करें, भगवन्!"

''सबकी व्याख्या तो कभी और सुनना। 'प्रिय ब्रह्म' वाली बात तुम्हारे काम की है। उसे ही सुना देता हूँ। याज्ञवल्क्य ने राजा जनक से प्रत्येक के बारे में पूछा–प्राण के बारे में भी। उन्होंने बताया :

'' 'राजन्! किसी अन्य गुरु ने आपको कुछ सिखाया हो, तो वह कहिए!' राजा ने कहा, 'उदंक शौल्वायन ने मुझे यह उपदेश दिया है कि 'प्राण ही ब्रह्म' है।' याज्ञवल्क्य ने कहा, 'जैसे कोई अच्छे माता-पिता और गुरु से शिक्षा पाया हुआ उपदेश दे, वैसे ही शौल्वायन ने आपको प्राण के ब्रह्म होने का उपदेश दिया है। ठीक भी है, जो प्राणवान् नहीं है उसका संसार में क्या बन सकता है? परन्तु क्या 'प्राण-ब्रह्म' के 'आयतन' तथा 'प्रतिष्ठा' के विषय में उसने आपको कुछ बताया?' राजा ने कहा, 'इनके विषय में तो कुछ नहीं बताया।' याज्ञवल्क्य ने कहा, 'तब तो उसने एक-पाद ब्रह्म का ही उपदेश दिया–ब्रह्म के चतुर्थांश का ही वर्णन किया–इस वर्णन के अतिरिक्त उसके 'आयतन' उसकी 'प्रतिष्ठा' और उसकी 'उपासना' का वर्णन तो रह ही गया।' राजा ने कहा, 'हे याज्ञवल्क्य! फिर आप ही सर्वांश ब्रह्म का उपदेश दीजिए।' याज्ञवल्क्य ने कहा, 'पिंड में 'प्राण' मानो ब्रह्म का 'आयतन' है, उसका शरीर है, उसका ठिकाना है; ब्रह्मांड में 'आकाश' मानो उसकी 'प्रतिष्ठा' है, इस विशाल आकाश में मानो वह प्रतिष्ठित हो रहा है, उसमें फैल रहा है, उसमें स्थान किए बैठा है। पिंड के 'प्राण' में भी वही सिमटा बैठा है, ब्रह्मांड के 'आकाश' में भी वही फैला बैठा है। वह ब्रह्म 'प्रिय-रूप' है–इसी रूप में उपासना करनी चाहिए। 'प्रिय-रूप ब्रह्म' जो 'आकाश' की तरह सर्वत्र प्रतिष्ठित है, 'प्राण' में जाकर बैठा हुआ है।' राजा ने कहा, 'हे याज्ञवल्क्य! 'प्रियता' प्राण से ही तो प्रकट होती है–तभी तो कहते हैं 'प्राण-प्रिये'!–इसलिए प्राण ही प्रियता है। प्राण के प्रेम के कारण ही तो याज्ञिक, जो व्यक्ति यज्ञ के योग्य नहीं, उसे भी यज्ञ करा देते हैं; जो दान देने योग्य नहीं उससे भी दान ले लेते हैं। प्राण के प्रेम के कारण ही जहाँ जाते हैं वहीं यह भय भी बना ही रहता है कि कहीं कोई मार न डाले।' याज्ञवल्क्य ने कहा, 'हे सम्राट्! प्राण ही परम ब्रह्म है। जो इस रहस्य को जानता हुआ प्राण द्वारा 'प्रिय ब्रह्म' की उपासना करता है उसका साथ प्राण नहीं छोड़ता, सब प्राण उसकी रक्षा करते हैं, वह स्वयं देव होकर देवों में जा विराजता है।' यह सुनकर विदेह-राज जनक ने कहा, 'मैं आपके इस उपदेश के लिए एक सहस्र गायें और हाथी के समान बैल भेंट करता हूँ।' याज्ञवल्क्य ने कहा, 'नहीं, मेरे पिता का यह आदेश है कि जब तक शिष्य को पूरा उपदेश न दे लेना, तब तक उससे कोई भेंट न लेना।' ''

''इससे समझ सकते हो, सौम्य, कि तुम्हारा झुकाव प्रिय-ब्रह्म की ओर ही हो सकता है। प्राण के सूत्र को पकड़कर तुम परम सत्य को प्रिय-रूप में पा सकते हो और प्रिय-रूप का किंचित् साक्षात्कार भी तुम्हें ब्रह्म तक, महासत्य तक पहुँचा सकता है।''

''अर्थात्?''

''अर्थात् तुम्हारा स्व-भाव प्रेम है। उसी के माध्यम से तुम सत्य का साक्षात्कार कर सकते हो।''

रैक्व विस्मय-विमूढ़!

माताजी ने प्रसंग समाप्त किया—''तो मुझे आज्ञा है?''

''अवश्य। पर जाने से पहले अपनी सान्ध्य प्रार्थनावाला गान सुना जाओ।''

माताजी ने थोड़ा इतस्ततः करने के बाद गान सुनाने की स्वीकृति दे दी। माताजी ने कोमल मृदु कंठ से जो गाया, उसका भाव था—हे प्रेमामृत-सिन्धु दीनबन्धु, जो तुम्हारे प्रेम से वंचित हैं उन पर कृपा करो। उन्हें प्रेम-अमृत के सीकरों से सिंचित करो, वंचित न रहने दो, न रहने दो। हे हृदय-बन्धु करुणामृत-सिन्धु पूषन्, जो अन्न से, जल से, स्वास्थ्य से वंचित हैं, उन्हें अपनी करुणा-राशि के कणों से सिंचित करो, वंचित न रहने दो, न रहने दो। हे प्रेम-रूप वैश्वानर, जो अहंकार से, मोह से, लोभ से जर्जर हैं, उन्हें अपने स्नेह-सुधा-समुद्र की वर्षा से उज्ज्वलित करो, वंचित न रहने दो, न रहने दो। हे अदभ्रज्योति बन्धु, जो संकोच से, ग्लानि से, लज्जा से दबे हुए हैं, उन पर अपनी प्रकाश-राशि के कण बरसाकर तेजस्वी बनाओ, वंचित न रहने दो, न रहने दो! प्रकाश दो पूषन्, मृत्यु से अमृत की ओर ले चलो, असत्य से सत्य की ओर ले चलो, वंचित न रहने दो, न रहने दो!'

कोमल मृदु कंठ से निकली हुई संगीत-धारा से सारा दिङ्मंडल विद्ध हो गया। रैक्व अननुभूत आनन्द से जड़ीभूत हो गए। औषस्ति की आँखों से अविरल अश्रुधारा झरने लगी।

संगीत की मादकता देर तक व्याप्त रही। रैक्व की संज्ञा जब लौटी तो वे माँ के चरणों में लोट पड़े—माँ, साक्षात् वाग्देवता माँ! माँ!

नौ

रैक्व ने माताजी के साथ गाँव-गाँव घूमकर वहाँ की दशा देखी। वे एक-एक चीज़ में रुचि दिखाते थे। हल क्यों चलाया जाता है, अन्न कैसे उत्पन्न होता है, सिंचाई कैसे की जाती है, बैल क्या खाता है, गाय कैसे पाली जाती है—सभी बातों में वे जानकारी प्राप्त करने में उत्सुकता दिखाते। बीमार बच्चे, रोगग्रस्त स्त्रियाँ, कंकाल-शेष पुरुष उनकी जिज्ञासा-वृत्ति को उकसाते। क्यों ऐसा होता है, कैसे उनकी सहायता की जा सकती है, अन्न कहाँ से मिल सकता है, दवा कहाँ मिलती है, आदि बातें वे माताजी से पूछते। माताजी उन्हें सब बातें समझातीं; जहाँ रैक्व उत्तेजित हो जाते वहाँ भी वे शान्त ही रहतीं। जनपद में माताजी को लोग आशा की मूर्ति समझते और देवी की तरह पूजते थे। स्त्रियाँ अपनी विपत्ति की बातें रो-रोकर सुनातीं; वे धैर्य के साथ सुनतीं, प्यार से बातें करतीं और दुःखी बच्चों

के सिर पर हाथ फेरकर शीघ्र रोगमुक्त होने का आशीर्वाद देतीं। रैक्व चुपचाप यह दृश्य देखा करते। उन्हें अनुभव होता कि सहानुभूति भी एक बड़ा औषध है!

रैक्व माताजी के धैर्य और शान्त भाव से अभिभूत हो जाते। बिना किसी उपदेश के ही लोक-व्यवहार की सैकड़ों बातें वे रैक्व के मन में बैठा देतीं। रैक्व देख रहे थे, समझ रहे थे, सीख रहे थे। कई दिनों तक अक्लान्त-भाव से दोनों गाँव-गाँव घूमते रहे। आध्यात्मिक तत्त्वों के बारे में माताजी ने कोई चर्चा नहीं की। केवल दुःख, केवल अभाव, केवल रोग, केवल अन्न, उनकी बातचीत के विषय बने रहे। रैक्व ने आश्चर्य से देखा कि माताजी सर्वत्र शान्त बनी हुई हैं। चेहरे पर वही शान्ति, वही करुणा, वही अनुद्वेग! रंच-मात्र भी विकार नहीं। वे सोचते, कैसे यह सम्भव है? उन्हें याद आता कि ऋषि औषस्ति ने उन्हें बताया था कि जो आत्मा को पा लेता है उसे शोक नहीं होता, उद्वेग नहीं होता, मोह नहीं होता–वह सब पा लेता है। निस्सन्देह माताजी ने आत्मा को पा लिया है। इतने दारुण दुःख को देखकर भी इसीलिए अविचलित हैं। तीसरे दिन माताजी ने एक तालाब के किनारे विश्राम किया। स्नान करके उन्होंने प्रार्थना की और रैक्व से कहा कि बेटा, तू भी परमात्मा से प्रार्थना कर, कि इन दुर्गत जनों की वे रक्षा करें। रैक्व ने कहा कि वे प्रार्थना नहीं जानते। प्राणायाम और ध्यान जानते हैं। माताजी ने आज्ञा दी कि वैसा ही कर, जिससे तेरा अन्तरतर शान्त होवे; केवल यह मत भुला देना कि इसका एक उद्देश्य है–दीन-दुखियों को दुःखमुक्त करना। परमात्मा उसी से प्रसन्न होंगे। रैक्व ने आज्ञाकारी बालक के समान आज्ञा पाते ही समाधि की स्थिति प्राप्त करने का प्रयास किया।

समाधि ठीक से नहीं सधी। वे थोड़ी ही देर में उद्विग्न की भाँति उठ गए। बोले, "माँ, आज समाधि नहीं लग पा रही है। आँखों के सामने केवल भूखे-नंगे बच्चे और कातर दृष्टिवाली माताएँ ही दिख रही हैं। ऐसा क्यों हो रहा है, माँ?"

'अच्छा ही है, बेटा! इससे तेरी समाधि भले ही विघ्नित हो, इन बालकों और माताओं का कल्याण ही होगा।"

"होगा माँ? कैसे?"

"अकेले में आत्माराम या प्राणाराम होना भी एक प्रकार का स्वार्थ ही है। इन दुखियों के प्रति तेरी दृष्टि गई है तो अन्तरतर के देवता की भी दृष्टि जाएगी। जो कुछ देखा जाता है वह वही तो देखता है, बेटा!"

"वही कौन, माँ?"

"वही अग-जग-व्यापी परमात्मा, जो वैश्वानर है। पिताजी ने बताया था न,

बेटा, भूल गया?"

"भूल ही गया था माँ, ऐसी बातें याद नहीं रहतीं।"

"याद करने से थोड़े ही होता है, मन रमना चाहिए। तेरा मन इन बातों में अभी रम नहीं पा रहा है।"

रैक्व उदास हो गए। माताजी ने कुछ कहा नहीं, धीरे-धीरे गुनगुनाकर गाने लगीं :

हे प्रभो, स्नेह दो, स्नेह दो!
सारा संसार तुम्हारे स्नेह का भिखारी है।
प्रभो, जो तुम्हें नहीं देख पा रहे हैं उन्हें दृष्टि दो!
नहीं समझ पा रहे हैं उन्हें बुद्धि दो!
नहीं पा रहे हैं उन्हें प्रेम दो!
प्रभो! स्नेह दो, स्नेह दो!

रैक्व मुग्ध होकर सुनते रहे। गाना समाप्त होते ही बोले, "यह भाषा मेरी समझ में आती है। मगर माँ! मैं वंचित हूँ, दृष्टि नहीं है, बुद्धि नहीं है, प्रेम नहीं है! मेरा क्या होगा, माँ?"

माताजी ने स्नेह से रैक्व के सिर को बार-बार सहलाया—"पा तो रहा है, बेटा! ऐसी कातर वाणी तो उनके अनुग्रह के बिना नहीं निकलती। तू बड़भागी है, तू पा रहा है। उनके राज्य में निराश होने की कोई आवश्यकता नहीं बेटा, तुझे वे देख रहे हैं, दे रहे हैं।"

रैक्व को जैसे दिव्य ज्योति दिख गई। वे शान्त प्रसन्नभाव से बोले, "पा रहा हूँ माँ, पा रहा हूँ।"

"देख बेटा, जहाँ दुःख है, अभाव है, वहाँ प्रभु प्रत्यक्ष दिखाई देते हैं। वह अन्धकार में प्रकाश बिखेरते हैं, आँधी-तूफान के भीतर शान्त प्रसन्नभाव से विराजमान रहते हैं, परम प्रेमिक हैं बेटा। तू उन्हें अवश्य पाएगा। चल, अब वहीं खोजें।"

माँ और बेटा आगे बढ़े।

कुछ दूर जाने पर एक बड़े पाकड़ के पेड़ के नीचे उन्होंने एक विचित्र दृश्य देखा। बहुत-से बच्चे एक प्रौढ़ व्यक्ति पर टूट पड़े हैं। प्रौढ़ व्यक्ति गुस्से में डाँट रहा है, धमका रहा है, मारने को कह रहा है, बच्चे और भी जोर से हँसते हैं, और भी तेज आक्रमण करते हैं। सब हँसी से लोट-पोट हो रहे हैं। प्रौढ़ व्यक्ति मारे क्रोध के चिल्ला रहा है—"गुस्सा कराओगे तो मुझसे बुरा कोई नहीं होगा। ऐसी

मार मारूँगा कि जान भी नहीं पाओगे, हाँ!" लेकिन लड़के उसी तरह टूट रहे हैं, हाथ उठा देखते हैं तो भाग जाते हैं, फिर मौका पाते ही कोई पीठ पर, कोई कन्धे पर, कोई बाँह पर चढ़ जाता है। माताजी चुपचाप खड़ी हो गईं और देखने लगीं। प्रौढ़ व्यक्ति बोला, "अच्छा, अब ज़रा और मोटे हो जाओ तो चढ़ाई करना। यह देखो, मेरे पास क्या है?"

बच्चे शान्त हो गए। सबके चेहरे हँसी से खिले हुए थे। एक ने बढ़कर पूछा, "क्या है, मामा?"

"मधु है रे, बड़ी लड़ाई लड़नी पड़ी है तब मिला है।"

"कैसी लड़ाई, मामा?"

"अब तुम लोगों को क्या बताऊँ बच्चो, ग्यारह भालू टूट पड़े थे।"

बच्चों ने कहा, "बताओ न, क्या हुआ?"

"अरे ग्यारह नहीं, बारह थे। उनमें एक बड़ा था, सबका मामा। बाकी सब छोटे-छोटे। बड़ावाला मधुमक्खी के छत्ते को झपट लेना चाहता था। मधुमक्खियाँ उस पर झपटीं। उसने अपने बड़े-बड़े बालों को कम्बल की तरह बनाकर ओढ़ लिया। अब सारी मक्खियाँ उसके बालों में जूँ-जूँ करती उलझ गईं। छटपटाकर सबकी सब मर गईं। फिर तो मौका देखते ही मैं छत्ता लेकर पेड़ से कूद पड़ा। फिर ग्यारह भालू के पिल्ले मेरे ऊपर झपटे। मैं लाठी भाँजने लगा। किसी का दाँत टूटा, किसी की टाँग गई, किसी की पसली बरामद हुई। सब भागे। अब मामा राम लपके। मैंने भी दे मारा डंडा। जबड़ा ही तोड़ दिया। फिर झपटे तो एक ही लाठी में चारों खाने चित्त। मैं भी ऐसी फुर्ती से भागा कि यहीं आकर दम लिया।"

एक लड़के ने हँसते हुए कहा, "गप्प मार रहे हो मामा, बारह भालू टूट पड़ते तो तुम बचते?"

मामा ने कुछ देर सोच के कहा, "अच्छा, पाँच थे। अब ज्यादा बोलेगा तो पिट जाएगा।"

कई लड़के चिल्लाए–"पाँच भी नहीं होंगे।"

"अच्छा ले, चार थे!"

"चार होते तो तुम्हें चबा गए होते।"

"चार होते तो चबा जाते? ले, तीन थे।"

"क्या बात करते हो मामा, तीन से तुम लड़ लेते?"

"अच्छा एक। अब चुप रह, नहीं मामा का गुस्सा तो जानता है न, ऐसी पिटाई करूँगा, ऐसी पिटाई करूँगा, कि न मैं जानूँ, न तुम जानो।"

"रहने भी दो, मामा! हम बारह बच्चे चढ़ पड़ें तो तुम भाग खड़े होगे और गप्प मारते हो बारह भालू से लड़ने का!"

"चुप रह, नहीं तो मामा से बुरा कोई नहीं होगा। पहले यह शहद का शरबत पी लो। फिर चढ़के देखो, मामा एक-एक की टाँग तोड़ देता है कि नहीं। लेते जाओ।"

बच्चे हँसने लगे।

मामाजी ने एक मिट्टी के घड़े में मधु का शरबत बना रखा था। मिट्टी के सकोरों में ढाल-ढालकर सबको देने लगे। कहते जाते, "पहले पीके तगड़े बनो, फिर मामा से लड़ना। अबकी बार वो मार मारूँगा, वो मार मारूँगा कि बस!" लड़के खिलखिलाकर हँसते और अपना-अपना हिस्सा लेकर अलग हो जाते। एक बच्चा मुट्ठी में कुछ लिए ही शरबत लेने पहुँचा। मामा ने डाँटा–"खाया नहीं रे!" लड़का बोला, "अच्छा नहीं लगता मामा, बरगद के फल खाए नहीं जाते।" मामा ने बड़ी मुलायम आवाज में कहा, "नहीं अच्छे लगते? अच्छा, आज खा ले। कल गूलर ले आऊँगा। खा ले बेटा। मामा से लड़ेगा कैसे?" उन्होंने आँखें पोंछ लीं।

माताजी की ओर किसी का ध्यान नहीं था। वे ही आगे बढ़ीं। रैक्व पीछे-पीछे।

माताजी को देखकर सब लड़के खड़े हो गए। तब मामा ने उनकी ओर दृष्टि फिराई। अपरिचित व्यक्ति यह लीला देख रहा था, यह जानकर उन्हें थोड़ी झेंप हुई, फिर प्रणाम करके बच्चों को डाँटा–"क्या देख रहे हो, प्रणाम करो!" सब बच्चों ने प्रणाम किया। माताजी ने पूछा; "आप क्या इसी गाँव के रहनेवाले हैं?"

"गाँव तो, माताजी, मेरा कोई और था, अब इसी गाँव में रहता हूँ। मेरी बहिन इस गाँव मे ब्याही थी। माँ-बाप के मर जाने से अनाथ होकर बहिन के पास आ गया। अब तो वह भी नहीं है। मगर मैं गाँव-भर का मामा होकर यहीं बस गया हूँ। विधाता ने अपना कोई नहीं छोड़ा तो सारा गाँव ही अपना हो गया। अब बच्चों का भी मामा हूँ, जवानों का भी, बहुओं का भी मामा हूँ, सासों का भी। मामा हो गया हूँ, पर कहाँ निभा पा रहा हूँ!"

"निभा तो रहे हैं। मैंने आपका प्रेमपूर्ण प्रयत्न देखा है। आप इनके मामा होने योग्य ही हैं।"

"क्या करूँ, माताजी, देखा नहीं जाता। परसों छह कोस दूर के एक तालाब से करबक लता का एक बोझा ले आया था। कल वही उबालकर गाँववालों ने पेट भरा है, पर बच्चों का काम तो नहीं चलता। बहुत खोज-खाज करके आज

एक मधु का छत्ता ले आ सका हूँ। देखिए, कितने खुश हैं! कुछ बरगद के गोदे (फल) भी ले आया था। बिचारे खा नहीं सकते, पर और है ही क्या? गायों को घास भी तो नहीं मिल रही। अब पानी बरसा है तो सब लोग खेत जोतने गए हैं। पेट में अन्न नहीं, बैलों में दम नहीं, क्या जोतेंगे! वह तो कहिए कि एक महात्माजी आए थे, किसी दानी से कहकर उन्होंने कुछ महुआ भिजवा दिया है। वही खाकर हल जोत रहे हैं।''

''महात्माजी कहाँ रहते हैं?''

''पता नहीं माताजी, राजा पर इतना गुस्सा किया कि कहा कि इसके राज्य में पैर ही नहीं रखूँगा। अब यह तो अपने-अपने कर्म का फल है माताजी, राजा क्या कर सकता है!''

''राजा को कुछ करना तो चाहिए।''

''महात्माजी तो नाराज होकर चले गए हैं, पर कह गए हैं कि कई गाड़ी महुआ भिजवाएँगे। देखें, कब भेजते हैं।''

बच्चों को मामा के और अपने बीच इतना व्यवधान अच्छा नहीं लग रहा था। एक छोटे बच्चे ने मामा का हाथ पकड़कर कहा, ''मामा चलो, अब भेड़ियावाली लड़ाई की बात बताओ।''

माताजी की ओर देखकर मामा ने हँसकर कहा, ''झूठी कहानियाँ गढ़-गढ़कर इनको भुलाता रहा हूँ। ये भी जानते हैं कि झूठ है, मैं भी जानता हूँ कि झूठ है। पर थोड़े झूठ से इनके चेहरों पर थोड़ी देर के लिए चमक आ जाती है। पता नहीं, भगवान् माफ करेंगे या नहीं। पर मुझे कोई ग्लानि नहीं है। अच्छा माताजी, क्षमा करें। ये बड़े शैतान हैं, मामा पर इन्हीं का पूरा अधिकार होना चाहिए।''

माताजी ने कहा, ''आप पर इनका ही अधिकार रहे। जाइए। आप सच्ची तपस्या कर रहे हैं।''

वे प्रणाम करके अपनी बाल-सेना के साथ चले गए।

माताजी ने उदास रैक्व की ओर देखा।

''बेटा रैक्व!''

''माँ!''

''क्या सोच रहे हो, बेटा? यह आदमी कैसा लगा?''

''मामा के बारे में पूछती हो, माँ?''

''हाँ, यही मामा, सबका मामा!''

''अद्भुत है माँ, मैं भी कुछ ऐसा कर सकता तो धन्य होता, माँ!''

''हो सकता है, करना पड़े। हो सकता है, दूर से गाड़ी पर लादकर महुआ ले आना पड़े, गूलर ले आना पड़े, करबक साग का गट्ठर ले आना पड़े—कर सकोगे?''

''हाँ माँ, आज्ञा दो तो अभी कर सकता हूँ।''

''अभी और देखते चलो। शायद कुछ और प्रेरणा मिले।''

''माँ, मैं तो यह सब देखकर क्लान्त अनुभव करता हूँ। कुछ बताओ माँ, क्या करूँ?''

''यह मामा क्लान्त नहीं हुआ है। तुम क्यों क्लान्त अनुभव करते हो?''

''कुछ न कर सकने से, माँ!''

''साधु वत्स, तुम्हारे ऊपर परमात्मा का अनुग्रह बरसने लगा है।''

''बरसने लगा है, माँ?''

''देखो बेटा, इस आदमी में मुझे परम पिता परमेश्वर की ज्योति दिखाई देती है।''

''मगर यह झूठ क्यों बोलता है, माँ?''

''यह झूठ नहीं बोल रहा है। परम वैश्वानर का इंगित समझ रहा है। परमात्मा ने भी तो हमारी प्रसन्नता के लिए माया का यह झूठा संसार रच रखा है।''

''हाँ, माँ!''

''परमात्मा की ज्योति इसी प्रकार दिखाई दे जाती है, बेटा!''

''मुझे एक बात सूझ रही है, माँ!''

''क्या बेटा?''

''मैं जो गाड़ी के नीचे बैठकर तप कर रहा था, वह झूठा तप था। सही तपस्या गाड़ी चलाकर की जा सकती है।''

''साधु, वत्स!''

''माँ, सोचता हूँ कि उस टूटी गाड़ी को ठीक करके स्वयं खींचकर उसे चलाऊँ और जहाँ से जो कुछ भी पा सकूँ, इनके पास पहुँचा दूँ।''

''साधु, वत्स! यह विचार ठीक है, पर अकेले तुम कितना ले आ सकते हो? मैं सोचती हूँ कि कुछ और लोग भी तुम्हारे साथ हों तो अच्छा होगा।''

''और लोग कहाँ मिलेंगे, माँ? तुम्हारा बेटा अकेला जितना कर सकेगा, करेगा।''

''रुको, तुम्हारी माँ भी तो कुछ कर सकती है।''

''माँ को कुछ नहीं करना होगा। माँ सिर्फ़ रास्ता सुझाएगी।''

"नहीं बेटा, माँ को भगवान् बैठने नहीं देंगे। तुम मुझे थोड़ा सोचने दो।"

"अच्छा माँ, सोचकर बताओ।"

थोड़ी देर तक दोनों चुपचाप चलते रहे। थोड़ी देर बार माताजी ने कहा, "रैक्व बेटा!"

"हाँ माँ।"

"देख रहे हो न, कि मृत्यु सबको निगलने के लिए मुँह बाए खड़ी है, और फिर भी लोग जीना चाहते हैं? सब मर जा सकता है, पर जीने की इच्छा नहीं मरती।"

"हाँ माँ, लोग मरना नहीं चाहते, जीना चाहते हैं। सब जीना चाहते हैं।"

"यही क्या वह चीज़ नहीं है जो विनाशमान पदार्थों के बीच अविनश्वर है?–विनश्यत्स्वविनश्यन्तम्? दुर्वार जिजीविषा! जीते रहने की इच्छा!"

"हाँ माँ।"

"मुझे लगता है बेटा, जिसे लोग 'आत्मा' कहते हैं वह इसी जिजीविषा के भीतर कुछ होना चाहिए। वे जो बच्चे हैं, किसी की टाँग सूख गई है, किसी का पेट फूल गया है, किसी की आँख सूज गई है–ये जी जाएँ तो इनमें बड़े-बड़े ज्ञानी और उद्यमी बनने की सम्भावना है। सम्भावना की बात कर रही हूँ। अगर यह सम्भावना नहीं होती तो शायद जिजीविषा भी नहीं होती। आत्मा उन्हीं अज्ञात-अपरिचित-अननुध्यात सम्भावनाओं का द्वार है। मैं अपनी बात ठीक से कह रही हूँ, बेटा? शायद नहीं।"

"इतना समझ रहा हूँ कि सम्भावना है, और इसीलिए जिजीविषा भी है। पर 'आत्मा' नहीं समझ रहा हूँ।"

माताजी चुपचाप चलती रहीं। फिर उन्होंने शान्त-कोमल कंठ से कहा, "रैक्व बेटा, जीने की इच्छा सबमें है। कुछ में जिलाने की इच्छा भी तो है–जैसे मामा में!"

"है, माँ!"

"ऐसा नहीं लगता कि जिसमें जिलाने की इच्छा है वह जीने की इच्छा का रहस्य जान गया है?"

"हो सकता है, माँ!"

"हो नहीं सकता रे, है। नहीं तो मामा कैसे हँसते-हँसते इतनी तकलीफ झेल लेता है?"

" 'है' कहना ही ठीक लगता है, माँ!"

"देख रे, सृष्टि चलती रहेगी। जो लोग अलग बैठकर इसे बन्द कर देने का सपना देखते हैं वे भोले हैं। जिजीविषा है तो जीवन रहेगा, जीवन रहेगा तो अनन्त सम्भावनाएँ भी रहेंगी। सब चलता रहेगा। यही प्रकृति है। इसे सुनियन्त्रित रूप से चलाने का प्रयास शुभ है। वही संस्कृति है। प्रकृति को सुनियन्त्रित रूप में चलाने का नाम ही संस्कृति है।"

"हाँ, माँ!"

"इसीलिए ऋषि लोग स्नातक को उपदेश देते हैं कि सन्तान-परम्परा को नष्ट न होने देना–'प्रजातन्तुं मा व्यवच्छेत्सीः।' प्रकृति को मानकर ही संस्कृति की ओर जाया जा सकता है, अस्वीकार करके चलना तो विकृति ही होगा।"

"ऐसा ही लगता है, माँ!"

देर तक दोनों चुप रहे। थोड़ी देर बाद रैक्व ने पूछा, "माँ, यह मामा आत्मज्ञ है?"

"अवश्य होना चाहिए।"

फिर देर तक दोनों चुपचाप चलते रहे। रैक्व के मन में उथल-पुथल हो रही थी। माताजी यथापूर्व शान्त थीं। रैक्व ने पूछा, "माँ, तुम क्या मेरी ही बात नहीं कह रही हो?"

"तेरी बात क्या, बेटा?"

"यही, जीवन तो प्राण ही है न?"

"हाँ, उसे बचाए रखने की इच्छा जिजीविषा है, और अनन्त सम्भावनाओं की ओर उन्मुख करना उस जिजीविषा का उद्देश्य जान पड़ता है। प्राण ही आत्मा नहीं है, प्राण के बचाए रखने की इच्छा का उद्देश्य हो तो हो भी सकता है। पर बेटा, प्राण को आत्मा तो नहीं माना जा सकता।"

"अच्छा माँ, राजा में जिलाने की इच्छा क्यों नहीं जागी? वह क्या आत्मज्ञ नहीं है?"

"कैसे कहूँ बेटा, मिलकर उसके भीतर की परम ज्योति को जगाने की कोशिश करूँगी। तू कहीं रुक जा...मैं अकेली जाना चाहती हूँ।"

"शुभा भी तो मिलेगी, माँ!"

"हो सकता है। मगर तू अभी यहीं कहीं रुक जा। राजा का गाँव नज़दीक आ गया है।"

"माँ, मेरी गाड़ी भी तो यहीं कहीं होगी। क्यों न उसे मैं तब तक ठीक कर लूँ?"

"गाड़ी तेरी कैसे है रे? वह तो शुभा की है।"

"शुभा की है? हाँ, है तो। मगर लगता है माँ, कि जो वस्तु शुभा की है वह मेरी भी है।"

माताजी को हँसी आ गई।

"ऐसा तूने कैसे मान लिया? शुभा राजा की बेटी है, वह यों ही अपनी चीज़ें तुझे क्यों लेने देगी? उसका तू क्या है?"

"मेरी गुरु है, माँ!"

"और मैं क्या हूँ?"

"तुम माँ भी हो, और गुरु भी हो।"

"जानता है बेटा, गुरु कौन होता है?"

"जो ज्ञान दे।"

"ठीक है, पर वास्तव में गुरु वह है जिसके सामने जाने पर तेरे व्यक्तित्व का सर्वोत्तम पक्ष उजागर हो, जो तेरे भीतर सोए देवत्व को जगा दे। शुभा ऐसी ही गुरु है?"

रैक्व ने कुछ देर सोचा, फिर अपने-आपसे बोले, 'तो मैं शुभा को गुरु नहीं कह सकता।' फिर माँ की ओर उन्मुख हुए–"माँ, गुरु तुम हो, शुभा के सामने मैं अपने को अल्पज्ञ और हीन समझने लगा था। वह मेरी गुरु नहीं हो सकती। मगर ज्ञानी वह अवश्य है, माँ! उसकी सब बातें ठीक थीं।"

माताजी फिर हँसने लगीं।

"मिलेगी तो उसे डाँटूँगी कि तूने मेरे हीरे के समान लड़के में हीन भावना क्यों पैदा की?"

रैक्व ने कातर-भाव से कहा, "नहीं माँ, डाँटना मत। उस बिचारी का क्या दोष था? दोष तो मेरे भीतर था। डाँटना मत माँ, मैं अब उसके सामने अपने को हीन नहीं मानूँगा। तुमसे मिलने के पहले मैं औरों को ही हीन समझता था। सिर्फ़ शुभा के सामने मैं झुका था। दोष तो मेरा ही था।"

"दोनों ही दोष हैं बेटा, अपने को हीन समझना भी दोष है, और दूसरों को हीन समझना भी दोष है। अच्छा, मेरे सामने तू अपने को क्या समझता है?"

"अनन्त सम्भावनाओं का भंडार।"

"तू माँ को खुश करना जानता है! क्यों रे, अगर शुभा कहे कि वह तेरे साथ रहकर तेरी बुद्धि की परीक्षा करेगी, तो उससे क्या कहना चाहिए मुझे?"

"मेरे पास अगर वह बुद्धि की परीक्षा लेने आएगी तो उसे गाड़ी खींचकर

दीन-दुखियों तक खाद्य पहुँचाने को कहूँगा। इसी में उसकी बुद्धि की परीक्षा हो जाएगी। माँ, जो दीन-दुखियों की सेवा नहीं कर सकता, वह क्या बुद्धि की परीक्षा करेगा! मैं अब थोड़ा-थोड़ा रहस्य समझने लगा हूँ। कोरी वाग्वितंडा ज्ञान नहीं है।''

''उसने जो दोष किया है, उसे भूल गया?''

''इसके लिए जो उचित समझो सो कहना। समझा देने से वह समझ जाएगी, माँ! काठ की थोड़े ही बनी है!''

''देखूँगी कि समझती है या नहीं। हो सकता है कि काठ की न बनी हो।''

''नहीं माँ, वह निश्चित रूप से समझदार है।''

दस

राजा जानश्रुति को आचार्य औदुम्बरायण ने जब सारी बातें बताईं तो वे जैसे सोते से अकचकाकर जागे–"मुझे प्रजा के कष्ट की बात तो किसी ने नहीं बताई। राजकर्मचारी क्या सो रहे थे? अन्न उगाहने के समय क्या उन्होंने यह नहीं देखा कि अकाल पड़ा हुआ है? क्या उनका कर्तव्य नहीं था कि वे मुझे सूचना देते? राजा तो कर्मचारियों की आँख से ही देखता है। इतना बड़ा अनर्थ हो गया और उन्होंने कुछ बताया ही नहीं!"

आचार्य ने कहा, "महाराज, दोष तुम्हारा भी है और मेरा भी। राजा जब तक स्वयं जागरूक न हो तो राजकर्मचारी शिथिल हो जाते हैं, मुस्तैदी से काम नहीं करते। राजा को चिन्ता में न डालने की आड़ में वे स्वयं निश्चिन्त हो जाते हैं। राजकर्मचारियों को निरन्तर कसते रहना पड़ता है। वह हमने नहीं किया। दोष

हमारा भी है, मैं कहूँ कि दोष हमारा ही है!''

राजा मर्माहत हुए। बोले, ''अब क्या किया जाए, आचार्य? पाप तो हो ही गया है।''

आचार्य ने कहा, ''राजन्, मैंने इस समस्या पर बहुत सोचा है। अकालग्रस्त लोगों की सहायता करना बहुत आवश्यक है। बेटी जाबाला तो गाँवों में घूम-घूमकर अकाल के पीड़ितों को स्वयं देखना चाहती है और यथोचित सेवा करना चाहती है। वह व्याकुल है, पर उसका स्वास्थ्य एकदम ठीक नहीं है। अगर वह बाहर घूमने निकल पड़ेगी तो निश्चय ही उसका रहा-सहा स्वास्थ्य भी जाता रहेगा। मैंने उसे किसी प्रकार रोक लिया है, पर अधिक समय तक वह रुक नहीं सकती। जब तक उसे पूरा विश्वास नहीं हो जाता कि राज्य की ओर से प्रजा की सहायता का ठीक-ठीक आयोजन कर दिया गया है, तब तक उसे रोकना कठिन होगा। आप तो जानते ही हैं कि वह साधारण लड़की नहीं है। जहाँ कुछ करना आवश्यक है वहाँ वह करके ही रहेगी। पर महाराज, मैं बहुत चिन्तित हूँ कि दुर्बल शरीर लेकर वह कुछ साहसिक कदम उठा लेगी, तो उसे बचाना कठिन होगा।''

''आचार्य, वही तो मेरा प्राण है। अगर उसे कुछ हो गया तो मैं जीवित नहीं रह सकूँगा। अगर किसी प्रकार जीवित रह भी गया तो प्रजा की कुछ भी सहायता नहीं कर सकूँगा। मेरी पहली आवश्यकता है उसको स्वस्थ और प्रसन्न करना। इसके बिना मैं पंगु हूँ, अकर्मा हूँ।''

''जानता हूँ राजन्, बहुत अच्छी तरह जानता हूँ। इसलिए मैंने एक मध्यम मार्ग सोचा है। अनुमति हो तो निवेदन करूँ!''

''अवश्य आचार्य, मेरी बेटी को बचाकर आप मुझे बचाएँगे, और मुझे बचाकर सारी प्रजा को बचाएँगे। आप निःसंकोच अपना प्रस्ताव रखें।''

''महाराज, कठिन समस्या यह है कि घर में कोई प्रौढ़ा महिला नहीं है। दासियों ने ओझा बुलाने को कहा था, सो मैंने किया। वह जो संकुला बुढ़िया है, जाबाला को बहुत स्नेह करती है; पर है अटट गँवार। कुछ कहने का उसे साहस नहीं होता। एक दिन उसने डरते-डरते कहा कि बिटिया को गन्धर्व का आवेश है, देख नहीं रहे हैं कि वह भीतर-ही-भीतर उसका खून चूस रहा है। गन्धर्व-पूजन कराइए। मैंने उसकी बात नहीं मानी। आज वह फिर कहने लगी कि गन्धर्व-पूजन कराइए। उधर सिद्ध ने कहा था कि कोहलीय लोगों का नृत्य-नाटक कराइए। उससे मनोविकार दूर होते हैं। बुढ़िया ने भी कहा कि कोहलीय लोग गन्धर्व-पूजन की विधि जानते हैं। दोनों बातों को मिलाकर मुझे ऐसा लगा कि दोनों एक ही

बात अपने-अपने ढंग से कह रहे हैं। मैं इन बातों को मानता तो नहीं, पर बिटिया का कल्याण हो, तो मैं अपनी मान्यता पर अड़ा नहीं रहूँगा। अभी मुझे सूझा कि यह अनुष्ठान और एक दृष्टि से भी उत्तम होगा।''

''सो क्या?''

''राजन्, साधारण जनता में कोहलीयों के नृत्य-नाटक का बड़ा आकर्षण है। इस आयोजन में सहस्रों की संख्या में दूर-दूर से लोग आएँगे। आयोजन के अन्त में यदि यह घोषणा कर दी जाए कि राजा के भंडार से सभी दीन-दुखियों को अन्न और औषधि तत्काल दिए जाएँगे तो अनायास यह बात गाँव-गाँव में फैल जाएगी और हम अपना अन्न का भंडार खोल देंगे। बहुतों की कठिनाई दूर हो जाएगी। इस प्रस्ताव से बिटिया को भी मानसिक शान्ति मिलेगी। क्यों महाराज, आपको मेरा प्रस्ताव ठीक लग रहा है?''

''स्वीकार है आचार्य, पर इतना और सोचना होगा कि भंडार के अन्न से सारी आवश्यकता पूरी हो सकेगी या नहीं। भंडार की तो एक सीमा है!''

''सोचा है महाराज, भगवान् के अनुग्रह से पानी तो बरस गया है। सहायता-कार्य थोड़े दिनों के लिए आवश्यक होगा। पर इस विषय में जानकार लोगों की सलाह लेकर कुछ और उपाय भी सोचे जाएँगे। अभी तो यह घोषणा हो जानी चाहिए। इससे प्रजा में साहस का संचार होगा। परमेश्वर की दया से हमारी प्रजा में अब भी यह सुबुद्धि है कि वह भिक्षा के अन्न पर आस्था नहीं रखती। उसे भिक्षाजीवी बनने भी नहीं देना चाहिए। कुछ काम कराके ही उन्हें अन्न देना चाहिए। आपके सचिव लोग इस सम्बन्ध में अच्छी सलाह दे सकते हैं। मैं तो कोहलीयों के गन्धर्व-पूजन का आयोजन और उस सम्बन्ध में तत्काल घोषणा की ही बात कह रहा हूँ। घोषणा को कार्यान्वित करने में जानकार लोग ही ठीक-ठीक सलाह दे सकते हैं।''

राजा ने दोनों प्रस्ताव मान लिए। सचिवों को तुरन्त आयोजन का आदेश दे दिया गया। जाबाला को भी बता दिया गया। कोहलीयों के अनुष्ठान की तैयारी शुरू हो गई। जाबाला आश्वस्त हुई, लेकिन उसने अपने पिता और आचार्य को इस बात पर राजी कर लिया कि रंगभूमि के निर्माण के समय से ही सहायता-कार्य शुरू कर दिया जाए। अकाल-ग्रस्त क्षेत्रों से सैकड़ों आदमी रंगभूमि के निर्माण के लिए बुलाए गए। काम तेजी से हुआ। लोगों में आयोजन के प्रति उत्साह देखा गया। जो बहुत दुर्बल और रुग्ण थे, उन्हें भी कुछ-न-कुछ काम दिया गया। आयोजन का आरम्भ बड़े उत्साह से हुआ।

राजा और आचार्य ने सचिवों से मन्त्रणा करके आगामी सहायता-कार्य की रूपरेखा बनाने का प्रयत्न किया। एक दिन इस सम्बन्ध में मन्त्रणा चल रही थी। राजा व्यस्त थे। ऐसे ही समय दौवारिक ने आकर निवेदन किया–"प्रभो, जैमिनीय-गोत्रोद्‌भवा और महर्षि औषस्ति की पत्नी ब्रह्मवादिनी भगवती ऋतम्भरा पधारी हैं, उन्होंने अनुकूल अवसर पर महाराज से मिलने की इच्छा व्यक्त की है।"

राजा एकदम उठकर खड़े हो गए–"क्या कहा, भगवती ऋतम्भरा स्वयं इस अभाजन को कृतार्थ करने को पधारी हैं! तुरन्त ले आओ!" फिर आचार्य की ओर देखकर कहा, "आचार्यपाद स्वयं जाकर उन्हें ससम्मान ले आएँ।"

आचार्य ने राजा का अनुमोदन किया–"जा रहा हूँ महाराज, आज सविता देवता प्रसन्न जान पड़ते हैं। विद्या और तपस्या की साक्षात् मूर्ति ब्रह्मवादिनी भगवती ऋतम्भरा का आगमन परम मंगल का सूचक है।"

आचार्य औदुम्बरायण भगवती ऋतम्भरा को लेकर उपस्थित हुए। राजा इतने गद्‌गद हुए कि उनके मुँह से वाणी नहीं निकली। परम आदर के साथ प्रणिपात करके वे अभिभूत-से खड़े रह गए। सारी सभा प्रत्युत्थान और प्रणिपात करके राजा की भाँति ही चुपचाप खड़ी रही। भगवती ने शान्त-मृदु कंठ से कहा, "कल्याण हो राजन्! आसन ग्रहण करें। मैं एक आवश्यक सूचना देने के लिए आई हूँ। बहुत समय नहीं लूँगी। आसन ग्रहण करें।"

राजा ने भक्ति और श्रद्धा के साथ फिर अभिवादन किया–"भगवती जब तक आसन नहीं ग्रहण करतीं, तब तक मैं कैसे ग्रहण कर सकता हूँ!"

फिर चन्दन-काष्ठ की एक चौकी पर कुशासन बिछाकर भगवती के बैठने की व्यवस्था हुई। उनके आसन ग्रहण कर लेने के बाद राजा, आचार्य और अन्य सभासदों ने आसन ग्रहण किया। भगवती ने एक बार सभी ओर दृष्टि फिराई, फिर राजा की ओर उन्मुख होकर कहा, "क्षमा करें, राजन्! राजकार्य में विघ्न उपस्थित करना अनुचित है। पर मैं थोड़ी देर के लिए एकान्त में ही बात करना चाहती हूँ। अधिक समय नहीं लूँगी।"

राजा ने सबकी ओर देखा। इंगित समझकर लोग उठ गए। आचार्य भी जाने को उद्यत हुए, पर भगवती ने ही उनको रोक लिया। वे द्वार पर ही आचार्य का परिचय पा गई थीं। इसलिए उनसे कहा, "आचार्यपाद की उपस्थिति से मेरे कार्य में सहायता ही मिलेगी। आप रुक जाएँ।" आचार्य औदुम्बरायण राजा की अनुमति लेकर रुक गए।

भगवती ऋतम्भरा ने कहा, "कल्याण हो राजन्, बहुत दुःख देखकर आ रही

हूँ। प्रजा को अपार कष्ट है। आप आत्मतत्त्व के जिज्ञासु हैं। आपसे यह आशा करती हूँ कि प्रजा का कष्ट दूर करने का कुछ उपाय करेंगे। आप समर्थ हैं, इन दुखियों का दुःख दूर करने का निमित्त बनें। राजन्, मनुष्य निमित्त ही बन सकता है। मैं केवल इतना ही निवेदन करने आई हूँ।''

राजा ने विनीत-भाव से कहा, ''आज्ञा शिरोधार्य है! भगवती, यथासाध्य प्रयत्न कर रहा हूँ। असावधानी के कारण विलम्ब हुआ। बहुत दुष्कृत हो गया है। अब आपके आशीर्वाद से मेरे प्रयत्न दृढ़ और सफल होंगे, इसमें रंचमात्र भी सन्देह नहीं।''

फिर राजा के इंगित पर आचार्य औदुम्बरायण ने सारी बातें बताईं। भगवती सुनकर प्रसन्न हुईं। बोलीं, ''महाराज, मुझे अधिक कुछ नहीं कहना है।'' यह कहकर वे उठने लगीं।

आचार्य ने तभी हाथ जोड़कर निवेदन किया—''क्षण-भर रुकें, भगवती! एक हमारी विपदा की कथा भी सुन लें।''

माताजी ने उनकी ओर आश्चर्य से देखा—''आपकी विपदा क्या है आचार्य, कहिए, मैं अवश्य सुनूँगी।''

आचार्य औदुम्बरायण ने जाबाला की अस्वस्थता और उसके लिए अब तक किए गए उपचारों की बात बताई। यह भी बताया कि इस समय कोहलीयों द्वारा गन्धर्व-पूजन का जो आयोजन किया जा रहा है, वह जाबाला के नैरुज्य के लिए ही किया जा रहा है। राजा जानश्रुति ने अत्यन्त कातर-भाव से इतना और जोड़ दिया कि वे कन्या के लिए उनका आशीर्वाद भी चाहते हैं। उनके समान ब्रह्मवादिनी के आशीर्वाद से लड़की अवश्य स्वस्थ हो जाएगी। माताजी को इस बात से चिन्ता हुई कि जाबाला इतनी अस्वस्थ हो गई है कि लोग अनुमान कर रहे हैं कि उस पर किसी गन्धर्व का ऐसा आवेश हुआ है कि वह भीतर-ही-भीतर उसका रक्त चूस रहा है। वे जाबाला से मिलना अवश्य चाहती थीं, पर ऐसी आशंका उन्हें नहीं थी कि वह रुग्ण हो गई है। पहले जो कुतूहल था वह उत्कट आशंका में बदल गया। चिन्तित-भाव से बोलीं, ''मैं उसे देखूँगी, महाराज!''

राजा जानश्रुति को ऐसा लगा, जैसे अथाह जल में डूबते हुए को सहारा मिल गया हो। गद्‌गद होकर भगवती को भीतर ले गए। आचार्य भी साथ थे।

जाबाला ने जब सुना कि स्वयं भगवती ऋतम्भरा आई हैं तो उसे बड़ी प्रसन्नता हुई। उसने ऋषि औषस्ति और उनकी सहधर्मिणी भगवती ऋतम्भरा के बारे में बहुत सुन रखा था। उसने कभी सोचा भी नहीं था कि घर बैठे उनके दर्शन

हो जाएँगे। उसने अपना भाग्य सराहा। यद्यपि वह दुर्बल थी, पर समाचार सुनते ही वह एकाएक उठ गई और आकर भगवती के चरणों में साष्टांग प्रणाम किया। भगवती ने उसे सौभाग्यवती होने का आशीर्वाद दिया और स्नेहपूर्वक उसके सिर पर हाथ फेरा। जाबाला कृतकृत्य हो गई।

आसन ग्रहण करने के बाद भगवती ने राजा और आचार्य से कहा कि आप लोग जिस महत्त्वपूर्ण मन्त्रणा में लगे थे उसे ही पूरा करें। मैं बिटिया से थोड़ी देर अकेले में बात करूँगी।

दोनों चले गए। जाने के पहले आचार्य ने जाबाला को बुलाकर कहा, "बेटी, भगवती अभी ही बहुत चलकर यहाँ आई हैं, अभी तक हम उनके अर्घ्यपाद्य की व्यवस्था भी नहीं कर पाए हैं। आते ही अपनी विपदा की बात ही शुरू कर दी है। हम राज-सेवकों को समझाने जा रहे हैं। भगवती की अभ्यर्थना में कोई त्रुटि नहीं होनी चाहिए। तू अस्वस्थ है, पर यथाशक्ति कुछ उठा न रखना। हम तो भगवती की आज्ञा से जा रहे हैं।"

जाबाला ने कहा, "तात, मैं इतनी अस्वस्थ नहीं हूँ कि भगवती की सेवा न कर सकूँ। भगवती तो अकारण स्नेही हैं, आप चिन्ता न करें।"

जाबाला ने भगवती के मना करते रहने पर भी बड़े-से ताम्र-पात्र में जल ले आकर भक्तिभाव से भगवती ऋतम्भरा के चरण धोए। उसने देर तक उनका मृदु संवाहन किया और फिर आँचल से पोंछ दिया। भगवती की आँखों में पानी भर आया—"बेटी, परमात्मा तेरा कल्याण करें। तू मुझे अनावश्यक मान दे रही है। आ, इधर आ, तू मेरे पास बैठ। सुना है, तू बचपन से ही मातृहीन है। आ बेटी, तू मुझे अपनी माँ समझ और बता कि तुझे क्या कष्ट है?" स्नेह से माता ने उसे अपनी बगल में बैठाया।

जाबाला की आँखों से जलधारा फूट पड़ी। रुद्ध-कंठ से उसने कहा, "भगवती, आप माँ से बड़ी हैं, आज मैं कृतार्थ हुई।"

"नहीं बेटी, माँ से बड़ी कोई नहीं होती। तू मुझे माँ ही समझ। मुझे भगवती कहकर अनुचित और असत्य सम्भाषण न कर। मुझे माँ कहकर बोल, मुझे माँ कहकर पुकार! कह तो भला!"

आदर और भक्ति से विजड़ित कंठ से जाबाला ने कहा, "माँ!"

भगवती ने हँसते हुए कहा, "नहीं हुआ, तेरा स्वर सहज नहीं है। इसमें आदर और श्रद्धा अधिक है, ममता कम है। तू मुझे ब्रह्मवादिनी समझकर आदर दे रही है। जानती है बेटा, एक मातृ-पितृ-हीन किशोर मुझे रास्ते में मिल गया। बड़ा ही

भोला। वन में रहकर तप करता रहा। उसे पता नहीं था कि पुरुष और स्त्री में क्या भेद है। बिचारे ने कभी किसी स्त्री को देखा ही नहीं था। उसने जीवन में पहली बार एक लड़की को देखा था। उसी ने उसे बताया कि स्त्री-पदार्थ क्या होता है। दूसरी स्त्री मैं मिल गई। कहने लगा, 'आपको क्या कहकर सम्बोधित करूँ?' मैंने कहा, 'तेरी उमर के लड़के मेरी उमर की स्त्री को माँ कहकर पुकारते हैं।' उसने मान लिया। जब वह माँ कहकर पुकारता है तो हिया जुड़ा जाता है। अपने पेट का जाया भी उस सहज-भाव से माँ नहीं कहता होगा। हिया जुड़ा जाता है बिटिया, इतना बड़ा हो गया है, पर छोटे शिशु की तरह आज्ञा मानकर चलता है। भगवान् ने मुझे कोई सन्तति नहीं दी, पर जीवन-भर ब्रह्मवादियों के साथ आत्मतत्त्व की चर्चा करने के बाद भी मेरी यह लालसा नहीं गई कि कोई माँ कहकर पुकारे। उसे भेजकर भगवान् ने मेरी यह लालसा पूरी कर दी है। स्त्री माँ बनकर ही चरितार्थ होती है, बेटी! तू भी उसी की तरह मुझे माँ कहकर पुकारेगी तो मुझे अपार सुख मिलेगा। मगर तू अभी उसके समान सहज नहीं हो पा रही है।''

जाबाला की आँखें आश्चर्य से टँग गईं। यह तो उसी तरुण तापस की बात है। क्या वह भगवती के पास पहुँच गया है? वैसा तो कोई दूसरा नहीं हो सकता, एकमेवाद्वितीयम् तो उसी को कहा जा सकता है। उसने आग्रहपूर्वक पूछा, ''क्या नाम है उसका, माँ?'' इस बार स्वर में कुछ अधिक सहजता आ गई थी।

''नाम? रिक्व मुनि का पुत्र है, इसलिए लोग उसे रैक्व कहते हैं। वह अपना नाम रैक्व ही बताता है। बिचारे को लोक-व्यवहार का ज्ञान ही नहीं था।''

नाम और गुण सुनकर जाबाला को झटका लगा। यह तो उसी का नाम है। वह चकित-सी, भ्रमित-सी भगवती ऋतम्भरा का मुँह देखती रह गई। एकदम चुप रहना ठीक नहीं लगा, इसलिए केवल कुछ कहने के लिए ही उसने कहा, ''ऐसे लोगों पर मुझे बड़ी दया आती है, माँ! बिचारे के न पिता, न माता, न भाई, न बहिन। माता, भाई या बहिन तो मेरे भी नहीं हैं, पर मैं उसकी तुलना में कितनी भाग्यवती हूँ, पिता हैं, तातपाद के समान स्नेही गुरु हैं, घर-द्वार है। उस बिचारे के तो कोई नहीं है, सब प्रकार से वंचित है!''

माता ने कहा, ''तेरा मन कोमल है, तेरे हृदय में सौभाग्य-वंचितों के प्रति सहानुभूति है, यह देखकर मुझे बहुत प्रसन्नता हुई है। बेटी, तेरे पिता के राज्य में ऐसे सैकड़ों सौभाग्य-वंचित हैं। सबके प्रति तेरे हृदय में सहानुभूति होनी चाहिए।''

जाबाला को दूसरी ओर से धक्का लगा–"सुना है, माँ! आप मुझे कुछ रास्ता सुझाएँ। कैसे उनकी सेवा करूँ?"

"उसी के लिए तो आई हूँ। तेरा सहयोग मिलेगा तो दीन-दुखियों के लिए कुछ किया जा सकेगा। रैक्व भी कुछ करने को व्याकुल है। यहाँ से लौटकर जाऊँगी तो वह भी यही पूछेगा कि 'माँ, दुखियों की सेवा करने का रास्ता बताओ।' कुछ तो करना ही पड़ेगा, बेटी! लोग जब भूख-प्यास से व्याकुल हों, तो उनके लिए सोचते रहने का समय तो मिलता नहीं। राजा और आचार्यपाद भी कुछ करने जा रहे हैं। तू थोड़ा स्वस्थ हो ले, तो जा। करने को तो बहुत पड़ा है।"

"हाँ माँ, मुझे भी कुछ रास्ता बताओ। रैक्व को तो आप बहुत प्यार करती हैं, उसे तो रास्ता सुझाएँगी न? वही मुझे भी सुझाएँ। अच्छा माँ, रैक्व तो बहुत भाग्यवान जान पड़ता है, उसे आप-जैसी महीयसी माता का प्यार मिला है।"

"रैक्व को प्यार करती हूँ–रैक्व के लिए नहीं, अपने लिए, बेटी!"

"अपने लिए?"

"हाँ बेटी, अपने लिए।"

"आपको क्या कमी है कि आप अपने लिए, रैक्व को और मुझे इतना प्यार करेंगी?"

"सुन बेटी, एक पुरानी बात तुझे बता रही हूँ। यह कथा मैंने महान ब्रह्मवादी ऋषि से सुनी है। सुनेगी?"

"सुनूँगी, माँ!"

"तो सुन! कथा यों है : याज्ञवल्क्य जब अपने आश्रम को छोड़कर जाने लगे, तो उन्होंने अपनी मित्रवत् पत्नी मैत्रेयी से कहा, 'देखो, मैं इसी गृहस्थाश्रम में पड़े रहना नहीं चाहता, मैं ऊपर उठना चाहता हूँ। आओ, तुम्हारा कात्यायनी के साथ निपटारा करा दूँ।'

"मैत्रेयी ने कहा, 'भगवन्! अगर यह सारी पृथ्वी वित्त से पूर्ण होकर मेरी हो जाए, तो क्या मैं उससे अमर हो जाऊँगी?' याज्ञवल्क्य ने कहा, 'नहीं, उस अवस्था में, जैसे साधन-सम्पन्न व्यक्ति चैन से जीवन निर्वाह करते हैं, वैसे तुम्हारा जीवन होगा, धन-धान्य से अमरता पाने की तो आशा नहीं हो सकती।'

"मैत्रेयी ने कहा, 'जिससे मैं अमर न हो सकूँ, उसे लेकर मैं क्या करूँ? भगवन्! अमर होने का जो रहस्य आप जानते हैं, मुझे तो उसी का उपदेश दीजिए।'

''याज्ञवल्क्य ने कहा, 'तू तो मेरी प्रिय है, और बड़ा प्रिय वचन बोल रही है। आ, बैठ, मैं तुझे सब खोलकर समझाता हूँ; ज्यों-ज्यों मैं बोलता जाऊँ, मेरी बात ध्यान देकर सुनती जाना।'

''फिर उन्होंने कहना शुरू किया, 'पति की कामना के लिए पति प्रिय नहीं होता, अपने आत्मा की कामना के लिए पति प्रिय होता है; पत्नी की कामना के लिए पत्नी प्रिय नहीं होती, अपने आत्मा की कामना के लिए पत्नी प्रिय होती है; पुत्रों की कामना के लिए पुत्र प्रिय नहीं होते, अपने आत्मा की कामना के लिए पुत्र प्रिय होते हैं; वित्त की कामना के लिए वित्त प्रिय नहीं होता, अपने आत्मा की कामना के लिए वित्त प्रिय होता है; ब्रह्मशक्ति की कामना के लिए ब्रह्म प्रिय नहीं होता, अपने आत्मा की कामना के लिए ब्रह्म प्रिय होता है; क्षात्र शक्ति की कामना के लिए क्षत्र प्रिय नहीं होता, अपने आत्मा की कामना के लिए क्षत्र प्रिय होता है; लोकों की कामना के लिए लोक प्रिय नहीं होते, अपने आत्मा की कामना के लिए लोक प्रिय होते हैं; देवों की कामना के लिए देव प्रिय नहीं होते, अपने आत्मा की कामना के लिए देव प्रिय होते हैं; भूतों की कामना के लिए भूत प्रिय नहीं होते, अपने आत्मा की कामना के लिए भूत प्रिय होते हैं; इस सबकुछ की कामना के लिए सबकुछ प्रिय नहीं होता, अपने आत्मा की कामना के लिए यह सबकुछ प्रिय होता है। जिस आत्मा के लिए यह सबकुछ प्रिय होता है, वह आत्मा ही तो द्रष्टव्य है, श्रोतव्य है, मन्तव्य है, निदिध्यासितव्य है–उसी को देख, उसी को सुन, उसी को जान, उसी का ध्यान कर! मैत्रेयी! आत्मा के ही देखने से, सुनने से, समझने से और जानने से सब गाँठें खुल जाती हैं।' ''

''यह तो बड़ी विचित्र बात है! सबकुछ स्वार्थ के लिए ही है?''

''नहीं बेटी, इस कथन का अर्थ लोगों ने अपने-अपने ढंग से कर लिया है। मेरे पति महर्षि औषस्तिपाद ने इसका जो भाव मुझे बताया है वही मुझे प्रिय लगता है। सारे कथन का अर्थ मैत्रेयी के प्रश्न के उत्तर में समझना चाहिए। है न, बेटी?''

''हाँ, माँ, सो तो है ही। महर्षि क्या कहते हैं?''

''देख बेटी, मैत्रेयी का प्रश्न था कि धन-धान्य से अमरता मिल सकती है या नहीं? जिस चीज़ से मैं अमर न होऊँ, उसे लेकर क्या करूँगी! यही था न प्रश्न?''

''हाँ, उनका प्रश्न तो यही था।''

''याज्ञवल्क्य ने साफ़ कहा कि धन-धान्य से अमरता नहीं मिलेगी। तो फिर कैसे मिलेगी? अपनी ओर देखने से; धन-धान्य ही को सबकुछ मान लेने से नहीं।

यही कहा था न?''

''ऐसा ही लगता है।''

''लगता है नहीं, यही ठीक है। कोई भी वस्तु या प्राणी इसलिए प्रिय नहीं है कि वह अपने-आपमें प्रियता रखता है; वस्तुतः सचराचर रूपराशि भगवन्त अर्थात् परम वैश्वानर, रूप-रूप में अपने को अभिव्यक्त कर रहे हैं। हर मनुष्य में वे अपने को अभिव्यक्त कर रहे हैं। वे ही आत्मा रूप में हर व्यक्ति में विराजमान हैं। प्रत्येक का अपना अलग स्व-भाव है। उसी अलग स्व-भाव से वे मनुष्य में प्रियता उत्पन्न करते हैं। हर आदमी का अपना-अपना भाव-स्वभाव अलग है। पर हैं सभी परम वैश्वानर की अभिव्यक्ति। तू जिसे प्रिय समझती है, वह तेरे स्व-भाव की प्रवृत्ति है। मैं जिसे प्रिय समझती हूँ वह मेरे स्व-भाव का झुकाव है।''

''स्व-भाव?''

''हाँ, स्व-भाव! अब संसार-चक्र में पड़े मनुष्य नाना कारणों से 'स्व-भाव' को या तो पहचान ही नहीं पाते, या पहचानकर भी उपेक्षा कर देते हैं।''

''यह तो विषम संकट है।''

''सो तो है। इतना बड़ा संकट भी नहीं है। केवल यह बोध बना रहना चाहिए कि मैं जिसे प्रिय दृष्टि से देख रहा हूँ वह उसके कारण नहीं, बल्कि अपने अन्तरतर के देवता के कारण। यह देवता ही स्व-भाव का प्रेरक है। स्व-भाव की उपेक्षा से उसी का अपमान होता है। धन हमको प्रिय है, इसलिए धन ही सबकुछ है, ऐसा नहीं समझना चाहिए। जो ऐसा समझेगा वह अन्तरतर के देवता की उपेक्षा करेगा। दृष्टि बंदलने की जरूरत है। उसी को याज्ञवल्क्य ने ज़ोर देकर समझाना चाहा था।''

''तो माँ, किसी का प्रिय लगना अन्तरतर के देवता का इशारा होता है?''

''वह अन्तरतर का देवता अनन्त सम्भावनाओं का द्वार है। दृष्टि सदा उसी पर निबद्ध रहनी चाहिए; बाहर दिखाई देनेवाले पर नहीं।''

''इसके लिए क्या करना चाहिए, माँ?''

''मुझे तो लगता है बेटी, कि परमपिता का निरन्तर ध्यान और उन्हीं से प्रार्थना करते रहना चाहिए। उनका अनुग्रह हो जाता है तो यह सहज ही मिल जाता है।''

''सहज ही मिल जाता है!''

''हाँ बेटी, मुझे ऐसा ही लगता है। देख न, रास्ते में एक व्यक्ति मिला था–

बिल्कुल अनपढ़, गँवार। उसके कोई अपना नहीं है। गाँव-भर का मामा है। क्या ममता दी है भगवान् ने उसे! बच्चों को किसी तरह जिलाए रखने और प्रसन्न रखने के लिए जी-तोड़ परिश्रम करके साग-पात जुटाता है। कहता है, उसका 'अपना' कहा जाने लायक कोई नहीं है इसलिए सब उसके हो गए हैं। दूर-दूर से साग-पात का गट्ठर ढोकर लाता है, बरगद और गूलर के फल ले आता है, अपने-आपको संकट में डालकर मधु लाता है, बच्चों को खिलाता है, उनके साथ खेलता है। विचित्र-विचित्र कहानियाँ गढ़कर सुनाता है और सदा प्रसन्न रहता है। कहता है, झूठी कहानियों से बच्चों का मन बहलाता हूँ, इससे भगवान् खुश हों या न हों, मैं खुश हूँ!"

"अच्छा!"

"हाँ बेटी, कहाँ से इतनी शक्ति पाता है? कहाँ से अपने स्व-भाव पर इतनी आस्था बटोर पाता है? भगवान का अनुग्रह न कहूँ तो इसे क्या कहूँ? यह स्वार्थ है? इससे बड़ा परमार्थ और क्या हो सकता है? निश्चय ही परमात्मा का अनुग्रह उसे मिला है!"

"माँ, सुनकर मुझे रोमांच हो रहा है!"

"हो रहा है? परमात्मा का अनुग्रह है रे! जब उसने कहा कि उसका कोई अपना नहीं है इसलिए सब अपने हो गए हैं तो मेरे शरीर में भी रोमांच हो आया था। मुझे धक्का भी लगा था। मैं ऐसा ही क्यों नहीं सोच पाती? सब अपने हैं–कितनी बड़ी बात है! लेकिन यही बात मेरे मन में तो कभी नहीं आई। वह क्या मुझसे अधिक तत्त्वज्ञानी नहीं है? सबको इतने प्यार से अपना लेना क्या सामान्य बात है? मैंने भी उसी रास्ते जाने का संकल्प किया है। पर कठिन साधना जान पड़ती है। किसी की पूरी माँ बनने की लालसा मेरे मन में ज्यों-की-त्यों बनी हुई है। बनी हुई थी, कहना चाहिए। रैक्व-जैसा बेटा पाकर वह साध पूरी हुई है। तू भी मुझे माँ ही मान ले। कोई पूज्य सम्बोधन नहीं, सिर्फ़ माँ!"

"रैक्व आपका बेटा है, माँ?"

"अब तो पूरी तरह हो गया है। जननी तो उसकी कोई और थी, वह उसे जन्म देकर छोड़कर चली गई। चली क्या यों ही गई होगी बेटी, अपार आशंका और भय लेकर गई होगी। नवीन प्राण को उत्पन्न करने का आनन्द और उसे पाल-पोसकर बड़ा न कर पाने की भयंकर पीड़ा का द्वन्द्व लेकर गई होगी। स्त्री के हृदय में भगवान् ने न जाने क्यों इतनी ममता दे रखी है। नया प्राण देने और उसे पाल-पोसकर पूर्ण मनुष्य बनाने की दुर्वार लालसा क्या यों ही दे दी गई है?

निश्चय ही यह परम पिता का अनिवार्य इंगित है। बेटी, मैं जननी नहीं बन सकी, पर अब माँ बनने की लालसा पूरी हुई। बड़ा हो गया है, पर है अभी शिशु ही–एकदम अबोध शिशु।''

''अच्छा माँ, यह वही रैक्व हैं जो पहले कभी एक टूटी गाड़ी के नीचे बैठे पीठ खुजलाया करते थे?''

''बिल्कुल वही, बेटी! बड़ा हो गया है पर उसे अपने अन्तर की धड़कनों को ठीक-ठीक पहचानने की समझ नहीं है। कोई शुभा नाम की लड़की अचानक मिल गई थी अचेतावस्था में। भोलेराम ने उसे देव-लोक का मनुष्य समझा। बड़ी सेवा की, तब उसे होश आया। फिर उससे कहा कि मेरी पीठ पर बैठ जाओ, तुम्हें तुम्हारे घर पहुँचा देता हूँ। लड़की भला कैसे स्वीकार करती? मगर भोलेराम पीठ फैलाए उसके बैठने की प्रतीक्षा करते रहे। जब उसने डाँट दिया तो हटे, पर पीठ में सनसनाहट अभी भी बनी रहती है। मनोभव देवता की माया भी विचित्र है। मन में आ जाते हैं, पर पकड़ में नहीं आते। अब हालत यह है कि शुभा को सबसे बड़ा ज्ञानी मानते हैं। पहले तो कहते थे कि वह उनकी गुरु है। अब कहते हैं–'नहीं माँ, गुरु तो तुम हो, मगर शुभा अवश्य तत्त्वज्ञानी है!' अब बता, ऐसे वयस्क शिशु को क्या कहा जाए?''

जाबाला अब सहज हो गई। बोली, ''आपके पास जाके कुछ सुधर गए होंगे, यहाँ तो लोग कहते थे कि बड़ा उद्दंड है, सबको शूद्र कहता है। आचार्यपाद से भी अशिष्ट व्यवहार किया। गुरुभक्त ऐसे कि सबसे कहा करते थे, आप कैसे जानेंगे, शुभा से तो आपकी भेंट हुई नहीं! तातपाद को तो अल्पज्ञ भी कह दिया था। पर अब आपके स्नेह से कुछ सुधरे जान पड़ते हैं।''

''ऐसा? उसने आचार्य के साथ अशिष्ट व्यवहार किया था? मैं उसे डाँटूँगी।''

''डाँटना मत माँ, उस बिचारे का क्या दोष है? उसने लोक-व्यवहार जाना नहीं था। समझा देना, समझदार अवश्य है, मैंने उसे जो कुछ समझाया था, वह समझ गया था। डाँटना मत, भोला है न!''

''तूने? तूने उसे कब समझाया?''

जाबाला जो बात दीर्घकाल से छिपाती आ रही थी, उसके इस तरह अचानक खुल जाने से उसका चेहरा लज्जा से लाल हो गया। परम ब्रह्मवादिनी भगवती ऋतम्भरा के मुख पर उल्लास-चंचल भाव थिरक उठे। वे एकटक उस मनोहर मुख की शोभा निहारती रहीं। जाबाला की आँखें झुक गईं। फिर धीरे-धीरे बोलीं, ''मुझे ही तो वह शुभा कहता है, माँ!''

''तुझे! यह तो विचित्र बात है। मेरे मन में यह बात आई अवश्य थी, पर पूरी तरह स्पष्ट नहीं हो पाई थी। तो उसकी शुभा तू ही है? सचमुच तू शुभा है, कल्याणमयी!''

जाबाला की आँखें झुकी ही रहीं। माता ने उनके सिर पर स्नेह से हाथ फेरा। बोली, ''शुभा! बेटी!''

जाबाला की आँखें अश्रुपूर्ण, वाणी रुद्ध। बड़े आयास से बोली, ''माँ!...''

भगवती ऋतम्भरा ने प्रसंग बदलने का प्रयास किया।

''अपनी ही बात कहती रह गई बेटी, तेरे बारे में तो कुछ जाना ही नहीं। बता, तू क्यों इतनी क्षीण-दुर्बल होती जा रही है? अपना कष्ट तो बता। मैं तुझे स्वस्थ और प्रसन्न देखना चाहती हूँ। मेरे बेटे की गुरु स्वस्थ रहे, इसमें अब मेरा स्वार्थ भी जुड़ गया है। बता, तुझे क्या कष्ट है?''

''नहीं माँ...!''

''नहीं क्या रे!''

''उस भोले वयस्क शिशु ने नामसझी में कह दिया, उसे ही आप भी मान रही हैं।''

''यह तो मैंने ऐसे ही कह दिया। छोड़ इस बात को। अपना कष्ट बता।''

''माँ, वह कहाँ है? उसे एक बार देखना चाहती हूँ।''

''वाह, वह तो तुझे ही खोज रहा है। कहता है, गाड़ी के पास रहूँगा तो शुभा मिल जाएगी। भोलेराम का विश्वास है कि शुभा उस गाड़ी के पास ही कहीं चक्कर काट रही है। गए होंगे, गाड़ी के पास ही। पर जानती है? अब, वह गाड़ी पर सागपात लादकर गाँव के दीन-दुखियों की सेवा करना चाहता है। कहता है, सच्चा आत्मज्ञान यही है। तू अगर दिख गई तो तुझे भी गाड़ी में जोत देगा। अभी उससे मिलना टीक नहीं होगा। इस समय गाड़ी ठीक कर रहा होगा।''

''माँ...!''

''हाँ रे, मैंने कहा कि गाड़ी तेरी नहीं, शुभा की है। इस पर जानती है, उसने क्या कहा? कहता है, माँ, मुझे लगता है कि जो चीज़ शुभा की है वह मेरी भी है!''

''माँ...!''

''अच्छा, छोड़ इस बात को। तू अपना कष्ट बता!''

जाबाला की आँखों में आँसू झरने लगे–''माँ, कोई भी कष्ट नहीं है, उसे देखने की इच्छा ही एक कष्ट है!''

माताजी स्नेहाश्रुपूरित नेत्रों से जाबाला को देखती रह गईं। थोड़ा सँभलकर उसने रुक-रुककर कहा, ''मुझसे बड़ा अपराध भी हो गया है। मैं पाप-भावना का शिकार भी हो गई हूँ। गाड़ीवान मर गया, उसके परिवारवालों की किसी ने खोज-खबर भी नहीं ली। पिताजी बेटी के सकुशल लौट आने की खुशी में ऐसे मग्न हुए कि उस बिचारे की पत्नी और बच्चे की सुध ही न रही। बड़ा पाप हो गया है, माँ! मेरा प्रायश्चित्त क्या होगा?''

''तेरे पिता के भूल जाने का कारण तो तेरा सकुशल लौट आना हुआ, पर तू क्यों भूल गई, बेटी?''

''बुद्धि मारी गई थी, माँ! दिन-रात उस भोलेराम की बात ही सोचती रह गई, और कुछ की सुध ही नहीं रही।''

''सुध ही नहीं रही?''

''हाँ माँ, बड़ा पाप हो गया। सुना है, उसकी विधवा अपने बच्चे को लेकर कहीं चली गई है। बड़ा अनर्थ हो गया, माँ!''

''सो तो हो ही गया।''

''वह शल्य भी मन के भीतर गहराई में धँस गया है। न जाने बिचारी कहाँ है! उसका शाप भी तो मुझ पर पड़ेगा। क्या करूँ, माँ?''

''भगवान् वैश्वानर कल्याण करेंगे। तू उसकी चिन्ता छोड़, वह मिल जाएगी।''

''कैसे मिलेगी, माँ? मिलेगी तो उससे क्षमा मागूँगी और यथाशक्ति उसका कष्ट कम करने का प्रयत्न करूँगी। पर वह कैसे मिलेगी?''

''अपराध तेरा ही नहीं है, उस रैक्व का भी है जिसने तेरे मन को ऐसा मोहग्रस्त किया कि तू कर्तव्य भी भूल गई।''

''नहीं माँ, उस बिचारे का क्या दोष! अपराध मुझसे ही हुआ है।''

''पर प्रायश्चित्त उसे भी करना चाहिए। किसी की बुद्धि भ्रष्ट कर देना क्या उचित है?''

जाबाला के चेहरे पर और भी लालिमा प्रकट हुई। अपने-आपसे ही बोली, 'दोष तो मेरा ही है, मैं उसकी चिन्ता में खो जाऊँ तो वह क्यों दोषी होगा?' थोड़ी देर तक उसके मनोभावों का उतार-चढ़ाव ध्यान से देखती हुई भगवती ऋतम्भरा शान्त बैठी रहीं। फिर बोलीं, ''उसने खोज लिया है बेटी, उसने तेरी ओर से प्रायश्चित्त कर लिया है।''

''कर लिया है, माँ? हे भगवान्!''

ग्यारह

माताजी के चले जाने के बाद रैक्व वहीं रुक गए। वह समझते थे कि माताजी जल्दी ही लौट आएँगी। माताजी ऐसा ही कह भी गई थीं। बहुत देर तक प्रतीक्षा करने के बाद भी वे नहीं लौटीं तो उन्हें चिन्ता होने लगी। राजा अच्छा आदमी नहीं जान पड़ता। इतने लोग कष्ट में हैं और उसे कुछ पता ही नहीं। माताजी से मिलेगा भी या नहीं, कौन जाने। फिर यह भी हो सकता है कि वे शुभा से मिलने चली गई हों। कैसी लगेगी उन्हें शुभा! उसकी एक आदत बहुत खराब है, बात करते-करते कह देती है, 'तुम कहीं दूर छिप जाओ,' और फिर चुपचाप खिसक जाती है। माताजी को कहीं छिप जाने को कहेगी और फिर गायब हो जाएगी। मुझे तो अल्पज्ञ समझती है, अल्पज्ञ तो मैं था भी, पर माताजी को भी अगर ऐसा ही समझा तो मैं उसे कभी क्षमा नहीं करूँगा। पर वह क्षमा माँगने आती

भी तो नहीं। मगर नहीं, ऐसा वह नहीं करेगी। समझदार तो है। ज्ञानी भी है, बात ठीक कहती है। उसकी बात न मानने से ही तो मेरी पीठ में खुजली हो गई। उस समय रैक्व की पीठ की सनसनाहट बढ़ गई। बार-बार हाथ पीठ पर जाने लगा। शुभा को उचित-अनुचित का विवेक अवश्य है। कहीं माताजी से मेरी शिकायत न कर दे। कहेगी, रैक्व गँवार है, उचित-अनुचित नहीं जानता। कह सकती है। उसे अपने को विवेकशील समझने का गर्व है। तो ठीक है, पर दूसरों की चुगली करना कौन-सा विवेक है! माताजी क्यों नहीं आ रही हैं? क्या कुछ कह तो नहीं दिया? मगर माताजी उसकी बात क्यों सुनने लगीं? मगर नहीं कहेगी। बहुत मधुर बोलती है। उसके मुँह से कटु बात कैसे निकलेगी? फिर माताजी को देर क्यों हो रही है? पता नहीं, कहाँ चली गईं? राजा से ब्रह्म-तत्त्व के बारे में बात तो नहीं करने लगीं! राजा कहता होगा, सब नाशमान् है, केवल आत्मा ही अविनश्वर है। माताजी उसे अवश्य डाँटेंगी। बड़ा ज्ञानी बनता है, प्रजा के कष्ट का कोई ध्यान ही नहीं! हुँ, सच्चा ज्ञान तो वैश्वानर की आराधना है, समस्त विश्व में व्याप्त परम पुरुष की सेवा। राजा अज्ञानी है!

रैक्व ऐसे ही विचारों में उलझे हुए थे कि एक व्यक्ति उनके निकट आकर बोला, "प्रणाम स्वीकार करें, ब्रह्मचारीजी!"

रैक्व ने आँख उठाकर देखा—मामा! आश्चर्य से चकित होकर पूछा, "मामा, आप यहाँ कहाँ?"

मामा ने अपना प्रश्न किया—"माताजी कहाँ हैं?"

रैक्व ने कहा कि माताजी राजा से मिलने गई हैं। प्रयत्न कर रही हैं कि दीन-दुखियों के कल्याण के लिए राजा कुछ करे।

मामा ने प्रसन्नता प्रकट की।

"अच्छा ब्रह्मचारिन्, आपकी माताजी क्या परम ब्रह्मवादिनी भगवती ऋतम्भरा हैं?"

"मेरी माँ हैं।"

"कल बड़ा प्रमाद हो गया। पहचाना नहीं। बच्चों को छू देतीं तो वे नीरोग हो जाते।"

"माताजी कह रही थीं कि सबसे बड़ी तपस्या मामा ही कर रहा है—और सब तप बेकार है।"

"नहीं ब्रह्मचारी, मैं अज्ञानी माया के चक्कर में पड़ा हूँ। मैं तपस्या क्या जानूँ! पर कल सचमुच प्रमाद हो गया। भगवती माँ का आशीर्वाद बच्चों को नहीं दिला

सका। बाद में लोगों से उनका नाम मालूम हुआ तो पछताकर रह गया।''

''मामा, तुमने यह तो बताया ही नहीं कि इधर कैसे आए। क्या कुछ फल-फूल संग्रह करोगे? देखो, मुझे भी बताओ तो मैं भी तुम्हारी कुछ सहायता कर सकता हूँ। मैं गट्ठर भी ढो सकता हूँ। माताजी की आज्ञा लेकर तुम्हारे साथ चल सकता हूँ।''

मामा ठठाकर हँसा—''राम-राम ब्रह्मचारीजी, क्या कह रहे हैं आप! बोझा ढोना आपका काम है? इसके लिए तो विधाता ने हम लोगों को बना ही रखा है। आप वेद-शास्त्र का अध्ययन करेंगे, तप करेंगे, धर्म का उपदेश देंगे, तभी तो हम पामर जनों का कल्याण होगा।''

रैक्व आश्चर्य से उसकी ओर देखने लगे। मामा ने कहा, ''आप पूछ रहे थे न, कि मैं इधर कैसे आया। राजा ने घोषणा की है कि कोहलीयों का गन्धर्व-पूजन नाटक होगा। उसके लिए जो लोग रंगभूमि का निर्माण करेंगे उन्हें अन्न दिया जाएगा। सुनते ही चल पड़ा। सेर-भर अन्न मिल जाए तो बच्चों को खिलाऊँगा। बिचारों ने बहुत दिनों से अन्न का मुँह भी नहीं देखा।''

''गन्धर्व-पूजन क्या होता है?''

''आप नहीं जानते? कैसे जानेंगे? आप तो वन में तप करते हैं। राजा की लड़की बीमार है। लोग कहते हैं कि उस पर गन्धर्व का आवेश है। भीतर-ही-भीतर वह उसका रक्त चूस रहा है। बिचारी एकदम ठठरी हो गई है। उसी की शान्ति के लिए यह आयोजन है।''

''राजा की बेटी बीमार है? शुभा बीमार है? क्या हुआ है उसे?''

''बताया न कि गन्धर्व रक्त चूस रहा है। थोड़ी दूर पर आप एक टूटी गाड़ी देखेंगे। वहीं राजकुमारी कभी गई थी। गन्धर्व वहीं उसके शरीर में घुस गया!''

''कहाँ है वह गाड़ी? मुझे दिखा दो!''

''अरे महाराज, आप वहाँ क्या करने जाएँगे। सुना है, एक तपस्वी उसके नीचे बैठकर तप करता था। गन्धर्व ने उसे धर दबोचा। वह पागल होकर कहीं चला गया।''

''पागल होकर?''

''हाँ महाराज, लोग वहाँ जाने में डरते हैं। मैं तो जाता हूँ। मुझे क्या पागल बनाएगा! मैं तो पहले से ही पागल हूँ। मैंने वहाँ कोई गन्धर्व नहीं देखा। मेरे पास आएगा तो वह भी पागल हो जाएगा।''

मामा हँसने लगा। फिर बोला, ''राजकुमारी का तो वह खून ही चूस रहा है।

कुछ लोग तो कहते हैं कि राजकुमारी भी पागल हो गई है!''

रैक्व के चेहरे पर परेशानी के भाव दिखे। मामा ने समझा कि इस समाचार से वह दुःखी हुए हैं। बोला, ''कोई चिन्ता की बात नहीं है महाराज, कोहलीय लोग गन्धर्व-शान्ति के लिए बहुत उत्तम उपाय जानते हैं। धर्मात्मा होते हैं, महाराज!''

''कोहलीय लोग क्या करते हैं?''

''नाटक करते हैं, महाराज! आजकल गाँवों में नाटक-नाच करनेवाले भ्रष्ट हो गए हैं। कोहलीय वैसे नहीं हैं। वे कैशिकी वृत्ति को नहीं मानते, इसलिए उनकी पवित्रता बनी हुई है।''

''कैशिकी वृत्ति?''

''हाँ महाराज! कोहल मुनि भरत मुनि के प्रधान शिष्य थे। उन्हीं का सम्प्रदाय कोहलीय सम्प्रदाय कहा जाता है। ये लोग मानते हैं कि भरत मुनि ने अपने नाट्यशास्त्र में केवल भारती वृत्ति का प्रवर्त्तन किया था, जिसमें शब्दों के द्वारा ही भाव प्रकट करने पर जोर दिया जाता है। और दो वृत्तियाँ भी वे लोग मानते हैं, लेकिन चौथी वृत्ति कैशिकी को वे लोग नहीं मानते।''

''कैशिकी वृत्ति क्या होती है?''

''ऐसा होता है महाराज, कि मनुष्य ही देवता या गन्धर्व का रूप धारण करके रंग-भूमि पर उतरता है। इसमें अप्सराओं की भी भूमिका होती है। कोहलीय लोग कहते हैं कि अप्सराओं की भूमिका बालकों या किशोरों से कराई जानी चाहिए, स्त्रियों से नहीं। परन्तु जो लोग कैशिकी वृत्ति को मानते हैं, वे अप्सराओं और देवियों की भूमिका में स्त्रियों से अभिनय कराते हैं। वे लोग कहते हैं कि स्त्रियों का अभिनय स्त्रियाँ ही करें, यही स्वाभाविक है, परन्तु कोहलीय लोग लड़कों को ही स्त्री की भूमिका में उतारते हैं। उनका कहना है कि रंग-भूमि में स्त्रियों के अभिनय करने से अधर्म की वृद्धि होती है, और धर्म का ह्रास होता है।''

''यह बात कुछ समझ में नहीं आई।''

''कैसे समझेंगे, महाराज! आप लोग तो वीतराग हैं। जब स्त्रियाँ सज-धजकर रंगभूमि पर उतरती हैं तो साधारण पुरुषों में उनके प्रति आकर्षण पैदा हो जाता है। फिर स्त्री-पुरुष का मिलन होता है और बच्चे पैदा होते हैं जो वर्णसंकर होते हैं। उनसे समाज नष्ट होता है। स्त्री और पुरुष का मिलन होगा तो बच्चे तो पैदा होंगे ही।''

''बच्चे पैदा होंगे, कैसे?''

''स्त्री-पुरुष के मिलन से बच्चे तो पैदा होंगे ही, महाराज! यही तो प्रकृति

का नियम है। इसीलिए तो ऋषियों ने विवाह के नियम चलाए हैं। विवाह से जो बच्चे पैदा होते हैं, वे धर्मसंगत होते हैं, उनसे समाज को बल मिलता है। और जो बच्चे बिना विवाह के उत्पन्न होते हैं, वे वर्णसंकर होते हैं और अधार्मिक होते हैं। कोहलीय लोग मानते हैं कि समाज की रक्षा के लिए यह आवश्यक है कि स्त्रियों की भूमिका में स्त्रियाँ न उतारी जाएँ, बालकों से ही काम चला लिया जाए। इन बालकों को वे लोग बहुत शिक्षा देते हैं। उन्हें भ्रुंकुश कहा जाता है।''

''भ्रुंकुश का क्या मतलब?''

''अब सारी बातें तो मैं भी नहीं बता सकता, गँवार आदमी हूँ। मगर एक बार मैंने एक भ्रुंकुश से पूछा था कि तुम लोगों को ऐसा नाम क्यों दिया गया।''

''क्या बताया उसने?''

''उसने बताया कि स्त्रियों में भ्रू-विलास, भ्रू-वर्जना और आँखों का अभिनय सहज और स्वाभाविक होता है। उनकी आँखों की बनावट ही कुछ ऐसी होती है। पुरुष वैसा नहीं कर पाता। बहुत शिक्षा लेने के बाद पुरुषों में आँखों और भ्रूओं के अभिनय की योग्यता आती है। इन लोगों को भ्रूओं का अभिनय बड़े परिश्रम से सीखना पड़ता है। इसीलिए उनको भ्रुंकुश कहते हैं। बिना मेहनत किए कोई कला नहीं आती है, महाराज!''

''तो ये लोग स्त्रियों का-सा अभिनय कर लेते हैं? आश्चर्य है!''

''कर तो लेते ही हैं महाराज, पर उनकी वाणी उतनी मीठी नहीं होती। भारती वृत्ति में तो वाणी का ही महत्त्व है।''

''तुम ठीक कह रहे हो, मामा! माताजी का गाना सुना है?''

''नहीं, महाराज!''

''तो तुम क्या समझोगे कि वाणी की मिठास क्या होती है।''

''ऐसा भाग्य कहाँ है, महाराज, कि माताजी का गाना सुन सकूँ!''

''शुभा को बोलते सुना है?''

''उनका तो नाम भी नहीं सुना, महाराज!''

''तो तुम कैसे जानोगे कि वाणी की मिठास क्या चीज़ होती है। मैंने सुना है, मैं जानता हूँ।''

''सो तो है ही।''

''अच्छा मामा, तुम अभी बता रहे थे कि ऋषि लोगों ने विवाह के नियम चलाए हैं। मुझे बताओ कि विवाह क्या होता है!''

मामा ने आश्चर्य से ब्रह्मचारी की ओर देखा। यह ब्रह्मचारी क्या यह भी नहीं जानता कि विवाह क्या होता है! बोला, ''विवाह नहीं जानते, महाराज? आश्चर्य है। विवाह स्त्री के साथ पुरुष का होता है। दोनों देवताओं को साक्षी रखकर, अग्नि की प्रदक्षिणा करके यह शपथ लेते हैं कि जीवन-भर एक-दूसरे के साथ रहेंगे। दोनों मिलकर एक हो जाते हैं।''

''एक हो जाते हैं?''

''हाँ महाराज, विवाह के बिना स्त्री भी आधी रहती है और पुरुष भी आधा ही रहता है। विवाह से मिलकर वे दोनों पूरे मनुष्य बनते हैं।''

''पूरे मनुष्य बनते हैं?''

''हाँ, महाराज!''

''तुमने विवाह किया है?''

''मेरे जैसे को कौन अपनी लड़की देगा? जिसके पास घर नहीं, भूमि नहीं, माता नहीं, पिता नहीं, उसे क्यों कोई लड़की देगा?''

''जिसके पास घर, भूमि आदि नहीं होता, उसका विवाह नहीं होता?''

''प्रायः नहीं होता, महाराज। मगर मैं तो विवाह न होने से निश्चिन्त ही हो गया हूँ। विवाह होता तो बच्चे होते, उनकी चिन्ता में रात-दिन परेशान रहना पड़ता, किसी और की सेवा करने का समय ही नहीं मिलता। अब भगवान् ने मुझे सब ओर से मुक्ति दे दी है, इसलिए निश्चिन्त होकर सेवा करता हूँ।''

''तो विवाह एक झंझट है?''

''झंझट भी है, महाराज, पर इसके बिना चलता भी तो नहीं।''

''नहीं चलता?''

''कहाँ चलता है, महाराज? आपके समान तपस्वी ब्रह्मचारी कितने हैं?''

रैक्व समझने की कोशिश करने लगे। मामा की बातें उन्हें विचित्र लगीं। विवाह के लिए घर और भूमि का होना आवश्यक है। जिसके पास यह सब नहीं है, उसे कोई पिता अपनी लड़की नहीं देता!

''अच्छा, पिता के दिए बिना कोई लड़की विवाह नहीं कर सकती?''

''राजा लोगों में तो सुना है महाराज, कि गन्धर्व-विवाह भी होता है, पर हम गरीबों में वर और कन्या के माँ-बाप ही विवाह का निश्चय कर देते हैं।''

''गन्धर्व-विवाह? वह क्या होता है?''

''लो महाराज, आपको तो दुनिया का कुछ पता ही नहीं है। जब लड़का भी सयाना हो और लड़की भी सयानी हो, और दोनों में प्रेम हो जाए, तो वे माता-पिता

की अनुमति मिले बिना भी विवाह कर लेते हैं, इसी को गन्धर्व-विवाह कहते हैं।''

''उस समय क्या दोनों में गन्धर्व का आवेश हो जाता है?''

मामा ठठाकर हँसा—''क्या कहते हो ब्रह्मचारीजी, गन्धर्व का आवेश क्यों होगा! यह तो प्रेम से हुए विवाह का नाम है।''

रैक्व सोचने लगे। मामा ने कुतूहल के साथ उनकी ओर देखा, फिर बोला, ''अब आज्ञा दें महाराज, कुछ कामकाज कर आऊँ।''

रैक्व खोए रहे, मामा चला गया। मामा ने बताया था कि लोग कह रहे हैं कि गाड़ी के पास कोई गन्धर्व है, उसने उसके नीचे बैठकर तप करनेवाले तपस्वी को पागल बना दिया है। पागल अर्थात् विक्षिप्त! मैं क्या विक्षिप्त हो गया हूँ? फिर लोग कहते हैं कि राजकुमारी भी पागल हो गई है। गन्धर्व उसके शरीर में घुसकर उसका रक्त चूस रहा है। यह राजकुमारी क्या शुभा ही है? लोगों ने कैसे जाना कि गन्धर्व यह सब कर रहा है? किसी ने देखा है? मामा को तो नहीं दिखा। मैंने भी नहीं देखा। लोग बिना परीक्षा किए ऐसी बात क्यों कहते हैं? सब शूद्र हैं क्या? माताजी से पूछना होगा। पर वे तो लौटी ही नहीं। कहाँ रह गईं? अगर यहाँ से उठ गया तो फिर मुझे खोजेंगी। नहीं मिलूँगा तो दुःखी होंगी। पर गाड़ी के पास स्वयं चलकर देख लेना अच्छा होता कि वहाँ सचमुच कोई गन्धर्व है क्या। उन्होंने बेचैनी का अनुभव किया। थोड़ा उठकर टहल लेने में क्या हानि है? उतनी ही दूर तक चलना चाहिए जहाँ से यह स्थान दिखता रहे। माताजी कहीं इसी बीच आ गईं तो उन्हें देख सकूँ, इसका ध्यान रखना होगा। मामा बता गया है कि गाड़ी कहीं पास ही है। जिधर बताया है उसी ओर चलना चाहिए।

रैक्व उधर ही चलने लगे। गाड़ी बुरी तरह खींच रही है। दुर्वार आकर्षण है उसका। थोड़ा और, थोड़ा और। नहीं, अब और आगे बढ़ने पर माताजी नहीं दिखाई देंगी। यहीं रुक जाना चाहिए। मगर गाड़ी है कि खींच ही लेना चाहती है। ऐसा तो नहीं होना चाहिए। गाड़ी तो जड़ है। उसमें प्राण भी नहीं है, मन भी नहीं है, वह कैसे खींच सकती है। मैं ही विक्षिप्त हो गया हूँ। अवश्य कोई लोकोत्तर शक्ति वहाँ कुछ काम कर रही है। गन्धर्व क्या उसी का नाम है! आश्चर्य है!

रैक्व ने दृढ़ता से अपने पैर रोक लिए। सन्ध्या होने को आई। अब माताजी अवश्य आएगी। वहीं लौट चलना ठीक होगा। लौटना चाहिए। रैक्व लौट पड़े।

पीछे से आवाज़ आई—''भैया, तुम इधर कहाँ भटक रहे हो?'' रैक्व ने

चौंककर पीछे देखा, दीदी है।

"दीदी तुम? यहाँ कैसे आईं?"

"नहीं रहा गया, भैया! इस बच्चे का पिता पुकार रहा है। यहीं फिर आ गई। स्वप्न में कहा है, इस गाड़ी के पास दीप जलाओ, मैं अन्धकार में भटक रहा हूँ। सो, दीप जला के आ रही हूँ।"

"अन्धकार में भटक रहे हैं?"

"सपना दिया है, भैया! तीन दिन दीप जलाऊँगी। आज दूसरा दिन है। एक सन्ध्या को और दीप जलाकर आश्रम में लौट जाने का विचार था। माताजी से उनके उद्धार का कुछ उपाय पूछना होगा।"

दीदी रोने लगी। रैक्व की समझ में नहीं आया कि क्या कहें। दीदी ने ही पूछा, "तुम इधर कहाँ आ भटके भैया, माताजी कहाँ हैं?"

रैक्व ने बताया कि वे राजा के यहाँ गई हैं, अभी लौटकर आएँगी। दीदी ने कहा, "अच्छा, यही बात है। राजा ने आज रंग-भूमि बनवाने के लिए बहुत लोगों को काम दिया है। बड़ी उदारता से अन्न बाँटा जा रहा है। मैं भी गई थी। काम तो थोड़ा ही किया। यहाँ आना था। मगर मजूरी मुझे पूरी मिली। सेर-भर अन्न और दो भेली गुड़। कल फिर जाऊँगी। माताजी ने ही राजा को यह सब करने को कहा होगा। नहीं तो राजा यह सब क्यों करता? माताजी अगर मिल गईं तो इनके बारे में पूछकर जान लूँगी कि इनकी शान्ति के लिए क्या करूँ। कुछ और काम मिल गया तो दो-चार दिन की व्यवस्था हो ही जाएगी। इनके लिए कुछ दान-पुन्न भी तो नहीं कर सकी, भैया!"

दीदी फिर रोने लगी। गोद का बच्चा भी व्याकुल होकर रोने लगा। रैक्व कर्तव्य-मूढ़!

कुछ देर बाद दीदी का रोना बन्द हुआ। उसने कहा, "उधर मत जाना, भैया! लोग कहते हैं उधर कोई गन्धर्व है, राजा की लड़की को तंग कर रहा है। तुम्हें भी उधर नहीं जाना चाहिए।"

"तुम तो गई थीं। तुम्हें क्या कोई गन्धर्व मिला था?"

"मुझे क्यों मिलेगा, भैया! गन्धर्व तो कुँवारी लड़कियों को लगता है। तुम भी कुँवारे हो, उधर मत जाओ।"

"राजा की लड़की कुँवारी है?"

"कुँवारी न होती तो गन्धर्व उसे क्यों तंग करता?"

"तुम कुँवारी नहीं हो दीदी?"

"भैया, तुम्हारी बातें सुनकर तो हँसी आती है।"

"हँसी आती है? क्यों?"

"हँसी नहीं आएगी? बच्चा-बच्चा जिस बात को जानता है, वह भी तुम नहीं जानते। मेरा ब्याह हुआ है, बच्चा साथ में देख रहे हो, फिर भी पूछते हो कि तुम कुँवारी नहीं हो, दीदी?"

"दीदी, मैं बहुत अल्पज्ञ हूँ। हूँ न?"

"नहीं भैया, तुम वेदशास्त्र पढ़ते हो, तुम कैसे अल्पज्ञ हो? तप करना, ब्रह्मचर्य व्रत का पालन करना, यह सब तो बहुत बड़ी बात है; पर तुम सांसारिक प्रपंचों में पड़े नहीं, इसलिए छोटे-मोटे प्रपंचों को नहीं जानते। इनका न जानना ही अच्छा है!"

"अच्छा दीदी, राजा की लड़की कुँवारी क्यों है?"

"थोड़े दिनों तक तो सभी कुँवारे रहते हैं। विवाह तो बाद में होता है। तुम भी तो कुँवारे हो। राजा अपनी लड़की के लिए कोई सुन्दर-सा लड़का खोजेगा, तुम्हारी तरह का कुँवारा, तब न विवाह होगा!"

"मेरी तरह का?"

"हाँ, सुन्दर होगा, किशोर होगा, बुद्धिमान होगा, कुँवारा होगा। तुम्हारी ही तरह का तो होगा।"

"नहीं दीदी, मेरा विवाह नहीं हो सकेगा। मामा कहता था कि जिसके घर-द्वार नहीं होता, धन-सम्पत्ति नहीं होती, भाई-बहिन नहीं होते, माँ-बाप नहीं होते, उसका विवाह नहीं होता।"

"पागल हुए हो भैया, तुम्हारी माँ हैं, पिताजी हैं, मैं बहिन भी जुट गई हूँ, इतना सुन्दर रूप है, ऐसा मोहन स्वभाव है, तुम्हें क्या कमी है! धन-सम्पत्ति तो छोटे लोगों में देखी जाती है; ब्राह्मण लोगों में तो विद्या और ज्ञान देखा जाता है। पागल की तरह बात न करो। मेरे भैया-जैसा लड़का तो तीन भुवन में खोजे भी किसी को नहीं मिलेगा।"

"मैं पागल हो गया हूँ, दीदी?"

"कौन कहता है कि तुम पागल हो गए हो?"

"अभी तो तुमने कहा!"

"मैंने जो कहा उसका यह अर्थ थोड़े ही है! मैं तो कह रही थी कि तुम अपने भोलेपन में जो बात कह रहे हो वह पागलों-जैसी है। राम-राम, मैं अपने भैया को पागल समझूँगी, मेरी जीभ नहीं जल जाएगी ऐसा कहने पर! मैं क्या जानती नहीं

कि मेरा भैया भोलानाथ है!''

''भोलानाथ?''

''हाँ भोलानाथ, दुनियादारी से एकदम अनभिज्ञ!''

रैक्व सोचने लगा।

दीदी को लगा कि उसने भैया का मन दुखा दिया है। उसे कष्ट हुआ। बोली, ''बुरा मान गए, भैया! गँवार हूँ, कुछ अन्यथा कह दिया हो तो बुरा न मानना।''

''बुरा? बुरा क्यों मानूँगा! मैं तो सोच रहा था कि दीदी कितना जानती है! शुभा भी बहुत जानती है!''

''शुभा कौन है?''

''वही राजा की लड़की, जिसकी वह गाड़ी है। उसने बड़ा पाप किया है, तुम्हारी कोई खोज-खबर ही नहीं ली।''

''पहले मेरे मन में भी क्रोध था, पर अब नहीं है। उस बिचारी पर गन्धर्व का आवेश हो गया, सब बातें भूल गई। मैंने कोई बड़ा पाप किया होगा जिसका फल मुझे भोगना पड़ा। जब से सुना है कि राजकुमारी पर गन्धर्व आ गया है तब से मन दुःखी हो गया है। तुम नहीं जानते भैया, गन्धर्व हमेशा सुन्दर और सुशीला कुमारियों को ही तंग करते हैं। बिचारी अकारण कष्ट पा रही है। वह बहुत सुन्दर और सुशील होगी, तभी यह विपदा उस पर आई है।''

''वह ठीक हो जाएगी न, दीदी?''

''लो भला, इतनी पूजा हो रही है, ठीक तो हो ही जाएगी। पूजा पाने के लिए ही तो गन्धर्व का उत्पात होता है।''

इसी समय माताजी आ गईं। वह निश्चित स्थान पर रैक्व को न पाकर इधर-उधर खोजने लगीं। उनकी दृष्टि रैक्व पर पड़ी। उन्होंने देखा कि वे किसी स्त्री से बात कर रहे हैं। उन्हें दूर से ही पुकारा—''रैक्व, बेटा!''

रैक्व एकदम अकचकाकर पीछे की ओर फिरे। देखा, माताजी पुकार रही हैं। दोनों माताजी के पास गए। दीदी ने चरणों पर सिर रखकर प्रणाम किया। माताजी आश्चर्य और प्रसन्नता से बोलीं, ''तू कहाँ से आ गई? आश्रम अच्छा नहीं लगा?''

दीदी ने रो-रोकर बताया कि उसने कैसा स्वप्न देखा। वह विचलित हो गई और दीप-दान के लिए यहाँ चली आई। वह तीन दिन तक सन्ध्या को दीप देने का संकल्प करके आई है, पर मन में बड़ी उथल-पुथल है। उसे सूझ नहीं रहा कि अपने पति की सद्गति के लिए क्या करे। उसने माताजी से गिड़गिड़ाकर कहा

कि कोई उपाय बताएँ जिससे उसके पति का उद्धार हो। वे अन्धकार में भटक रहे हैं।

माताजी सोच में पड़ गईं। बोलीं, "बेटी, कुछ करना तो आवश्यक है। अभी रात में तो श्राद्धकर्म होता नहीं, प्रातःकाल कुछ किया जाएगा। अभी तो चल, कहीं थोड़ा विश्राम किया जाए।"

रैक्व ने उल्लसित होकर कहा, "माँ, गाड़ी यहीं पास में ही है, वहीं विश्राम किया जाए। वहाँ पानी भी है और कुछ फल-मूल भी मिल जाएँगे। चलो माँ, चलें।"

माताजी के अधरों पर हल्की हँसी दिखाई दी। रैक्व की दीदी से बोलीं, "चल बेटी, इसे गाड़ी बहुत प्रिय है!"

दीदी ने कहा, "मुझे भी प्रिय हो गई है माँ, मैं आज उसे पकड़कर बहुत रोई हूँ।"

माताजी का चेहरा म्लान हो गया, "तेरी व्यथा मैं समझ सकती हूँ। तुम दोनों को अलग-अलग कारणों से गाड़ी प्रिय है। दोनों भाई-बहन को जो वस्तु प्रिय हो, वह मेरी भी प्रिय है। चलो!"

रैक्व ने बड़े उत्साह से माताजी को गाड़ी दिखाई। माताजी और दीदी के लिए पानी और फल जुटाने में उन्हें बड़ी प्रसन्नता हो रही थी। ऐसा जान पड़ता था कि अपने घर में आए अतिथियों का सत्कार कर रहे हों। माताजी को रैक्व का उत्साह देखकर आश्चर्य हो रहा था। गाड़ी के साथ लड़के ने कितनी आत्मीयता स्थापित कर ली है!

थोड़ा विश्राम करने के बाद माताजी ने रैक्व की ओर देखा। बोलीं, "रैक्व बेटा!"

"हाँ, माँ!"

"अकेले आश्रम जा सकोगे?"

"जा सकूँगा, माँ!"

"तो कल प्रातः चले जाना। कल आषाढ़ी पूर्णिमा है। कल मुझे वहाँ रहना चाहिए था, पर तुम्हारी दीदी का काम बहुत आवश्यक है। मैं परसों पहुँच सकूँगी।"

"मुझे वहाँ जाकर क्या करना होगा, माँ?"

"कल गुरु-पूर्णिमा है बेटा, तुम्हारे पिताजी के अनेक शिष्य उनकी पूजा करने आएँगे। सबका ध्यान रखना होगा। उन्हें कोई असुविधा नहीं होनी चाहिए। सब

आशा करेंगे कि मैं भी वहाँ उपस्थित रहूँ, पर तेरी दीदी के मन को शान्त किए बिना मैं नहीं जा सकती। जो लोग आवें उनसे यह बात समझाकर कहना होगा। यह सब कर सकेगा न, बेटा?''

''कर लूँगा, माँ!''

''और देख! इसके बाद श्रावण का महीना आएगा। श्रावणी पूर्णिमा के उपाकर्म के लिए अभी से तैयारी करनी होगी। बहुत-से लोग आश्रम में टिक जाते हैं। उनके साथ सत्संग का भी अच्छा अवसर मिलेगा।''

''हाँ, माँ!''

''देख, तूने कई शास्त्र अभी पढ़े नहीं, फिर जो पढ़ा था वह फिर से तैयार कर लेना होगा। इस अवसर का लाभ उठाना चाहिए। क्यों?''

''हाँ माँ, किन्तु...''

''किन्तु नहीं, बेटा! तुझे आपद्ग्रस्त लोगों की सेवा करनी है। बिना अध्ययन किए नहीं कर सकेगा। शास्त्र बताते हैं कि किस परिस्थिति में क्या करना चाहिए। शास्त्र-विधि से किया हुआ काम ठीक होता है।''

''हाँ माँ, किन्तु...''

''और किन्तु क्या, बेटा?''

''मैं जानना चाहता था कि राजा से आपकी क्या बात हुई?''

''राजा सहायता का आयोजन तत्परता के साथ कर रहा है। तू इधर से अभी निश्चिन्त हो सकता है।''

''और माँ...''

''हाँ, शुभा भी मिली थी। ठीक है।''

''माँ, शुभा बीमार है?''

''थी, अब ठीक हो जाएगी। तू मन लगाकर शास्त्र-चिन्ता कर। तू मेरा बेटा है न?''

''हाँ, माँ।''

''मैं जैसा कहूँ, वैसा करेगा न?''

''अवश्य, माँ!''

''मैं राजा से मिली थी। उनके पुरोहित आचार्य औदुम्बरायण से मिली थी। दोनों भले आदमी हैं। आचार्य औदुम्बरायण तो तुझसे मिल भी चुके हैं।''

''मिल चुके हैं?''

''हाँ बेटा, तूने उन्हें पहचाना नहीं था। उनका उचित सम्मान नहीं किया था।

किया था, बेटा?''

''माँ, जब मैं इस गाड़ी के नीचे ध्यान कर रहा था तो वे आए थे। मैंने उनका उचित सम्मान नहीं किया होगा। मुझे मालूम नहीं था, माँ! बड़ा दुष्कृत हो गया। शुभा ने सपने में उनका सम्मान करने को कहा। मैंने उन्हीं से पूछा कि आपका सम्मान कैसे करूँ। उन्होंने कुछ बताया ही नहीं। वह तो जब तुमने बताया कि प्रत्युत्थान और अभिवादन कैसे किया जाता है, तो बात समझ में आई। बड़ा दुष्कृत हुआ यह, माँ!''

''नहीं, दुष्कृत नहीं हुआ। आचार्य ने भी बुरा नहीं माना। जानता है, क्यों?''

''क्यों माँ, बुरे को बुरा तो मानना ही चाहिए।''

''नहीं, तेरा चित्त शुद्ध है, निर्मल है, इसलिए बुरा नहीं माना। पर तुझे बड़ों के सम्मान का ध्यान रखना चाहिए।''

''हाँ, माँ!''

''आश्रम में बहुत ज्ञानी, वृद्ध और तपस्वी लोग आएँगे। उनका सम्मान कर सकेगा न?''

''अवश्य करूँगा, माँ! तुमने जितना और जैसा समझाया है उतना और वैसा अवश्य करूँगा।''

''और...''

''बताओ, माँ!''

''देख बेटा, सब लोग आशा करते हैं कि मेरा बेटा शास्त्रज्ञ और तत्त्वज्ञानी होगा। तत्त्वज्ञानी तू है, पर शास्त्रज्ञ भी होना चाहिए। वेदों का ठीक से अध्ययन करना होगा, सभी शास्त्रों का मनन करना होगा। यथा-अवसर प्रायश्चित्तपूर्वक तेरे संस्कार करने होंगे, तब तू सच्चा ज्ञानी और समाज-सेवक होगा।''

''प्रायश्चित्त क्यों, माँ?''

''समय पर तेरे संस्कार नहीं हुए, इसलिए।''

''कौन-से शास्त्र पढ़ने होंगे, माँ?''

''तेरे पिताजी बताएँगे।''

''तुम नहीं बताओगी, माँ?''

''मैंने तेरे पिताजी से बात कर ली है, वे तेरी परीक्षा करने के बाद समझेंगे कि तुझे किन शास्त्रों में रुचि है। समझा, बेटा?''

''पिताजी के पास जाना होगा। वे परीक्षा लेकर बताएँगे कि क्या अध्ययन करूँ। यही न?''

“हाँ, यही। मेरी अनुपस्थिति में अतिथियों की ठीक से अभ्यर्थना करनी होगी।”

“थोड़ी त्रुटि हो जा सकती है, माँ! सब बातें मैं जानता-समझता नहीं।”

“कोई चिन्ता नहीं। रास्ता ही रास्ता बता देता है, बेटा, कुछ करते-करते ही सही ढंग सीखा जा सकता है।”

“करूँगा, माँ!”

बारह

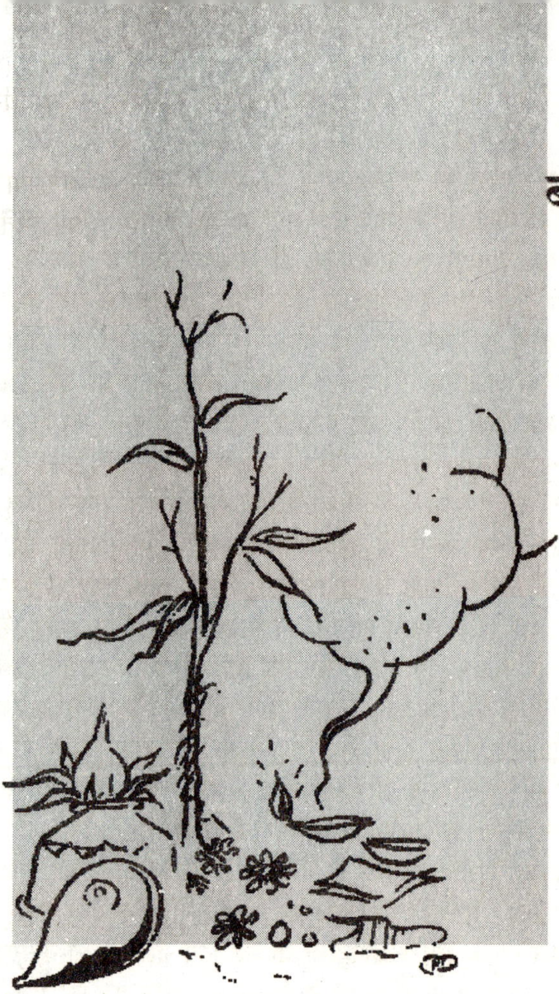

रंगमंच का निर्माण बड़े आडम्बर के साथ हुआ। हज़ारों कर्मकर उसमें लगाए गए। उन दिनों रंगमंच का निर्माण बड़ी सावधानी के साथ किया जाता था। भूमि-निर्वाचन से लेकर रंगमंच की क्रिया तक वह बहुत सावधानी से सँभाला जाता था। सम, स्थिर और कठिन भूमि तथा काली या गौर वर्ण की मिट्टी शुभ मानी जाती थी। भूमि को पहले हल से जोता जाता था। उसमें से अस्थि, कील, कपाल, तृण-गुल्मादि को साफ़ किया जाता था, उसे सम और पटसर बनाया जाता था और प्रेक्षागृह के नापने की विधि शुरू होती थी। प्रेक्षागृह का नापना बहुत महत्त्वपूर्ण कार्य समझा जाता था। माप के समय सूत्र का टूट जाना बहुत अमंगलजनक समझा जाता था। सूत्र ऐसा बनाया जाता था जो सहज ही न टूट सके। वह या तो कपास से बनता था; बेर की छाल से बनता था या मूँज से बनता था और

किसी वृक्ष की छाल की मजबूत रस्सी भी काम में लाई जा सकती थी। ऐसा विश्वास किया जाता था कि यदि सूत्र आधे से टूट जाए तो स्वामी की मृत्यु होती है, तिहाई से टूट जाए तो राज-कोप की आशंका होती है, चौथाई से टूटे तो प्रयोक्ता का नाश होता है। हाथ-भर से टूटे तो कुछ सामग्री घट जाती है। इस प्रकार सूत्रधारण का काम बहुत ही महत्त्व का समझा जाता था। तिथि, नक्षत्र, करण आदि की शुद्धि पर विशेष रूप से ध्यान दिया जाता था और इस बात का पूरा ध्यान रखा जाता था कि कोई काषाय वस्त्रधारी, हीन-वपु या विकलांग पुरुष मंडप-स्थापना के समय अचानक आकर अशुभ फल न उत्पन्न कर दे। खम्भा गाड़ने में भी बड़ी सावधानी बरती जाती थी। खम्भा हिल गया, खिसक गया या काँप गया तो अनेक प्रकार के उपद्रवों की सम्भावना मानी जाती थी। रंगशाला के निर्माण की प्रत्येक क्रिया में भावा-जोखी का डर लगा रहता था। पद-पद पर पूजा, प्रायश्चित्त और ब्राह्मण भोजन की आवश्यकता पड़ती थी। भित्ति कर्म, माप-जोख, चूना-पोतना, चित्र-कर्म, खम्भे गाड़ना, भूमि-शोधन प्रभृति सभी क्रियाएँ बड़ी सावधानी से और आशंका के साथ की जाती थीं। इन बातों को जाने बिना यह समझना बड़ा कठिन होगा कि सूत्रधार का पद इतना महत्त्वपूर्ण क्यों था। उसकी ज़रा-सी असावधानी अभिनेताओं के सर्वनाश का कारण हो सकती थी। नाटक की सफलता का दारोमदार सूत्रधार पर रहता था।

रंगमंच का निर्माण सकुशल हो गया। कहीं किसी प्रकार की अशुभ सूचना नहीं मिली। राजा जानश्रुति स्वयं यजमान के रूप में पूजन-विधि सम्पन्न कर रहे थे। जिस दिन नाटक आरम्भ होनेवाला था उस दिन जाबाला को कुसुम्भी रंग का वस्त्र पहनाया गया। एक भरत-पुत्र ने ही उससे अशोक-वृक्ष का पूजन कराया। ऐसा माना जाता था कि गन्धर्वों का सबसे प्रिय वृक्ष अशोक है। यह वैदिक क्रिया नहीं थी, इसलिए आचार्य औदुम्बरायण उससे अलग ही रहे। परन्तु राजा जानश्रुति आरम्भ से अन्त तक इस अशोक-पूजन में उपस्थित रहे। जाबाला को यह सब पसन्द नहीं था, पर उसने कोई विरोध भी नहीं किया। यथा-निर्देश वह सारे कर्म शान्त चित्त से करती गई। धूप, दीप, नैवेद्य, माला, उपलेपन आदि से अशोक-तरु का पूजन हुआ। भरत-पुत्र ने प्रत्येक क्रिया में अत्यन्त सावधानी और गौरव के साथ निर्देश दिया। पूजा-समाप्ति के पूर्व उन्होंने अत्यन्त गम्भीर वाणी में निर्देश दिया—"शुभे, अपने मनोवांछित वर का ध्यान करें और भृंगार का जल अशोक के मूल में धीरे-धीरे डाल दें।" धीरे-धीरे अभिलषित वर का ध्यान करते-करते क्षणभर के लिए जाबाला का मुख-मंडल आरक्त हो उठा। यह भी कोई बात हुई? परन्तु

'शुभा' सम्बोधन बिजली की भाँति हृदय में कौंध गया। अनायास वह तरुण तापस उसके मन में आ गया जिसके बारे में वह इतना सोच रही है। वही क्या अभिलषित वर है? वह रैक्व के ध्यान में डूब गई। वह भूल ही गई कि पूजा-वेदी पर बैठी हुई है? ध्यान-भंग होने के कोई लक्षण नहीं दिखे। भरत-पुत्र ने फिर शान्त स्वर में कहा, "शुभे, कल्याण हो, भृंगार का जल अशोक-मूल में डाल दीजिए।" फिर एक झटका लगा—'शुभे!'

उसने उठकर भृंगार का पूरा जल एक साथ ही अशोक-तरु के मूल में उँडेल दिया। उसके चेहरे पर स्पष्ट-रूप से भरत-पुत्र की अवज्ञा के भाव थे। इस निर्देश से उसे रोष हुआ था, पर सहज आभिजात्यवश वह खुलकर प्रतिवाद नहीं कर सकी थी। सारे भृंगार का जल एक साथ उँडेलकर मानो उसने अपने मन के रोष को मुखर कर दिया। भरत-पुत्र अनुभवी था। उसने इस प्रकार का प्रतिवाद बहुत देखा था। प्रायः लड़कियाँ इस निर्देश का पालन यथावत् नहीं करना चाहती थीं। उनकी प्रतिक्रियाओं से भरत-पुत्र उनकी मानसिक स्थिति का अनुमान किया करते थे। राजकुमारी जाबाला ने अपना रोष प्रकट करके सोचा था कि भरत-पुत्र इससे चिन्तित होगा और कदाचित् फिर से भृंगार के जल को धीरे-धीरे अशोक-मूल में डालने का अनुरोध करेगा। कहेगा, 'शुभे, धीरे-धीरे मनोवांछित वर का ध्यान करते हुए।' और अब की बार वह भृंगार उसके मुँह पर दे मारेगी! परन्तु ऐसा कुछ हुआ नहीं। यह केवल भरत-पुत्रों का विनोद था। वे वस्तुतः आराधिका के चढ़ते-उतरते भावों को पढ़ा करते थे। अनुभवी भरत-पुत्र उसी प्रकार की शान्त-गम्भीर वाणी से राजा से बोला, "कल्याण हो महाराज, मंगल-कार्य बहुत शीघ्र ही होगा। देवगण प्रसन्न हैं, भगवान् कुसुमसायक प्रीत हैं।"

अन्तिम वाक्य से जाबाला और भी क्षुब्ध हुई। बिना कुछ कहे झम्म से उठी और भीतर चली गई। भरत-पुत्र के गम्भीर चेहरे पर उत्फुल्लता की लहर दौड़ गई। पूजा दीर्घ-दीर्घायित शंख-ध्वनि के साथ समाप्त हुई।

माताजी की सलाह मानकर राजा ने जाबाला की मौसी को बुलवाया था। वे वात-रोग से पीड़ित थीं। स्वयं तो नहीं आ सकीं, पर अपनी बड़ी लड़की अरुन्धती को भेज दिया। अरुन्धती जाबाला की प्रायः समवयस्का ही थी। उसे विधाता ने बड़ी-बड़ी चपल आँखें दी थीं। बहुत दिन पहले उसने जाबाला को देखा था। तब से दोनों में अन्तर आ गया था। दोनों बड़ी हो गई थीं, पर अरुन्धती में चपलता ज्यों-की-त्यों बनी हुई थी, जबकि जाबाला गम्भीर हो गई थी। पूजा-समाप्ति का शंख उधर बजा, इधर अरुन्धती का प्रवेश हुआ। मन-ही-मन भरत-पुत्र को

कोसती हुई क्षुब्ध जाबाला को अरुन्धती मिल गई। उसे अपार आनन्द हुआ। चेहरे पर झूलते हुए क्षोभ के भाव तिरोहित हो गए। उसने उल्लास के साथ अरुन्धती को हृदय से लगा लिया। पर अरुन्धती की दृष्टि से उसका क्षोभ-भाव छिप नहीं सका। दोनों बहिनें घर में जा बैठीं। अरुन्धती ने उसके कुसुम्भी वस्त्रों को देखकर कहा, "ऐसा लगता है दीदी, तुम विवाह-वेदी से उठकर आ रही हो, मगर गुस्सा क्यों हो गई थीं? कितना सुन्दर लगता है तुम्हारा गुस्से से लाल चेहरा! लगता है, अभी से मान का अभ्यास करने लगी हो!"

जाबाला ने डाँटते हुए कहा, "चुप भी रह। अभी चली आ रही है, एक बार पूछा भी नहीं कि दीदी मर रही है कि जी रही है, और शुरू कर दी ठठोली।"

"दीदी जी रही है और युग-युग जिएगी। जब से सुना कि दीदी अस्वस्थ है, सोच-सोचकर मैं ही मरती रही। अब आ गई हूँ, उस मुए गन्धर्व को सिर के बल नचा नहीं दिया तो कहना। हाँ!"

"अरु, तू इतनी सयानी हो गई और अभी तक तेरी बकवास की आदत नहीं गई।"

"कैसे जाएगी? सोच के आई थी कि दीदी खाट पर पड़ी होगी। आकर देखती हूँ दुलहिन बनी बैठी है। इस मुए गन्धर्व को वहीं पहचान लिया था। माँ तो वात-रोग से खाट पर पड़ी हैं। मगर पहचान उन्होंने भी लिया होगा। कहने लगीं, 'अरु बेटी, तू ही जा, वहाँ तेरी ही आवश्यकता है। बिचारी जाबाला अकेली पड़ गई है। उसके मन की बात तू ही निकाल सकती है।' अब बताओ, बकवास न करूँ तो क्या मुए गन्धर्व की आरती उतारूँ!"

"चुप रह। धीरे-धीरे बोल। मुझसे लड़ने आई है?"

"अच्छा दीदी, तुम पूजा पर से उठकर आईं तो तुम्हारा चेहरा तमतमाया हुआ नहीं था? था न?"

"था तो।"

"वही पहले बताओ। क्या हो गया था पूजा के समय?"

"मुझे पता होता कि तू अभी आनेवाली है तो तुझे ही पूजा पर बैठा देती। वहाँ तुझे मालूम हो जाता कि क्या हुआ था।"

जाबाला के चेहरे पर फिर हल्का-सा रोष उभर आया। अरुन्धती ने उस भाव को पढ़ लिया।

"अशोक-पूजन हो रहा था न, दीदी? ये कोहलीये भरत-पुत्र बड़े पाजी होते हैं। माँ-बाप तो भक्ति-श्रद्धा से उन्हें बुलाते हैं और ये लड़कियों को परेशान करते

हैं। कहते हैं, 'मनोवांछित वर का ध्यान करो!' फिर कहते हैं 'जिधर वह रहता है उस ओर मुँह करके ध्यान करो।' फिर कहते हैं, 'अशोक-मूल में पानी डालते-डालते ध्यान करो!' लड़की को हैरान कर देते हैं। मेरी बुआ के लिए ऐसा ही नाटक कराया था। उसने सारा भृंगार उसी पर उलट दिया था। तुमसे भी यही सब करवाया होगा!''

''इतना तो नहीं, पर ध्यान करने को कहा अवश्य था। मुझे तो लगा था कि यह उनके पूजा-विधान का अंग था। पर क्रोध मुझे भी हुआ था। भरी सभा में ऐसा करने को कहना औद्धत्य तो है ही।''

''एकान्त में ध्यान करने को कहे, कोई बात भी हुई! मुझसे कहता तो मैं सोच ही नहीं पाती। तुमने क्या ध्यान किया, दीदी?''

''अब चुप भी रहती है कि...''

''बता दो, चुप हो जाऊँगी।''

''यदि मैं कहूँ कि तेरा ही ध्यान करने लगी थी तो...''

''हाय रे, मैं तो समझती थी कि मेरी पंडिता दीदी निर्गुण ब्रह्म का ध्यान करने लगी होगी, मगर वह तो यदि-तदि की भाषा सीख गई है।''

''अब चल, हाथ-मुँह तो धो ले। तू तो मेरे ही पीछे पड़ गई।''

''लो, इतनी दूर से तुम्हारे पीछे पड़ने के लिए ही तो आई हूँ।''

जाबाला को अच्छा लग रहा था और संकट में पड़ी होने का भास भी हो रहा था। उसने अरु को झकझोरकर उठाया—''चल, बड़ी पीछे पड़नेवाली आई है। मैं तेरे पीछे पड़ूँगी, उठ भी।''

अरुन्धती खिलखिलाकर हँस पड़ी—''लो, उठती हूँ, देखती हूँ, कब तक भागती हो। मैं जब तक तुम्हारा मन नहीं चूस लूँगी तब तक वह गन्धर्व तुम्हारा खून चूसना नहीं बन्द करेगा।''

जाबाला ने प्यार से झिड़की दी—''बहुत बोलना सीख गई है। मैं तुमसे नहीं बोलूँगी।''

''तो मैं उलटे-पाँव लौट जाती हूँ। तुम अकेले में ध्यान करती रहो।''

''नहीं अरु, लौट क्यों जाएगी! अपनी दीदी को इस दशा में छोड़कर चली जाएगी?''

''तो मेरा क्या दोष है? तुम नहीं बोलोगी तो मैं यहाँ क्या करूँगी!''

''कौन कहता है कि नहीं बोलूँगी!''

''अभी तो कहा।''

"अरे, वह तो तुझे धमका रही थी। मुझसे यह सब न पूछा कर। मेरा मन उदास हो जाता है।"

"उदासी दूर करने तो आई हूँ। अच्छा, अब नहीं पूछूँगी। जितना कहोगी उतना ही सुनूँगी।"

"मेरी प्यारी अरु, मुझसे अप्रसन्न न हो। मैं दुःखी हूँ।"

अरुन्धती को लगा कि अपनी वाचालता से उसने जाबाला का दिल दुखा दिया है। वह प्यार से गले लिपट गई—"तुम दुःखी क्यों होगी, दीदी? मैं दुःख बँटाने के लिए ही तो आई हूँ।"

इसी समय राजा जानश्रुति 'अरु बेटी!' पुकारते हुए आ गए। अरुन्धती ने प्रणाम किया। उसका सिर सहलाते हुए बोले, "आ गई बेटी, देख, तेरी दीदी की क्या दशा हो गई है!"

"अब तो मैं आ गई न, बाबा, दीदी दो दिनों में चंगी हो जाएगी।"

"हाँ बेटी, इसे चंगी कर दे। अकेली-अकेली और भी घुलती जाती है।"

"सब ठीक हो जाएगा। माँ भी थोड़े दिनों में आ जाएँगी।"

"उनका स्वास्थ्य अब कैसा है?"

"ठीक हो रही हैं। वात का कष्ट है न! थोड़ा समय लेगा।"

"भगवान् उन्हें जल्दी स्वस्थ करें।"

"दीदी का स्वास्थ्य ठीक हो जाए तो सुनते ही स्वस्थ हो जाएँगी।"

सायंकाल आडम्बर के साथ गन्धर्व-पूजन नाटक का अभिनय शुरू हुआ। पहले रंग-पूजा हुई। सूत्रधार ने ही बता दिया कि पुराकाल में जब नाटक का अभिनय किया गया था तो दैत्यों ने बड़ा उपद्रव किया था। उसी के शमन के लिए रंग-पूजन का विधान है। नगाड़ा बजाकर रंग-पूजा की घोषणा हुई। फिर गायक और वादकों ने आसन ग्रहण किया। मृदंग, वीणा, वेणु आदि वाद्यों के साथ रंगभूमि में अप्सरा-वेशधारी एक कमनीय-कान्ति भ्रुंकुश के नृत्य-लोल नूपुरों की झंकार से नाटक की उत्थापना का अभिनय किया गया। फिर सूत्रधार का प्रवेश हुआ। उसकी एक ओर गड़ुए में पानी लिए भृंगार-धर आया, दूसरी ओर विघ्नों को जर्जर कर देनेवाली पताका लिए जर्जर-धर। इन दो परिपार्श्वकों के साथ सूत्रधार पाँच पग आगे बढ़ा। ये पाँच पग साधारण पग नहीं थे। प्रत्येक पग पर गौरवपूर्ण भंगिमा में अभिनय था। फिर सूत्रधार ने बिल्कुल वैदिक विधि से भृंगार से जल लेकर आचमन-प्रोक्षण आदि पवित्र करनेवाली क्रियाओं का अभिनय किया। सबसे गरिमा भरा अभिनय था जर्जर (पताका) का उत्तोलन। इन्द्र देवता

इस क्रिया से प्रसन्न हुए। दर्शक-दीर्घिका से अक्षत-पुष्पों की वर्षा हुई। फिर सूत्रधार ने दाहिने पैर के अभिनय से शिव की और बाएँ पैर के अभिनय से विष्णु की वन्दना की। पहला पद पुरुष का और दूसरा स्त्री का माना जाता था। एक तीसरा पद नपुंसक माना जाता था। इसमें दाहिने पैर की नाभि तक उत्क्षिप्त करके स्थिर मुद्रा में रखा जाता था। सूत्रधार ने इस नपुंसक पद के अभिनय से ब्रह्मा की वन्दना की। यह शायद तत्काल प्रचलित ब्रह्म के स्वरूप का नाटकीय उपस्थापन था। ब्रह्मवादी लोग मानते थे कि ब्रह्म न स्त्री है न पुरुष है और फिर भी सबसे ऊपर वास्तविक सत्य है। चार रंगों के फूलों से जर्जर की पूजा। और फिर सभी वाद्य-यन्त्रों की पूजा हुई। इसके बाद सूत्रधार ने राजा के कल्याण की प्रार्थना की, राजकुमारी के अचल सौभाग्य-प्राप्ति की शुभकामना की और फिर बड़े गुरु-गम्भीर भाव से नान्दी पाठ का आयोजन किया गया। प्रत्येक पद-संचार में गौरव-भाव था। वह नाटकीय मनोरंजन की अपेक्षा पूजन अधिक था—प्रत्येक क्रिया में पूजा का भाव।

जाबाला और अरुन्धती महिलाओं की दीर्घिका में सबसे आगे थीं। बेंत की बनी एक झीनी तिरस्करिणी (पर्दा) महिलाओं की दीर्घिका को अलग कर रही थी। वे बाहर के दृश्य देख सकती थीं, पर बाहर बैठे लोग उन्हें नहीं देख सकते थे।

नाटक का कथानक बहुत जाना हुआ ही था, पर उसका अभिनय करना कठिन था क्योंकि भावों के उतार-चढ़ाव का सात्त्विक अभिनय निपुण कलाकारों को भी कठिनाई में डाल सकने योग्य था। कथानक यह था कि ऋषिकुमार ऋष्यश्रृंग मातृ-पितृहीन होकर तप करने लगा। उसने अपने जीवन में किसी स्त्री को देखा ही नहीं था। उसका चित्त सहज ब्रह्मचर्य से आलोकित था। देवराज इन्द्र को भय हुआ कि वह तपोबल से इन्द्र का सिंहासन प्राप्त कर लेगा। उन्होंने गन्धर्वराज को ऋषिकुमार का तपोभंग करने का आदेश दिया। गन्धर्वराज ने अपने प्रमुख सेनानायक पुष्पधन्वा कामदेव को अप्सराओं की एक टुकड़ी के साथ ऋषिकुमार का तपोभंग करने के लिए नियुक्त किया। कामदेव ने फूलों का धनुष और फूलों का ही बाण लेकर ऋषिकुमार ऋष्यश्रृंग पर आक्रमण किया।

यहाँ तक अभिनय अधिकतर वेशभूषा का ही था। अप्सरा-रूप में सजे भ्रूंकुश दिव्य आभरणों से रंगभूमि को आलोकित कर रहे थे।

आगे का प्रसंग इस प्रकार था—

ऋषिकुमार ने एक साथ इतनी सुन्दर अप्सराओं को देखकर समझा कि ये दिव्य लोक के देवता हैं। सम्भ्रम-पूर्वक उठकर उसने वैदिक मन्त्रों से उनकी

अभ्यर्थना की। उसके ललाट पर भक्ति की प्रदीप्त रेखा उभर आई, आँखों में अपार औत्सुक्य लहरा उठा। उसकी पिंगल जटाएँ भावोद्रेक से काँप उठीं। दोनों हाथ जोड़कर उसने वन्दना की–"आज सविता देवता प्रसन्न हैं, उषःलोक धरित्री पर उतर आया है, हे दिव्य ज्योतिर्गण, मेरा विनीत नमस्कार लें!"

ऋषिकुमार की बड़ी-बड़ी निर्मल आँखों में अपार विस्मय और श्रद्धा के भाव थे। अरुन्धती उसके भोलेपन पर हँसने का उपयुक्त अवसर मान रही थी। इसी बीच उसने जाबाला को देखा–आँखों से अविरल अश्रुधार बह रही थी, वह दबाने का प्रयत्न करके भी अपना आर्त्त क्रन्दन दबा नहीं पा रही थी। अरुन्धती ने चिन्तित स्वर में पूछा, "दीदी, क्या हो गया तुम्हें! दीदी, दीदी!" जाबाला और भी फूट पड़ी। अरुन्धती हैरान! यह क्या हुआ, जहाँ ऋषिकुमार की मूर्खता पर हँसना चाहिए वहाँ दीदी रोने लगी। वह कुछ नहीं समझ पाई।

परन्तु उसी समय अप्सराएँ खिलखिलाकर हँस पड़ीं। उन्होंने ऋषिकुमार को घेरकर मनोहर लास्य नृत्य किया। उसकी आँखें निरन्तर कटाक्ष-वाणों की वर्षा कर रही थीं। ऋषिकुमार भौचक्का देख रहा था। एक अप्सरा ने फूल से ऋषिकुमार के ललाट पर आघात किया। ऋषिकुमार ने चकित मृगशावक की भाँति उसकी ओर अपनी निर्मल आँखें फेरीं। इसी समय सेनानायक ने अमोघ पुष्प-वाणों को प्रत्यंचा पर चढ़ाने का अभिनय किया। उसकी उन्मत्त चारिकाओं से रंगभूमि हिल उठी। अप्सराएँ इंगित समझकर, यह सोचकर कि बाण को ठीक लक्ष्य पर गिरने में कोई रुकावट न हो, लालायित गति से दूर हट गईं। ऋषिकुमार कुछ भी न समझकर भौचक्का खड़ा-का-खड़ा रह गया। इसी समय एक अप्सरा सुव्रता दौड़ती हुई ऋषिकुमार के पीछे आकर खड़ी हो गई। फूलों का बाण खींचा जा चुका था। सुव्रता ने चिल्लाकर कहा, "कुसुम-सायक, अपना बाण समेटो। ऐसे पवित्र हृदय बालक पर तुम्हारे बाणों को नहीं गिरना चाहिए। रुको, रुको, महान अनर्थ हो जाएगा। ऐसे पवित्र ऋषिकुमार पर बाण फेंकोगे तो द्यावा-पृथिवी डोल जाएगी, सूर्य का प्रभामंडल विवर्ण हो जाएगा। हाय प्रभो, इस पवित्र तरुण तापस को पापिनियों के माया-जाल से बचाओ!"

अप्सराएँ और भी ज़ोर से खिलखिला उठीं। फूलों का बाण छूट चुका था। सुव्रता ने पीछे से ऋषिकुमार को ढक लिया। फूलों का बाण उसकी छाती में लगा। कुछ छिटकी पपड़ियाँ ऋषिकुमार की पिंगल जटाओं पर आ पड़ीं।

दर्शक-मंडली 'साधु-साधु' की ध्वनि से जिस समय रंगमंच को हिला रही थी, उसी समय जाबाला ज़ोर से रो पड़ी। अरुन्धती की गोद में निढाल पड़ी वह देर

तक सुबकती रही। अरुन्धती बुरी तरह मर्माहत थी–"दीदी, चलो, यह नाटक तुम्हें कष्ट दे रहा है!"

जाबाला ने इशारे से कहा–'नहीं।' अरुन्धती की चपल वाचालता बर्फ-सी जम गई।

लेकिन नाटक चलता रहा।

ऋषिकुमार ने सुव्रता को देखकर उल्लसित होकर स्तुति की। प्रथम नारी-दर्शन से चकित नयन अब भी उसी मुद्रा में थे–"आज सविता प्रसन्नोदय हैं। आहा, कैसी आनन्द-लहरी तुम्हारी दिव्य काया से फूट रही है! दिव्य प्राणी! तुम्हारा स्पर्श कितना मीठा है, तुम्हारी वाणी कितनी मनोहर है, दिव्य-आनन्द की स्रोतस्विनी, मेरा प्रणाम स्वीकार करो!" सुव्रता ने ऋषि के चरणों को अपने काले मसृण केशों से पोंछ दिया। उसकी आँखों से अश्रुधारा फूट पड़ी–"हाय, ऋषिकुमार, तुम्हारे मुँह से कैसी वाणी निकल रही है! ऐसी सत्य वाणी आज तक नहीं सुनी। चाटूक्तियाँ बहुत सुनी हैं। पर ऐसा सच्चा मोहन-स्तव तो मेरे अन्तर्यामी ने कभी नहीं सुना। आज मेरा नारी-शरीर धन्य हुआ! मगर उधर मत देखो। हे ज्वलन्त अग्नि, इन पापीयसी स्त्रियों की विषाक्त दृष्टि की हवि तुम्हारे योग्य नहीं है। मैं मरकर भस्म बनकर तुम्हारे ऊपर छा जाऊँगी, पर पापिनियों के कटाक्ष की हवि तुम पर नहीं पड़ने दूँगी। प्रभो, मैं धन्य हुई।"

दृश्य बदला। जाबाला की आँखों की झड़ी वैसी ही बनी रही। अरुन्धती का चिन्ता-कातर मुख यथापूर्व!

नए दृश्य में गन्धर्वराज के सामने बन्दिनी विद्रोहिणी सुव्रता लाई गई। गन्धर्वराज क्रोध से तिलमिला रहे थे–"तू दिव्यलोक में रहने योग्य नहीं। तुझे दंड मिलेगा।"

"सब दंड स्वीकार है, प्रभो!"

"तुझे मर्त्यलोक में मानवी होकर जाना पड़ेगा।"

"जाऊँगी, प्रभो!"

इसी समय कामदेव उपस्थित हुए–"दोष मेरा है प्रभो, मुझसे ही बाण चूक गया। इसे क्षमा किया जाए।"

गन्धर्वराज असमंजस में पड़ गए–"मेरी बात अन्यथा नहीं हो सकती।"

"तो प्रभो, स्वर्गलोक ही वंचित होगा, मर्त्यलोक धन्य हो जाएगा।"

"मर्त्यलोक में तो इसे जाना ही पड़ेगा। पर मैं इसका अपराध क्षमा कर सकता हूँ, यदि यह अशोक-पूजन करके यह अभिलाषा प्रकट करे कि इसे

मर्त्यलोक से मुक्ति मिले।''

फिर अशोक-पूजन का अभिनय हुआ। एक अप्सरा ने ही प्रफुल्ल अशोक-वृक्ष का अभिनय किया। उसका सारा शरीर लहरदार हरे रंग की साड़ी से आवृत था। बीच-बीच में कन्धे पर से खिले हुए लाल-लाल पुष्प-स्तवक उस शोभा को सौ गुना बढ़ा रहे थे। अप्सरा एक पैर पर प्रत्यालीढ़ में खड़ी थी। और दोनों हाथों द्वारा सुकुमार भाव से विलुलित वायु से लहराते रहने का अभिनय कर रही थी। पूजा की सारी विधि वही थी जिससे प्रातःकाल जाबाला द्वारा पूजन कराया गया था। भरत-पुत्र ने पूजा के अन्त में कहा, ''अपनी अभिलाषा का ध्यान करो। तुम्हें प्रत्यक्ष फल मिलेगा।''

सुव्रता ध्यान-मग्न हुई। रंगमंच के एक किनारे ऋषिकुमार की शान्त मूर्ति कुछ खोजती हुई-सी आविर्भूत हुई। सुव्रता झटके से उठी और ऋषिकुमार के चरणों पर लौट गई।

सूत्रधार ने भरत-वाक्य पढ़ा–''पृथ्वी शस्य से समृद्ध हो, राजा में प्रजा के प्रति कल्याण-बुद्धि उदित हो, सारी कुमारियाँ अभिलषित वर प्राप्त करें, किशोरों में प्रिया के प्रति अनुराग बढ़े और समस्त प्रजा सुखी हो!''

नाटक समाप्त हुआ। जाबाला भी उत्फुल्ल मुद्रा में उठकर बैठ गई। दर्शकमंडली के साधुवाद से रंग-स्थल गूँज उठा। अरुन्धती ने जाबाला से पूछा, ''दीदी, अब कैसा लग रहा है?''

जाबाला ने हँसते हुए कहा, ''ठीक तो हूँ।''

जाबाला उठी तो ऐसा लगा कि वेदना की प्रत्यक्ष मूर्ति ही सायास उठ पड़ी हो। अरुन्धती के चेहरे पर अब भी चिन्ता की भारी छाया विद्यमान थी।

चलते-चलते जाबाला ने कहा, ''अरु सुव्रता धन्य है! स्वर्गलोक को छोड़कर मर्त्यलोक का वरण क्या कोई हँसी-खेल है?''

अरुन्धती ने बालसुलभ चपलता से पूछा, ''दीदी, कामदेव का बाण क्या अकेले सुव्रता को ही लगा?''

जाबाला ने दीर्घ निःश्वास लिया–''कैसे कहूँ!''

अरुन्धती ने फिर कहा, ''फूलों की कुछ पपड़ियाँ तो ऋषिकुमार के सिर पर भी गिरीं।''

अबकी बार जाबाला हँसी–''उसका भी सिर फिर गया होगा, अरु!''

तेरह

रैक्व जिसे 'दीदी' कहते थे, वह अपना नाम उजुआ बताती थी। यह संस्कृत-शब्द 'ऋजुका' का प्राकृत रूप था। माताजी ने उसके संस्कृत-रूप 'ऋजुका' को ही अपना लिया था। आचार्य औदुम्बरायण को उन्होंने 'ऋजुका' नाम ही बताया। आचार्य ने दूसरे दिन उससे पति के निमित्त विधिवत् श्राद्ध-कार्य कराया। माताजी दूसरे ही दिन आश्रम चली गईं। ऋजुका वहीं रुक गईं, क्योंकि राजकुमारी जाबाला ने उससे मिलने की इच्छा प्रकट की थी। आचार्य औदुम्बरायण ने उसे साल-भर तक प्रति त्रयोदशी को उसी स्थान पर दीप जलाने का निर्देश दिया और राजा से उसे कुछ काम देने का अनुरोध किया। गन्धर्व-पूजन के बाद जाबाला ने ऋजुका को बुलवाया। ऋजुका अपने नन्हे-से बच्चे को गोद में दबाए डरी-डरी-सी जाबाला के पास गई। जिस समय वह जाबाला के पास ले जाई गई, उस समय

अरुन्धती के सिवा वहाँ और कोई दूसरा नहीं था। जाबाला ने ऋजुका को आदर के साथ एक आसन पर बैठने को कहा, पर वह आसन पर बैठने का साहस नहीं कर सकी, हाथ जोड़कर भूमि पर ही बैठ गई।

जाबाला ने अत्यन्त व्यथित स्वर में उससे कहा, ''बहिन, मुझे क्षमा करना! मेरे कारण तेरा सौभाग्य ही नष्ट हो गया। उसके बाद भी बहुत दिनों तक तेरी खोज-खबर नहीं ले सकी। मुझसे भारी अपराध हो गया।''

ऋजुका फूट-फूटकर रो पड़ी—''अपने ही किए का फल भोग रही हूँ दीदी रानी, तुम्हारा इसमें क्या दोष है! जैसा किया है वैसा भोग रही हूँ। दुखियारी हूँ दीदी रानी, पर मैं तुम्हें क्यों दोष दूँ? यह बच्चा उनकी धरोहर है, नहीं तो अब तक मेरे प्राण निकल गए होते। इसी को पाल-पोसकर बड़ा कर सकूँ तो समझूँगी, उनका ऋण चुका सकी। पर यह भी भगवान् के अनुग्रह से ही हो सकेगा।''

''बहिन, मैं तेरी खोज में थी। मैं सोच नहीं पाती थी कि तुझे कहाँ खोजूँ। वह तो परम ब्रह्मवादिनी भगवती ऋतम्भरा न मिल गई होतीं तो मैं तेरा कुछ पता भी नहीं पाती। तू उनके पास कैसे पहुँची बहिन?''

''आप किनकी बात कर रही हैं दीदी रानी, मैं समझ नहीं पा रही हूँ।''

''भगवती ऋतम्भरा ने ही तो आचार्यपाद से कहकर तेरे पति का श्राद्ध कराया। उन्हीं की कृपा से तो मैं तुझे पा सकी हूँ।''

''अच्छा, आप माताजी की बात कह रही हैं?''

''हाँ-हाँ, माताजी।''

''साक्षात् भगवती का रूप हैं माताजी। इतना प्यार मेरे-जैसे अभाजन के प्रति! ऐसा तो कहीं देखा-सुना नहीं, दीदी रानी!''

''हाँ, उनके पास तो बड़े-बड़े ब्रह्मवादी ऋषि भी पहुँचने में हिचकते हैं, तू कैसे पहुँच गई?''

जाबाला ने दोनों हाथ जोड़कर ऊपर आसमान की ओर किए। अत्यन्त गद्गद-भाव से कहा, ''वे जब दुःख देते हैं तो उस दुःख के भीतर अपनी अपार करुणा भी भेज देते हैं। उन्हीं का अनुग्रह था दीदी रानी, नहीं तो कहाँ साक्षात् भगवती-रूपा माताजी और कहाँ मैं भाग्य-वंचिता!''

''यही तो पूछ रही हूँ कि कैसे वहाँ पहुँची?''

''मैं कैसे पहुँचती दीदी रानी, भैया ले गए। रास्ते में भूख-प्यास से अवश होकर पड़ी थी। इतनी भी शक्ति नहीं थी कि उठकर नदी तक जाऊँ और एक चुल्लू पानी इस बच्चे के मुँह में डाल सकूँ। यह तो मर ही गया होता अगर भगवान्

ने उन्हें भेज नहीं दिया होता। बेचारे दौड़कर नदी से पानी ले आए, फिर बच्चे के मुँह में डालकर इसे बचा लिया। भगवान् उन्हें सुखी रखें। बड़े दयालु हैं। और क्या बताऊँ दीदी रानी, भोले तो ऐसे कि कुछ पूछो नहीं। वही तो माताजी के पास ले गए मुझे।''

''तू 'भैया' किसे कहती है ऋजुका?''

''बड़े ज्ञानी हैं दीदी रानी, माताजी उन्हें रैक्व बेटा कहती हैं। सुनके हँसोगी, उन्होंने माताजी से लुभावने भोलेपन से पूछा, 'माँ, यह भी स्त्री-पदार्थ है न? इसे मैं क्या कहकर पुकारूँ?' माताजी ने उन्हें समझाकर कहा कि समान अवस्था की लड़कियों को बहिन माना जाता है। जरा बड़ी हों तो दीदी कहा जाता है। फिर तो उन्होंने मुझे 'दीदी' कहना शुरू किया। कितना मीठा बोलते हैं! जब दीदी कहते हैं तो हिया जुड़ा जाता है। क्या कोई सहोदर भाई भी इतने प्यार से दीदी कहता होगा? इस घोर विपत्ति के समय भगवान् ने ऐसा भाई दे दिया। कैसे कहूँ कि उनकी अपार करुणा बरस नहीं रही है!''

''तो रैक्व तुझे दीदी कहते हैं? मैं भी तुझे दीदी ही कहूँगी।''

''आप? मैं अभागिन इतना गौरव नहीं सँभाल पाऊँगी, दीदी रानी! भैया बमभोलानाथ हैं, वे कहते हैं तो आप कैसे कहेंगी? आप स्वामिनी हैं, मैं नगण्य दासी!''

''जानती है, भगवती ऋतम्भरा को मैं माँ कहती हूँ। तू तो वैसे ही मेरी दीदी है।''

ऋजुका की आँखों में जल-कण छलछला आए।

जाबाला ने फिर पूछा, ''अच्छा दीदी, तेरे भैया क्या ध्यान करते रहते हैं? मैंने सुना है कि वे बड़ा तप किया करते हैं।''

''ध्यान करते तो मैंने कभी नहीं देखा, दीदी रानी! माताजी से एक दिन कह रहे थे कि माँ, अब समाधि सिद्ध नहीं होती। ध्यान करता हूँ तो शुभा ही सामने आ जाती है!''

''अच्छा, तुझे बताया कभी कि यह शुभा कौन है?''

''नहीं दीदी, मैंने पूछा था तो कहा था, 'तू कैसे जानेगी! माताजी ने कहा है कि शुभा के बारे में किसी को कुछ न बताया करो। सो मैं तुम्हें कुछ नहीं बताऊँगा।' ''

''माताजी ने मना कर दिया है?''

''यही कह रहे थे। मगर शुभा को वह बहुत भक्ति से याद करते थे। उनको

तो कुछ दुनिया का पता ही नहीं है, मगर मैं समझती हूँ और शायद माताजी भी समझती हैं कि वे उससे बहुत प्यार करते हैं।''

''माताजी ने तुझे कुछ बताया था क्या?''

''नहीं दीदी रानी, तुम्हें मेरे भैया का भोलापन जानकर हँसी आएगी। जब माताजी से पूछ रहे थे कि मुझे क्या कहकर पुकारें और माताजी बता रही थीं कि समान उमर की लड़कियों को बहिन माना जाता है और अगर कुछ बड़ी हुई तो उन्हें दीदी कहा जाता है, तो भैया ने पूछा कि 'शुभा को क्या कहकर पुकारूँगा, माँ?' माताजी के अधरों पर हँसी की हल्की रेखा दीखी, बोलीं, 'सोचकर बताऊँगी।' इस पर से मैंने अनुमान किया कि माताजी को लग रहा है कि शुभा से उनका कुछ ऐसा सम्बन्ध होने की सम्भावना है जिससे उसे बहिन नहीं बताया जा सकता। यही बात हो सकती है न, दीदी रानी?''

''शायद तेरा अनुमान ठीक ही हो।''

''उस गाड़ी से भी उनका बड़ा प्रेम है। माताजी कहती थीं कि कभी इस गाड़ी के नीचे बैठकर तप किया करते थे।''

''अच्छा!''

''हाँ, दीदी रानी! और जगत् के प्रपंच से तो एकदम अपरिचित हैं। जिस दिन माताजी यहाँ आई थीं, उस दिन अकेले गाड़ी के पास ही उनकी प्रतीक्षा कर रहे थे। कोई गाँव का किसान मिल गया होगा। उसका विवाह नहीं हुआ था। उसने उनसे कह दिया कि जिसके माँ-बाप नहीं, धन-सम्पत्ति नहीं, भाई-बहिन नहीं, उसको कोई बाप अपनी लड़की नहीं देता, उसका विवाह नहीं होता।''

''यह तो ठीक ही उसने कहा था। तुम्हारे भैया ने क्या कहा?''

''भैया क्या कहते! वह बिचारा तो अपनी बात कह गया था। मगर थोड़ी देर बाद जब मैं मिली तो भैया कह रहे थे कि 'दीदी, मेरा विवाह नहीं होगा।' मैंने पूछा, 'क्यों?' बोले, 'मामा कहता था कि जिसके माँ-बाप नहीं होते, धन-सम्पत्ति नहीं होती, उसका विवाह नहीं होता।' फिर बोले, 'अच्छा दीदी, लड़के का विवाह क्या लड़की से ही होता है?' अब बताओ, इस बमभोलानाथ को क्या बताऊँ!''

अभी तक अरुन्धती चुपचाप सुन रही थी। अब हँसी रोक नहीं सकी। बोली, ''दीदी, यह उस नाटक के ऋषिकुमार जैसा ही कोई बागड़बिल्ला लगता है। पूछता है कि लड़के का विवाह लड़की से ही होता है न!'' अरुन्धती देर तक हँसती रही। हँसी ऋजुका को भी आई, पर जाबाला का चेहरा एकदम गम्भीर हो गया।

अरुन्धती उसकी गम्भीरता देखकर चुप हो गई।

जाबाला ने गम्भीरता के साथ कहा, ''दीदी, तेरे भैया देवता जान पड़ते हैं।''

अरुन्धती को विस्मय हुआ—दीदी क्या कह रही है? उस दिन ऐसा दृश्य देखकर रोने ही लगी थी। आज कह रही है कि यह ऋजुका का भैया देवता जान पड़ता है! दीदी को हो क्या गया है? जहाँ हँसना चाहिए, वहाँ रोने लगती है, गम्भीर हो जाती है। क्या बात है? उसने निश्चय किया कि अब दीदी के चेहरे से भावों को समझने की कोशिश करेगी। थोड़ा सहज होकर बोली, ''दीदी, देवता इतने भोले तो नहीं होते होंगे?''

जाबाला ने उसी गम्भीरता के साथ कहा, ''हाँ अरु, शायद ऋजुका का भैया देवता से भी बढ़कर है। ऐसा निश्छल-निष्पाप चरित्र उस दिन नाटक में देखा था, आज ऋजुका दीदी से सुन रही हूँ। तू क्या नहीं समझ पाती कि ऐसा सहज मनुष्य दुर्लभ है!''

अरुन्धती ने विस्मय-विस्फारित नेत्रों से अपनी दीदी की ओर देखा। जाबाला शान्त, मौन! अरुन्धती चकित!

ऋजुका ही ने मौन भंग किया—''ठीक कहती हो दीदी रानी, वह देवता से भी बढ़कर हैं। कौन दीन-दुखियों के बारे में सोचता है? जब गाँववालों के दुःख की बात सुनी तो माताजी के साथ गाँव-गाँव घूमे। मुझसे कह रहे थे कि दीदी, जब लोग इतना कष्ट पा रहे हों उस समय तप करना वैश्वानर भगवान् को धोखा देना है! कौन इतनी बड़ी बात कह सकता है, दीदी रानी!''

''वैश्वानर भगवान् को धोखा देना?''

''ऐसा ही कुछ कह रहे थे, मैं गँवार क्या समझूँ! इतना ही समझ पाई कि कोई बड़ी बात कह रहे हैं। कौन ऋषि कह सकता है दीदी रानी, कि गाड़ी के नीचे बैठना तप नहीं है, गाड़ी खींचकर लोगों को कुछ खाद्य पहुँचाना ठीक तपस्या है।''

''अब क्या कर रहे हैं तेरे भैया?''

''माताजी ने उनसे और शास्त्र पढ़ने को कहा है। पढ़ रहे होंगे। मैं तो समझती थी कि बहुत ज्ञानी हैं, पर माताजी ने जब कहा कि और पढ़ो तो कुछ सोच के ही कहा होगा। बड़े उत्साह से गए। जाते समय मुझसे कह गए कि 'दीदी, पढ़-लिखकर समझदार बनकर लौटूँगा।' मैंने कहा कि 'कौन कहता है कि तुम समझदार नहीं हो,' तो निश्छल-भाव से बोले, 'शुभा के समान समझदार बनकर लौटूँगा। वह बहुत जानती है। उसे धर्म-अधर्म का पूरा ज्ञान है, मुझे तो अल्पज्ञ

समझती है। पढ़कर लौटूँगा तो वह देखेगी कि मैं भी उसी के समान समझदार हो गया हूँ। हो जाऊँगा न दीदी?' ''

''तुमने क्या कहा?''

''मुझे तो हँसी आ गई। मैंने कहा, शुभा को तो मैं नहीं जानती पर इतना मैं अभी से कह सकती हूँ कि वह मेरे भैया के पासंग में भी नहीं आ सकती।''

''बिल्कुल ठीक कहा।''

''यह तुम कहती हो दीदी रानी, मेरे भैया तो एकदम रुआँसे हो गए। कहने लगे–'ऐसा न कहो दीदी, तुमने शुभा को देखा कहाँ? वह द्युलोक की दिव्य किरण के समान पवित्र है, उषा के समान कान्तिमती है, साक्षात् वाग्देवता के समान बुद्धिमती है।' ''

''रहने दे ऋजुका दीदी, तेरे भैया की शुभा-स्तुति सुनकर क्या करूँगी! इतना अवश्य लगता है कि शुभा सचमुच भाग्यवती है जो ऐसे पवित्र हृदय में निवास कर रही है!''

''इसमें क्या सन्देह है, दीदी रानी!''

अरुन्धती को जाबाला की बातों में विशेष प्रकार की रुचि उत्पन्न हुई। सिर्फ़ छेड़ने के उद्देश्य से ही उसने हँसते-हँसते कहा, ''भाग्यवती कहती हो दीदी, कहीं मिल गईं तो गाड़ी में ही जोत देगा!''

जाबाला ने जैसे दूर की किसी वस्तु पर नज़र गड़ा दी–''यदि वह जुतने को इनकार कर दे तो जानती है, मैं उसे क्या कहूँगी? कहूँगी–भाग्यहीना, अविवेकिनी!''

अरुन्धती, दीदी की ओर एकदम देखती रह गई।

जाबाला ने ऋजुका से कहा, ''आचार्य तातपाद ने तुझे गाड़ी के पास प्रति त्रयोदशी को दीप जलाने को कहा है न, दीदी!''

''कहा है।''

''तू प्रति त्रयोदशी को दीप जलाने आया करेगी न?''

''आऊँगी, दीदी रानी!''

''तेरा घर यहाँ से कितनी दूर है?''

''घर अब कहाँ रहा, दीदी रानी? यहाँ से चौदह कोस मेरा गाँव है, पर घर तो अब नहीं रहा।''

''सुन दीदी, मैं तुझे कुछ काम दूँगी। करेगी?''

''लो दीदी रानी! मैं तुम्हारी दासी हूँ, काम नहीं दोगी तो खाऊँगी क्या? इस

बच्चे को भी तो पाल-पोसकर बड़ा करना है। यह तो उनकी थाती है। काम नहीं करूँगी तो इसे पालूँगी कैसे?"

"बच्चे की चिन्ता न कर। मैं पालूँगी। मगर तेरे लिए एक काम देना चाहती हूँ। वह जो गाड़ी है न, जहाँ तुझे दीप जलाने को कहा है, वहीं तेरे लिए घर बनवा देती हूँ। तेरा काम है उसे खूब साफ-सुथरा रखना। वहाँ त्रयोदशी को दीप जलाना तेरा काम है। उसके लिए तुझे सब सामग्री भिजवा दूँगी। मेरा भी एक काम कर दिया कर। उसके पास जो टीला है वहाँ मेरी ओर से प्रति सन्ध्या को धूप-दीप-नैवेद्य से परम वैश्वानर देवता की अर्चना करना, मेरी ओर से। बीच-बीच में मैं भी आऊँगी। तुझे जितनी गायें कहे, भेज दूँगी। और किसी दासी को साथ रखना चाहे तो रख ले। तेरा यह काम भी होगा कि उधर पहुँचनेवाले साधु-सन्तों, स्नातक-ब्रह्मचारियों को गोदुग्ध देकर उनका आशीर्वाद लेना। देख, कर सकेगी न?"

"कर सकूँगी, दीदी रानी, पर विधि-विधान तो जानती नहीं।"

"तेरे भीतर जो श्रद्धा होगी वही विधि-विधान होगी।"

"सो तो होगी।"

"और हाँ, अपने भैया के समान ही पवित्र शरीर और मन से यह सब करना होगा।"

"करूँगी, दीदी रानी!"

"प्रमाद तो नहीं करेगी न?"

"प्रमाद क्यों करूँगी भला! यह तो मेरे मन का काम होगा।"

"और देख, बीच-बीच में तेरा काम देखती रहूँगी। तुझे जो आवश्यकता हो, यहाँ से ले लेना।"

"बहुत अच्छा, दीदी रानी!"

अरुन्धती अब तक चुप रही। जब ऋजुका उठने लगी तो उसने मन्दस्मित के साथ कहा, "ऋजुका दीदी, तूने मुझसे तो पूछा ही नहीं कि मैं भी कुछ पूजा करना चाहती हूँ या नहीं!"

ऋजुका बैठ गई—"क्षमा करो, दीदी रानी, भूल हो गई।"

अरुन्धती ने भक्ति-भावित मुद्रा में कहा, "देख, मेरी ओर से भी दो फूल नित्य चढ़ा देना।"

"किसके लिए, दीदी रानी?"

"मेरी इस दीदी के मंगल के लिए।"

''सो तो समझ गई। पर किस देवता के निमित्त?''

''देवता के लिए तू पूजा चढ़ाएगी ही। सब कर लेने के बाद देवता से भी जो बढ़कर हो, उसके लिए एक चढ़ा देना। और दूसरा...''

जाबाला एकदम भड़क उठी–''चुप रह अरु, तुझे सब समय शरारत ही सूझती है।''

ऋजुका हँसते हुए चली गई।

ऋजुका के चले जाने के बाद अरुन्धती ने रोनी सूरत बना ली–''तुम तो हर बात में मुझे डाँट देती हो।''

''तू बात ही ऐसी करती है!''

''मैंने पूरी बात कही कहाँ? आधी बात सुनकर ही डाँट-फटकार शुरू कर दी। आधी बात सुनकर ही अप्रसन्न हुआ जाता है? मेरी मन की मन में ही रह गई।''

''अच्छा कह, मैं सुन लेती हूँ।''

''तुम्हारे सुनने से क्या होगा! अब मैं नहीं कहती।''

जाबाला को लगा कि उसने पूरी बात सुने बिना ही अपनी प्यारी बहिन का दिल दुखा दिया। उसे प्यार से पुचकारते हुए कहा, ''भूल हो गई अरु, तू पूरी बात कह दे। मैंने तेरी बात को परिहास समझ लिया था। कह दे मेरी प्यारी बहिन।''

अरुन्धती उसी प्रकार कृत्रिम उदासी का बाना धारण किए रही। जाबाला और भी आग्रह करने लगी। उसे गले लगा लिया। फिर मनुहार करती हुई बोली, ''बुरा मान गई, अरु, दीदी की डाँट का बुरा मान गई? छुटपन से तुझे डाँटती आ रही हूँ, आदत पड़ गई है। अब नहीं डाँटूँगी–तू पूरी बात कह दे।''

अरुन्धती ने मान तोड़ने की मुद्रा में कहा, ''नहीं डाँटोगी न?''

जाबाला ने मनुहार करने की मुद्रा में ही कहा, ''बिल्कुल नहीं।''

अरुन्धती ने कहा, ''मैं एक फूल उसकी पूजा के लिए चढ़ाने को कह रही थी जो देवता से भी बढ़कर हो। कहा था न?'' जाबाला को फिर उसमें शरारत की गन्ध मिली पर कुछ बोली नहीं। उसने पूरी बात सुनने के लिए उत्कंठा दिखाई। अरुन्धती ने गम्भीर मुद्रा धारण की, मानो कोई महत्त्वपूर्ण बात कहने जा रही हो–''दूसरा फूल दिव्य लोक की पवित्र किरण के निमित्त...''

जाबाला ने फिर बीच में ही झटका दिया–''जाने भी दे, मैं तेरी सब दुष्ट बुद्धि पहले ही समझ गई थी।''

''समझ गई, दीदी? अब समझा भी दो।''

''तेरे दोनों कान पकड़कर खीचूँगी, तब तेरी समझ में आएगा।''

''ठीक कहती हो, दीदी, अब इन्हीं कानों का दोष है, सुनते हैं कुछ, समझते हैं कुछ!...अच्छा दीदी, सिर्फ़ इतना ही बता दो कि मैंने जो समझा है वह ठीक है?''

''क्या समझा है तूने?''

''अभी तो कह रही थीं कि मेरी सारी दुष्ट बुद्धि समझ गई हो।''

''तुझसे पार पाना कठिन है।''

''इतना कठिन भी नहीं है। हाँ या ना कह दो, तुरन्त पार पा जाओगी।''

''देख अरु, तू मुझे प्यार करती है न?''

अरुन्धती की आँखों में अपार चुहल लहराती दिख रही थी। बोली, ''मैं अपनी दीदी को इतना प्यार करती हूँ, इतना प्यार करती हूँ जितना कोई देवताओं से बढ़कर मनुष्य भी किसी पवित्र दिव्य ज्योति की किरण को नहीं कर सकता।''

''छिः अरु, इतनी ढिठाई अच्छी नहीं।''

''तुम्हारी नादान बहिन हूँ, दीदी, इतना ही बता दो कि कितनी ढिठाई अच्छी है।''

जाबाला झटके से उठकर बाहर चली गई। उसका चेहरा लाल था। क्रोध की लालिमा तो वह नहीं थी। अरुन्धती अपराधिनी की भाँति जड़ हो गई। ढिठाई उसने की है, जितनी दूर तक उसे बढ़ना चाहिए था उससे कहीं अधिक बढ़ गई है। हाय, दीदी से कैसे क्षमा माँगे? वह देर तक वहीं स्तब्ध की भाँति बैठी रह गई। जब उठी तो आकाश में घुमड़े बादल बरसने की तैयारी में लगे थे। मगर दीदी गई कहाँ? उसने एक-एक घर खोज डाला। दीदी का कहीं पता नहीं। उसका हृदय बुरी तरह धड़कने लगा। हाय-हाय, घर छोड़कर कहाँ चली गई। भयंकर वज्र-निनाद के साथ बिजली कड़की और ऐसा लगा कि आसमान फटकर धरती पर गिरने को है। धारासार वर्षा शुरू हुई। अरुन्धती भय के मारे सुन्न-सी हो गई। उसने चिल्लाकर दासियों को बुलाया। दीदी कहाँ चली गई?

वृद्धा दासी ने इधर-उधर देखा। फिर घर के पीछे के उद्यान में झाँककर देखा। वह एक कुंज था, छोटा-सा। उसके भीतर एक स्थांडिल पीठिका पर एक बड़ी-सी बाँस की छतरी थी। जाबाला वहीं ध्यान-मग्न बैठी थी, प्रस्तर-प्रतिमा की तरह। अरुन्धती दौड़कर वहाँ जाने को हुई, तभी वृद्धा दासी ने रोका–''नहीं बेटी, वहाँ मत जाओ। पानी बरसने पर तुम्हारी दीदी वहीं बैठती हैं। अपने पास किसी को आने नहीं देतीं। इस समय जाओगी तो बुरा मानेंगी। पानी बरसना बन्द हो जाएगा तो आ जाएँगी। अभी उन्हें वहीं छोड़ दो।''

अरुन्धती रुक गई। दीदी को वह अधिक अप्रसन्न नहीं करेगी। वह घर के कोने में खड़ी-खड़ी दीदी की निर्वात-निष्कम्प दीपशिखा-सी-ज्योतिर्मयी मूर्ति को एकटक निहारती रही। चिन्तातुर हृदय गम्भीर हो गया था, पर चुहल अब भी कहीं विद्यमान थी। उसने दीदी को दिव्य लोक की पवित्र किरण के समान ही देखा। उसके सहज-चंचल चित्त में एक अननुभूत आनन्द की रेखा विद्युत-तरंग की तरह चमक उठी—कैसा आश्चर्य है, एक तरफ समाधि सिद्ध ही नहीं हो पाती क्योंकि शुभा आकर खड़ी हो जाती है, दूसरी तरफ समाधि टूटने का नाम ही नहीं लेती! यहाँ कोई खड़ा नहीं हो रहा है? कौन बताएगा?

जाबाला शान्त-निःस्पन्द!

उस दिन भी भयंकर वर्षा हुई थी। धरती और आसमान पानी की मोटी धाराओं से जुड़ गए थे। पर उस दिन हवा का वेग तेज़ था, आज नहीं है। पर्जन्य देवता आज चंचल नहीं है। लहाछेह वर्षा हो रही है। उस दिन पर्जन्य देवता ने उस भोले ऋषिकुमार को लाकर एकदम निकट खड़ा कर दिया था। हाय, कितनी मोहक थीं उसकी प्रथम रमणी-दर्शन से मुग्ध आँखें। उसने इन केशों को हाथ से छूकर, हल्का-सा मसलकर समझना चाहा था कि ये कितने मुलायम हैं! जाबाला उस दिन चूक गई। सुव्रता की भाँति उसने भी अगर केशों से उसके चरण पोंछ दिए होते तो ये केश सार्थक हो जाते। समय पर वह चूक जाती है। आज फिर मेघ उमड़-घुमड़कर बरस रहे हैं। जाबाला को ऋग्वेद की वर्षा-स्तुति याद आई। एक अज्ञात ऋषि ने पर्जन्य की स्तुति की थी। आज वह प्रत्यक्ष है। जाबाला उस स्तुति के एक-एक पद में नया अर्थ पा रही है, बिल्कुल नया अर्थ। ऋषि ने कभी गाया था :

"इन वाणियों के द्वारा उस महान पर्जन्य (मेघदेवता) का आह्वान करो, प्रणति और स्तुति से प्रसादन करो जो अवढरदानी हैं, जो गर्जनकारी वृषभ के समान हैं, जो वनस्पतियों में बीजारोपण करते हैं।

"वह वृक्षों का ताड़न करते हैं, राक्षसों का वध करते हैं, समस्त जगत् उनके महान अस्त्र से भयभीत होता है। जब पर्जन्य दुष्टों पर गरजते हुए प्रहार करते हैं, पाप-शून्य पुरुष भी उस महान के सामने से भागते हैं।

"अपने अश्वों पर कशाघात करते हुए महारथी की भाँति वह अपने वर्षा-दूतों का प्रदर्शन करते हैं। जब पर्जन्य आकाश को मेघाच्छन्न करके गर्जन करते हैं तो ऐसा मालूम होता है जैसे दूर से सिंह-निनाद सुनाई पड़ रहा हो।

"पवन प्रसरित होता है, विद्युत गिरती है, औषधियाँ अंकुरित होती हैं, स्वर्ग

उमड़ पड़ता है। पर्जन्य जब-जब पृथ्वी में बीजारोपण करते हैं तो सारे जगत् में प्रकृति का जन्म होता है।

"जिसके व्रत से पृथ्वी नत होती है, खुरवाले प्राणी उत्साहित होते हैं, औषधियाँ विविध रूप धारण करती हैं, वही पर्जन्य हमें परम कल्याण वितरण करें।"

पर्जन्य देवता गर्जनकारी वृषभ के समान आकाश में अखाड़ रहे हैं। पृथ्वी सचमुच नत है, उसके अंग-अंग में रस भीन रहा है। वनराजि रोमांच की भाँति उद्गत हैं। वे सींच रहे हैं, पृथ्वी कृतार्थ है। अचानक पर्जन्य देवता जाबाला की दृष्टि से ओझल हो जाते हैं, उपस्थित होते हैं, ऋषिकुमार रैक्व! पृथ्वी विलुप्त हो जाती है, आविर्भूत होती है स्वयं जाबाला की अपनी मूर्ति! मेघ बरस रहे हैं, धरती भीग रही है। उसकी नस-नस में प्राणों का उल्लास मुखरित हो रहा है।

जाबाला को झटका लगा। अरुन्धती जान गई है। उसकी तीक्ष्ण दृष्टि ने अन्तरतर को छेद डाला है। बड़ी चपला है। सब ओर फैला देगी बात। लेकिन उससे छिपाया ही क्या जाए? उसने सत्य को ही तो टटोल-टटोलकर ढूँढ़ा है। उससे कुछ छिपाना व्यर्थ है। पर कैसी लज्जा की बात है!

अरुन्धती उसकी ओर एकदम देख रही है, दीदी का क्रोध शान्त हो रहा है। उसने सचमुच ढिठाई की है। एकदम उतावलेपन का परिचय दिया है उसने!

वर्षा शान्त हुई। जाबाला ने आँख खोली। आकाश अब भी बहुत साफ़ नहीं है।

अरुन्धती ने देखा कि दीदी का ध्यान टूटा है। एक क्षण का विलम्ब न करके वह दौड़कर दीदी से लिपट गई–"चूक हो गई दीदी, क्षमा कर दो! इस नादान बहिन की बातों का बुरा न मानो। क्षमा कर दो, क्षमा कर दो!" जाबाला ने आवेश में आकर उसे और भी कसके भुजपाशों में बाँध लिया!

"तेरा अनुमान सत्य है, अरु!"

"सत्य है दीदी?"

"हाँ रे, सत्य है।"

उल्लास-चंचल अरुन्धती ने देर तक दीदी को जकड़ रखा।

बादल छँट गए। आसमान साफ़ हो गया।

दोनों बहिनें प्रसन्न-वदन।

जाबाला ने कहा, "तू कवि जान पड़ती है, अरु।"

"कवि! मैंने क्या गड़बड़ कर दिया कि मुझे कवि कहती हो?"

''गड़बड़ तो कर ही दिया! जानती है, अनादि काल से तितली फूल के इर्द-गिर्द चक्कर काट रही है, लता वृक्ष को आच्छादित करके उल्लसित हो रही हैं, बिजली मेघ के साथ आँख-मिचौनी खेल रही है, कुमुदिनी चन्द्रमा की प्रतीक्षा में व्याकुल है। किसी ने तो इन बातों की ओर ध्यान नहीं दिया, किसी ने इसका रहस्य समझने का दावा नहीं किया, सबकुछ तो चुपचाप अपनी-अपनी गति से चल रहा था। कहाँ जाने एक कवि आ गया। उसने चिल्लाकर कहा, 'मुझे मालूम है, मैं इस गुप-चुप चल रही प्रेम-वार्त्ता को पहचान गया हूँ। सुनो संसार के स्त्री-पुरुषों, मैं आँखों की भाषा जानता हूँ, मैं भुजाओं की भाषा जानता हूँ, मैं लुका-चोरी की भाषा जानता हूँ, मैं सब जान गया हूँ! उसी दिन तो सारा प्रकृति-व्यापार गड़बड़ा गया, अरु! तू कवि है! मगर देख, कवि ने सबको पुकारकर कह दिया था, पर तू मेरी प्यारी बहिन, इतना चिल्लाके न कह। तू इसे चुपचाप अपने ही पास रख। तू कवि से बड़ी हो जा!''

''एक है देवता से भी बड़ा। उसी के उत्पात से तुम्हारी यह दशा हो गई है। अब कवि से बड़ी होने जा रही हूँ मैं! भगवान् ही मालिक है!''

''अरु, मेरी प्यारी बहिन!''

''तुम अधिक चाटुकारी मत करो, दीदी! तुम्हारी आज्ञा से बाहर थोड़े ही हूँ!''

''हाँ अरु, इस बात को अपने तक ही सीमित रख। दीदी की मूर्खता का प्रचार मत करना। हाँ भला!''

''बिल्कुल! मगर एक मेरी भी।''

''कह, क्या कहती है?''

''यही कि पूरा सुनना चाहती हूँ।''

''पूरा ही जान गई है। मेरे मुख से सुनना चाहती है तो सुना देती हूँ।''

जाबाला ने पूरी कहानी सुना दी। अरुन्धती की चपल जिह्वा एकदम बन्द हो गई। उसने अपने अश्रु-पूरित नयन जाबाला के चेहरे पर गड़ा दिए।

चौदह

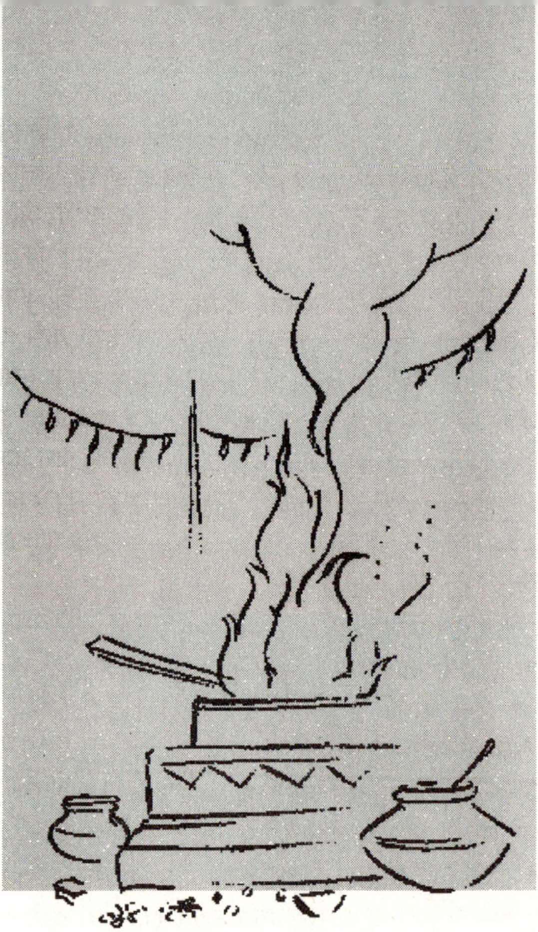

माताजी ने लौटते ही रैक्व का विधिवत् उपनयन कराया। कई दिनों तक यज्ञ-याग चलते रहे। सामगान से आश्रम मुखरित हो गया। अनेक ऋषि सपरिवार पधारे। रैक्व को नया संसार ही मिल गया। वेद-शास्त्रों के मर्मज्ञ विद्वानों का सत्संग तो हुआ ही, उनके परिवारों की महिलाओं, बालक-बालिकाओं के परिचय से उनकी जानकारी की दुनिया बहुत विस्तृत हुई। वे लोक और शास्त्र दोनों को समझने का अवसर पा सके। उन दिनों वैदिक अध्ययन की धूम थी। ऋग्वेद, यजुर्वेद और सामवेद के अतिरिक्त चौथा अथर्ववेद भी अध्ययन के आधारभूत ग्रन्थ माने जाते थे। फिर वेदों का वेद समझा जानेवाला इतिहास-पुराण वैदिक ज्ञान की कुंजी माना जाता था। जो इतिहास-पुराण नहीं जानता था, उसे 'अल्पश्रुत' माना जाता था और ऐसा विश्वास किया जाता था कि ऐसे अल्पश्रुत

व्यक्ति से वेद डरते रहते हैं कि यह हमारे ऊपर ही प्रहार कर बैठेगा! महर्षि औषस्ति ने बहुश्रुत विद्वानों से कहकर रैक्व की पूर्ण शिक्षा की व्यवस्था की थी। बीच-बीच में वे दूसरे आश्रमों में अध्ययन के लिए भेजे जाते थे। विभिन्न गुरुओं के आश्रम में पढ़ते समय उन्हें कठिन शारीरिक परिश्रम करना पड़ता। धीरे-धीरे पित्र्य शास्त्र, गणित, विज्ञान, दैव विद्या, निधिशास्त्र, वाकोवाक्य (तर्कशास्त्र), एकायन (नीति-शास्त्र), निरुक्त, भूतविद्या, नक्षत्रविद्या, सर्पविद्या, देवजन विद्या (ललित कला?) आदि विविध शास्त्रों के ज्ञाता हुए। उन्हें माताजी की विशेष प्रेरणा से धनुर्वेद का भी अभ्यास कराया गया। एक वर्ष में ही उनका कायाकल्प हो गया। वे बहुत-कुछ जान सके, सीख सके, अनुभव कर सके। उन्हें सही अर्थों में द्विजत्व प्राप्त हुआ—एक दूसरा ही जन्म। रैक्व ने पढ़ने में, सत्संग करने में, कुछ भी उठा नहीं रखा। दिन-रात एक करके तत्काल प्रचलित सभी शास्त्रों का निपुण अध्ययन किया। जिस दिन माताजी लौटकर आई थीं, उस दिन निस्संकोच होकर उन्होंने शुभा के बारे में प्रश्न किया था। अब उनमें वह असंकोच भाव नहीं रहा। परन्तु माताजी की एक बात वे कभी नहीं भूल सके। माताजी ने कहा था—'बेटा रैक्व, जिसे तू शुभा कहता है, उसका नाम जाबाला है। वह महादानी और महाजिज्ञासु राजा जानश्रुति की एकमात्र कन्या है—विदुषी, बुद्धिमती और सुशीला। उसने मुझसे कहा है कि वह तुझे देखने को व्याकुल है। पर जब तक उसी के समान शास्त्रज्ञ, विद्वान और शीलवान नहीं बन जाते तब तक वह तुमसे नहीं मिल सकती है? बेटा, तुम निश्चित रूप से बुद्धिमान हो, तपस्या और ब्रह्मचर्य का पालन कर चुके हो, स्वयं-परीक्षित सत्य पर आस्था रखते हो, और सबसे बढ़कर, तुम मेरे पुत्र हो। तुम्हें पूर्ण रूप से शास्त्रज्ञ बनना है, उसके बाद सभी बातों की शास्त्रीय विधि से परीक्षा करने के बाद तुम्हारे अन्तर्यामी वैश्वानर जैसा कहें, वैसा ही करो। यह कभी मत भूलना कि ऐसा तप वास्तविक तप नहीं है जिसमें समस्त प्राणियों के सुख-दुःख से अलग रहकर केवल अपने-आप की मुक्ति का ही सपना देखा जाता है। सारा चराचर जगत् उसी परम वैश्वानर का प्रत्यक्ष विग्रह है जिसका एक अंश तुम्हारे अन्तरतर में प्रकाशित हो रहा है। सत्य से च्युत न होना, धर्म से च्युत न होना, निखिल चराचररूप परम वैश्वानर को न भूलना।'

बात रैक्व को लग गई थी। माताजी के कहने का अर्थ उन्हें धीरे-धीरे स्पष्ट होने लगा। जैसे-जैसे वे शास्त्र-ज्ञान अर्जित करते गए, वैसे-वैसे उन्हें माताजी की वाणी का अर्थ समझ में आने लगा। उन्हें शुभा अर्थात् जाबाला के योग्य बनना है। उन्होंने अपने को योग्य बनाने में कुछ भी उठा नहीं रखा।

यद्यपि उन्होंने शास्त्राभ्यास को ही सदा ध्यान में रखा, पर प्रच्छन्न रूप से इसे प्रेरणा देनेवाली शक्ति शुभा ही थी। बीच-बीच में उनकी पीठ की सनसनाहट असह्य हो जाती। कठिनाई यह हो गई थी कि अब वे निःसंकोच होकर माताजी से शुभा के बारे में कुछ पूछ भी नहीं पाते थे, मुँह से बात ही नहीं निकल पाती थी। कहीं से अज्ञात मनोभाव अचानक प्रकट होकर उन्हें रोक देते थे।

माताजी उनसे शास्त्राभ्यास के अतिरिक्त कुछ बात ही नहीं करती थीं। उनका मन शुभा की बात सुनने के लिए व्याकुल रहता था, पर माताजी उस सम्बन्ध में एकदम मौन हो गई थीं। पहला साल बीतते ही पूरे एक वर्ष तक उन्हें दूर-दूर के विभिन्न आश्रमों में जाने का आदेश दिया गया। माताजी से अलग रहकर दूर-दूर तक ऋषियों के आश्रमों में भ्रमण करना पहले तो उन्हें कष्टकर लगा, पर बाद में अच्छा लगने लगा। इस बीच में स्वयं सोचने-समझने का अवसर भी पा सके। उनका पुराना मत फिर से नई ज्योति से उद्‌भासित हो उठा। वे फिर प्राण की महिमा की ओर लौटने लगे। पिता औषस्ति के अभिभूत कर देनेवाले ब्रह्मवाद का प्रभाव क्षीण होने लगा। वे नाना सत्संगों में इस विषय पर विचार करते और मन में कोई पूर्वग्रह न रखकर सत्य के अन्वेषण का प्रयत्न करते। इन यात्राओं में उनका साथ कुशल विवेचक ऋषिकुमार आश्वलायन से हो गया। दोनों में गाढ़ी मित्रता हो गई। ऋषियों की दुनिया में उन दिनों जितनी भी बातें मान्य थीं, उन सब पर दोनों में वाद होता। कई बार वे उत्तेजित होकर बहस करते, पर अन्त में फिर यथापूर्व मैत्री लौट आती।

एक दिन आश्वलायन ने झल्लाकर कहा, "रैक्व, तुमने पहले जो प्राण की उपासना शुरू की थी उसे छोड़कर मूर्खता की है। तुमने मुझे बताया था कि प्राण की उपासना द्वारा एक दिन तुम समस्त विश्व को वश में कर सकते हो। मैं उससे प्रभावित हुआ था। तुम जानते ही हो मेरे कुल में यज्ञ-याग का ही महत्त्व है। हमारे घर में निरन्तर सामगान होता रहता है। परन्तु तुमसे मिलने के बाद मैंने प्राणोपासना को ही विशेष रूप से जीवन का लक्ष्य बनाया था। अब देखता हूँ कि तुम्हीं भटक गए हो। क्या बात हुई कि तुम लक्ष्य से हट गए? मैं तो कभी उस पर जम ही नहीं पाया। पर मुझे अपनी दुर्बलता का ज्ञान है, तुम क्यों अटक गए?"

रैक्व को झटका लगा। वे सोचने लगे कि क्या मैं लक्ष्य से सचमुच हट गया हूँ। उदास-भाव से बोले, "मित्र, लक्ष्य ही शायद हट गया है। मैं प्राणायाम साधने में असफल हो जाता हूँ। ध्यान में जो मेरे सामने आता है वह वायु या प्राण नहीं,

कुछ और है।''

''वह क्या वस्तु है, मित्र, बता सकते हो?''

''नहीं बता सकता, माताजी की कठोर आज्ञा है कि यह बात किसी को मत बताना।''

''विषम संकट है। पर मत बताओ, मैं समझ गया हूँ।''

''क्या समझ गए? कैसे समझ गए?''

''मैं भुक्तभोगी हूँ, मित्र!''

''भुक्तभोगी हो? क्या मतलब?''

''मतलब यह है कि तुम्हारे ध्यान में पहले कोई लक्ष्य नहीं था। ध्यान प्रिय वस्तु का किया जाता है। पहले तुम्हारे पास कोई प्रिय नहीं था। अब तुम किसी को प्रिय समझ रहे हो। सारे चिन्तन-मनन को, क्रिया-कर्म को, एक ओर ठेलकर वही प्रिय-रूप तुम्हारे मन में आ जाता है। यही बात है न, मित्र?''

''हाँ, है तो यही बात, पर तुमने जाना कैसे?''

''बताया न, भोग चुका हूँ।''

''तो तुम्हारा भी ध्यान...''

''बात पुरानी हो चुकी है। मैं तो तुम्हारी बात जानना चाहता हूँ।''

''हूँ!''

''देखो मित्र, मैंने सुना है कि कविराज अजातशत्रु ने गार्ग्य को बताया था कि ब्रह्म के दो रूप हैं, मूर्त्त और अमूर्त्त। अमूर्त्त तो वायु और अन्तरिक्ष हैं, और मूर्त्त है यह सारा प्रपंच जो आँखों को दिखाई देता है।''

''तो?''

''अब ध्यान में ब्रह्म का रूप तो देखना ही होगा। नहीं तो ध्यान किसका करोगे? और जो दिखाई देगा वह मूर्त्त-रूप ही हो सकता है।''

''अजातशत्रु ने कैसा रूप बताया था?''

''यही तो मैं तुम्हें बताना चाहता हूँ। अजातशत्रु ने कहा था कि समाधि-अवस्था में उपासक को ब्रह्म का जो रूप दीख पड़ता है, वह ऐसा है, जैसे केसर के रंग में रँगा महा-वस्त्र हो, पांडु-वर्ण की ऊन हो, वीरबहूटी की लालिमा की तरह, अग्नि की ज्वाला की तरह, श्वेत पुंडरीक की तरह, एक बार की चमकी विद्युत की लपट की तरह! जो इस रहस्य को जानता है उसकी शोभा विद्युत के एक सकृत् प्रकाश की भाँति हो जाती है, बस, इसके आगे ब्रह्म के विषय में 'नेति-नेति' का ही आदेश है। इससे बढ़कर अन्य कुछ है ही नहीं। प्राणों को मनुष्य सबकुछ

समझता है, इन्हें सत्य मानता है। अगर प्राण सत्य है, तो वह प्राणों का प्राण है, सत्यों का सत्य है, उसका नाम है, 'सत्यस्य सत्यम्'।"

"यह तो मूर्त्त रूप ही हुआ?"

"सो तो हुआ ही। पर मुझे तो यह पहेली-जैसा ही लगता है। उन्होंने कई सुन्दर-सुन्दर रंग और ज्योतिवाली वस्तुएँ बता दीं और फिर कह दिया कि और आगे कुछ न पूछना चाहिए। उन्हें 'ऐसा भी नहीं, वैसा भी नहीं' कहने में सब समाधान मिल गया।"

"यह तो वैश्वानर-रूप के विपरीत हो गया, हुआ न?"

"सो तो है ही। मैं दूसरी बात सोच रहा था।"

"तुम क्या सोच रहे थे?"

"मैं यह सोच रहा था कि जब ब्रह्म-साक्षात्कार किसी रूप का आधार लिए बिना नहीं हो सकता, तो क्यों न उसी रूप को आधार बनाया जाए जो प्रिय हो?"

"मैं तो ऐसा समझता था कि प्रिय के रूप का ध्यान समाधि में बाधक होता है...तुम तो उसी से आरम्भ करने को कह रहे हो!"

"कह नहीं रहा हूँ, अभी सोच रहा हूँ।"

"मनुष्य जैसा सोचता है वैसा ही कहता है, वैसा ही करता भी है।"

"तो यही मान लो कि मैं ऐसा करने को कह रहा हूँ।"

"तो तुम्हारे कहने का अर्थ यह हुआ कि अपने प्रिय का ध्यान ब्रह्मरूप में करना चाहिए?"

"ब्रह्म-साक्षात्कार की पहली सीढ़ी प्रिय का ध्यान होना चाहिए। ठीक से समझ लो, पहली सीढ़ी है यह। यह लक्ष्य नहीं है। इसको आधार बनाकर परम वैश्वानर तक पहुँचना होगा। परम वैश्वानर समझ गए न? रूप-रूप में रूपायित एकमात्र सत्ता!"

"अगर ऐसा हो सके तो उत्तम हो। पर मेरा अनुभव है कि शुभा का ध्यान करता हूँ तो मन, वचन, कर्म—सब वहीं अवरुद्ध हो जाते हैं।"

"तो तुम्हारी प्रिय शुभा है। नाम ही जिसका शुभा है, वह अवरोध का कारण नहीं बन सकती।"

रैक्व को लगा कि शुभा का नाम लेने से माताजी की अवज्ञा हो गई। उन्हें अनुताप हुआ। बोले, "शुभा तो मैं कहता हूँ। उसका नाम कुछ और है। पर मित्र, अब कुछ न पूछना उसके बारे में। मुझसे माताजी की अवज्ञा मत करा देना।"

आश्वलायन को हँसी आ गई—"मैंने कहाँ पूछा, मेरे भोले मित्र, यह तो तुम

स्वयं कह गए!''

''बड़ा अविनय हो गया मित्र, माताजी सुनेंगी तो क्या कहेंगी?''

''कुछ नहीं कहेंगी, मित्र, इतना समझ लेंगी कि आश्वलायन तुम्हारा सच्चा मित्र है।''

''जान जाएँगी? बुरा तो नहीं मानेंगी?''

''नहीं। माताएँ जानती हैं कि युवक मित्र आपस में ऐसी बातें कर लेते हैं।''

''कैसी बातें?''

''यही, अपनी उन प्रियाओं की, जो उनका मन मोहे रहती हैं।''

''मेरा मन मोह-ग्रस्त है न, मित्र?''

''बुरा क्या है? हमारे मन में जो प्रेम अकस्मात् उदय हो जाता है और सारे जगत् को मधुमय बना देता है, वह उपेक्षणीय थोड़े ही है! तुम उसमें परम वैश्वानर का इंगित नहीं समझ पाते?''

''नहीं समझ पाता। यही तो मेरा दोष है।''

''दोष नहीं है, यह मोह है!''

''यह मोह कैसे दूर होगा?''

''परम वैश्वानर की कृपा से। तुम क्यों परेशान हो रहे हो?''

''परेशान हो जाता हूँ मित्र, होना नहीं चाहिए।''

''मुझे तुमसे ईर्ष्या होती है। ऐसा भोला स्वभाव है तुम्हारा! सुनो, तुमने मधुविद्या का उपदेश कहीं नहीं पाया?''

''मधुविद्या क्या?''

''याज्ञवल्क्य ने मैत्रेयी को इस विद्या का उपदेश दिया था। वे तो कह गए हैं कि उपदेश और भी पुराना है। आथर्वण दध्यङ् ने अश्विनीकुमारों को यह उपदेश दिया था।''

''दध्यङ् तो दधीचि का ही नाम है।''

''एक ही नाम है। दध्यङ् कहो या दधीचि कहो। इतिहास-पुराण में जिन्हें दधीचि कहा जाता है वही वेदों में दध्यङ् नाम से प्रसिद्ध हैं।''

''मधुविद्या का सार बता सकते हो, मित्र?''

''बताता हूँ। आथर्वण दध्यङ् ने कहा था कि यह भूमि, यह जल, यह अग्नि, यह वायु, यह आकाश, यह सूर्य, ये दिशाएँ, यह चन्द्रमा, ये तड़तड़ाते मेघ–सब प्राणियों को मधु-समान प्रिय हैं और सब प्राणी इन्हें भी मधु-समान प्रिय हैं क्योंकि उनमें जो तेजोमय, अमृतमय पुरुष व्याप्त है वही इस पिंड में आत्मा-रूप में

विद्यमान है। आत्मा ही अमृत है, आत्मा ही ब्रह्म है, आत्मा ही सबकुछ है; नहीं तो ये पदार्थ सबको प्रिय नहीं होते और न सभी प्राणी इन पदार्थों को प्रिय होते।''

''अद्भुत है!''

''इतना ही नहीं मित्र, यह जो मनुष्य-भाव है, प्रेम है, मैत्री है, चाह है, अभिलाषा है, तड़प है, व्याकुलता है—यह मनुष्य-भाव भी सब प्राणियों को मधु-समान प्रिय है। इस मानुष-भाव में जो तेजोमय अमृतमय पुरुष है वह समष्टिरूप ब्रह्मांड का आत्मा है; भिन्न-भिन्न व्यक्तियों में जो तेजोमय पुरुष है वह व्यष्टि-पिंड का आत्मा है। आत्मा ही अमृत है, आत्मा ही ब्रह्म है, आत्मा ही सबकुछ है।''

''वाह, यही तो परम वैश्वानर का रूप है!''

''तो मेरे मित्र, जो मानुष-भाव सबसे अधिक मधुर है वहीं से शुरू करने में क्या कठिनाई है? शुभा भी तो परम वैश्वानर के ही तेजोमय अमृतमय रूप का आश्रय है। निस्सन्देह वह तुम्हारा अपना, नितान्त निजी सत्य है, पर उसी रूप को पकड़कर उस परम वैश्वानर को पकड़ो जो सबका सत्य है, सत्य का सत्य है।''

रैक्व की पीठ में बड़े जोर की सनसनाहट महसूस हुई। उनके हाथ पीठ पर पहुँच गए। चेहरा एकदम विवर्ण हो गया।

आश्वलायन को लगा कि उन्होंने कोई चोट पहुँचानेवाली बात कह दी। बोले, ''कष्ट हुआ मित्र, तुम्हें कष्ट पहुँचा? छोड़ो, अब कोई ऐसी बात नहीं करूँगा।''

''कहो मित्र, तुम्हारी बातों से जो कष्ट हो रहा है वह भी मधुर लग रहा है।''

''नहीं, मैंने कहीं तुम्हारी दुखती नस को छू दिया है। देखो, मैंने अनेक ज्ञानी ब्रह्मवादी ऋषियों को सुना है कि ब्रह्म सत्यों का सत्य है। यह बात पहले मेरी समझ में नहीं आती थी। तुम्हारी तरह ही भोग-भोगकर मैंने अपने ढंग से इसका अर्थ समझ लिया है। सुनोगे?''

''सुनूँगा बन्धु, तुम्हारी बातों से मुझे अपनी सोची-समझी बातों को नया आलोक मिल रहा है।''

''थोड़ा रुको मित्र, मुझे अपनी बात कह लेने दो।''

''सुन तो रहा हूँ।''

''पता नहीं, सुन रहे हो कि गुन रहे हो। तुम्हारी-जैसी स्थिति में जब मैं था तब सुनता कम था, गुनता अधिक था।''

''क्या मतलब?''

''मतलब यह कि मेरी बात सुनते-सुनते तुम कब शुभा की बात गुनने लगोगे,

यह एकमात्र तुम्हारे अन्तर्यामी हो जान सकेंगे।''

''नहीं, तुम कहो, मैं सुन रहा हूँ। गुनूँगा तो अन्तर्यामी ही नहीं, अन्तरंग बन्धु भी सुन लेगा।''

''तो, बात यह है मित्र, कि मैं किसी प्रिया के लिए व्याकुल हुआ था और सोचने लगा कि पितृ-पितामहों द्वारा अत्यन्त समादृत ब्रह्मचर्य-मार्ग से विचलित हो रहा हूँ, लेकिन मेरे अन्तर्यामी कहते थे कि तेरा व्यक्ति-सत्य यही है। मैं समझता हूँ कि हर व्यक्ति का अपना एक सत्य होता है। तुम्हारा भी है। है न?''

''शायद!''

''शायद नहीं, निश्चित रूप से है।''

''फिर?''

''अब यह सत्य अगर विश्वव्यापी सत्य के साथ एकमेक नहीं हो जाता, तो तुम्हारा मार्ग रुद्ध करेगा। तुम वहीं आकर खो जाओगे। मैं ठीक कहता हूँ न?''

''पूरी बात कह लो तो बताऊँगा।''

''बात अधूरी कहाँ है? हर व्यक्ति का अपना सत्य जब तक परम वैश्वानर को समर्पित नहीं हो जाता, तब तक अधूरा रहता है, अवरोध उपस्थित करता है, अनन्त सम्भावनाओं के द्वार को बन्द कर देता है।''

''यह बात समझ में आती है।''

''आती है न! अब यह बात भी समझ में आ जाएगी कि पुराण-ऋषियों ने क्यों कहा है कि परम वैश्वानर सब सत्यों का सत्य है, वही ब्रह्म है, वही आत्मा है। तुम्हारा व्यक्तिगत प्रेम परम वैश्वानर के प्रेम की पहली सीढ़ी है। न वह उपेक्षणीय है, न लक्ष्य है। वह भगवान् की भेजी हुई एक ज्योति-किरण है जिससे अनन्त सम्भावनाओं के द्वार तक मार्ग साफ दिखाई दे जाता है। ऐसा ही समझकर अब मैं निश्चिन्त हो गया हूँ।''

आश्चर्य-चकित होकर रैक्व ने अपने मित्र को देखा। क्या अद्‌भुत बात कही है! शुभा के प्रति जो आकर्षण है, उसे देखने के लिए हृदय में जो भयंकर आँधी बह रही है, वह परम वैश्वानर के प्रेम की सीढ़ी है, भगवान् की भेजी हुई ज्योति-किरण!

वे चलना भूल गए। रुककर ध्यान से आश्वलायन की ओर अर्थभरी दृष्टि से देखने लगे। बोले, ''अद्‌भुत सुन रहा हूँ बन्धु, तुम महाज्ञानी हो; अब तक मैंने तुम्हारा गौरव नहीं समझा था। व्यर्थ ही तुमसे झगड़ता रहा। परम वैश्वानर भगवान् की ऐसी अद्‌भुत व्याख्या मैंने नहीं सुनी। तुम परीक्षित सत्य कह रहे हो,

इसीलिए वह इतना मनोज्ञ होकर प्रकट हुआ है। मैं धन्य हुआ, बन्धु! धन्य हुआ!''

आश्वलायन हँसने लगे। बोले, ''तुम्हारे इसी भोलेपन पर मैं मुग्ध हूँ। तुम झगड़ते हो तो मुझे सच्चा आनन्द मिलता है। अब देखता हूँ, तुम झगड़ना बन्द कर रहे हो। नहीं बन्धु, तुम्हारे-जैसा मित्र दुर्लभ है। झगड़ा छोड़ दोगे तो मैं तुम्हारा साथ भी छोड़ दूँगा। इतना बड़ा दंड सहन नहीं कर सकूँगा।''

''छोड़कर चले जाओगे? तुम्हारे ज्ञान की प्रशंसा कर दी तो इससे कोई अपराध हो गया? अभी तुम्हारे अज्ञान की प्रशंसा तो शेष ही है। पहले उसे सुन लो, फिर यह निश्चित करना कि तुम्हारा मित्र सचमुच ऐसा भोला है कि नहीं कि मुग्ध हुआ जा सके!''

''सुनाओ, मेरे अज्ञान की ही स्तुति करो। दूसरों का अज्ञान देखना सचमुच भोलापन नहीं है, सुनाओ, सुनाओ!''

''सच कहता हूँ मित्र, तुम्हारी बात से मुझे बहुत बल मिला है। पर तुम जो बात नहीं जानते, उसे बता देना आवश्यक लग रहा है। कहूँ?''

''कहा न कि सुनाओ! कहोगे नहीं तो सुनाओगे कैसे?''

''अच्छा, तुम मेरी कठिनाई नहीं जानते। तुम किस प्रकार अपनी प्रिया को माध्यम बनाकर परम वैश्वानर तक पहुँचने का मार्ग देख सके हो? वैसा क्या सभी कर सकते हैं?''

''क्यों नहीं कर सकते?''

''देखो, तुम तर्क का रास्ता अपनाना चाहते हो, मैं अनुभव की बात कहना चाहता हूँ।''

''कहो भी तो।''

''देखो, मैं शुभा को किसी परम या चरम सत्य का माध्यम नहीं बना सकता। तुमने उस मोहन रूप को देखा ही नहीं। तुम कैसे मेरी बात समझ सकते हो? देखो मेरे ज्ञानी मित्र, मेरे ध्यान का एकमात्र लक्ष्य वही हो जाती है। उसके उस मोहन रूप के परे मैं कुछ भी नहीं देख पाता। नहीं देख पाऊँगा, यह पक्का है!''

आश्वलायन को हँसी आ गई—''मेरा अज्ञान तो तुमने खूब पकड़ा है मित्र! कैसे कहूँ कि मैंने शुभा का मोहन रूप देखा है; यह भी कैसे कहूँ कि तुम उसके परे कुछ देख पाओगे या नहीं। अज्ञान तो है ही। पर इस अज्ञान को दूर करने का एक ही रास्ता रह जाता है।''

''क्या?''

''यही कि एक बार मुझे दिखा दो।''

''तुम देखोगे उसे? मुझसे तो वह मिलेगी ही नहीं, तुम्हें कैसे मिल जाएगी? तुम उसके समान ज्ञानी हो? उसके समान पंडित हो? उसके समान शीलव्रती हो? तुम भला उसे कैसे देख सकते हो? चुप भी रहो!''

''चुप तो नहीं रहूँगा। शुभा से कहूँगा कि मेरे मित्र रैक्व ने मुझे 'महाज्ञानी' माना है। फिर कैसे नहीं मिलेगी!''

रैक्व ऐसा हँसे मानो कोई अत्यन्त मूर्खतापूर्ण बात सुन ली हो।

''बताया न कि तुम्हारा अज्ञान प्रशंसनीय है। मुझे तो वह अल्पज्ञ समझती है। मेरा नाम लेकर कहोगे तो वह तुम्हें भी मूर्ख ही समझेगी। अल्पज्ञता का दोष दूर करने के लिए ही तो मैं शास्त्रों का अध्ययन कर रहा हूँ। वह दिव्य लोक की किरण के समान पवित्र है, पद्म-लक्ष्मी के समान कमनीय है। तुम उससे मिल नहीं सकते। वह तुम्हें मूर्ख समझेगी। उसे साक्षात् वाग्देवता समझना।''

''तो तुम्हारी प्रिया तुम्हें मूर्ख समझती है? शायद ठीक ही समझती है।''

''तुम भी मुझे मूर्ख समझते हो? तुम कैसे मुझे मूर्ख समझ सकते हो? शुभा की बात और है, वह जो कुछ कहती है वह प्रत्यक्ष-सा दिखाई देता है, वह दिव्य नारी है, ज्योति-रेखा से बनी। तुम कैसे उसका अनुकरण कर सकते हो?''

''नहीं कर सकता भाई! अब शान्त हो जाओ। तुम्हारी शुभा से मिलने का दुष्प्रयास नहीं करूँगा। पर वह तुम्हें मूर्ख समझेगी तो प्रेम का यह व्यापार आगे नहीं बढ़ सकेगा।''

''तुम क्या समझोगे कि उसका ऐसा समझना कितना मनोहारी है!''

''कहा तो कि नहीं समझ सकूँगा। तुम धन्य, तुम्हारी मूर्खता धन्य, तुम्हें मूर्ख समझनेवाली धन्य और इस विचित्र प्रेम को न समझनेवाला मेरा अज्ञान भी धन्य! लो, अब तो क्रोध नहीं करोगे न!''

''नहीं, नहीं, क्रोध क्यों करूँगा! तुम अपनी ग़लती समझ गए, बात आई-गई हो गई!''

''अच्छा मित्र, तुमने कितनी बार उसे देखा?''

''केवल एक बार। अब अधिक न पूछो।''

''केवल एक बार? चलो, यह भी अच्छा है। दो बार देखा होता तो मुझे मार ही डालते।''

''नहीं देख पाया मित्र। एक बड़ा कष्ट है।''

रैक्व का मुख विवर्ण हो गया। आश्वलायन ने उनकी ओर ध्यान से देखा।

उनकी आँखें डबडबा आई थीं। बोले, ''क्या कष्ट है मित्र, मैं तुम्हारी कुछ सहायता कर सकता हूँ?''

''शायद नहीं।''

''सहायता न भी कर सकूँ तो भी सुनना चाहूँगा। जानते हो, अपने अन्तर की व्यथा बन्धुजन से कहने से वह हल्की हो जाती है। तुम अपना कष्ट बताओ।''

''माताजी की कठोर आज्ञा है कि शुभा के बारे में किसी से कुछ न कहा करो। वे कुछ बतातीं नहीं, मेरा मन दुःख से टूटता जा रहा है, क्या करूँ?''

''भोलेराम, शुभा से तुम एक ही बार मिले हो। उसके बारे में तुम जानते ही क्या हो जो बताओगे! अपनी व्यथा बताओ।''

''यह भी ठीक ही कह रहे हो। मैं जानता ही क्या हूँ! पर जानना चाहता हूँ, यही तो कष्ट है।''

''तो तुम्हारा यह मित्र किसी काम आने योग्य नहीं दिखता?''

''अच्छा, एक बात बता सकते हो?''

''पूछो, जानता हूँगा तो अवश्य बता दूँगा।''

''यह गन्धर्व-पीड़ा क्या है? दीदी कह रही थी कि कुमारी और सुशीला लड़कियों को ही गन्धर्व सताता है। शुभा का तो वह रक्त ही चूस रहा है।''

''यह बात है? मेरे प्यारे मित्र, निरुक्तशास्त्र पढ़ा है कि नहीं?''

''क्यों नहीं पढ़ा! जो चाहो पूछ लो, तुमसे कुछ अधिक ही जानता हूँ।''

''अभी पता चल जाएगा कि अधिक जानते हो या कम।''

रैक्व वाद के लिए प्रस्तुत हो गए। बोले, ''जिस शब्द की निरुक्ति चाहो बता सकता हूँ। पूछो!''

''अच्छी बात है। यह बताओ कि वाचक्नु कपिशों और गान्धारों के उच्चारण के बारे में क्या बताते हैं?''

''पहले यह बताओ कि तुम निरुक्त के बारे में प्रश्न करना चाहते हो या शिक्षा के बारे में? यह प्रश्न शिक्षा का है।''

रैक्व ने पूरे शास्त्रार्थी पंडित की मुद्रा धारण कर ली। ऐसा लगा कि वे भूल गए कि थोड़ी देर पहले क्या प्रसंग चल रहा था। वे अखाड़े में उतरनेवाले मल्ल की भाँति प्रतिद्वन्द्वी को देखने लगे। आश्वलायन को हँसी आ रही थी, पर उन्होंने अपने मित्र के इस भाव-परिवर्तन का पूरा आनन्द लेने के लिए कृत्रिम रोष के साथ उत्तर दिया—''जो पूछ रहा हूँ, वह बताओ। किस शास्त्र से इस प्रश्न का सम्बन्ध है, यह बाद में बताऊँगा।''

''तुमने बात निरुक्त की चलाई थी, प्रश्न शिक्षा के बारे में कर रहे हो। यह उचित नहीं है।''

''तो तुम मानते हो कि शिक्षाशास्त्र के प्रश्नों का उत्तर नहीं दे सकोगे?''

''क्यों नहीं दे सकूँगा! पर तुम्हें विवेक के साथ शास्त्र-चर्चा करनी चाहिए।''

''अच्छा, शिक्षा की दृष्टि से ही उत्तर दो।''

''वाचक्नु का मत है कि कपिश-गान्धार के लोग कोमल वर्णों के स्थान पर परुष वर्णों का प्रयोग करते हैं। वे 'गगनम्' को 'ककनम्' कहते हैं।''

''साधु मित्र, तुमने ठीक उत्तर दिया। अब बताओ कि वे लोग 'गन्धर्व' शब्द का कैसा उच्चारण करेंगे?''

'' 'गन्धर्व' को वे लोग 'कन्दर्प' कहेंगे।''

''साधु बन्धु! पर वाचक्नु लोग कुछ अपवाद भी बताते हैं!''

''बताते हैं, क्वचित्-कदाचित् मध्यवर्ती कोमल महाप्राण वर्ग को कोमल अल्पप्राण ही रहने देते हैं। जैसे गन्ध को वे लोग 'कन्द' कहते हैं।''

''अब मित्र, शास्त्रार्थ में तुम जीत गए। यह मुद्रा हटाओ, तुम सचमुच जानते हो—मुझसे थोड़ा कम।''

''कम कैसे?''

''यही कि तुम यह नहीं सोच सकते कि 'गन्धर्व' और 'कन्दर्प' वस्तुतः एक ही शब्द के दो उच्चारण हैं। अब समझ गए न? गन्धर्व एक देवजाति है, उसी का प्रधान सेनानायक कन्दर्प है। कन्दर्प समझ रहे हो?''

''कन्दर्प? निघंटु में जिसे कुसुमसायक, कामदेव, पुष्पधन्वा आदि कहा जाता है!''

''बिल्कुल ठीक। प्रेमपरवश युवतियों और युवकों को यही कन्दर्प देवता—चाहो तो गन्धर्व भी कह सकते हो—फूलों के बाण से वेधा करता है। तुम्हें भी वेधा है और तुम्हारी शुभा को भी—यही गन्धर्व-पीड़ा है। चाहो तो कपिश गान्धारों की भाँति कन्दर्प पीड़ा भी कह सकते हो।''

''मुझे किसी ने फूलों के बाण से नहीं वेधा।''

''वेधा है। वह बाण तुम्हारी पीठ में लगा है। जितनी बार तुम शुभा का नाम लेते हो, उतनी बार तुम्हारा हाथ पीठ के उस आघात को सहलाता है। बिचारी शुभा को उसने छाती में वेधा होगा। तभी उसका रक्त क्षीण हो रहा है। समझ रहे हो?''

''नहीं।''

‘‘नहीं। यह चोट दिखाई नहीं देती, इसकी पीड़ा बड़ी मीठी होती है! तुम्हारी पीड़ा मीठी लगती है न?’’

‘‘लगती है।’’

‘‘तो फिर निश्चित समझो कि वह फूलों के बाण की चोट है। जान पड़ता है, अहेरी ने भागते समय तुम्हारे ऊपर चोट की थी!’’

‘‘बिल्कुल नहीं।’’

‘‘बिल्कुल!’’ आश्वलायन जोर से हँसे–‘‘तुम तो बौड़म!’’

‘‘क्या मतलब?’’

‘‘क्या बताऊँ तुम्हें! घर लौटो माताजी से आज्ञा लेकर विवाह करो। गन्धर्व शान्त हो जाएगा।’’

‘‘विवाह!’’

‘‘हाँ, देखो, विवाह भी साम-गान है, ऐसा पुराणऋषियों ने कहा है।’’

‘‘विवाह साम-गान है? यह कैसे हो सकता है?’’

‘‘तुमने वामदेव्य साम कभी गाए जाते सुना है?’’

‘‘सुना क्या, गा सकता हूँ। उसके पाँचों अंग–हिंकार, प्रस्ताव, उद्‌गीथ, प्रतिहार और निधन–भली-भाँति गाकर दिखा सकता हूँ। वामदेव्य साम तो मेरे पिता रिक्व ऋषि का प्रिय साम था। तब मैं समझता नहीं था।’’

‘‘यह तो बहुत अच्छी बात है। प्रजापति ने देवताओं के स्वामी इन्द्र को वामदेव्य साम का रहस्य समझाया था। उन्होंने कहा था, ‘विवाह में जो आपसी बातचीत होती है वही हिंकार है; सबको सूचित करना प्रस्ताव है; पति-पत्नी का साथ शयन उद्‌गीथ है, अलग-अलग शयन प्रतिहार है, प्रेमपूर्वक जीवन बिताना निधन है (निधन अर्थात् व्रत-समाप्ति)।’ इस प्रकार स्त्री और पुरुष के प्रेमी-युगल के रूप में वामदेव्य साम पिरोया हुआ है। यही पंचविध वामदेव्य साम है। जो व्यक्ति प्रेमी-युगल में इस प्रकार वाम-देव्य साम को जान लेता है, पुत्र-पौत्र-समन्वित हो पूर्णायु प्राप्त करता है, उज्ज्वल जीवन व्यतीत करता है, प्रजा, पशु और कीर्ति पाकर महान होता है। कोई स्त्री यदि प्रेमपूर्वक निकट आती है तो उसका परित्याग नहीं करना चाहिए। विवाह-सूत्र में आबद्ध होकर पवित्र-दाम्पत्य व्रत का निर्वाह करना चाहिए। यह मत भूलना कि यह व्रत है! यह व्रत है!’’

‘‘रूपक जान पड़ता है, मित्र!’’

‘‘तो क्या हुआ!’’

‘‘तुमने विवाह किया है क्या?’’

‘‘नहीं मित्र, चाहता तो हूँ, पर अभी तो इस साम का हिंकार ही नहीं शुरू हुआ।’’

‘‘मेरा भी नहीं हुआ।’’

‘‘तुम्हारा हो चुका है!’’

‘‘हो चुका है?’’

‘‘हाँ, हो चुका है। अब तो तुम मेरे साथ माताजी के पास चलो।’’

‘‘तुम्हारे साथ?’’

‘‘हाँ, मेरे साथ।’’

‘‘तुम क्या माताजी से कहोगे कि मैंने तुमसे शुभा के बारे में बात की है?’’

‘‘शायद कहना पड़े।’’

‘‘नहीं मेरे प्यारे मित्र, माताजी बहुत रुष्ट हो जाएँगी।’’

‘‘तो नहीं कहूँगा। पर माताजी यदि स्वयं कहें तो?’’

‘‘तो तुम बाद में माताजी से मिलना। मेरे साथ नहीं।’’

‘‘तुम समझते हो कि तुम्हारे साथ जाऊँगा तो माताजी तुम्हें छोड़कर मुझे ही विवाह के लिए तैयार कराएँगी?’’

‘‘नहीं मित्र, मेरा विवाह नहीं हो सकता।’’

‘‘क्यों?’’

‘‘मामा ने बताया था।’’

‘‘मामा कौन?’’

‘‘मामा बड़ा तपस्वी है। मैं उसी के साथ तो सेवा-कार्य करूँगा।’’

‘‘वह कौन-सा कार्य है?’’

‘‘तुमने मामा को देखा ही नहीं तो कैसे जानोगे कि सेवा-कार्य क्या होता है? माताजी से पूछ लेना।’’

‘‘मामा क्या कहता था?’’

‘‘हाँ, याद आया, शुभा के पिता ने कोहलीयों का गन्धर्व-पूजन नाटक कराया था। मामा कहता था, उससे शुभा की गन्धर्व-बाधा दूर हो जाएगी। अब तक तो दूर भी हो गई होगी। पर कोई बताए भी तो!’’

‘‘तुम क्या राजा जानश्रुति की कन्या जाबाला को शुभा कहते हो?’’

रैक्व रहस्य-उद्घाटन से चकित हो उठे। जैसे किसी ने चोरी करते पकड़ लिया हो। वे कातर-भाव से आश्वलायन की ओर देखने लगे।

‘‘तुम कैसे जान गए?’’

"उसी की गन्धर्व-शान्ति के लिए तो बड़े समारोह के साथ कोहलीयों का नाटक खेला गया था।"

रैक्व के सिवा कोई भी दूसरा व्यक्ति होता तो आश्वलायन के चेहरे की कालिमा अवश्य देख लेता। पर रैक्व अपने ही पकड़े जाने से म्लान हो गए थे। मित्र के चेहरे का विकार देख ही नहीं सके।

महर्षि औषस्ति के आश्रम में पहुँचने पर रैक्व सीधे माताजी के पास गए। आश्वलायन ने दूसरे दिन उनके दर्शन करने का निश्चय किया।

एक विशाल न्यग्रोध की छाया में वे देर तक चुपचाप बैठ रहे। फिर झोले में से भूर्जपत्र का एक टुकड़ा निकाला। गेरू की स्याही से आचार्य औदुम्बरायण के नाम एक पत्र लिखा। फिर किसी परिचित ब्रह्मचारी के हाथ पत्र यथास्थान पहुँचवा देने की व्यवस्था करने के लिए उठ पड़े। पत्र में लिखा था :

परम श्रद्धास्पदेषु आचार्यतातपादेषु,

साष्टांग प्रणतिपूर्वक विनीत शिष्य आश्वलायन निवेदन करता है कि राजकुमारी जाबाला के शुभ विवाह के सम्बन्ध में आप अपनी दुविधा का परित्याग कर दें। आपका आदेश मानकर मैंने जाबाला के पाणिग्रहण की स्वीकृति दे दी थी। आपने मुझे संकोच के साथ सूचना दी थी कि जाबाला अभी विवाह के लिए तैयार नहीं हो रही है। आपने अधिक कुछ नहीं बताया। आज मुझे जाबाला के योग्य, उसका मनोनुकूल वर मिल गया है। वह सब प्रकार से जाबाला के योग्य है। वह भगवती ऋतम्भरा का अंगीकृत पुत्र रैक्व है। मैं अपनी स्वीकृति से आपके मानसिक द्वन्द्व का कारण बना था। उस स्वीकृति को लौटाकर मैं स्वयं बहुत सुखी हूँगा, क्योंकि मेरा विश्वास है कि उससे जाबाला सुखी होगी। जो कुछ अविनय हुआ हो, उसके लिए क्षमाप्रार्थी हूँ।

इसे मेरा अन्तिम निश्चय मानें! अनुगत आश्वलायन का विनीत प्रणाम स्वीकार हो।

पन्द्रह

रैक्व का चेहरा मुरझाया हुआ था। उन्होंने माताजी को साष्टांग प्रणाम किया। माताजी ने बड़े प्यार से उन्हें उठाया और मस्तक सूँघ लिया। उल्लसित स्वर में बोलीं, ''बेटा, मैं आज बहुत प्रसन्न हूँ। मैंने तेरी विद्वत्ता की प्रशंसा कई लोगों से सुनी है। तूने अनेक शास्त्रों का अध्ययन कर लिया है। आज मैं बहुत प्रसन्न हूँ। अब चल, तुझे तेरे पिताजी के पास ले चलूँ, तुझे देखकर वे बहुत प्रसन्न होंगे। चल, मुँह-हाथ धो ले। उनके पास जाने का यही उपयुक्त अवसर है।''

लेकिन रैक्व जड़वत् खड़े रहे। उनका सुन्दर मुख राहु-ग्रस्त चन्द्रमा की भाँति विवर्ण हो गया था। माताजी ने प्रसन्नता के आवेश में उधर ध्यान ही नहीं दिया था। अब उनका ध्यान उधर गया—''क्यों बेटा, इतना मुरझा क्यों गया है? कोई कष्ट है क्या?''

रैक्व के मुँह से आवाज़ ही नहीं निकली। माताजी ने व्याकुल होकर उनके सिर पर हाथ फेरा–"क्यों बेटा, क्या बात है, बता भी तो!"

रैक्व ने उदास-भाव से कहा, "माँ, बड़ा अपराध हो गया!"

"क्यों, क्या हुआ?"

"मैंने कुछ बताया नहीं माँ, आश्वलायन शुभा के बारे में स्वयं ही जान गया!"

"तूने कुछ बताया नहीं तो कैसे जान गया?"

फिर रैक्व ने निश्छल-भाव से आश्वलायन से हुई अपनी पूरी बात माताजी को ज्यों-की-त्यों सुना दी। पुत्र के इस सहज व्यवहार से माताजी प्रसन्न हुईं। उनके मुख पर हल्की-सी हँसी की किरण भी खेल गई। पुत्र के भोलेपन का आनन्द लेते हुए उन्होंने कहा, "तूने तो सब कह ही दिया! लेकिन चल, इसमें अपराध की कोई बात नहीं है। आश्वलायन तेरा सच्चा मित्र जान पड़ता है!"

"हाँ माँ, बहुत अच्छा मित्र है। कभी-कभी थोड़ा झगड़ा भी करता है!"

"वह तुझे प्यार करता है। मित्रों में कभी-कभी झगड़ा तो होता ही रहता है। उसकी चिन्ता न कर। सच्चे मित्र से अपने मन की बात कहना कोई अपराध थोड़े ही है!"

"नहीं है माँ? वह भी कहता था कि माताजी इस बात का बुरा नहीं मानेंगी।"

"नहीं मानूँगी। पर और किसी से भी ऐसी बातें नहीं करना! समझ गया?"

"समझ गया, माँ!"

"अब थोड़ा हाथ-मुँह धो ले। फिर पिताजी के पास तुझे ले चलूँगी। तुझे भूख तो लगी होगी। पिताजी को प्रणाम किए बिना कुछ खा भी तो नहीं सकता। चल बेटा, विलम्ब मत कर।"

रैक्व स्नान करके तैयार हो गए। माताजी महर्षि औषस्ति के पास उन्हें पहुँचाकर लौट आईं। रैक्व ने उन्हें साष्टांग प्रणाम किया। महर्षि औषस्ति ने बड़े प्यार से उनका मस्तक स्पर्श किया और परम वैश्वानर भगवान् की कृपा प्राप्त करने का आशीर्वाद दिया। रैक्व ने आज पहली बार महर्षि के आशीर्वाद प्राप्त होने से कृतार्थता का अनुभव किया। इसके पूर्व अभिभूत हो जाते थे, पर यह अनुभव नहीं करते थे कि वे कृतार्थ हुए। महर्षि औषस्ति ने बड़े स्नेह से पूछा, "वत्स, मैंने तुम्हारी कुशाग्र बुद्धि और शास्त्रीय मीमांसा की ग्राहिका शक्ति के बारे में बहुत सुना है। तुमने जिन शास्त्रों का अध्ययन किया है, उनके उद्देश्य को ठीक से समझा है न, वत्स?"

रैक्व क्या उत्तर दें, यह निश्चित न कर सके। बोले, "तातपाद के प्रश्न का क्या उत्तर दूँ, यह सोच नहीं पा रहा हूँ। जो कुछ पढ़ा है, उसका अर्थ समझने का प्रयत्न किया है, पर उद्देश्य क्या है, यह ठीक-ठीक नहीं बता सकता। मैं सबकुछ पढ़ने के बाद भी यह नहीं समझ पाया कि जो सबसे बड़ा तत्त्व प्राण है, उसकी उपेक्षा क्यों की जाती है? तातपाद मेरा अविनय क्षमा करें। मैं शायद पूर्वग्रह से ग्रसित हूँ। मैंने लोगों को भूखों मरते देखा है, बच्चों को दाने-दाने के लिए तरसते देखा है। प्राण की रक्षा को मैं सबसे बड़ा कर्तव्य समझता हूँ। जो प्राण की उपेक्षा करता है, वह परम वैश्वानर की उपासना का अधिकारी नहीं हो सकता। भगवन्, शास्त्रों का अध्ययन-मनन करने के बाद भी मैं प्राणतत्त्व की महिमा नहीं भूल पाता हूँ।"

महर्षि औषस्ति के मुख-मंडल पर आनन्द की लहर दौड़ गई। बोले, "यह तो कोई नई बात नहीं कर रहा है, बेटा! सचराचर विश्व-रूप भगवन्त के उपासक महर्षि सनत्कुमार के पास समस्त शास्त्रों का अध्ययन करके जब देवर्षि नारद ने जाकर कहा कि 'भगवन्, मैं मन्त्रविद् हो गया हूँ पर आत्मविद् नहीं हुआ,' तो जानते हो, उन्हें क्या उत्तर मिला था?"

"क्या उत्तर मिला था, भगवन्?"

"कहा था, 'ये ऋग्वेद, सामवेद, अथर्ववेद आदि जो कुछ तुमने पढ़ा है, वह 'नाम' ज्ञान है। आत्मविद् बनने के लिए नाम-ज्ञान तो सीढ़ी का पहला पाया है। तू नाम की उपासना कर–नाम से, अर्थात् शब्द-ज्ञान से शुरू कर, परन्तु यहीं तक रुक मत जा।' "

"नाम से आगे क्या बताया था, महर्षि ने?"

"ऋषि ने कहा था, 'वाणी नाम से बड़ी है। ऋग्वेद, यजुर्वेद, सामवेद, अथर्ववेद आदि सभी विद्याओं को वाणी ही जतलाती है, परन्तु इनसे अधिक बातों को भी वह बताती है। द्यु, पृथ्वी, वायु, आकाश, जल, तेज, मनुष्य, पशु, पक्षी, तृण, वनस्पति, हिंस्र जन्तु, कीट, पतंग, चींटी–इन सबका ज्ञान भी वाणी द्वारा ही होता है। इसके अतिरिक्त धर्म-अधर्म, सत्य-अनृत, साधु-असाधु, सहृदय-असहृदय–इन सबका ज्ञान भी वाणी ही देती है। 'नाम' से बढ़कर 'वाणी' है, 'नाम' का ज्ञान अपने तक रहता है, वाणी द्वारा ज्ञान दूसरे तक पहुँचता है। इसलिए, हे नारद! वाणी की उपासना कर। पर यहीं तक आकर रुक न जा।' "

"क्या इससे आगे भी कुछ बताया था?"

"हाँ। ऋषि ने कहा, ' 'मन' वाणी से बड़ा है। दो आँवले, दो बेर या दो बहेड़े

बन्द मुट्ठी में अनुभव किए जाते हैं। यह मन की ही तो करामात है, और फिर मनुष्य पहले मन में ही तो सोचता है कि मन्त्र पढ़ूँ या कर्म करूँ—जब मन में सोचता है, तब मन्त्र पढ़ने लगता है, कर्म करने लगता है। पुत्र, पशु आदि की मन में इच्छा करता है तो इन्हें पा लेता है, इस लोक तथा परलोक की इच्छा करता है, तो इन्हें पा लेता है। मन, वाणी तथा नाम इन दोनों से बड़ा है। तू मन की उपासना कर। पर यहीं तक रुक न जा।' ''

''यह तो मेरी समझ में आ रहा है। पर आगे क्या बताया था?''

''उन्होंने धीरे-धीरे बताया कि 'मन से भी प्रबल संकल्प है।' फिर चित्त, ध्यान, विज्ञान, बल, अन्न, तेज, आकाश, स्मृति और आशा को उत्तरोतर प्रबल बताते हुए अन्त में कहा था—' 'प्राण' इन सबसे बड़ा है।' ''

''प्राण को सबसे बड़ा कहा था, भगवन्?''

''हाँ बेटा, ऋषि ने कहा था, 'प्राण' आशा से बड़ा है। आशा भी तो प्राण के लिए ही होती है। जिस प्रकार अरे चक्र की नाभि में अर्पित होते हैं, इसी प्रकार 'नाम' से लेकर 'आशा' तक सब अरे प्राण-रूपी चक्र में समर्पित हैं। सबकुछ प्राण के सहारे चल रहा है, प्राण को लक्ष्य में रखकर चल रहा है; प्राण ही पिता है, प्राण माता है, प्राण भ्राता है, प्राण भगिनी है, प्राण आचार्य है, प्राण ब्राह्मण है।

''अगर कोई जीवित पिता को, भाई को, बहिन को, आचार्य को, ब्राह्मण को कुछ अनुचित-सा कह भी दे तो लोग कहते हैं, धिक्कार है तुझे! तू पितृहा है, मातृहा, भ्रातृहा, स्वसृहा, आचार्यहा, ब्राह्मणहा है। परन्तु अगर प्राण निकलने के बाद इन्हें शरीर-सहित कोई अग्नि में भस्म कर दे, और शूल से उलट-पुलट करे, तो कोई नहीं कहता कि तू पितृहा, मातृहा, भ्रातृहा, आचार्यहा, ब्राह्मणहा है।

''प्राण ही तो यह सबकुछ है। जो इस प्रकार देखता है, इस प्रकार मानता है, इस प्रकार जानता है, 'नाम' से प्रारम्भ कर जो 'प्राण' तक पहुँच जाता है, उसे 'अतिवादी' कहते हैं। वह आगे-ही-आगे बढ़ रहा है, कहीं अटकता नहीं। जहाँ पहुँचता है, उससे आगे की बात करने लगता है। अगर ऐसे व्यक्ति को कोई कहे कि तू तो 'अतिवादी' है, बहुत बातें करता है, बकवादी है, तो उसे यही उत्तर देना चाहिए कि मैं आगे-ही-आगे बढ़ना चाहता हूँ—इस दृष्टि से 'अतिवादी' हूँ, इस बात को छिपाता नहीं हूँ, हाँ, बकवादी होने के कारण 'अतिवादी' नहीं हूँ।''

''अद्‌भुत है, भगवन्!''

''हाँ, प्राण-ब्रह्म की उपासना का अर्थ है, निरन्तर आगे बढ़ते रहना! किसी भी बात को अन्तिम सत्य न समझकर और भी, और भी आगे बढ़ने की ओर

धावमान गति!''

रैक्व चकित दृष्टि से महर्षि को देखने लगे—क्या निरन्तर आगे बढ़ने की प्रक्रिया ही प्राणोपासना है।

''भगवन्, मैंने पिंड में प्राण और ब्रह्मांड में वायु को चरम सत्य मानकर क्या कोई भूल की है?''

''थोड़ी-सी।''

''ज़रा समझाकर कहें, तात!''

महर्षि औषस्ति थोड़ा रुके। फिर धीरे-से बोले, ''तुझे स्मरण है वत्स, कि नारद ने क्या पूछा था? नारद ने कहा था कि 'भगवन्, मैं मन्त्रविद् हो गया हूँ, आत्मविद् नहीं हो पाया हूँ।' महर्षि सनत्कुमार उन्हें आत्मविद् बनाने की दिशा में ले जा रहे हैं। आत्मविद् वह है जो कहीं किसी बात पर अटकता नहीं, निरन्तर आगे की ओर बढ़ता जाता है—और भी आगे। तू अपनी मान्यता को वैसा ही मानता है पुत्र? तू प्राण-तत्त्व को कोई स्थिर और अन्तिम लक्ष्य मानकर रुक तो नहीं जाता?''

''रुक जाता हूँ, तात।''

''देख बेटा, जिसे तू ब्रह्मांड में वायु और पिंड में प्राण कहता है, वह गतिमात्र है; वह रुकना नहीं चाहता। तू क्यों रुक जाता है?''

''रुक जाता हूँ, भगवन्! क्यों रुक जाता हूँ, यह नहीं जानता।''

''साधु वत्स, तू सत्य कह रहा है। सत्य की अपेक्षा में ही सबकुछ बना हुआ है। सत्य न हो तो सब बेकार है।''

''तो भगवन्, सत्य प्राण से भी बड़ा हुआ?''

''नहीं समझा, बेटा? प्राण इसलिए बड़ा है कि वह सत्य है। पर तुझे नारद और सनत्कुमार की पूरी बात सुननी चाहिए।''

''सुन रहा हूँ, तात!''

''भीतर की ओर देख। सनत्कुमार ने कहा था कि सत्य तक पहुँचने के लिए ज्ञान की आवश्यकता है। जिसे ज्ञान नहीं होगा वह सत्य को कैसे पा सकता है! उन्होंने ठीक कहा न?''

''हाँ, भगवन्!''

''और बेटा, ज्ञान मनन के बिना नहीं हो सकता, मनन श्रद्धा के बिना असम्भव है, श्रद्धा निष्ठा के बिना बनी नहीं रह सकती और निष्ठा केवल सोचते रहनेवाले के बस की नहीं। जो कर्मण्य नहीं वह निष्ठावान् भी नहीं। कर्म किसी

सुख की आशा के बिना नहीं किया जाता, ऐसा सनत्कुमार का मत था। ठीक समझ रहे हो, बेटा?''

''ऐसा लगता है भगवन्, कि सत्य के लिए ज्ञान की और ज्ञान के लिए कर्म की आवश्यकता है। यह तो समझ में आता है, पर सुख की बात नहीं समझ में आई।''

''नहीं समझ में आई, बेटा? ऋषि सनत्कुमार ने कहा था, ''यो वै भूमा तत्सुखम्'–जो 'भूमा' है, असीम है, निरतिशय है, महान है, वही सुख है। 'नाल्पे सुखमस्ति' जो 'अल्प' है, ससीम है, परिमित है, क्षुद्र है, उसमें सुख नहीं है।''

रैक्व देर तक मौन रहे।

महर्षि औषस्तिपाद ने पूछा कि सारी बातें उनकी समझ में आईं या नहीं। रैक्व खोए से उनकी ओर ताकते रहे। ऋषि ने समझ लिया कि वे ठीक से समझ नहीं पा रहे हैं। बोले, ''दूसरों की बात समझा रहा था। हो सकता है कि मैंने ही ठीक से समझा न हो। यह भी हो सकता है कि तुम्हारा मन ठीक उसी स्थिति में न आया हो जिस स्थिति में नारद का था। इसलिए मैं आग्रह नहीं करूँगा। मैं तुम्हें अपने अनुभव की बात बताता हूँ।''

रैक्व ने उत्फुल्ल होकर कहा, ''वही बताएँ, तात!''

''बात यह है वत्स, कि जिसे तुम ब्रह्मांड में वायु कहते हो और जो पिंड में प्राण-रूप में विद्यमान है वह वस्तुतः गति-मात्र है। वह चेतन का आधार है या चेतन का एक विशिष्ट गुण है, लेकिन वह स्वयं चैतन्य नहीं है। इतिहास-विधाता ने इस जड़ तत्त्व से और भी सूक्ष्मतर तत्त्व प्राण-तत्त्व को प्रकट किया है, परन्तु वहीं अन्त नहीं है। उसके भीतर इससे अधिक सूक्ष्मतर तत्त्व मन को विकसित किया है। मन मननशील है, इस अर्थ में वह प्राण से भिन्न है–और इसलिए उसे मन की सन्तान कहा जाता है, किन्तु मन भी सूक्ष्म तत्त्व है। उसके भीतर सूक्ष्मतर तत्त्व बुद्धि का विकास हुआ है, इसको पुराण-ऋषियों ने विज्ञान कहा है। यह सत्य से असत्य वस्तु को अलग कर सकती है, ग़लत और सही में अन्तर कर सकती है। बुद्धि के इसी धर्म का नाम विवेक है। सत्य से असत्य को पृथक् करके जानना विवेक का काम है।

''परन्तु जानना ही काफी नहीं है। आदमी बहुत-सी बातें जान जाता है। जानी हुई बात को ठीक-ठीक आचरणों में ले आना वास्तविक धर्म है, इसलिए बुद्धि का एक दूसरा और विकसित कार्य है वैराग्य। जो चीज़ ग़लत है उसका त्याग वैराग्य का लक्षण है। कई बार आदमी जानता है कि अमुक बात झूठ है और

अमुक बात सच है, फिर भी वह झूठ को छोड़ नहीं पाता। विवेक उसे हो जाता है, लेकिन वैराग्य नहीं होता। विवेक से सत्य और असत्य का भेद खुल जाता है; वैराग्य से असत्य को परित्याग करने की शक्ति मिलती है। असत्य को छोड़ देने पर केवल सत्य ही बचता है; इसीलिए कभी-कभी पुराण-ऋषियों ने असत्य का त्याग करने का ही उपदेश दिया है। उनके मत से सत्य स्वयंसिद्ध है।''

''मुझे भी यही ठीक लगता है, तात! असत्य का त्याग होना चाहिए। सत्य तो स्वयं उजागर है।''

''लेकिन मुझे लगता है कि सत्य को पाने के लिए किसी निश्चित दृढ़ अवलम्ब की जरूरत होती है। उस दृढ़ अवलम्ब को खोजना आवश्यक हो जाता है। वही दृढ़ अवलम्ब सच्चिदानन्द-स्वरूप परम ब्रह्म है जो मनुष्य के भीतर भी है और बाहर भी। मुझे ऐसा लगा है कि अगर हम उसे ठीक-ठीक पा लेने की अभिलाषा रखें तो वैराग्य स्वतः सिद्ध हो जाता है। प्रयत्न वैराग्य की सिद्धि का नहीं, बल्कि सच्चिदानन्द-स्वरूप परम ब्रह्म की पकड़ के लिए होना चाहिए। तुमने जो प्राण को सबसे बड़ा विश्वजनीन सत्य स्वीकार किया है वह ग़लत तो नहीं है, परन्तु ठीक-ठीक सही भी नहीं है। तुम्हारी दृष्टि परम सत्य-स्वरूप सच्चिदानन्द पर स्थिर होनी चाहिए। बाकी सब स्वयंसिद्ध हो जाएगा।''

''तो भगवन्! क्या अज्ञानी जनों के प्राणों की रक्षा के लिए प्रयत्न करना निरर्थक प्रयास है?''

''नहीं बेटा, यह बहुत उत्तम प्रयास है। क्योंकि प्राण की रक्षा करने से ही उससे सूक्ष्मतर तत्त्व मन की रक्षा सम्भव है और उससे भी सूक्ष्मतर तत्त्व विज्ञान की रक्षा सम्भव है। लेकिन न प्राण और न मन, और न विज्ञान ही अपने-आप में सत्य हैं। सब सच्चिदानन्द-स्वरूप परम ब्रह्म की अपेक्षा ही में सत्य हैं। वे ही अपने को सूक्ष्म-से-सूक्ष्मतर रूपों में अभिव्यक्त कर रहे हैं। उन्हीं की अभिव्यक्ति के वाहन होने के कारण प्राण, मन और विज्ञान मूल्यवान वस्तुएँ हैं। उनको छोड़कर सोचो तो यह सारी सृष्टि प्रपंच-मात्र और निरर्थक जान पड़ेगी। इसका कोई उद्देश्य ही नहीं जान पड़ता। ऐसा लगेगा कि निखिल विश्व में व्याप्त क्षुद्र पिंड से लेकर मनुष्य-पर्यन्त की सारी सृष्टि व्यर्थ का भटकाव-मात्र है। उसका कोई उद्देश्य नहीं है। मेरा मन कहता है कि उद्देश्य है। यह सबकुछ सार्थक और सोद्देश्य है। बुभुक्षित लोगों को अन्न, पिपासित लोगों को जल, निराश लोगों को आशा और मरणोन्मुख लोगों को अमृत का प्रयोजन है। परन्तु वह इसलिए है कि ये सारे कार्य निखिलात्मा परम वैश्वानर की तृप्ति के लिए हैं। ऐसे कर्तव्यों का

पालन न करना निखिलात्मा को ही धोखा देना है। मेरी बात समझ रहे हो, वत्स!''

''समझ रहा हूँ, भगवन्! परन्तु मुझे ऐसा लगता है कि देर तक यह बुद्धि मेरे मन में बनी नहीं रहेगी। जब तक आपके निकट हूँ तब तक तो लगता है कि मैंने ठीक ही समझा है; पर जब दूर हट जाता हूँ तो ऐसा जान पड़ता है कि ये सारी बातें भूलने लगेंगी। इसका क्या कारण है, भगवन्?''

''साधु वत्स! तुमने ठीक ही प्रश्न किया है। इसका एक कारण है। दो बातें होती हैं, एक तो बाहरी दुनिया की बातों की, उनके परस्पर-सम्बन्धों की जानकारी। मन और बुद्धि के द्वारा यह जानकारी प्राप्त हो जाती है। यह जीवन का अंग नहीं बन पाती। मनुष्य ऐसा समझता है कि मैंने बाहरी दुनिया की बहुत-सी बातें जान लीं और अपनी जानकारियों पर उसे गर्व भी होता है। लेकिन मैं जिस तत्त्व की ओर इशारा कर रहा हूँ, वह जानकारी का विषय नहीं है। तुम जब मेरे पास आते हो तो थोड़ी देर के लिए तुम जानकारी संग्रह करने का काम करते हो और सच्चिदानन्द परब्रह्म के विषय में थोड़ी जानकारी प्राप्त कर सकते हो। पर ठीक-ठीक कोई जानकारी कैसे प्राप्त करोगे, वत्स? जिसको तुम नहीं देख सकते, अनुमान नहीं कर सकते, कल्पना नहीं कर सकते, उनके विषय में जो जानकारी संग्रह करोगे, वह ग़लत जानकारी सिद्ध होगी।

''मनुष्य की अन्तरात्मा में विधाता ने 'प्रज्ञा' नामक एक और शक्ति दी है, वह अनुभव कराती है। मैं जिस तत्त्व की ओर इशारा कर रहा हूँ वह बुद्धि का विषय नहीं है, वह बोध का विषय है। स्वयं अनुभव करने का विषय है। शान्त और स्थिर चित्त से बैठोगे तो तुम्हें उसकी झलक मिलेगी। वह तेज तुम्हारे दरवाजे पर आकर दस्तक दे रहा है परन्तु तुमने कभी उसके स्वागत के लिए द्वार खोला नहीं। हाँ वत्स, मनुष्य उस परम प्रेमी की दस्तकों की निरन्तर उपेक्षा किए जा रहा है। वह परम प्रेमिक तुम्हारे द्वार पर आकर खटखटा जाता है। एक बार प्रयत्न करो कि तुम उसे अपने हृदय-देश में पकड़कर बैठा सको, उसका स्वागत कर सको, उसके चरणों में अपने-आपको निछावर कर सको!''

अन्तिम वाक्यों ने रैक्व को भीतर से झकझोर दिया। वे थोड़ी देर तक गद्गद भाव से वृद्ध ऋषि की ओर ताकते रहे, फिर उल्लास-मुखर होकर बोले, ''सुन रहा हूँ, भगवन्! उसके पैरों की आहट सुन रहा हूँ। परन्तु मन में अनेक कुंठाएँ हैं, द्वार खोलना सम्भव नहीं जान पड़ता। आशीर्वाद दीजिए—मैं द्वार खोलने में समर्थ हो सकूँ।''

महर्षि औषस्ति ने प्रेमपूर्वक उनके सिर पर हाथ फेरा। रैक्व को जान पड़ा

कि उस स्नेह-स्पर्श से वे एकदम नए प्रकाश-लोक में पहुँच गए हैं। उन्हें ऐसा जान पड़ा कि विराट् जड़ पिंड के अन्धकार में रुद्ध चैतन्य धीरे-धीरे अन्धकार से प्रकाश की ओर बढ़ रहा है। वह पहले प्राण-रूप में, फिर मन-रूप में, फिर सूक्ष्म-से-सूक्ष्म रूपों की ओर विकसित होता चला जा रहा है। अन्धकार उसका मार्ग नहीं रोक पा रहा है। जड़ता उसे नीचे की ओर नहीं खींच सकी है, अवरुद्ध चेतना उसे पीछे की ओर नहीं धकेल पा रही है। अद्भुत प्रकाश की ओर वह निरन्तर बढ़ता चला जा रहा है। जिस प्रकार पौधा पहले अंकुर के रूप में, फिर शाखा व पात्र के रूप में निकलता है और अन्त में उसके मनोहर फल निकल आते हैं। कली की एक-एक पपड़ी फूट रही है—रूप, रस, गन्ध के रूप में, नाना वर्णों की छटा के रूप में। अपने विकास का कार्य साफ दिखाई दे रहा है। दूर तक उज्ज्वल प्रकाश ऊपर से नीचे की ओर नीचे से ऊपर की ओर जा रहा है। फूल खिल रहा है, विकसित भी हो रहा है, पर मार्ग अवरुद्ध नहीं हुआ है। लेकिन और भी आगे कुछ है, और भी आगे, और भी आगे! फिर धीरे-धीरे वे स्वाभाविक अवस्था में आए। उन्होंने चकित मृगशावक की भाँति अपने चारों ओर देखा। वे तो महर्षि औषस्ति के सामने उसी प्रकार हाथ जोड़कर बैठे हुए थे।

"भगवन्, मैंने क्या देखा?"

"बेटा, तुमने वही देखा है, जो है। यह सत् है अर्थात् जैसा है वैसा है। कोई नहीं जानता कि 'महा अज्ञात परम सत्' क्यों अपने-आपको विकसित करता जा रहा है, परन्तु इतना निश्चित है कि उसका अपना कोई उद्देश्य है। उसी के लिए यह सारी लीला चल रही है। वह सभी जगह नीचे से ऊपर की ओर तक व्याप्त है और अपने को रूप में, रंग में, शब्द में निरन्तर बिखेरता चला आ रहा है। इस दान की कोई सीमा नहीं है। ऐसा अवढर दानी भी तो कहीं दिखता नहीं। बेटा, जो कुछ अनुभव कर रहे हो, वह उसी का रूप है। केवल इतना ध्यान में रखो कि ये बातें चरम और परम नहीं हैं। सब मिलाकर किसी महासत्य की अभिव्यक्ति के माध्यम मात्र हैं।"

रैक्व की आँखों में व्याकुलता के भाव दिखाई पड़े। उन्होंने आचार्य के चरणों के पास अपना सिर रख दिया—"भगवन्, मैं भ्रान्त हूँ। समझ नहीं पा रहा हूँ। माताजी की आज्ञा है कि मैं अपने मन की उथल-पुथल किसी से न कहूँ। आज्ञा हो तो माताजी की अनुमति ले आऊँ और अपनी जिज्ञासा इन चरणों में निवेदित करूँ।" आचार्य प्रसन्न भाव से मुस्कराए—"बेटा, मुझे पता है कि तुम्हारे मन में कौन-सी उथल-पुथल है। तुम्हारी माताजी की जो आज्ञा है उसका पालन करना

धर्म है। मैं केवल एक बात तुमसे कह देना चाहता हूँ कि संसार में जहाँ कहीं प्रेम या लगाव का भाव दिखाई देता है वह उपेक्षणीय नहीं है। यदि उसी को अन्त समझ लो तो यह बात रास्ते में बैठ जाने के समान होगी। वह परम प्रयाण के प्रेम का अंगुलि-निर्देश मात्र है। सारे सौन्दर्य और सारे लगाव उस परम प्रेमिक के प्रेम की ओर अंगुलि-निर्देश बनकर सार्थक होते हैं। अंगुलि-निर्देश, समझ रहे हो न, बेटा!''

''समझ रहा हूँ, भगवन्! कह नहीं सकता कि ठीक ही समझ रहा हूँ या नहीं।''

''मान लो बेटा, तुमने किसी से पूछा कि अमुक आदमी का घर कहाँ है। वह आदमी अगर जानता होगा तो अंगुलि-निर्देश करेगा। अर्थात् अपनी अंगुली उठाकर तुम्हें बताएगा कि घर किस ओर है। है न यही बात?''

''हाँ भगवन्! यही अंगुलि-निर्देश कहा जाता है।''

''अच्छा बेटा, बुद्धिमान् आदमी क्या करेगा? क्या उसकी अंगुलि का अगला हिस्सा पकड़कर लटक जाएगा?''

''नहीं भगवन्, वह उस दिशा की ओर देखेगा जिधर इशारा किया गया है और धीरे-धीरे उस मकान को खोज लेगा।''

''साधु वत्स, तुमने अंगुलि-निर्देश का सही अर्थ समझा। परन्तु तुम क्या कह सकते हो कि उस मनुष्य ने जो अंगुलि उठाकर दिखाया, वह निरर्थक था?''

''निरर्थक तो नहीं था, भगवन्! वह अंगुलि नहीं दिखाता तो हम गन्तव्य तक पहुँच न सकते।''

''साधु वत्स, तुम ठीक ही समझ रहे हो। संसार में जहाँ कहीं सुन्दरता दिखती है, प्रेम दिखता है, वात्सल्य दिखता है, अनुराग दिखता है, वहीं यह अंगुलि-निर्देश भी प्रत्यक्ष हो जाता है। वह उपेक्षणीय नहीं है। निरर्थक भी नहीं है, लेकिन वही अन्त भी नहीं है। उसी के सहारे गन्तव्य तक पहुँचा जा सकता है।''

रैक्व देर तक मौन बैठे रहे। उनके हृदय में एक दूसरी प्रकार की उथल-पुथल दिखाई देने लगी। यह जो सुन्दर रंग है, रूप है, मोहन आकर्षण है, वाणी है, अभिव्यक्ति है, यह सब किसी बड़े प्रेममय प्रेमिक का अंगुलि-निर्देश है और उसी रूप में वह सार्थक है, ग्रहणीय है। अचानक उनके मन में शुभा की दिव्य मूर्ति उतर आई। शुभा भी क्या कोई अंगुली-निर्देश है। वे चुपचाप महर्षि के चरणों में प्रणाम करके उठ पड़े–''भगवन्, अनुमति हो तो इस विषय पर कुछ और सोचने-समझने का प्रयत्न करूँ?''

महर्षि औषस्ति ने प्रेम-गद्गद वाणी में कहा, "अवश्य वत्स! तुम्हें स्वयं सोचना, समझना और अनुभव करना चाहिए। किसी की बात पर तब तक विश्वास नहीं करना चाहिए जब तक स्वयं उसकी परीक्षा न कर ली जाए। तुम्हारे भीतर जो देवता स्तब्ध-रूप से बैठे हैं उनको पहचानो! वे तुम्हारा ठीक मार्ग-दर्शन करेंगे। वही प्रज्ञा-रूप हैं। पुराण-ऋषियों ने कहा है : 'प्रज्ञानम् ब्रह्म'।"

रैक्व जब महर्षि के पास से चले तो उन्हें ऐसा लगता था कि वे किसी दूसरे लोक में पहुँच गए हैं। वहाँ केवल प्रकाश है, केवल आनन्द है, केवल 'है' है!

सोलह

जाबाला अपने में खोई रही। इधर बहुत-कुछ घट गया, उसे पता नहीं चला। एक दिन अरुन्धती उदास होकर चली गई। जाते समय उसकी आँखें छलछलाई हुई थीं। जाबाला उसे रोकना चाहती थी, पर वह रुकी नहीं।

दूसरे दिन उसने सुना था कि आचार्य औदुम्बरायण चुपचाप घर छोड़कर कहीं चले गए हैं। राजा जानश्रुति एकाएक इतने मर्माहत हुए हैं कि सत्संग के लिए समाहूत ऋषियों की विचार-गोष्ठी में भी नहीं जा सके। दासियों ने बताया कि राजा एक एकान्त कक्ष में सुन्न-से चुपचाप जा बैठे हैं। जाबाला को बड़ी चिन्ता हुई। इधर कई दिनों से वह अपने में ही इतनी खोई हुई थी कि पिता की सेवा में उससे भारी प्रमाद हो गया। जब तक अरुन्धती थी, पिता की देख-रेख का सारा भार उसने अपने ऊपर ही ले रखा था। उसके चले जाने के बाद राजा

जानश्रुति उपेक्षित ही रह गए थे। जाबाला अपने में ही कुछ ऐसी खोई थी कि उसे उनकी ओर ध्यान देने की सुधि ही नहीं रही। अब उसे अपने प्रमाद का ध्यान आया।

जाबाला वहाँ पहुँची जहाँ उसके पिता चुपचाप शान्त-निःस्पन्द पड़े थे। जान पड़ता था, देर तक आँखों से अश्रु झरते रहे हैं, क्योंकि आँखें सूजी हुई थीं और चेहरा भभराया हुआ था। जाबाला का हृदय सनाका खा गया। वह घबराकर चिल्ला पड़ी–"पिताजी, क्या हो गया आपको!" पिता ने कातर-दृष्टि से पुत्री को देखा। वाणी रुद्ध ही बनी रही, आँखों से आँसुओं की धारा झरने लगी। उन्होंने स्नेह के साथ जाबाला को गोद में खींच लिया। बोले कुछ नहीं, केवल उसे दुलारते रहे। देर तक दोनों इसी तरह बैठे रहे। बाद में पिता ने बताया कि अरुन्धती जो अचानक चली गई, उसका कारण यही था कि वह उनसे बुरी तरह नाराज़ हो गई थी। आज आचार्य भी चले गए। उनको प्रसन्न रखने के लिए ही अरुन्धती को अप्रसन्न करना पड़ा था, पर आज वे स्वयं ही कहीं चले गए। कारण का कुछ पता नहीं, पर गए हैं नाराज़ होकर ही।"

जाबाला के लिए यह नई जानकारी थी, फिर पिता की अवस्था देखकर उसने उस समय कुछ अधिक नहीं पूछा। केवल उन्हें आश्वस्त करने के लिए कहा, "इतनी-सी बात के लिए इतना व्यथित होने की क्या आवश्यकता है! आप बिल्कुल परेशान न हों, मैं दोनों को मना लूँगी।" सरल पिता सचमुच ही आश्वस्त हुए। जाबाला जानती थी कि पिता ऐसे अवसरों पर इतने दुःखी और निराश क्यों हो जाते हैं। उनके मन में ऐसे अवसरों पर जाबाला की माँ की स्मृति घुमड़ती रहती है। वे किसी से कह तो नहीं पाते, पर कोई प्राणोच्छेदी हूक उन्हें विचलित कर जाती है। जाबाला का आश्वासन ही इस हूक की एकमात्र दवा हुआ करती है। जाबाला के मन में रंचमात्र भी सन्देह नहीं था कि उसके एक स्नेह-भरे शब्द से सरल-प्रकृति पिता आश्वस्त हो जाएँगे। इसलिए नहीं कि उपस्थित समस्या सुलझ जाएगी, बल्कि इसलिए कि जो हृदय-विदारी हूक बेचैन किए हुए है, वह कुछ प्रशमित हो जाएगी।

यहाँ तक तो ठीक था, पर जिस बात ने अरुन्धती और आचार्य को उद्विग्न किया था, वह इतनी आसान थी नहीं। पिता तो पुत्री के आश्वासन पर बिल्कुल निश्चिन्त हो गए। उन्होंने पूरी बात उसे बताई भी नहीं। वृद्धा दासी संकुला ने उनसे पूछ-पूछकर जो कुछ पता लगाया, उससे जाबाला बहुत चिन्तित हो उठी। उसने पिता को वचन दिया कि वह आचार्य और अरुन्धती दोनों को मना लेगी,

पर मातृकल्पा वृद्धा संकुला से उसने जो कुछ सुना, उससे उसे लगा कि अपना वचन पालन करने में वह एकदम असमर्थ होगी।

संकुला की कही बातों को जोड़ने से कहानी कुछ ऐसी बनी थी–

जिस दिन अरुन्धती चली गई थी, उस दिन आचार्य औदुम्बरायण बुरी तरह मर्माहत हुए थे। उन्होंने आश्वलायन को जाबाला के पाणिग्रहण के लिए राजी कर लिया था। उनके विचार से इससे अच्छे सम्बन्ध की कल्पना भी नहीं की जा सकती थी। विदुषी जाबाला को जैसा वर मिलना चाहिए था, उनके मत से आश्वलायन ठीक वैसा ही वर था–विद्वान्, सुरूप और शीलवान्। आश्वलायन को शास्त्र-चर्चा के बहाने निमन्त्रित करके उन्होंने उसे जाबाला को देखने-समझने का अवसर दिया था। आश्वलायन मुग्ध हुआ था। अब आचार्य यह बात राजा जानश्रुति और जाबाला को बताने का अवसर ढूँढ़ रहे थे।

गन्धर्व पूजन समारोह के बाद से आचार्य अधिक सक्रिय हो गए। उन्हें भय हुआ था कि राजा जिस प्रकार अवैदिक क्रियाओं की ओर बढ़ रहे हैं उससे वे कहीं वैदिक विधियों से पराङ्मुख न हो जाएँ। आश्वलायन को पाकर उनकी चिन्ता दूर हुई थी। अब उचित अवसर मिलने की देर थी। गन्धर्व-पूजन समारोह के एक वर्ष बाद यह अवसर मिला। शुभ मुहूर्त्त खोजकर उन्होंने राजा जानश्रुति के समक्ष यह प्रस्ताव रखा। सरल-प्रकृति के राजा, आचार्य के दिए हुए शुभ समाचार से आह्लादित हुए। उनका मुख उल्लास से जगमगा गया। मन-ही-मन वे भी आश्वलायन को जाबाला के योग्य मानने लगे थे। परन्तु संयोग से वहाँ अरुन्धती पहुँच गई। उसने जब सुना तो तीव्र प्रतिवाद किया। बोली, "तात, अपराध क्षमा करें, मैं अपनी प्यारी दीदी को इस प्रकार मृत्यु के मुख में धकेलने नहीं दूँगी। मेरी बहिन यह सम्बन्ध एकदम स्वीकार नहीं करेगी। और आप दोनों के संकोच से यदि उसने इसे स्वीकार कर लिया तो वह जीवित नहीं रह सकेगी। मेरा यह निश्चित मत है।" अरुन्धती का मुँह आवेश से लाल हो गया था। वह इतना कहकर झम्म-से चली गई। आचार्य और राजा, दोनों हतप्रभ होकर देर तक मौन बैठे रहे। दोनों ने देर तक एक-दूसरे की ओर देखा भी नहीं। आचार्य औदुम्बरायण को अधिक कष्ट हुआ। वे आश्वलायन को बात दे चुके थे। उन्हें समझ में नहीं आया कि क्या मुँह लेकर आश्वलायन से अस्वीकृति की बात कहेंगे। अरुन्धती ने जो कुछ कहा है, वह क्या सचमुच जाबाला के मन की बात है? अवश्य होनी चाहिए। अरुन्धती उसकी बहिन ही नहीं, अन्तरंग सखी भी है। तो?

आचार्य मर्माहत हुए। वे चुपचाप उठकर चले गए। राजा की भी मानसिक

स्थिति ऐसी हो गई थी कि वे न उन्हें कुछ कह सके, न जाने से रोक ही सके। बाद में आचार्य को किसी ब्रह्मचारी से एक पत्र प्राप्त हुआ और एकाएक आचार्य अपना घर छोड़कर ही चले गए।

पत्र में क्या लिखा था, यह जाबाला को ज्ञात नहीं हो सका। स्वयं राजा जानश्रुति भी नहीं जान पाए थे कि वह पत्र कहाँ से आया था। जाबाला सब सुनकर बहुत विचलित हुई। उसे कर्तव्य नहीं सूझा।

जाबाला का उद्वेग बढ़ता ही गया। उसी को लेकर अरुन्धती और आचार्य घर छोड़ गए। पिता उस समय थोड़े निश्चिन्त अवश्य हैं; पर वह इस आशा से कि जाबाला कुछ समाधान अवश्य खोज लेगी। पर समाधान क्या है? अरुन्धती ने जो कुछ कहा है, वह ठीक ही कहा है। उससे अधिक स्पष्ट और प्रभावशाली ढंग से तो वह स्वयं भी अपने मन की बात नहीं कह सकती थी। अरुन्धती उसके मन की बात जानती है, सिर्फ़ जानती ही नहीं सही ढंग से उसे प्रस्तुत भी कर सकती है। मन-ही-मन उसने अरुन्धती के प्रति कृतज्ञता प्रकट की। पर आचार्य को तो पिताजी ने ही उसके योग्य वर ढूँढ़ने का अधिकार दिया था। उन्होंने ढूँढ़ा और अपनी ओर से कुछ बातें आगे बढ़ा दीं तो उन्हें दोष तो नहीं दिया जा सकता। क्या किया जाए? आचार्यपाद दुःखी हुए, यह अच्छा नहीं हुआ। उनसे अधिक अपना जाबाला का कौन है? परन्तु उन्होंने कुछ निश्चय करने के पहले एक बार जाबाला से पूछ लिया होता। अति विश्वास के कारण ही पूछा नहीं। या हो सकता है, पूछने का विचार कर रहे हों और अवसर न पा सके हों। जो हुआ, हुआ बहुत बुरा। उपाय भी क्या है? जाबाला जितनी ही सोचती, उतनी ही उलझती जाती। आचार्यपाद जो चाहते हैं वह हो नहीं सकता, पर उन्हें अप्रसन्न करके वह जी भी कैसे सकती है! विषम संकट है!

दो दिन तक सोचते रहने के बाद अचानक उसे आलोकशिखा-सी मिल गई। क्यों न वह भगवती ऋतम्भरा के निकट जाकर उनसे इस विषय में सलाह ले। वही कुछ रास्ता बता सकती हैं। यह सोचकर उसे आश्चर्य हुआ कि इतनी देर तक उसे यह बात सूझी क्यों नहीं। मन इस विचार से काफी हल्का हुआ।

वह निश्चित जानती थी कि अपने पिता से अनुमति उसे मिल जाएगी। मिल भी गई। कठिनाई हुई पिता के इस आग्रह पर कि वे भी साथ चलेंगे। वह भगवती से एकान्त में बात करना चाहती थी। उस समय किसी तीसरे का रहना उसे स्वीकार नहीं था, पिताजी का रहना तो एकदम नहीं। पर पिता का आग्रह भी ऐसा था कि टालना कठिन था। राजा जानश्रुति महान तपस्वियों के दर्शन का प्रलोभन

नहीं छोड़ पाए। अन्त में, पिता की अनुमति से जाबाला औषस्ति-आश्रम के लिए रवाना हुई। साथ में दीदी भी थी। दो-चार विश्वस्त अनुचरों के साथ राजा भी चले। यात्रा बहुत कठिन नहीं थी। औषस्ति-आश्रम उनके गाँव से बहुत दूर नहीं था, पर रथ से जाने योग्य मार्ग भी नहीं था। सो, पैदल ही चलना पड़ा।

आश्रम-द्वार से कुछ पहले ही राजा जानश्रुति अपने अनुचरों के साथ रुक गए। उन दिनों राजा लोग आश्रमों में कुलपति के आदेश के बिना नहीं जाते थे। साधारण लोगों पर ऐसा कोई प्रतिबन्ध नहीं था। ऐसा माना जाता था कि तपस्या और स्वाध्याय के क्षेत्र में राजा का किसी प्रकार का दबाव धर्म-संगत नहीं है। इसीलिए राजा को आश्रम में प्रवेश के लिए कुलपति की अनुमति और राजवेश का परित्याग, ये दो बातें आवश्यक मानी जाती थीं। राजा ने एक अनुचर को महर्षि औषस्ति के पास पत्र देकर अनुमति प्राप्त करने के लिए भेजा। पर जाबाला अधीर हो रही थी। उसने माताजी के पास जाने की अत्यधिक उत्कंठा व्यक्त की। राजा ने उसे और उसकी 'दीदी' ऋजुका को माताजी के पास जाने की अनुमति दे दी। स्वयं आश्रम के बाहर ही रहकर कुलपति की अनुमति की प्रतीक्षा करने लगे।

ऋजुका को माताजी की कुटिया तक पहुँचने में कोई कठिनाई नहीं हुई। कुटिया छोटी ही थी। बाहर की भूमि पर गोमय से पोतकर सामान्य मंडिनकाएँ फूलों से ही बना ली गई थीं। सरकंडों और पत्तों से बना एक हल्का-सा अवरोध पड़ा हुआ था जिसे 'कपाट' कहना केवल औपचारिकता ही मानी जाएगी। जाबाला और ऋजुका जब द्वार पर पहुँचीं तो वहाँ सन्नाटा था। भीतर कोई था भी तो सोया हुआ था या समाधि की स्थिति में ही था। एक क्षण के लिए जाबाला कुछ साध्वस की अवस्था में चुपचाप खड़ी रही। फिर न जाने किस आन्तरिक प्रेरणा से विह्वल-व्याकुल भाव से अनायास बोल उठी—''माँ!''

भगवती ऋतम्भरा उस समय रैक्व की प्रतीक्षा में बैठी थीं, वे रैक्व के अपूर्व पांडित्य और उनके भविष्य की मोहन कल्पना में रमी हुई थीं, वह एक प्रकार का दिवास्वप्न था। वे आनन्द-विह्वल होकर शान्त-निःस्पन्द बैठी रहीं। बीच-बीच वे केवल देख लेती थीं कि उनका लाडला पुत्र पिता के पास से अभी तक लौटा या नहीं। इसी समय जाबाला की पुकार उनके कानों में पहुँची। आवाज पहचानने में उन्हें देर नहीं लगी, पर उन्हें आश्चर्य अवश्य हुआ। क्या सचमुच जाबाला का ही स्वर है? यह कैसे हो सकता है? वे जब तक सोचें तब तक दूसरी बार वही कातर पुकार—''माँ!''

भगवती हड़बड़ाकर उठीं। बाहर आकर देखती हैं—जाबाला ही तो है! जब तक वह उनके चरणों में साष्टांग प्रणिपात के लिए झुकी तब तक माताजी ने धधाकर उसे छाती से लगा लिया। देर तक उसका सिर चूमती रहीं। ऋजुका की उपस्थिति का भान तो उन्हें बहुत बाद में हुआ। वह दूर से ही प्रणिपात के लिए झुकी हुई थी। उसे देखकर माताजी जैसे होश में आईं, पूछा, ''कहाँ से आ रही हो तुम लोग, कोई सूचना भी नहीं दी!'' जाबाला की आँखों से आँसू का प्रपात ही झरने लगा। वाणी एकदम रुद्ध थी। ऋजुका भी रोने लगी थी। उत्तर में उसी ने कहा, ''घर से ही आ रहे हैं, माताजी! राजा भी आए हैं। आश्रम के बाहर ही रुक गए हैं।''

माताजी इस समाचार से आश्वस्त हुईं कि जाबाला पिता के साथ आई है। एक क्षण के लिए वे सोचने लगी थीं कि कहीं पिता से कोई विवाद करके तो वह नहीं आई है। आश्वस्त होकर जाबाला को खींचकर वे भीतर ले गईं। ऋजुका को बाहर ही रहने का आदेश दिया।

देर तक माताजी की गोद में पड़ी हुई जाबाला सुबकती रही और उनका प्यार पाती रही। मुँह से किसी ने एक भी शब्द नहीं कहा। जाबाला ने मन-ही-मन सोच रखा था कि माताजी से सारी बातें किस प्रकार खुलकर कहेगी, पर सब सोचना बेकार हो गया। वाणी जो रुद्ध हुई तो मानो समाप्त ही हो गई हो। कोई उपक्रम नहीं, कोई उपसंहार नहीं, केवल अविरल अश्रुधारा। माताजी को अचानक स्मरण हो आया कि राजा जानश्रुति आश्रम-द्वार पर रुके हुए कुलपति औषस्ति की अनुमति की प्रतीक्षा कर रहे हैं। यह समय महर्षि के ध्यान का है। हो सकता है कि उन्हें अभी तक अनुमति न मिली हो। महर्षि के ध्यान से उठने में अभी देर है—यह सोचकर वे उद्विग्न हो उठीं। जाबाला को प्यार से दुलारते हुए उन्होंने कहा, ''क्यों परेशान हो रही हो, बेटी? अब तू माँ के पास आ गई है। तेरी सारी चिन्ता अब मेरी है। तू स्वस्थ होकर बैठ जा। मुहूर्त्त-भर में मैं आती हूँ। मुझे आशंका है कि तेरे पिता का अनुचर जब महर्षि के पास गया होगा तो वे ध्यानावस्थित होंगे। वह अभी तक वहीं खड़ा होगा। मैं तेरे पिताजी के स्वागत की व्यवस्था करके अभी लौट आऊँगी। बस, मुहूर्त्त-भर में आती हूँ। स्वस्थ-प्रसन्न हो जा, मेरी बेटी!''

उत्तर की प्रतीक्षा किए बिना वे घर से बाहर निकल गईं। द्वार पर ऋजुका को देखकर कहा, ''आ बेटी, मेरे साथ आ। लगता है, महर्षि के ध्यान का समय हो गया है, अभी तक राजा को आश्रम में प्रवेश करने की अनुमति नहीं प्राप्त

हुई है। मैं कुछ विश्वस्त ब्रह्मचारियों को तेरे साथ लगा दूँगी। वे राजा को सादर आश्रम में ले आएँगे। जाबाला यहीं है। कुछ चिन्ता की बात नहीं है। इस आश्रम में कोई भी भय नहीं है। आ जा मेरे साथ।" उसे इस प्रकार से घसीटकर ही माताजी अपने साथ लेती गईं।

जाबाला भगवती ऋतम्भरा की कुटिया में अकेली रह गई। अवसर पाकर एक बार बातचीत आरम्भ करने की योजना बनाने लगी, कैसे शुरू करे! माताजी से कौन-सी बात पहले की जाए! माताजी धर्मबुद्धि से विचार करेंगी। क्या उसके मन में जो है वह धर्म-संगत होगा! माताजी कहीं यह न सोचने लगे कि रैक्व उनका बेटा है, इसलिए उसके सम्बन्ध में विचार करते समय ऐसी बात न कहें जिसमें पक्षपात या ममता का संस्पर्श हो। फिर रैक्व है कहाँ? यहीं तो नहीं है! उतावली में उसने इस सम्भावना की बात तो सोची ही नहीं। कहीं यहीं मिल गया तो न जाने कैसा आचरण कर बैठेगा! लोक-व्यवहार का ज्ञान तो उसे है ही नहीं। पर माताजी के साथ इतने दिनों से रह रहा है, कुछ तो सुधरा अवश्य होगा। जाबाला को स्वयं इस बात पर हँसी आ गई। उसमें दोष क्या है कि वह उसके सुधरने की बात सोच रही है! ऐसा अम्लान सहज भाव तो त्रैलोक्य में खोजे नहीं मिलेगा। वह वैसा ही भोला है, सुधरने का मतलब तो है कुछ बनावटी शिष्टाचार का अभ्यास। नहीं, रैक्व का सहज-सुन्दर रूप, अव्याज मनोहर स्वभाव, भोला-भाला प्रियदर्शन वपु ही काम्य है! पर अकेले में मिलता तो अच्छा होता। दस आदमियों के बीच जाने कैसा व्यवहार कर बैठे। जाबाला मन-ही-मन प्रसन्न हुई। मिले भी तो! कहाँ मिलता है! यह बाद की बात है। तब जो होगा, देखा जाएगा।

माताजी के आने में देर हो रही थी। राजा ने देर तक कुलपति औषस्ति की अनुमति की प्रतीक्षा करने के बाद, अनुचर के आने में देर होती देख, एक अन्य अनुचर को माताजी के पास भेजा था। वह कुटिया के बाहर ही माताजी को मिल गया था। माताजी समझ गईं कि प्रथम अनुचर अभी महर्षि के ध्यान टूटने की प्रतीक्षा में बैठा होगा। उधर राजा देर से आश्रम के बाहर प्रतीक्षा कर रहे हैं। माताजी ने अब देर न कर स्वयं राजा की अगवानी के लिए जाना उचित समझा। वे यज्ञशाला के व्यवस्थापक को अतिथि की उचित अभ्यर्थना का निर्देश देकर स्वयं राजा के पास गईं। लौटने में देर हुई।

जाबाला कुछ विचलित हुई। माताजी को देर क्यों हो रही है? इस बार उनके आते ही वह अपनी समस्या उनके सामने रख देगी। वह फिर बातचीत के उपक्रम

और उपसंहार का ताना-बाना बुनने लगी। यहाँ आकर यही नहीं समझ पा रही है कि वह माताजी से क्या पूछने आई है। कैसे वह कह सकेगी? क्या कहेगी? वह इतना निश्चित जानती है कि बात इस प्रकार रखनी चाहिए, जिससे माताजी को कोई बात अधर्म-पुष्ट न प्रतीत हो। जाबाला इस धर्माधर्म की उलझन को अपने ढंग से स्वयं सोच रही थी। उसे किसी समय स्वयं आचार्य औदुम्बरायण ने ही वाग्दान और कन्यादान का रहस्य समझाया था। आचार्य की बातें उनके गले नहीं उतरी थीं, पर आचार्य ने यह कहकर उसे चुप कर दिया था कि श्रुति के विपरीत सोचना कुतर्क है। कुतर्क आज भी उनके मन में उठ रहे हैं। डर यही है कि कहीं माताजी भी उसे इसी अस्त्र से चुप न कर दें।

जाबाला को अच्छी तरह याद है। आचार्य औदुम्बरायण वाग्दान और कन्यादान के प्रसंग पर उनके तर्कों का उत्तर दे नहीं सके थे। केवल श्रुति की महिमा बताकर उसे चुप कर दिया था। जाबाला ने पूछा था कि 'कन्यादान' का अर्थ क्या है? पिता किसी को कन्या दे तो उसे कन्यात्व ही दे सकता है, पत्नीत्व नहीं दे सकता। यह शब्द ही ग़लत बनाया गया है। आचार्य ने अनेक धर्म-सूत्रों का हवाला देकर बताया था कि यह केवल एक रूढ़ शब्द-मात्र है। पिता केवल रक्षण तथा भरण-पोषण का उत्तरदायित्व किसी योग्य वर को सौंप देता है। वह कन्या का नहीं, उसके रक्षण और भरण-पोषण के दायित्व का दान करता है। जाबाला को इस पर भी आपत्ति थी। उसे यह अर्थ बनावटी लगा था। अगर सचमुच पिता कन्या को किसी व्यक्ति को पत्नी के रूप में नहीं देता तो दैव-विवाह अत्यन्त गर्हित विधान है। दैव-विवाह में पिता दक्षिणा के रूप में कन्या को उस व्यक्ति को दे देता है जो यज्ञ करता है। फिर कन्या की सहमति के बिना किसी अन्य व्यक्ति द्वारा उसका वाग्दान भी तर्क-सम्मत नहीं है। आचार्य इस बात पर कुछ चिढ़ गए थे और कहा था कि तर्क उतनी ही दूर तक ग्राह्य है जितनी दूर तक वह श्रुति-सम्मत होता है। श्रुति-विरोधी तर्क कुतर्क है। जाबाला को लगा था कि आचार्य उत्तर नहीं दे पा रहे हैं और उसे आगे चलने से रोकना चाहते हैं। और अब? आचार्य इसलिए नाराज़ हैं कि वे जाबाला की इच्छा जाने बिना उसके विवाह के लिए वाग्दान कर चुके हैं। जाबाला का मन किसी प्रकार यह मानने को प्रस्तुत नहीं है कि ऐसा वाग्दान धर्म-सम्मत है। पर माताजी से क्या ये बातें वह कह सकती है? शायद नहीं कह सकती है। यहाँ आना ही ठीक नहीं था। आकर तो और भी विषम संकट में वह फँस गई है!

विवाह वह नहीं करना चाहती। वह आजन्म ब्रह्मचारिणी रहकर ब्रह्मवादिनी

बनना चाहती है। रैक्व के सम्बन्ध में उसके मन में कोमल और मोहन भाव हैं, पर उसने विवाह तक इस बात को बढ़ाने की कभी सोची नहीं। वह रैक्व से कैसा सम्बन्ध चाहती है? उसका मत स्पष्ट नहीं है। आखिर वह चाहती क्या है? माताजी अगर यही पूछ बैठें तो वह क्या उत्तर देगी? फिर रैक्व क्या विवाह करना चाहेगा? वह बिचारा क्या जाने कि विवाह क्या होता है। जाबाला को अपने ऊपर ही हँसी आ गई। किसी ने तो नहीं कहा कि उसका विवाह रैक्व से होने जा रहा है, या होने की सम्भावना है, फिर वह विवाह के बारे में ही क्यों सोच रही है? रैक्व के चाहने-न-चाहने का प्रश्न ही कहाँ उठता है! यह तो उसके अपने मन का ही चोर है!

जाबाला इसी उधेड़-बुन में थी कि एकाएक कोई 'माँ, माँ' कहता हुआ कुटिया में घुस आया। जाबाला अपने में खोई हुई थी। आवाज सुनकर आँगन में निकल आई। कौन अतिपरिचित की तरह यहाँ धड़ाधड़ घुसा आ रहा है? सामने देखा, रैक्व! स्तब्ध रह गई।

रैक्व ने देखा, शुभा! दोनों स्तब्ध! एकदम रुद्ध-चेष्ट! दोनों हैरान-भये दृगंचल चारु अचंचल! कुछ देर ऐसी ही स्थिति रही। फिर रैक्व ने मौन भंग किया–"शुभे, मैंने स्वप्न में तुम्हें कई बार देखा है। पर आज जाग्रत-अवस्था में देख रहा हूँ। पर कौन जाने आज भी स्वप्न ही देख रहा होऊँ! बताओ शुभे, कहीं मैं स्वप्नावस्था में तो नहीं हूँ?" ऐसा कहकर रैक्व ने अपनी आँखों पर एक बार हाथ फेरा।

जाबाला ने मृदुकंठ से उत्तर दिया, "नहीं तापसकुमार, तुम स्वप्नावस्था में नहीं, जाग्रत-अवस्था में ही अपनी शुभा को देख रहे हो। कहो, प्रसन्न तो हो?"

चकित मृगशावक जिस प्रकार वीणा की ध्वनि सुनता है, उसी प्रकार रैक्व ने उस मनोहर वाणी को सुना। "आज सचमुच प्रसन्न हूँ। सविता प्रसन्नोदय है, वायु प्रसन्न भाव से प्रवहमान है, दिशाएँ प्रसन्न हैं, मेरा भाग्य प्रसन्न है। पर शुभे, तुम्हारा चेहरा कैसा धूमाच्छन्न-सा हो गया है? ऐसा जान पड़ता है कि जैसे उपरागग्रस्त चन्द्रमा हो। सब कुशल तो है?"

"तुम्हें देखने के बाद सब ठीक हो जाएगा, ऋषिकुमार! पर तुम मेरी एक प्रार्थना सुनो..."

"प्रार्थना! आज्ञा दो देवि! पिछली बार तुम्हारी बात न मानने से जो पाप हो गया, उसका फल अभी तक भोग रहा हूँ। देखो, यह मेरी पीठ कैसी क्षत-जर्जर हो गई है। तुम्हारी बात न मानूँगा तो और किसकी मानूँगा?"

रैक्व ने अपनी पीठ जाबाला के सामने कर दी। जाबाला ने देखा, सारी पीठ लाल हो गई है। सहानुभूति दिखाते हुए कहा, ''यह क्या हो गया है, ऋषिकुमार?''

''हो क्या गया है, पाप का फल भोग रहा हूँ। तुमने कहा था न, कि किशोर को अपनी पीठ पर किसी किशोरी को बैठाने की बात सोचना भी पाप है? मैं उस समय नहीं माना। पाप लग गया। सब समय पीठ में खुजली होती है और तुम्हारी याद आने पर तो छाती तक छेद डालती है। माताजी तो कहती थीं कि यह पाप नहीं, केवल अभिलाष-भाव है; मैंने तुम्हें किसी-न-किसी प्रकार पाने की अभिलाषा की है, इसलिए पीठ में खुजली होती है; पर आश्वलायन कहता है कि यह अभिलाष-भाव भी पाप ही है, क्योंकि तुमने शुभा की स्वीकृति पाए बिना अभिलाषा की है। शुभा ही इसे ठीक कर सकती है। ठीक कर दो न शुभे, बड़ा कष्ट हो रहा है।''

''ठीक हो जाएगी, पर यह आश्वलायन कौन है?''

''मेरा मित्र है, बहुत समझदार है। मैंने तुम्हारे बारे में कुछ नहीं बताया, पर सब समझ गया!''

''सब समझ गया? क्या समझ गया?''

''यह तो मैं भी नहीं जानता। कहता था कि सब समझ गया है। सदा ठीक ही कहता है।''

''तो तुमने यह नहीं पूछा कि वह क्या समझ गया है?''

''तुम बता रही हो तो मुझे लगता है कि पूछना चाहिए था। उस समय किसी ने बताया ही नहीं।''

जाबाला हँसने लगी। रैक्व ने समझा कि उससे कोई बड़ी ग़लती हो गई है। गिड़गिड़ाकर कहा, ''तुम्हारे सामने नासमझ हो जाता हूँ। अपने को छोटा समझने लगता हूँ।''

''नहीं, इसमें छोटा समझने की क्या बात है! मुझे तो लगता है कि तुम बहुत महान हो। तुम मनुष्यों में देवता हो। जी में आता है तुम्हारी आरती उतारूँ। पर सुनो, इस समय तुम सचमुच नासमझी कर रहे हो।''

''क्या?''

''तुम थोड़ी देर बाद यहाँ आना। माताजी के आने के पहले कहीं चले जाओ। वे आनेवाली ही हैं। और देखो, उनके सामने या किसी और के सामने यह अभिलाष-भाव वाली बात नहीं करना। अच्छा!''

रैक्व ने स्वीकृति में सिर हिलाया। पर हटे नहीं। जाबाला ने फिर मृदुकंठ से

कहा, ''मेरे अच्छे तापसकुमार, तुम थोड़ी देर के लिए यहाँ से कहीं अन्यत्र चले जाओ।''

रैक्व ने अविश्वास के साथ जाबाला की ओर देखा। बोले, ''नहीं, इस बार मैं कहीं नहीं जाऊँगा। उस बार तुम्हारे कहने से छिप गया था और तुम चुपचाप खिसक गईं। इस बार यह नहीं होगा। मैं तुम्हें नहीं छोड़ूँगा।''

''मैं वचन देती हूँ ऋषिकुमार, इस बार ऐसा नहीं करूँगी।''

''सच कहती हो शुभे, मुझसे मिले बिना नहीं जाओगी? तुम जानती नहीं, अब मैं तुम्हारे बिना जी नहीं सकूँगा। पता नहीं, मुझे क्या हो गया है! ध्यान नहीं कर सकता, समाधि नहीं लगा पाता, जप-तप भूल जाता हूँ! तुम्हीं मेरी आराध्या हो, परब्रह्मस्वरूपिणी!''

''ऋषिकुमार! तुम ज़रा कम नहीं बोल सकते? जानते हो न, ऐसा कहना अनुचित है?''

''अनुचित है? नहीं कहूँगा। पर सत्य है। अब जब तक तुम्हारा इंगित नहीं होगा, तब तक मैं मौन ही रहूँगा। एक बार प्रमाद हुआ, बार-बार नहीं होगा।''

''नहीं, मैं मौन रहने को नहीं कहती, ज़रा कम बोला करो और मेरे बारे में तो बिल्कुल कुछ न बोलो। समझे! और अभी तो ज़रा जल्दी ही यहाँ से हट जाओ। बस, थोड़ी देर के लिए। फिर मैं तुमसे बात करूँगी। अभी तो मैं माताजी के पास और रहूँगी। पर तुमने ध्यान, प्राणायाम, समाधि, जप-तप क्यों छोड़ दिया है? मेरे कारण? तब तो मैं तुमसे कभी नहीं मिलूँगी।''

''नहीं, नहीं शुभे, तुम मेरे ऊपर ऐसा क्रोध न करो! अगर इन बातों से तुम्हें सुख मिलेगा तो अवश्य करूँगा। मगर वह गाड़ी तो तुम्हारी ही है न? वह मुझे चाहिए।''

''गाड़ी तो तुम्हारी ही है और मैं...अच्छा, गाड़ी मैं अभी मँगवा देती हूँ।''

''हाँ, उस गाड़ी के बिना मैं क्या समाधि लगाऊँगा? वह गाड़ी मुझे अपार शक्ति देती है!''

जाबाला के अधरों पर मन्दस्मित खेल गया। गाड़ी अपार शक्ति देती है! भोलेराम, कभी यह भी सोचा कि गाड़ी नहीं, कोई और है जो अपार शक्ति देती है। पर यह बात मन में ही रखकर उसने कहा, ''ठीक है, गाड़ी मिल जाएगी। लेकिन तुम थोड़ी देर के लिए यहाँ से चले जाओ। माताजी आती ही होंगी। बुरा तो नहीं मान रहे हो, मेरे अच्छे तापसकुमार?''

''जाता हूँ, मगर तुम भाग मत जाना। नहीं जाओगी न?''

''नहीं, तुम विश्वास करो।''

रैक्व ने एक बार सन्दिग्ध दृष्टि से जाबाला की ओर देखा। फिर चुपचाप चले गए।

मन उनका आश्वस्त नहीं था। पिछली बार शुभा इसी प्रकार उन्हें छिपने को कहकर कहीं चली गई थी। इस बार कहीं चली न जाए। लेकिन पिछली बार उसने इस प्रकार नहीं जाने का वादा नहीं किया था। इस बार वह वचनबद्ध है। जाना तो नहीं चाहिए। पिछली बार तो जंगल था, झाड़ियाँ थीं, छिपना आसान था। इस बार कहाँ चलें! वैसे इस बार शुभा ने छिपने को नहीं कहा। केवल कुछ देर के लिए हट जाने को कहा है। बहुत देर तक रैक्व आश्रम में इधर-उधर भटकते रहे। फिर यज्ञशाला की ओर चले गए। मध्याह्न-काल में वहाँ कोई नहीं रहता। रैक्व ने वहीं जाने का निश्चय किया।

यज्ञशाला के पास ही कुछ दूर पर अतिथिशाला थी। श्रावण के महीने में वहाँ अधिक भीड़ रहती थी। इस समय प्रायः खाली ही रहा करती थी। रैक्व ने देखा कि वहाँ कई ब्रह्मचारी व्यस्त हैं। निश्चय ही कोई बड़ा अतिथि आनेवाला होगा। कुछ आगे बढ़कर रैक्व ने एक ब्रह्मचारी से पूछा कि क्या कोई अतिथि पधारे हैं! ब्रह्मचारी ने बताया कि राजा जानश्रुति परिवार के साथ पधारे हैं। ब्रह्मचारी ने गौतम और आपस्तम्ब के वचनों की याद दिलाते हुए रैक्व से कहा कि तुम तो जानते ही हो कि अतिथि का सम्मान नृयज्ञ माना जाता है। उसका आगे बढ़कर स्वागत किया जाता है, पैर धोने के लिए जल देना पड़ता है। आसन, शय्या, दीप आदि की व्यवस्था करनी पड़ती है और ऐसे भोजन की व्यवस्था करनी पड़ती है जो अतिथि के उपयुक्त हो। द्वार पर से माताजी उनको ले आई हैं, शेष आचार हम लोग कर रहे हैं। माताजी इनकी अगवानी करके और यहाँ तक पहुँचाकर लौट गई हैं। राजकन्या जाबाला पहले से ही माताजी की कुटिया में चली गई हैं, उनकी भी तो व्यवस्था करनी है। माताजी ने हम लोगों को वहाँ भी जाने का आदेश दिया है। यहाँ का काम अब समाप्त हो गया है, हम लोग वहीं जा रहे हैं।

ब्रह्मचारी की बात से रैक्व की समझ में आया कि शुभा (जाबाला) क्यों माताजी की कुटिया में है। उन्हें सबसे बड़ा सन्तोष इस बात से मिला कि शुभा के पिता यहीं हैं और जब तक ये यहाँ रहेंगे, तब तक उसके जाने की कोई आशंका नहीं है।

एक बार शुभा के पिता को देख लेने की इच्छा भी हुई। नाम तो सुना है, पर अभी तक देखा नहीं है। मगर वे उधर जा न सके। एक प्रकार का संकोच,

जिसका स्वरूप और स्वभाव उनकी समझ में नहीं आया, उन्हें उधर आगे बढ़ने में बाधक सिद्ध हुआ। यज्ञशाला और अतिथिशाला के मध्य में स्थित विशाल तिंतिड़ी-वृक्ष की छाया में बैठकर शुभा की बातों का अर्थ समझने का प्रयत्न करने लगे।

शुभा कहती है, कम बोला करो। मैं कुछ वाचाल हो गया हूँ। मुझे अपनी वाणी पर संयम रखना चाहिए। गाड़ी मिल जाए तो मैं फिर अपने तप और समाधि के मार्ग पर लौट चलूँ। शुभा की यही इच्छा है। शुभा बिना विचारे कोई बात नहीं कहती। कुछ सोच के ही कहा होगा। अब शुभा के बारे में तो बिल्कुल कुछ नहीं बोलना चाहिए। मैं शायद निरर्थक या अनर्थपरक बातें कह जाता हूँ। पुराण-ऋषियों ने कहा है, अन्न से मन बनता है, जल से प्राण बनता है और तेज से वाणी बनती है। मुझमें तेज की कमी होगी। ऐसा न होता तो मेरी वाणी सदोष क्यों होती! तेज तो शुभा है। स्थिर विद्युत-शिखा! तभी शुभा की वाणी इतनी स्पष्ट, इतनी मीठी और इतनी मोहन है। बोलती है तो अमृत की वर्षा-सी होने लगती है। मुझे वाणी का संस्कार सीखना होगा। कैसे होगा–तेजस् का ध्यान करके? तेजस् का स्रोत आदित्य है, सविता देवता। उसकी शक्ति का प्रत्यक्ष विग्रह शुभा है–तेजोरूपा। सविता देवता का वरेण्य भर्ग धरती पर शुभा के रूप में मूर्तिमन्त हुआ है–तत् सवितुर्वरेण्यं भर्गो देवस्य धीमहि!–रैक्व को याद आया अभी थोड़ी देर पहले महर्षि औषस्ति ने कहा था–'मनुष्य की अन्तरात्मा में विधाता ने 'प्रज्ञा' नामक एक और शक्ति दी है। वह अनुभव कराती है।' उन्होंने बताया था कि 'मैं जिस तत्त्व की ओर इशारा कर रहा हूँ वह बुद्धि का विषय नहीं है, वह बोध का विषय है। स्वयं अनुभव करने का विषय है। शान्त और स्थिर चित्त से बैठोगे तो तुम्हें झलक मिलेगी।' कहा था 'वह तेज तुम्हारे दरवाजे पर आकर दस्तक दे रहा है, परन्तु तुमने कभी उसके स्वागत के लिए द्वार खोला नहीं।' महर्षि ने और भी कहा था, 'हाँ, वत्स, मनुष्य उस परम प्रेमी की दस्तकों की निरन्तर उपेक्षा किए जा रहा है। वह परम प्रेमिक तुम्हारे द्वार पर आकर खटखटा जाता है। एक बार प्रयत्न करो जिससे तुम उसे अपने हृदय में पकड़कर बैठा सको, उसका स्वागत कर सको, उसके चरणों में अपने-आपको निछावर कर सको।' रैक्व को आज सब स्पष्ट हो रहा है। कहीं कुछ दुविधा नहीं है। शुभा ही तो प्रज्ञा-रूप है। आज हृदय के सभी बन्द द्वार अनायास खुल गए हैं। अभी तक ये रुद्ध थे। आज मानो जो मिलना था वह मिल गया। अब तक उनका मन उत्क्षिप्त था। आज समाधि सिद्ध होने जा रही है। महान गुरु औषस्तिपाद के शब्द अमृत की धारा

के समान सिर पर बरस रहे हैं–'तुम्हारे भीतर जो देवता स्तब्ध होकर बैठे हैं वे तुम्हारा ठीक मार्ग-दर्शन करेंगे। वही प्रज्ञा-रूप है, पुराण-ऋषियों ने कहा है : 'प्रज्ञानं ब्रह्म'।' हाय, वह देवता तो शुभा से भिन्न नहीं है।

बहुत दिनों बाद रैक्व ने अपने चित्त में ऐसी स्थिरता का अनुभव किया था। आज वे अनुभव कर रहे हैं कि शरीर, इन्द्रिय, प्राण, मन, बुद्धि आदि–सभी आवरण हट रहे हैं। सबको अभिभूत करके एक अपूर्व तेज उनके अन्तरतर को आलोकित कर रहा है। वे अनायास समाधि की अवस्था में पहुँच गए।

सत्रह

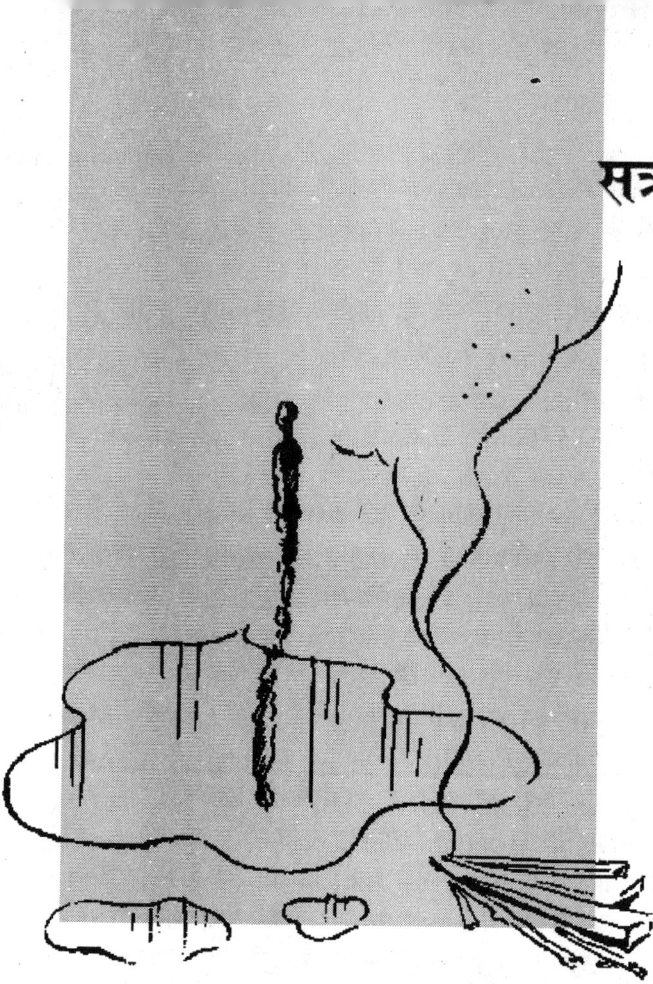

रैक्व को यहाँ से हटने में आयास करना पड़ा। नई अनुभूति से थोड़ी ही देर जो हलकापन अनुभव हुआ था, वह धीरे-धीरे तिरोहित होने लगा। थोड़ी दूर चलने पर उन्हें नया ज्ञान भार-जैसा लगने लगा। वे महर्षि के पास फिर लौट आए। महर्षि से वे इस भारानुभूति का कारण पूछने आए थे। पर महर्षि तब तक समाधिस्थ हो चुके थे। उनका मुखमंडल शान्त और प्रसन्न था; पर ऐसा लगता था कि उन्हें बाह्य जगत् की कोई अनुभूति नहीं है। रैक्व ने शास्त्रों में जिस ब्राह्मी-स्थिति की बात पढ़ी थी, वह कुछ ऐसी ही होती होगी। पर उन्हें वह प्राप्त नहीं हो रही है। उन्हें ज्ञान हुआ है, बोध नहीं। वे निराश और खिन्न-भाव से वहाँ से फिर चले। अभी जो कुछ जाना था, अनुभव किया था, वह सब इतनी जल्दी समाप्त हो जाएगा, इसकी उन्हें आशंका भी नहीं थी। कहीं

कुछ दोष है, जो उन्हें ब्राह्मी-स्थिति में आने में बाधक सिद्ध हो रहा है। वे अपना विश्लेषण करने लगे। दोष कहाँ है, क्या है? क्यों इतने बड़े गुरु का उपदेश इस तरह व्यर्थ हो जाता है! वे शायद अब भी शब्दविद् ही रह गए हैं, मन्त्रविद् नहीं हो पाए! अभी जो आलोक उन्होंने अपनी प्रत्येक शिरा-उपशिरा से अनुभव किया था, वह इस प्रकार क्यों उड़ गया? लगता है, गाड़ी की तरह वह दूर चला जा रहा है, केवल कुछ लकीरें उनके मन पर बनी रह गई हैं। उस आलोक का स्मरण अब भी है, पर वह सत्ता का अंग नहीं बन पाया है। क्या कारण हो सकता है? शायद वह उनके स्वभाव का अंग है, आलोक का बोध क्षण-स्थायी है। पानी आग के पास गरम हो जाता है, ज़रा दूर हटते ही फिर ठंडा-का-ठंडा, क्योंकि पानी का स्वभाव ही ऐसा है। कब तक खौलाओगे? मन सावधान, ठंडा तो उसे होना ही है! तभी पीछे से किसी ने कन्धे पर हाथ रखा–"बड़े परेशान लगते हो, मित्र! क्या बात है?"

रैक्व ने पीछे फिरकर देखा। सुहृद् आश्वलायन है! सदा की भाँति प्रसन्न, खिला हुआ! रैक्व को प्रसन्नता हुई। बोले, "मित्र, अच्छे मिले तुम। मैं आज सचमुच परेशान हूँ। अभी महर्षि औषस्तिपाद ने मेरे सिर पर प्यार से हाथ फेरा और इन्द्रिय, प्राण, मन, बुद्धि के आवरणों को भेदकर मैंने एकदम नया प्रकाश, नया आनन्द प्रत्यक्ष अनुभव किया। परन्तु ज्योंही उनके पास से उठा, वह अनुभव एकदम विलुप्त हो गया है और अब ऐसा लग रहा है कि यह सब न देखता, न जानता तो अच्छा होता। क्षण-भर पहले जो सारी नाड़ियों को भेदकर, सारी शिरा-उपशिराओं को छेदकर दिव्य आनन्द प्रत्यक्ष हुआ था, उसकी जानकारी ही अब बोझ मालूम होती है। ऐसा क्यों हुआ मित्र, तुम बता सकते हो?"

आश्वलायन हँसने लगा–"बात तो बिल्कुल स्पष्ट है, पर तुम्हें कैसे बताऊँ? यह बताओ, माताजी से मिले या नहीं? मैं सोच रहा था कि उनसे मिल लूँ। वहीं जा रहा था। लेकिन तुमको उदास देखा तो सन्देह हुआ कि कहीं माताजी ने तुम्हें डाँट तो नहीं दिया।"

"माताजी से मैंने तुमसे हुई बातचीत ज्यों-की-त्यों सुना दी है। उन्होंने कहा है कि इसमें कोई अपराध नहीं हुआ है, आश्वलायन तेरा अच्छा मित्र जान पड़ता है!"

"सब ज्यों-की-त्यों सुना दी?"

"हाँ, सब सुना दी। माताजी ने बुरा नहीं माना। तुम तो पहले ही कह चुके थे कि बुरा नहीं मानेंगी।"

''हाय मित्र, तुमने मेरी सारी बातें कह दीं! अब मैं माताजी के पास जाने योग्य भी नहीं रहा।''

''क्यों? माताजी ने तो कहा है कि आश्वलायन बहुत भला लड़का मालूम होता है। तुम्हें उनसे अवश्य मिलना चाहिए।''

''नहीं मिलना चाहिए।''

''क्यों, इसमें दोष क्या है?''

''क्योंकि माताजी तुमसे अधिक समझदार हैं और मैं भी तुमसे थोड़ा अधिक ही समझदार हूँ!''

''माताजी मुझसे अवश्य अधिक समझती हैं, पर तुम मुझसे अधिक क्या जानते हो? अभी भी अगर तुमको ऐसा भ्रम है तो किसी विषय पर शास्त्रार्थ करके देख सकते हो।''

''रहने भी दो! शास्त्र-चर्चा के लिए कुछ बुद्धि-वैभव की आवश्यकता होती है, विधाता ने वह तुम्हें दिया ही नहीं।''

कहकर आश्वलायन जोर से हँसा। फिर पुचकारते हुए कहा, ''मेरे भोले मित्र, तुम इतनी-सी बात पर चिढ़ गए और तुम्हें खेद है कि मन और बुद्धि को भेदकर जो महान सत्य दिखाई दिया था, वह अब लुप्त होता जा रहा है! धन्य हो!''

रैक्व को अपनी इस अहंकार-वृत्ति पर खेद हुआ। सोचकर बोले, ''मित्र, मुझमें सचमुच दोष है। मैं उतावली में तुम्हारा उत्तर दिया करता हूँ। जानते हो, मैंने क्या समझ लिया था? मैंने समझा था कि तुम मुझे मूर्ख कहना चाहते हो?''

''अब क्या समझा?''

''अब? अब मैं समझ रहा हूँ कि मुझमें सचमुच बुद्धि-वैभव नहीं है!''

''साधु मित्र! अब तुम ज्ञानी की तरह बात करने लगे। पर सुनो, बुद्धि-वैभव कोई ऐसी चीज़ नहीं है जिसके न होने पर दुःखी हुआ जाए और होने पर सुखी हुआ जाए! बड़ी चीज़ वही है जो तुम हो।''

''क्या मतलब?''

रैक्व ने देखा, आश्वलायन के चेहरे पर अद्‌भुत उल्लास का भाव था। रैक्व की पीठ थपथपाते हुए बोला, ''तुम्हें किसी ऐसे गुरु की आवश्यकता है जो तुम्हें बता सके कि तुम क्या हो। तुम जब तक स्वयं को नहीं पहचानते, दूसरों द्वारा अनुभूत सत्य का पिटारा सिर पर से फेंक नहीं देते, तब तक ऐसे ही भटकते फिरोगे। चाहो तो मैं तुम्हें ऐसे गुरु से मिला सकता हूँ। बहुत दूर नहीं जाना पड़ेगा। चल सकोगे?''

''चल सकूँगा। मेरा भटकाव जो दूर कर सके उसके पास अवश्य चलूँगा। पर माताजी की आज्ञा ले लूँ।''

''देर हो जाएगी। रमता-राम है। कब चल देंगे, कोई नहीं जानता। तुम्हें उनके पास छोड़कर मैं आ जाऊँगा और माताजी के पास किसी को भेजकर समाचार दे दूँगा कि तुम कहाँ गए हो। माताजी बुरा नहीं मानेंगी।''

''नहीं मानेंगी न? तुम उनको ठीक समझते हो। चलो!''

आश्रम के एक किनारे पर थोड़ी नीची ज़मीन थी। बरसात में वह पानी से भर जाती थी, पर इन दिनों वह सूखी थी और उस पर घास-फूस निकल आया था। वहीं खुले मैदान में एक जटिल साधु बैठे हुए थे। वहाँ तक पहुँचने में दोनों मित्रों को बहुत देर नहीं लगी। रास्ते में आश्वलायन ने बताया कि ''ये महात्मा सब तरह से विचित्र हैं। ब्राह्मण नहीं हैं, क्योंकि ब्रह्म या वेद किसी के कायल नहीं हैं। ब्रह्म या वेद को चरम और परम माननेवाले ब्राह्मण महात्मा 'ऋषि' कहे जाते हैं, लोग इन्हें 'मुनि' कहते हैं। न आश्रम के लोग इनकी विशेष परवा करते हैं, न ये आश्रमवालों की। ये अपने को अनेकान्तवादी बताते हैं। कहते हैं, हर आदमी का सत्य अपना और निजी होता है। किसी के भी बताए मार्ग पर आँख मूँदकर नहीं चला जा सकता है। हर व्यक्ति का अपना सत्य है, उसी की खोज करनी चाहिए। प्रत्येक आत्मा अपने सत्य पर अचल रहकर परमात्म-पद पा सकता है। वे अपने श्रम से उत्पन्न अन्न ही ग्रहण करते हैं, किसी का दिया कुछ नहीं लेते। महर्षि औषस्तिपाद पर इनकी अपार श्रद्धा है। उन्हीं से मिलने कभी-कभार आ जाते हैं। मिलने पर दोनों में कोई बातचीत नहीं होती। केवल हाथ जोड़ देते हैं और उनके जुड़े हाथों को महर्षि अपने हाथों में ले लेते हैं। दोनों चुपचाप घंटों बैठे रहते हैं और फिर एकाएक उठकर चल देते हैं। अभी तक महर्षि से मिल नहीं पाए हैं। इसीलिए यहाँ बैठे हैं।'' रैक्व को कुतूहल हुआ। उत्सुकतापूर्वक बोले, ''क्या मुझसे भी नहीं बोलेंगे?''

''तुमसे क्यों नहीं बोलेंगे? अभी मुझी से देर तक बात करते रहे। नहीं बोलने का व्रत केवल महर्षि के साथ ही चलता है। औरों से खूब बोलते हैं। आश्रम के उपाध्याय लोग ही उनसे बोलना उचित नहीं समझते। कारण अभी समझ जाओगे।''

रैक्व का कुतूहल बढ़ गया। निचली भूमिवाले मैदान में पहुँचकर तो वे कुछ चकित-से भी लगे। जटिल मुनि घास छील रहे थे। रैक्व को चकित देखकर आश्वलायन कहने लगे–''घास क्यों छील रहे हैं, जानते हो? किसी गृहस्थ को

देकर कुछ दूध लेंगे और आज का भोजन उसी से पूरा होगा।'' कहकर आश्वलायन जोर से हँसे।

जटिल मुनि ने दोनों को देखा। आश्वलायन से पूछा, ''ये कौन हैं, आयुष्मान्!''

''मेरे मित्र रैक्व हैं। व्याकुल हैं कि कुछ उपदेश इनके मन में नहीं टिक पा रहा है। इसीलिए अपने को भटका अनुभव करते हैं। आपसे कुछ सहायता पाने की आशा रखते हैं।''

''सहायता? उसके बदले में तो मेरे लिए थोड़ी घास छील देनी होगी, आयुष्मान्! आ जाओ, वहाँ एक छोटा-सा पत्थर का क्षुरप्र (खुरपा) और है। उठा लो! और तुम, आयुष्मान् आश्वलायन, जा सकते हो, मेरे पास तीसरा खुरपा तो है नहीं।''

''जाता हूँ मुनि-श्रेष्ठ, तीसरा होता भी तो मुझे अवकाश नहीं था। मेरे मित्र की जिज्ञासाओं को शान्त करें। मेरे हाथों में तो पहले ही फफोले निकल आए हैं।''

आश्वलायन रैक्व की ओर देखे बिना ही चल पड़े।

जटिल मुनि रैक्व की ओर बराबर देखे जा रहे थे। रैक्व को लगा, जैसे कोई भयंकर उल्का उनकी ओर बढ़ी आ रही है। वे आगे बढ़ने की जगह दो कदम पीछे हट गए।

जटिल मुनि ऐसा हँसे जैसे कोई आँधी सनसनाकर बढ़ती चली आ रही हो–''फफोलों से डर गए आयुष्मान्, देखूँ तुम्हारे हाथ। बहुत कोमल होंगे। आ जाओ!''

बिना कुछ सोचे-विचारे रैक्व ने अपनी हथेली खोलकर उनके सामने कर दी। ज़रा-सा झुककर जटिल मुनि ने उस हथेली की ओर ताका और एकदम हाथ का खुरपा फेंक खड़े हो गए। उन्होंने सिर से पैर तक रैक्व को देखा। ऐसा लगा वे कुछ विस्मित हो गए हैं–''भटक तो तुम अवश्य गए हो, कुमार! बहुत भटके हो, बहुत।''

फिर थोड़ा रुककर बोले, ''तुम्हें घास नहीं खोदनी चाहिए। आज इतने से ही मेरा काम चल जाएगा। मैं तुमसे वैसे ही बात कर लूँगा। थोड़ा श्रम तो तुम्हें करना पड़ेगा, पर वह बाद में बताऊँगा। अभी बैठो, यहीं बैठ जाओ। तुम बैठे रहो। मैं अपना काम भी करता रहूँगा और तुमसे बातें भी करता रहूँगा।''

रैक्व अभी भी बोल नहीं पा रहे थे। कुछ साहस बटोरकर बोले, ''मैं घास खोद सकता हूँ।'' और पास ही पड़ा क्षुरप्र (खुरपा) उठा लिया।

शिराएँ झनझना उठीं। लगा, जैसे सिर चक्कर खा रहा है। जटिल मुनि ने क्षुरप्र उनके हाथ से ले लिया–"कहा न, रहने दो। तुम्हारे बस का नहीं है। बताओ अपनी समस्या–अवहित हूँ।"

उन्होंने रैक्व का कन्धा दबाकर बैठा दिया। कन्धा बुरी तरह चरमरा गया। रैक्व को लगा कि कोई भारी पिंड उन्हें नीचे की ओर दबाता जा रहा है। वे बैठ गए। महात्मा उनकी ओर देखते रहे। रैक्व रुद्धवाक्, निश्चेष्ट।

जटिल मुनि ही बोलते रहे–"देखता हूँ आयुष्मान्, तुम वृथा मोह के बहकावे में भटक गए हो। विधाता ने तुम्हें सब प्रकार से निश्चिन्त कर दिया था; माँ नहीं, बाप नहीं, भाई नहीं, बहिन नहीं, द्वार नहीं–यही तो बड़े-बड़े महात्मा कठोर तपस्या के बाद सिद्धि-रूप में प्राप्त करते हैं। तपस्या का फल यही न होता है मेरे प्यारे, कि आदमी में कोई ममता न बचे, 'मम' (मेरा) कहा जानेवाला कुछ न रहे, वह तो तुम्हें अनायास विधाता की ओर से मिल गया था। मैं कुछ अलीक कह रहा हूँ, आयुष्मान्?"

जटिल तापस बड़ी मधुर वाणी में यह सब कह रहे थे, परन्तु उनके अधरों पर एक रहस्यमयी मुस्कान बराबर झूल रही थी।

रैक्व धीरे-धीरे प्रकृतिस्थ हो रहे थे। जटिल मुनि की वह हँसी उनके मन में बेचैनी भी पैदा कर रही थी। उन्होंने यथासम्भव अनुद्विग्न रहने का प्रयत्न करते हुए कहा, "अपराध क्षमा हो भगवन्, कैसे कहूँ कि आप अलीक कह रहे हैं? मैं तो केवल शब्दविद् हो पाया हूँ, मन्त्रविद् अभी नहीं हुआ। मैंने सुना है कि सिद्धि उसे कहते हैं जो संकल्पपूर्वक प्रयत्न करके पाई जाती है। जो वस्तु अनायास मिल जाए, वह सिद्धि कैसे कही जा सकती है?"

"नहीं कही जा सकती न? तुम ठीक कह रहे हो, आयुष्मान्! पर देखो, मेरी तो यही सिद्धि है। यह देखो, मेरे हाथ में ठीक वही रेखाएँ हैं जो तुम्हारे हाथ में हैं–हू-ब-हू वही! तभी तो मैं तुम्हें तुरन्त पहचान गया।"

जटिल मुनि ने अपनी हथेली रैक्व के सामने रख दी और उनके हाथ की रेखाओं से मिलती-जुलती रेखाओं को दिखाने लगे। रैक्व ने आश्चर्य से देखा कि कुछ रेखाएँ बिल्कुल एक-जैसी हैं। जटिल मुनि की आँखों में विचित्र प्रकार की चमक थी। बोले, "ये रेखाएँ बताती हैं कि इस प्रकार के हाथवालों को न माता का सुख मिलता है, न पिता का, न भाई का, न बहिन का। वे जन्म से ही अनिकेत होते हैं। है न, आयुष्मान्!"

रैक्व चुप! देर तक चुपचाप केवल मुनि की आँखों की विचित्र चमक देखते

रहे। उन्हें ऐसा लगा कि अचानक उनकी वाक्‌शक्ति लुप्त हो गई है।

मुनि ही बोले, "मैं समझ सकता हूँ मेरे प्यारे कुमार, तुमको कितना कष्ट भोगना पड़ा होगा। मुझे भी भोगना पड़ा था। पर फिर भी मैं तुम्हें खुरपा उठाने से रोक रहा हूँ जब कि स्वयं चला रहा हूँ। जानते हो, क्यों? सीधी-सी बात है। यह जो बाहुमूल से अनामिका तक गई हुई तुम्हारी रेखा है, जो ज़रा-सा मध्यमा की ओर झुक गई है, वह तुम्हें मेरी तरह नहीं रहने देगी। वह परम सौभाग्य की सूचना देती है—बड़ी भारी सिद्धि की। देख रहे हो न, आयुष्मान्?"

रैक्व बार-बार अपने हाथ की रेखा को आश्चर्य से देखते रहे। फिर थोड़ा आश्वस्त-से होकर बोले, "तो भगवन्, इसका अर्थ यह हुआ कि सबकुछ पहले से ही तय है। मनुष्य को कुछ करने-धरने की आवश्यकता नहीं है।"

"नहीं आयुष्मान्, मनुष्य को करने के लिए बहुत-कुछ पड़ा है। मैंने अभी तुमको बताया न कि जिसे लोग परम दुर्भाग्य समझते हैं, वही मेरी सिद्धि है। कैसे, जानते हो? मैं अपने दुर्भाग्य से बहुत व्यथित था। लगता था, मेरे-जैसा भाग्यहीन कोई नहीं है। दूसरे बच्चों को अपनी माँ के हाथ से प्रसन्नतापूर्वक भोजन करते देख मेरे मन में भारी हूक उठती, मैं कराहकर रह जाता। द्वार-द्वार ललाते-बिलाते भीख माँगते दिन बीतता। लोग कुत्तों के सामने भी अन्न डालते समय उनका तिरस्कार नहीं करते थे जितना चार दाना देते समय मेरा करते थे। एक दिन मैंने संकल्प कर लिया कि भिक्षा नहीं माँगूँगा। मैं भूख से कई दिनों तक व्याकुल रहा। जंगल में जहाँ कहीं कन्द, मूल, फल मिल जाता वहीं उसे खा लेता। एक दिन मेरे पेट में दर्द हुआ, बेहोश होकर गिर पड़ा। शायद कुछ ऐसी ही वस्तु खा गया था जो खाने योग्य नहीं थी। देर तक उसी अवस्था में पड़ा रहा। संज्ञा लौटने पर मेरे आश्चर्य का ठिकाना नहीं रहा। एक वृद्धा माता मेरा सिर अपनी गोद में रखकर मुँह पर पानी का छींटा दे रही थी। तुम शायद विश्वास नहीं करोगे, आयुष्मान्! ऐसा भव्य रूप मैंने कहीं देखा नहीं था।

"उनका सारा शरीर तेज से ही बना लग रहा था। आँखों में करुणा का अपार सागर लहरा रहा था। उनके वल्कल-समादत देह के अंग-अंग से प्रकाश की किरणें फूट रही थीं। माताजी ने दुलार के साथ पूछा कि मैं कौन हूँ और कैसे गिर गया था! मैंने उन्हें संक्षेप में अपने दुर्भाग्य और भिक्षा न माँगने के संकल्प की कहानी सुना दी। माताजी का चेहरा प्रसन्नता से खिल उठा। बोलीं, 'तू अपने को इतना हीन क्यों समझ रहा है रे! ऐसा संकल्प तो किसी बड़े गुरु की प्रेरणा के बिना सम्भव नहीं है।'

"मैंने कातर-भाव से कहा, 'मुझे अभी कोई गुरु तो नहीं मिला माताजी, अपने मन से ही मैंने ऐसा संकल्प किया था।' माताजी ने प्रसन्न-भाव से कहा, 'तेरा गुरु तो तेरे भीतर बैठा है। तेरे भीतर तो अनन्त सम्भावनाएँ भरी पड़ी हैं। तू बाहर क्यों देखता है? तेरा देवता तेरे भीतर ही है।' माताजी का साथ थोड़े ही दिन रहा। उन्होंने मुझे यह मन्त्र दिया कि 'बाहर की ओर ढूँढ़ता फिरेगा तो भटक जाएगा। अपने भीतर ही ढूँढ़, तेरा गुरु, तेरा देवता, तेरा सबकुछ भीतर ही है। बाहर भी वही है पर उसे बाहर खोजने में कठिनाई है। सबके लिए नहीं कह रही हूँ, सिर्फ़ तेरे लिए बता रही हूँ। सबका मार्ग एक ही नहीं हो सकता।' माताजी की छाया मुझे सिर्फ़ इक्कीस दिन ही मिली। उन्होंने मुझे कुछ ध्यान की विधियाँ बता दीं। जब मैं ध्यान में विलीन होने लगा तब वे चुपचाप चली गईं। शायद अन्तर्धान हो गईं।

"सो, मेरी सिद्धि यह अनाथ-दशा ही है। तुम क्यों भटक रहे हो, आयुष्मान्? बताओ, मुझसे अधिक समानधर्मा तुम्हें कहाँ मिलेगा? बोलो, संकोच की क्या बात है?"

रैक्व आश्चर्य से सुनते रहे। अब जब जटिल मुनि बिल्कुल उनके स्तर पर उतर आए तो उन्हें लगा कि अभी तक जितने ज्ञानी-महात्मा मिले, उन्हें–यहाँ तक कि भगवती ऋतम्भरा को भी–वह ऊँचे स्तर पर खड़ा देखते आए हैं। आज ही कोई महान गुरु उनके स्तर पर उतर आया है, अवतार हुआ है! उन्होंने सुना था कि कुछ धार्मिक सम्प्रदाय ऐसा मानते हैं कि भगवान् जब भक्तों का उद्धार करना चाहते हैं तो धरती पर उतर आते हैं और मनुष्य के स्तर पर आकर ही भक्त का उद्धार करते हैं, इसी स्थिति को 'लोग' अवतार करते हैं।–उनका मत है कि बिना 'अवतार' (उतर आने की प्रक्रिया) के 'उद्धार' नहीं होता–उद्धार, अर्थात् ऊपर उठाने की प्रक्रिया। आज वे महान सिद्ध का 'अवतार' प्रत्यक्ष देख रहे हैं–शायद 'उद्धार' की प्रक्रिया शुरू होनेवाली है।

अत्यन्त आश्वस्त होकर रैक्व ने अपनी कहानी सुना दी। उपसंहार करते हुए उन्होंने कहा कि महान गुरुओं के उपदेश उनके मन पर टिकते ही नहीं। कहीं कोई बाधा है, कोई दोष है, जो उन्हें विचलित कर देता है। ध्यान करते हैं तो शुभा ही पहले आ जाती है। अखंड ज्योति का साक्षात्कार होता है तो शुभा के रूप में ही!

जटिल मुनि सुनकर अत्यधिक उत्फुल्ल हो गए। बोले, "तो इसमें दोष क्या है कुमार? तुम्हें तो भगवान् ने विशेष अनुग्रह का प्रसाद दिया है। मगर देखो, मेरी

माताजी ने इस विषय में एक अच्छी सलाह दी थी। मेरे जीवन में तो ऐसा कोई प्रसंग ही नहीं आया, इसलिए मैं तो उस सलाह का कोई उपयोग ही नहीं कर पाया। पता नहीं, उन्होंने क्या सोचकर सलाह दी थी। शायद वे भविष्य देख रही थीं। उन्होंने पहले ही यह जान लिया था कि तुम मेरे पास आओगे और वह सलाह तुम्हें दे सकूँ, यही उनका उद्देश्य रहा हो।''

''पहले जान लिया था, यह कैसे सम्भव है?''

''अब मैं तुमसे इस सम्बन्ध में क्या बताऊँ! कुछ भी असम्भव नहीं है, केवल अपने भीतर की अपार सम्भावनाओं को विकसित करने, सच पूछो तो, उद्घाटित करने का सवाल है। छोड़ो, हम अनन्त सम्भावनाओं को अपने भीतर दबाए बैठे हैं। ये जो तुम्हारे ऋषि लोग हैं इनकी बातें कभी-कभी मुझे चक्कर में डाल देती हैं। मुँह से तो कहेंगे कि जो परम सत्य है वह न पुरुष है, न स्त्री है, न जड़ है, न चेतन है इत्यादि-इत्यादि, पर जब ध्यान करेंगे तो उसकी कल्पना पुरुष-रूप में ही करेंगे। कुछ समझाना हुआ तो 'पुरुष एवेदं सर्वं' कहेंगे! मैं अपनी माताजी का ध्यान करता हूँ—कहीं कोई कठिनाई नहीं आती। मेरे लिए वे ही परम सत्य हैं। जो परम सत्य है, उससे क्या छिपा है, आयुष्मान्? पर ये लोग मेरा परिहास करते हैं। एक महर्षि औषस्तिपाद ही मेरी बात समझ पाते हैं। वे इन लोगों से भिन्न हैं।''

''तो भगवन्, माताजी को परम सत्य मानकर आप जब ध्यान करते हैं तो कोई सिद्धि प्राप्त कर लेते हैं?''

''यह तो मेरी त्रुटि है कि मैं पूरी सिद्धि नहीं प्राप्त कर सका। सिद्धि कोई चमत्कार तो है नहीं, आयुष्मान्! अपने-आपको देख लेना ही तो सबसे बड़ी सिद्धि है, बाकी छोटी-मोटी बातें तो अपने-आप सिद्ध हो जाती हैं। यह जो तुम मेरा खुरपा नहीं उठा पा रहे थे, वह केवल मेरी इच्छा के कारण। पर यह कोई बड़ी बात तो है नहीं। उठा भी लेते तो क्या बन या बिगड़ जाता? आश्वलायन ने उठा लिया, क्योंकि मैं चाहता था कि वह उठा ले; तुम उठाने में कठिनाई अनुभव करने लगे, क्योंकि मैं नहीं चाहता था कि उठाओ। यह कोई सिद्धि नहीं है। चित्त के एकाग्र होने पर इच्छा-शक्ति अनायास प्रबल हो उठती है।''

''किसी बात पर एकाग्र करने से, भगवन्?''

''किसी बात पर एकाग्र करने से आयुष्मान्, किसी बात पर। तुमने ध्यान, धारणा और समाधि की बात सुनी होगी। सुनी है न?''

''सुनी है।''

''देखो, संसार में कोई नहीं है जो कुछ-न-कुछ ध्यान न करता हो, किसी-न-किसी तरह की धारणा न करता हो और किसी-न-किसी प्रकार की समाधि की स्थिति न प्राप्त करता हो। ठीक कह रहा हूँ न?''

''हाँ भगवन्, ठीक ही लग रहा है।''

''पर सब योगी नहीं होते। क्यों, जानते हो? क्योंकि एकाग्र नहीं हो पाते। एक ही विषय का ध्यान, उसी की धारणा और उसी की समाधि—इसी का नाम एकाग्रता है। ध्यान किसी और का, धारणा किसी दूसरे की, और समाधि किसी अन्य की हुई तो 'योग' कहाँ हुआ? ध्यान, धारणा और समाधि एकाग्र हो जाएँ तो योग हो जाता है।''

''समझ में आ रहा है, लेकिन फिर?''

''फिर क्या भोलेराम, सत्य क्या नहीं है? जिस वस्तु में मन रमे उसी का ध्यान, धारणा और समाधि उत्तम योग है। उसी सूत्र को पकड़कर तुम परम सत्य का साक्षात्कार कर सकते हो। परम सत्य—जो तुम स्वयं हो!''

''यह बात भी मेरी समस्या का समाधान नहीं है, भगवन्। और बातों की तरह यह भी भूल जाऊँगा। मेरी समस्या का यह भी समाधान नहीं है। मुझे ऐसा लगता है कि परम सत्य को अवश्य उपलब्ध करना चाहिए, पर साथ ही मैं अनुभव करता हूँ कि शुभा के बिना जी नहीं सकता और उसे परम सत्य तक पहुँचने की सीढ़ी भी नहीं बना सकता!''

जटिल मुनि ठठाकर हँसे—''यह तो मैं पहले से ही जान गया था। इसलिए अपनी माताजी की सलाह तुम्हें देना चाहता था। तुम्हीं तो बेकार बातों में उलझते जा रहे हो।''

''तो वह सलाह ही बता दें, भगवन्!''

''अब तो रास्ते पर आए। तुम्हारी भाग्यरेखा अनामिका-मूल से थोड़ा तिरछी होकर मध्यमा की ओर बढ़ गई है, संकल्प से उसे सीधी कर सकते हो अर्थात् भटकने की प्रवृत्ति पर अंकुश लगा सकते हो। विधाता की दी हुई सभी रेखाओं को संकल्प-शक्ति से जिधर चाहो मोड़ सकते हो। करके देख लेना।''

''अभी कर सकता हूँ?''

''पहले सलाह सुन लो। फिर मैं तुम्हें दिखा सकता हूँ कि इन रेखाओं को जिधर चाहो मोड़ सकते हो।'' रैक्व ने अपना हाथ उनके हाथ में देकर पूछा कि किस रेखा को किधर मोड़ने का संकल्प करना होगा। जटिल मुनि हँसने लगे। एक रेखा दिखाकर कहा, ''यदि यह अनामिका-मूल की ओर मुड़ जाए तो न

तुम भटकोगे, न मुझे भटकाओगे।" रैक्व प्रभावित हुए। बोले, "अभी करूँ, भगवन्?"

"नहीं भोलेराम, उतावले क्यों होते हो! पहले वह बात तो सुन लो। उद्देश्य नहीं समझोगे तो प्रयत्न बेकार जाएगा।"

रैक्व अब पूर्ण रूप से सहज हो गए थे। आरम्भ में अभिभूत होने का जो भाव था, धीरे-धीरे समाप्त हो गया। उन्होंने जटिल मुनि की ओर ध्यान से देखा और बोले, "महात्मन्, अविनय क्षमा हो, मैं स्वयं अनुभव किए हुए सत्य को वास्तविक शक्ति मानता हूँ। यहाँ आप अनुभव किया हुआ सत्य नहीं कह रहे हैं बल्कि अपनी माताजी का बताया हुआ कोई परामर्श देना चाहते हैं, इसलिए मैं शुरू से ही उसके प्रति इतनी आस्था और आग्रह नहीं कर पा रहा हूँ जितनी मुझसे आपको आशा है। मैं केवल उतना ही सुनना चाहता हूँ जितना आपका अनुभव सत्य है। उसे मैं तभी स्वीकार करूँगा जब मैं स्वयं उसका अनुभव करूँगा। आपने स्पष्ट ही कहा कि माताजी की सलाह पर चलने का आपको अवसर ही नहीं मिला। फिर मेरे लिए उस अप्रत्यक्ष सलाह की क्या उपयोगिता हो सकती है? आपको देखकर मैं अभिभूत हो गया था, इसलिए मूल बात को सुनने से कतरा तो रहा था परन्तु साफ-साफ आपसे कह नहीं पा रहा था। अब आप जो उचित समझें, मेरे लिए उसका निर्देश दें।"

जटिल मुनि ने सुना तो उनकी भौंहें तन गईं। उनका चेहरा क्रोध से तमतमा उठा। डाँटकर बोले, "दुर्ललित वटु, तू मेरी माताजी पर अविश्वास कर रहा है? और मुझ पर भी अविश्वास कर रहा है? तूने क्या यह सोच रखा है कि माताजी से मैं भिन्न हूँ या माताजी मुझसे भिन्न हैं? देखेगा, मेरी माताजी को? बैठ जा सामने! देख मेरी आँखों की ओर!" बिना उत्तर की अपेक्षा किए ही जटिल मुनि स्थिर आसन में बैठ गए। क्षण-भर में वे समाधिस्थ हो गए। रैक्व ने आश्चर्य से चकित होकर उनकी ओर देखा। क्षण-भर में पद्मासन-बद्ध शरीर लौह-शलाकाओं से निर्मित मूर्ति की भाँति कठिन और ऋजु हो गया। उनकी नासाग्र-बद्ध दृष्टि थोड़ी ही खुली थी, फिर भी उससे एक अद्भुत ज्योति निकल रही थी। ऐसी ज्योति का अनुभव रैक्व ने कभी नहीं किया था। धीरे-धीरे उनके सारे शरीर से उसी प्रकार की आभा निःसृत होने लगी। वह कुछ नीलिमा-लिप्त तेजोमंडल-सी दिखाई दे रही थी, किन्तु धीरे-धीरे वह और भी उज्ज्वल रूप में प्रकट होने लगी। फिर रैक्व ने आश्चर्य के साथ देखा कि वह सारी तेजो-रेखा अद्भुत अपूर्व सुन्दर नारी-मूर्ति के रूप में प्रकट हो गई। ऐसी दीप्ति भी रैक्व ने कभी नहीं देखी थी।

यह मूर्ति पहले कुछ अस्पष्ट ज्योति-रेखाओं से बनी जान पड़ी, परन्तु धीरे-धीरे ठोस होती गई और रैक्व के आश्चर्य का ठिकाना नहीं रहा, जब उन्होंने देखा कि जटिल मुनि के स्थान पर वह मूर्ति पद्मासन-बद्ध होकर विराजमान हो रही है। रैक्व के मन में यह बात आई कि यह दिव्य मूर्ति जटिल मुनि की माताजी हैं। वे आविष्ट होकर हाथ जोड़कर स्तवन करने लगे। उन्हें इस बात में कोई सन्देह नहीं रह गया कि यह कोई मानवी नहीं बल्कि साक्षात् देवी हैं। उन्होंने शास्त्रों में सविता देवता की मूर्तिमन्त शक्ति सावित्री का नाम सुना था। ऐसा लगा कि वह तेजोमंडल से उद्भूत सावित्री देवी का ही दर्शन कर रहे हैं। जटिल मुनि के क्रोध से वे थोड़ा विचलित हुए थे, परन्तु जिस देवी का दर्शन वे कर रहे थे, उसमें क्रोध नहीं था, स्नेह और करुणा का भाव था। उन्होंने अपना दाहिना हाथ उठाकर रैक्व को आशीर्वाद दिया। उनके चेहरे पर हल्की-हल्की मुस्कान की आभा स्पष्ट दिखाई दे रही थी, लेकिन उनके मुँह से कोई शब्द नहीं निकल रहा था। रैक्व इतने अभिभूत हुए कि वे साष्टांग प्रणिपात की मुद्रा में पृथ्वी पर जा गिरे और थोड़ी देर के लिए उन्होंने अपनी आँखें बन्द कर लीं। फिर उन्होंने अनुभव किया कि कोई उनके सिर पर हाथ फेर रहा है। उठकर देखते हैं कि सामने जटिल मुनि हँस रहे हैं और कह रहे हैं—"उठो, आयुष्मान्!" रैक्व उठकर तो बैठ गए, लेकिन उनके चेहरे पर विस्मय का भाव तब भी ज्यों-का-त्यों विद्यमान था। कुछ देर में प्रकृतिस्थ होकर उन्होंने जटिल मुनि से पूछा कि वे इतने रुष्ट क्यों हो गए और रुष्ट होने के बाद यह कैसा चमत्कार दिखाया। जटिल मुनि ने हँसते हुए कहा, "कोई चमत्कार नहीं है, आयुष्मान्! और न मैं रुष्ट ही हुआ हूँ। तुम्हें रास्ते पर लाने के लिए थोड़ा रोष का नाटक करना आवश्यक था। तुमने तो ठीक ही कहा था कि अन्य स्रोतों से छनकर आया हुआ सत्य बहुत बार अपने शुद्ध रूप में दिखाई नहीं देता, लेकिन तुम्हारी बहुत भारी ग़लती यह थी कि तुमने कभी अनुभव नहीं किया कि मनुष्य श्रद्धेय के साथ एकमेक हो सकता है। और यही तो तुम्हारे भटकने का कारण है। तुमने कभी अपनी शुभा के साथ अपने को एकमेक करके नहीं देखा। कदाचित् तुम देख भी नहीं सकते, क्योंकि तुम्हारा स्वभाव द्वैत में आनन्द पाने का है। अब तुम माताजी की सलाह सुन लो और फिर यदि मन रमे तो उसका पालन करो।"

हाथ जोड़े रैक्व बैठे रहे। बोले, "अवश्य सुनूँगा, भगवन्! मुझे इतना तो मालूम हो रहा है कि आप अपनी माताजी से अभिन्न हो गए हैं।"

जटिल मुनि ने कहा, "देखो आयुष्मान्, शुभा से तुम्हें प्रेम है। मैंने शुभा को

तो नहीं देखा, परन्तु तुम्हारी बातों से मालूम होता है कि शुभा भी तुमसे प्रेम रखती है। मेरी माताजी ने भी बताया था कि किसी तरुणी की ओर आकृष्ट होना 'काम' है। परन्तु उनके लिए अपने-आपको निछावर कर देने की भावना 'प्रेम' कही जाती है। माताजी ने कहा था कि तुम कभी काम-भावना से किसी तरुणी की ओर आकृष्ट न होना, परन्तु यदि कभी तेरे चित्त में प्रेम का उद्रेक हो तो उसे पाप न समझना। काम आध्यात्मिक विकास का बाधक है, जबकि प्रेम उसका उन्नायक है।''

रैक्व ने पूछा, ''कैसे पता चले कि चित्त में जो आकर्षण पैदा हुआ है वह काम है या प्रेम?'' जटिल मुनि ठठाकर हँसे—''मैं कैसे बता सकता हूँ, आयुष्मान्! जिसने कभी अनुभव किया हो वह कदाचित् बता सके। मैं तो माताजी की बात तुमको सुना रहा हूँ। मेरे जीवन में कोई तरुणी आकर्षित करने के लिए आई ही नहीं। तुम भाग्यवान् हो। तुम अनुभव कर सकते हो कि तुम्हारे मन में काम है या प्रेम। यदि तुम्हारे मन में उस तरुणी के प्रति ऐसी भावना हो कि उसके सुख के लिए तुम अपना सर्वस्व निछावर कर सकते हो, अपने प्राण तक दे सकते हो, तो मेरा अनुमान है कि वह तुम्हारी प्रेम-भावना है। लेकिन छोड़ो इस प्रसंग को। जो बात मैं जानता नहीं, उसे बता भी नहीं सकता। जो बात तुम्हें विशेष रूप से बता देनी है वह यह है कि पुरुष और स्त्री के सम्बन्ध तीन प्रकार के होते हैं—एक तो ऐसा कामजन्य सम्बन्ध, जो धर्म-संगत नहीं होता। दूसरा जो धर्म-संगत होता है जिसे शास्त्र में 'विवाह' कहा जाता है लेकिन एक तीसरा भी होता है जिसे माताजी की कृपा से मैंने सुना अवश्य था, देखा कभी नहीं।''

''वह क्या है, भगवन्?''

''देखो, तुमने धर्मसूत्रों में शब्द पढ़े होंगे—एक विवाह है, दूसरा उद्वाह। आजकल दोनों शब्दों का एक ही अर्थ समझा जाता है। दोनों के अर्थों में कोई भेद है, इसे कोई जानता ही नहीं। विवाह धर्म-सम्मत होता है और शास्त्र के नियमों के अनुसार मान्य भी। उद्वाह भी ऐसा ही होता है, परन्तु उद्वाह में पति पत्नी को और पत्नी पति को ऊपर की ओर वहन करती है, अर्थात् परस्पर की आध्यात्मिक चेतना को परिष्कृत करती है। माताजी ने बताया था कि अगर ऐसी पत्नी मिले जो आध्यात्मिक उन्नति की ओर ले जाए, तो उससे विवाह नहीं, उद्वाह कर लेना। मेरा तो हुआ नहीं, आयुष्मान्! तुम अपना सोच लो।'' रैक्व जटिल मुनि की ओर और भी जानने की इच्छा से चुपचाप ताकते रहे। जटिल मुनि ने कहा, ''मैं तुम्हें विवाह की सलाह तो नहीं दूँगा, उद्वाह की सलाह अवश्य दूँगा।

शास्त्रकारों ने विवाह के लिए पाणिग्रहण का विधान किया है, जबकि उद्वाह में पाणिग्रहण नहीं, उपोद्ग्रहण होता है। उपोद्ग्रहण समझे?''

''नहीं, भगवन्!''

''देखो, उपोद्ग्रहण पाणि का नहीं, मुख का होता है। वह मानसिक होता है। मैं सिर्फ़ इतना ही जानता हूँ। कैसे होता है, यह नहीं बता सकता! अब तुम जा सकते हो।'' इतना कहकर जटिल मुनि ने एकदम मुँह फिरा लिया और अपना खुरपा लेकर घास छीलने लगे।

अठारह

आकर भगवती ऋतम्भरा ने जाबाला को अत्यन्त प्रसन्न देखा। उनके मन में आशंका थी कि देर तक अकेली बैठी रहने से ऊब गई होगी और पहले से ही मुरझाया चेहरा और भी मुरझा गया होगा। पर जाबाला के चेहरे पर प्रसन्नता देखकर उन्हें सन्तोष हुआ। अपने आने में देर होने का कारण बताते हुए उन्होंने प्यार से जाबाला के सिर पर हाथ फेरा और कहा कि "अब मैं कुछ देर के लिए निश्चिन्त हूँ। अब तुझे जो कुछ कहना हो, कह जा। मैं तेरे मुँह से सब सुनना चाहती हूँ।" जाबाला को लगा कि माताजी ने औरों के मुँह से कुछ सुन रखा है, अब उसके मुँह से सुनना चाहती हैं। पर किसके मुँह से क्या सुना होगा! रैक्व से कुछ सुना होगा? वह भोला कुछ छिपा भी तो नहीं सकता। क्या उसने अभी थोड़ी देर पहले जाबाला से हुई बात भी माताजी से कह दी? जाबाला के चेहरे

पर विषाद का धूम छा गया। उसने कातर-भाव से पूछा, "क्या रैक्व आपको मिल गए थे, माँ?"

माताजी ने कहा, "नहीं तो। वह आया था क्या? अरे, बिचारा भूखा ही रह गया। आज दूर से आया था। मैंने उसे महर्षि के पास भेज दिया था। फिर तुम लोगों के अचानक आ जाने से मैं उसकी बात तो भूल ही गई। आया था क्या? कहाँ गया?" जाबाला को धक्का लगा। भूखे-थके रैक्व को उसने अकारण ही वहाँ से चले जाने को कह दिया था। माताजी ने आश्चर्य से जाबाला की ओर देखा। चेहरा लाल था। पूछा, "जाने को कह दिया था? क्यों?" जाबाला का मुख-मंडल पांडुर होने लगा। बड़े आयास से बोली, "बड़ा अपराध हो गया, माँ! मुझे नहीं मालूम था कि वे थके और भूखे हैं। कहीं दूर नहीं गए होंगे। पता नहीं, उनके यहाँ रहने से मुझे अकारण लज्जा का अनुभव हो रहा था। अब क्या करूँ, माँ? देख लेती हूँ कहीं पास ही होंगे।" जाबाला की वाणी स्खलित हो रही थी। इतना कहने में उसे काफ़ी आयास हुआ। भगवती ऋतम्भरा ने उसके मनोभावों को ठीक ही समझा। बोलीं, "नहीं, तुझे कहीं जाना नहीं होगा। अभी यहाँ कुछ ब्रह्मचारी आएँगे, उन्हें ही भेजकर उसको ढूँढ़ लूँगी। तू आश्वस्त होकर बैठ। कोई अपराध नहीं हुआ। तू एकान्त में जो उसके साथ बात करने में लज्जा अनुभव करने लगी, वह तो स्वाभाविक ही है। इसमें अपराध की क्या बात है! तूने ठीक ही किया जो उसे कुछ देर बाद आने को कहा।" जाबाला आश्वस्त होने के बदले और भी लजा गई। थोड़ी देर पहले ही रैक्व बता गए थे कि माताजी ने उनसे कहा था कि तेरे मन में शुभा के प्रति अभिलाष-भाव है। माताजी क्या मेरे मन में भी इस समय कोई अभिलाष-भाव देख रही हैं? परन्तु वह तुरन्त प्रकृतिस्थ भी हो गई। यह अभिलाष-भाव बताने के लिए ही क्या वह माताजी के पास नहीं आई है? अगर माताजी ने बिना बताए ही जान लिया तो यह तो अच्छा ही हुआ। पर इतना अवश्य है कि इससे माताजी पूरी बात नहीं समझ सकेंगी। वह अपनी उलझन बताने आई है। अभिलाष-भाव अपने-आपमें तो कोई उलझन नहीं है। वह प्रकृतिस्थ होकर भी निश्चिन्त नहीं हो सकी।

इसी बीच ब्रह्मचारियों का दल मधु, दधि, कन्द, मूल, फल आदि के साथ आ गया। वे माताजी के निर्देश लेने आए थे कि सम्मानार्ह अतिथि और उनके परिवार के लिए उन्हें क्या करना है। माताजी ने यथोचित निर्देश भी दिया और रैक्व को खोजकर उनके पास भेज देने का भी आदेश दिया। ब्रह्मचारियों के जाने के बाद माताजी ने जाबाला के आतिथ्य का आयोजन किया। परन्तु जाबाला ने अत्यन्त

संकोच किन्तु दृढ़ता के साथ उत्तर दिया कि जब तक रैक्व नहीं लौट आते और आकर कुछ आहार नहीं ग्रहण करते, तब तक वह कैसे भोजन कर सकती है। माताजी को उसकी यह बात अच्छी लगी। उन्होंने इसका प्रतिवाद भी नहीं किया, और रैक्व से पहले ही कुछ फल-फूल लेने का आग्रह भी नहीं किया।

ब्रह्मचारियों ने आकर सूचना दी कि रैक्व अतिथिशाला के पासवाले इमली-वृक्ष के नीचे ध्यानस्थ बैठे हैं। बुलाने पर बोल नहीं रहे हैं। ऐसा लगता है कि वे समाधि की दशा में हैं। माताजी के पूछने पर उन्होंने यह भी बताया कि ऐसा नहीं लगता कि उन्होंने प्रयत्नपूर्वक समाधि लगाई है, क्योंकि किसी प्रकार के आसन या बन्ध में नहीं हैं। माताजी ने ऊपर से यह नहीं दिखाया कि उन्हें इस समाचार से कोई चिन्ता हुई हैं, पर वे थोड़ी उद्विग्न हुईं अवश्य। उनके मुख पर जो उल्लासभाव था, एक एकाएक लुप्त हो गया था। उन्होंने जाबाला से कहा कि "बेटी, अब उनके आने में देर होगी, इसलिए थोड़ा-सा यज्ञशिष्ट प्रसाद ग्रहण कर ले। फिर निश्चिन्त होकर एक बार उसे देख आऊँ।" किन्तु जाबाला ने दृढ़ता के साथ कहा, "नहीं माँ!" फिर आँखें नीची किए ही कहा, "माँ, मैं भी आपके साथ रैक्व के पास जाऊँगी, क्योंकि मुझे भय है कि मैं जब तक नहीं कहूँगी, वे इधर आएँगे नहीं।" माताजी ने आश्चर्य के साथ जाबाला की ओर देखा। उनके मुख पर हँसी की एक हल्की रेखा आई और तुरन्त चली गई। जाबाला ने न उसे देखा और न समझा। माताजी ने कहा, "तू भी चल।"

रैक्व ध्यानावस्थित थे। आज उन्हें नया उल्लास और नई ज्योति मिली थी। अब तक जो पढ़ा था और जो सुना था, वह चेतना के उपरले स्तर को छूकर तिरोहित हो गया था। आज सबमें नया अर्थ दिखाई देने लगा था।

जटिल मुनि से उन्हें नया प्रकाश मिला था। वे अत्यन्त उल्लसित थे। अभी तक उन्हें किसी ने नहीं बताया था कि उनके भीतर शुभा के प्रति जो अभिलाष-भाव है, वह क्या है। आज वे सोचने लगे कि शुभा के सुख के लिए अपने-आपको दलित द्राक्षा की भाँति निचोड़कर दे सकते हैं या नहीं? अपने-आपको पूर्ण-रूप से उलीचकर दे सकते हैं या नहीं? क्या उनमें अपने को सुखी करने का भाव है या शुभा को प्रसन्न करने का भाव है। उन्हें स्पष्ट दिखाई दिया कि प्रथम दर्शन में ही उनका मन शुभा के लिए स्वयं को हर प्रकार के कष्ट में डालने को प्रस्तुत था। कुछ पाना उनका उद्देश्य नहीं था। पर यह शुभा है कि उसने उन्हें सेवा करने का अवसर ही नहीं दिया। पीठ की सुप्त वेदना आज बुरी तरह सुलग उठी है, सेवा करने का अवसर मिल गया होता तो शायद यह उठती ही नहीं। नहीं,

उनके मन में जो है वह प्रेम ही है। वे किसी समय, कहीं भी, शुभा के लिए प्राण तक दे सकते हैं। मगर शुभा अधिक समझदार है। उस बार भी वह जानती थी कि मैं पाप-भावना से चालित हूँ। आज भी उसने मुझे उस मार्ग से ही विरत किया होगा। मैं ही कम समझदार हूँ। इस बार मैं हटना नहीं चाहता था, पर हट गया। क्यों? क्योंकि शुभा को इसी में प्रसन्नता थी। मेरे मन में प्रेम ही होना चाहिए। मैं अपने-आपको शुभा के किसी इंगित पर निछावर कर सकता हूँ।

विवाह और उद्वाह! पाणिग्रहण और उपोद्ग्रहण! यह तो विचित्र बात है! मुझे क्या शुभा का उपोद्ग्रहण करना चाहिए? क्या होता है उपोद्ग्रहण? जटिल मुनि जानते ही नहीं। जानते तो बता देते। शुभा यहीं है, बता तो सकती है। पर कैसे जाऊँ, प्रबल निषेध की बाधा है। जो हो, शुभा चाहती है कि फिर से ध्यान और समाधि की ओर लौट चलूँ। कुछ ऐसा अद्भुत विरोध है मेरे भीतर कि समाधि सिद्ध ही नहीं होती। जटिल मुनि कहते हैं, भीतर देखो, बाहर नहीं। शुभा का ही ध्यान करो। वही तुम्हारा सत्य है। निश्चय ही शुभा मेरा सत्य है।

आज उन्होंने दो महान गुरुओं के उपदेश सुने हैं। क्या दोनों में कोई विरोध है? सोचते-सोचते वे अतिथिशाला के पासवाले विशाल वृक्ष के नीचे बैठ गए और अपने में ही खो गए। शुभा की मानसी मूर्ति सामने खड़ी हो गई—अत्यन्त प्रसना मुद्रा में। उन्हें लगा कि वह मूर्ति कुछ कह रही है—'ऋषिकुमार, तुमने आज जो पाया है वह कम लोगों के भाग्य में होता है। सम्भालकर रखो। खोना मत।' वे सोचते-सोचते समाधिस्थ हो गए। उन्होंने सुना था, कभी-कभी महान गुरु अंगुष्ठ-मात्र से शिष्य के ललाट का स्पर्श करके उसके सारे आवरणों और मलों को भस्म कर देते हैं। आज उनका ललाट किसी ने अंगुष्ठ से या किसी भी अन्य अंगुलि से नहीं छुआ। पर मल और आवरण नष्ट होते जान पड़ते हैं। सारे इन्द्रियार्थ तन्मात्र रूप से गलते जा रहे हैं। इन्द्रिय प्राणों में, प्राण मन में, मन बुद्धि में और बुद्धि आत्मानन्द में अनायास प्रवेश करने को व्याकुल हैं। उन्हें आज पहली बार यह सत्य प्रत्यक्ष हुआ है कि जो पिंड में है, वही ब्रह्मांड में है। उनका चैतन्य प्रसारित हो रहा है। जड़ जगत् के ऊपर प्राणलोक, उसके भी ऊपर मनोलोक, उसके भी ऊपर विज्ञानलोक, और उसके भी ऊपर आनन्दलोक, उन्हें प्रत्यक्ष दिखाई दे रहा है। जड़ आवरण क्रमशः क्षीण से क्षीणतर होते जा रहे हैं। ऊपर आनन्दलोक केवल प्रकाशलोक है। दिन-रात रटाई जानेवाली उन ऋचाओं का अर्थ स्पष्ट होता जा रहा है जिनमें कहा गया है, 'मुझे असत् से सत् की ओर ले चलो, अन्धकार से प्रकाश की ओर ले चलो, मृत्यु से अमृत की ओर ले चलो।' पढ़ा

बहुत था, आज उसका अर्थ प्रत्यक्ष हो रहा है। रैक्व आनन्द से भीग रहे हैं।

यह विचित्र बात है कि जटिल मुनि से जो कुछ सुना, उससे उनमें आत्मविश्वास अवश्य संचारित हुआ, पर अभी जो प्रत्यक्ष अनुभव हो रहा है वह महर्षि औषस्तिपाद का उपदेश। समझ नहीं पा रहे हैं कि कुंजी कहाँ और कैसे खुली है। शुभा को देखकर जो उपदेश लुप्त हो रहे थे, जटिल मुनि के मिलने के बाद वे ही प्रत्यक्ष हो रहे हैं। क्या कारण हो सकता है!

माताजी ने उनके सिर पर हाथ रखा। उस शीतल स्पर्श से उनकी चेतना बहिर्मुखी हुई। आँखें खुलीं। सामने माताजी को देखा। उल्लसित-भाव से बोले, "माँ, आज अपूर्व अनुभव हुआ। पिताजी से जो सुना था उसे प्रत्यक्ष देख रहा हूँ। बिल्कुल साफ़ देख रहा हूँ, माँ!" माताजी ने स्नेहपूर्वक उनके ललाट और आँखों पर हाथ रखा। बोलीं, "यह आरम्भ है बेटा, इसे चरम न समझ ले। अब उठ, दिन-भर कुछ खाया नहीं। चल मेरे साथ।"

रैक्व ने माँ की ओर कातरता के साथ देखा। बोले, "तुम अपनी कुटिया में जाओ माँ, मैं थोड़ी देर बाद आऊँगा।" माताजी मन-ही-मन रैक्व के मनोभावों को समझकर प्रसन्न हुईं। बोलीं, "क्यों, अभी चलने में क्या बाधा है?"

रैक्व ने कहा, "माँ, वह तुम्हारी कुटिया में कोई तुम्हारी प्रतीक्षा में बैठा है। पहले तुम चलो, बाद में मैं आऊँगा।' माताजी ने रैक्व की परेशानी का आनन्द लेते हुए कहा, "कोई बैठा होगा, उससे तेरे चलने में क्या कठिनाई है?" रैक्व की समझ में नहीं आया कि क्या उत्तर दें। पर शुभा ने तो कुछ कहने को बरज दिया है। शुभा बिना सोचे कुछ कहती नहीं। विषम संकट है। कुछ हकलाते हुए-से बोले, "तुम चलो न माँ, उससे पूछना भी तो होगा।" माताजी ने इसका आनन्द लेते हुए पूछा, "किससे पूछना होगा?" रैक्व बुरी तरह धर्म-संकट में पड़ गए।

जाबाला पीछे खड़ी सुन रही थी। उसे लज्जा और सुख दोनों का अनुभव हो रहा था। रैक्व के इस असमंजस को दूर करने के लिए ही उसने कहा, "मैं तो यहीं हूँ ऋषिकुमार! माताजी के साथ ही आई हूँ। माताजी की आज्ञा का तुम्हें पालन करना चाहिए।"

रैक्व ने घूमकर शुभा की ओर देखा! एकदम उठकर खड़े हो गए। बोले, "माँ, यही शुभा हैं। इन्होंने ही तो कहा था कि जब तक माताजी न आ जाएँ तब तक तुम बाहर रहो। माँ, तुम इन्हें पहचानती हो न? महाभागा शुभा हैं। तभी तो आज ध्यान सार्थक हुआ है। माँ, शुभा परम ज्ञानी हैं।"

इसी समय जाबाला ने आँखों से ही रैक्व को रोका—यह क्या बकने लगे! रैक्व

सकपका गए। माताजी ने मन्द मुस्कान के साथ कहा, ''अब तो चल बेटा, तूने अभी तक कुछ अन्न-जल नहीं ग्रहण किया, तो तेरी गुरु यह शुभा भी भूखी-प्यासी ही रह गई। उठ, अब तो कोई हानि नहीं है।''

चलते समय माताजी ने देखा कि अतिथिशाला के द्वार पर खड़े राजा जानश्रुति चुपचाप यह दृश्य देख रहे थे।

उन्नीस

रैक्व गाड़ी पा गए थे। वे दिन-भर सेवा-कार्य में लगे रहते। परम वैश्वानर की सच्ची उपासना कहकर माताजी ने उन्हें इसी ओर प्रवृत्त किया था। उन्होंने आयुर्वेद का ज्ञान भी प्राप्त कर लिया था। दूर-दूर से आए रोगियों की सेवा करते, जो नहीं आ पाते उनके घर जाकर यथासम्भव चिकित्सा करते। सायंकाल लौटते, कभी-कभी तो आधी रात तक बाहर रहते। ऋजुका उनकी सहायिका थी। औषध तैयार करने से लेकर रोगियों की देखभाल का काम भी उसी की अपूर्व सेवावृत्ति के कारण सुचारु रूप से चल रहा था। रैक्व सायंकाल थककर चूर होने पर भी गाड़ी तक आना नहीं भूलते थे। रात को उनका जप-तप, ध्यान-धारणा का काम चलता। पीठ की खुजली दिन-भर गायब रहती, पर गाड़ी के स्पर्श से ही जाग उठती। प्रथम ध्यान उनका शुभा पर ही केन्द्रित होता। धीरे-धीरे वे उसका सहारा

पकड़कर चेतना के विभिन्न स्तरों को पार करने में सफल होते। जो बात उन्हें मालूम नहीं थी, वह थी ऋजुका को उत्साहित करते रहनेवाला प्रच्छन्न हाथ। जाबाला ने प्राण ढालकर प्रच्छन्न-भाव से इस सारी तपस्या को गतिशील बना रखा था। केवल ऋजुका ही यह रहस्य जानती थी। रैक्व तो इतना जानते थे कि वह नित्य शुभा से मिलने जाती है; पर उससे शुभा के बारे में कभी कुछ पूछते नहीं थे। शुभा की ऐसी ही आज्ञा थी। वे अत्यन्त आवश्यक होने पर ही कुछ बोलते थे, अधिकतर मौन ही रहते थे। वे वाक्-संयम का रहस्य जान चुके थे। उन्हें दुःख-तप्त प्राणियों की सेवा में रस मिलने लगा था।

एक दिन प्रातःकाल ही कई लोग बहुत-सी सामग्री लेकर उनके पास पहुँचे। अन्न-वस्त्र, गायें और गधे, खच्चर तक उनके पास थे। इंगित से उन्होंने पूछा, वे किसलिए यहाँ आए हैं! उन लोगों ने बताया कि ये वस्तुएँ उनके लिए ही हैं। रैक्व एकदम भड़क उठे। उन्होंने डाँटकर उन्हें भगा दिया और अपने सेवा-कार्य के लिए समय से कुछ पहले ही निकल पड़े।

निकल तो गए पर दिन-भर उन्हें अपने चित्त-विक्षोभ से ग्लानि होती रही। उस दिन बहुत क्लान्त होते गए। इतनी थकान उन्हें कभी नहीं अनुभूत हुई। कहीं कोई दोष रह गया है उनमें। प्रायश्चित्त करना चाहिए। उन्होंने दृढ़ निश्चय किया कि वे अब मौन ही रहेंगे। क्रोध कभी नहीं करेंगे। अगर फिर चित्त-विक्षोभ हुआ तो शुभा की शरण जाएँगे। उसी से पूछेंगे कि कैसे इस दुर्बलता से मुक्ति मिल सकती है। उस दिन वे देर से लौटे। चेहरा एकदम सूख गया था। ऋजुका ने उनका सूखा उदास मुँह देखा तो रो पड़ी–"हाय भैया, आज तुम्हारा चेहरा कैसा उतरा हुआ है! हाय, रानी दीदी को क्या उत्तर दूँगी? हाय, क्या हो गया है तुम्हें?"

रानी दीदी? रैक्व एकदम सकपका गए। रानी दीदी अर्थात् शुभा। तो क्या दीदी को शुभा के पास उनके लिए उत्तर देना पड़ता है? क्यों उत्तर देना पड़ता है? वे खोई-खोई दृष्टि से ऋजुका को देखने लगे। इसमें क्या उत्तर देने की बात है?

ऋजुका ने उत्तर की प्रतीक्षा नहीं की। कुटिया से गरम पानी ले आई– "आओ, तुम्हारे पैर धो दूँ। बहुत थके हो।"

"नहीं दीदी, मैं ठीक हूँ। तुझे क्या मेरे बारे में शुभा देवी को नित्य बताना पड़ता है? क्यों?"

"लो, बताना नहीं पड़ेगा! तुम तो भोले के भोले ही रह गए। आज बिचारी अभी तक भूखी-प्यासी हैं, तुमको तो चिन्ता ही नहीं है। बिना खाए-पिए चले गए!

उस बिचारी का तो बुरा हाल है!''

''बुरा हाल है? दीदी, तूने पहले क्यों नहीं बताया? देख दीदी, अब मैं मौन ही रहूँगा। प्रातःकाल ही मन खराब हो गया। गुस्सा हो आया।''

''बुरा हुआ, भैया! रानी दीदी के पिताजी आनेवाले थे। उन्होंने ही तो उन लोगों को उस सामग्री के साथ भेजा था। रानी दीदी ने भी वैसा करने की स्वीकृति दे दी थी, पर तुम तो बस, कुछ समझते ही नहीं।''

''समझते नहीं? क्या समझना था इसमें! तेरी रानी दीदी क्या चाहती हैं कि मैं भिक्षा ग्रहण करूँ? माताजी सुनेंगी तो क्या कहेंगी? उनका बेटा सेवा के लिए प्रतिग्रह स्वीकार करेगा तो उन्हें क्या अच्छा लगेगा?''

ऋजुका दीदी हँसने लगी। बोली, ''माताजी ने तो पहले ही अनुमति दे दी है। माताजी की अनुमति पाए बिना रानी दीदी कभी अनुमति दे सकती हैं? इसमें प्रतिग्रह की बात कहाँ उठती है?''

रैक्व हैरान!

दीदी ने हँसते हुए कहा, ''ऐसे क्यों ताकते हो भैया? माताजी भी आनेवाली हैं। कल ही तो राजा आश्रम से लौटे हैं। सुना है, आज वे यहाँ आएँगे। कई ज्ञान-यज्ञ जैसा कुछ होनेवाला है। वे लोग तुमसे ज्ञान-चर्चा करेंगे। सुना है, महर्षि ने ही कुछ इस प्रकार के यज्ञ की व्यवस्था दी है।''

''ज्ञान-चर्चा? पर दीदी, कल से तो मैं मौन धारण करने जा रहा हूँ।''

''सो सब मैं नहीं जानती। रानी दीदी से पूछे बिना तुम कैसे मौन धारण करोगे?''

''रानी दीदी की आज्ञा से ही सब कर रहा हूँ!''

''सो तुम समझ लेना! अभी राजा आवें तो क्रोध न करना। तुम्हारी दीदी इतना ही कह सकती है।''

ऋजुका के चेहरे पर हल्की हँसी थी। रैक्व कुछ भी नहीं समझ सके। ऋजुका ने उनके पैर धो देने के लिए हाथ बढ़ाया। रैक्व ने उसके हाथ से पानी ले लिया। बोले, ''दीदी, मैं धो लेता हूँ। क्रोध नहीं करूँगा। मगर अब तू मुझे मौन हो जाने दे।''

ऋजुका चली गई।

रैक्व नित्य-कृत्य से निवृत्त हो यथा-नियम गाड़ी के नीचे बैठ गए। वे चिन्तित थे। ज्ञान-यज्ञ क्या होता है? पहले तो किसी ने बताया नहीं। माताजी आएँगी तो पूछेंगे। पर उन्होंने यह सब सामग्री लेने की अनुमति क्यों दी? दीदी कैसे जानती

है कि अनुमति मिल गई है। माताजी ने तो स्पष्ट निर्देश दिया था—प्रतिग्रह बुरी चीज़ है। कभी प्रतिग्रह स्वीकार न करना। फिर बीच में यह परिवर्तन कैसे हो गया? उनसे पूछना तो पड़ेगा ही। कब आएँगी! दीदी कह रही है, आने ही वाली हैं। जल्दी आ जातीं तो अच्छा होता। उसके पहले ही ये लोग आ जाएँगे...क्या करना होगा? मन में शान्ति तो रहनी ही चाहिए। दीदी ठीक कह रही है, क्रोध नहीं करना है!

दीदी कहती है कि शुभा ने भी स्वीकार कर लिया है कि मुझे यह सब सामग्री दे दी जाए और मैं ग्रहण कर लूँ। विश्वास नहीं होता कि शुभा ने यह बात मान ली होगी। मगर दीदी मुझसे कभी झूठ बात तो कहती नहीं। कहती है तो सच ही होगा, लेकिन वह कहकर हँस देती है। हँसने की क्या बात है? शुभा ने कहा था कि मुझे कम बोलना चाहिए। कल मैं कुछ अधिक बोल गया क्या? नहीं, मैंने ऐसा कुछ नहीं कहा। अब तो मौन रहने से ही कुछ प्रायश्चित्त हो सकेगा। पर दीदी कहती है, पहले उसकी रानी दीदी से पूछ लेना चाहिए! इसमें ऐसी पूछने की क्या बात है भला? मौन से कोई हानि तो नहीं है। लाभ भी क्या है? असली बात है मन को वश में करना। शुभा तो मौन नहीं रहती, पर उसने मन को वश में कर लिया होगा। तभी इतना मधुर बोलती है। शुभा का सबकुछ मधुर है। शुभा से मिलना चाहिए। वही ठीक-ठीक बता सकती है। रैक्व कुछ विचलित हुए। कई दिनों से पीठ की खुजली कम हो रही थी, आज कुछ बढ़ गई है।

रैक्व ने दृढ़ता के साथ अपने-आप पर नियन्त्रण रखने का प्रयत्न किया। वे परम वैश्वानर का ध्यान करने लगे। परम वैश्वानर जो विश्व-रूप हैं, जो 'रूपे-रूपे प्रतिरूपं बभूव' हैं। रूप-मात्र उन्हीं का रूप है। रूप में सर्वश्रेष्ठ रूप है, शुभा का। शुभा ही परम वैश्वानर की सर्वोत्तम अभिव्यक्ति है। माताजी ने कहा था, 'बेटा, मनुष्य की शक्ति ही कितनी है? वह दो ही खेल खेलता है—प्रिय को देवता बना लेता है या फिर देवता को प्रिय बना लेता है।' ये ही खेल चल रहे हैं रैक्व के मनोमन्दिर में। एक बार शुभा परम वैश्वानर बन रही है, दूसरे क्षण में परम वैश्वानर शुभा बन रहे हैं।

इस खेल का अन्त नहीं है। रात-भर उनके मन में यही खेल बारी-बारी से खेला जाने लगा। शुभा अर्थात् परम वैश्वानर—परम वैश्वानर अर्थात् शुभा! 'अल्प' भूमा बन रहा है—'भूमा' अल्प बन रहा है!

यह विचित्र समाधि थी। यही संकोच और प्रसारण की लीला है, यही प्राण और अपान का द्वन्द्व है, यही केन्द्रानुगा और केन्द्रापगा शक्ति का द्वन्द्व है!

रात बीत गई। रैक्व विचित्र समाधि के आनन्द से भीगते रहे। ऋजुका बार-बार आकर देख जाती थी कि वे नित्य-कृत्य के लिए तैयार हैं या नहीं। राजा जानश्रुति अपने दलबल के साथ उपस्थित हो गए हैं। उपहार अलग रखे गए हैं, कुछ दूरी पर। कहीं उन्हें देखकर वे फिर न बिगड़ उठें। रैक्व अचल समाधि में हैं। राजा हाथ जोड़कर बैठे हैं, आचार्य औदुम्बरायण भी उत्सुक मुद्रा में प्रतीक्षा कर रहे हैं, मन्त्री लोग भी शान्त विनीत भाव में बैठे हैं। ऋजुका दीदी सावधान मुद्रा में अपने भैया के निकट खड़ी है। कहीं आज भी वह बिदक न जाएँ! समाधि टूट नहीं रही है। सबकुछ शान्त है। ज्ञान-यज्ञ का यह अद्भुत आयोजन है। कोई ऋत्विक नहीं है, कोई यजमान नहीं है, कोई होता नहीं है, कोई आहुति नहीं है, अग्नि, कुशा आदि कुछ भी नहीं है। पर यज्ञ होनेवाला है! सब शान्त, सब प्रह्लादमय!

इस ज्ञान-यज्ञ का सबसे महत्त्वपूर्ण पात्र थी जाबाला। वह आई नहीं थी, ले आई गई थी। वृद्धा संकुला उसे प्रायः गोद में ही उठाकर ले आई थी। उसके आते ही सारे वातावरण में शामक आभा व्याप्त हो गई। रैक्व की अन्तरतर तक को वह आभा निश्चय ही छेद गई होगी। तभी उनके अन्तर में हलचल हुई। उनकी आँखें खुलीं। हाथ अनायास पीठ पर चले गए। ऋजुका ने बिना किसी भूमिका के तुरन्त कहा, "महाराज आए हैं भैया, रानी दीदी के पूज्य पिता!" रैक्व ने उनकी ओर देखा, दृष्टि बगल में बैठे आचार्य औदुम्बरायण पर पड़ी। एकदम अभ्युत्थान की मुद्रा में आ गए। खड़े होकर आचार्य और साथ ही राजा जानश्रुति को प्रणिपात किया। बोले कुछ नहीं। शान्तभाव से अपने आसन पर बैठ गए। केवल उत्सुकता-भरी दृष्टि के इंगित से ही पूछा, 'क्या सेवा करूँ?'

आचार्य औदुम्बरायण ने कहा, "ब्रह्मचारिन्! हमारे परम जिज्ञासु महाराज ने आज आपके महार्ह प्रवचन के श्रवणार्थ इस ज्ञान-यज्ञ का आयोजन किया है। इस यज्ञ के प्रधान ऋत्विक् आप ही हैं..."

आचार्य कुछ और कहने जा रहे थे, पर बीच में ही रैक्व ने हाथ जोड़कर इंगित किया कि वे आज मौन हैं!

राजा जानश्रुति बिल्कुल विचलित नहीं हुए। बोले, "हम तो आपसे परम ज्ञान का प्रवचन अवश्य सुनेंगे। यदि आप मौन हैं तो यह यज्ञ तब तक चलता रहेगा जब तक आपका मौन भंग नहीं होता।"

थोड़ा रुककर उन्होंने कहा, "ब्रह्मचारिन्, हम तत्रभवती भगवती ऋतम्भरा की आज्ञा से इस ज्ञान-यज्ञ का आयोजन कर रहे हैं। पुराकाल से यज्ञ के अन्त में

देवविवाह के रूप में कन्यादान का विधान है। यह मेरी कन्या जाबाला है, मैं इसे आप-जैसे ज्ञानी को देने का संकल्प लेकर आया हूँ। तत्रभवती भगवती ऋतम्भरा भी आनेवाली हैं। अब आपकी जैसी आज्ञा हो! संकल्प किया जा चुका है।''

रैक्व अवाक्!

आचार्य औदुम्बरायण ने और स्पष्ट किया--''ब्रह्मचारिन्, यज्ञ में कन्यादान शास्त्र-सम्मत है। पुराण-ऋषियों ने इसे उत्तम विवाह बताया है। इसीलिए यह ज्ञान-यज्ञ आयोजित हुआ है।''

फिर राजा ने जाबाला को खींचकर अपने पास बैठाया। रैक्व फिर एक बार उठकर खड़े हो गए, ''अहा! महाभागा शुभा!'' वे कुछ और कहें, उसके पहले ही जाबाला की आँखों से उनकी आँख मिलीं। उस दृष्टि से कातर अभ्यर्थना थी, 'तुम कुछ कम नहीं बोल सकते!' रैक्व लज्जित होकर चुप रह गए। महाराज जानश्रुति आह्लादित हुए। उन्होंने रैक्व को आसन ग्रहण करने का और ज्ञान-यज्ञ को सफल बनाने का अनुरोध किया। रैक्व की कातर दृष्टि शुभा के चेहरे पर टिकी रही। बिना शब्द के ही वह दृष्टि कह रही थी--'क्षमा करना देवि, फिर ग़लती हो गई!'

जाबाला की दृष्टि ने आश्वस्त-सा करते हुए कहा, 'बोलो!'

धीरे-धीरे रैक्व की दृष्टि जाबाला के मुख पर से हटी। वे बहुत शान्त मृदु कंठ से बोले, ''राजन् आचार्य, आप लोग विद्वान् हैं, मनीषी हैं, मैंने मौन रहने का निश्चय किया था, पर आप लोग नहीं जानते कि मेरे मन में आपकी परम मेधाविनी कन्या के प्रति कैसे आदर के भाव हैं। मैं इन्हें ही महाभागा शुभा कहता हूँ। इन्होंने ही मुझे ज्ञान का मार्ग दिखाया है। मैं इस शोभन मुख की उपेक्षा नहीं कर सकता। मैं तो इसके उपोद्ग्रहण-मात्र से कृतार्थ हूँ। ज्ञान का अंशमात्र भी मैं नहीं जानता। जानता हूँ केवल इस मुख की अपूर्व उद्ग्राहिका शक्ति। इस मोहन मुख की सभी आज्ञा मेरे लिए श्रुति-वाक्य के समान हैं। मैं सेवा-व्रती हूँ, इनका मार्ग-दर्शन पाऊँ तो असाध्य-साधन कर सकूँगा। मैं आप लोगों से प्रार्थना करता हूँ कि मुझे अवसर दें ताकि इस मोहन मनोरम मुख का उपोद्ग्रहण कर सकूँ।''

इसी समय सारी सभा 'जय-जय' कर उठी। रैक्व ने देखा, माताजी आ गई हैं। वे उठे और माताजी के चरणों पर साष्टांग प्रणत हो गए। माताजी ने उठाकर छाती से लगा दिया। उनका इंगित समझकर जाबाला भी चरणों में उसी प्रकार आ गिरी। माताजी ने दोनों को प्यार से उठाया और आचार्य की ओर देखकर कहा, ''आचार्य, अब विवाह की सब विधियाँ पूरी कर ली जाएँ।'' रैक्व ने चकित दृष्टि

से माताजी की ओर देखा। जाबाला की आँखें धरती में गड़ी रहीं। सभा ने फिर एक बार जय-निनाद किया।

रैक्व ने कातर-भाव से माताजी की ओर देखा। अत्यन्त भोलेपन से कहा, "विवाह नहीं माँ, उद्वाह!" माताजी ने प्रश्नभरी दृष्टि से पुत्र की ओर देखा। बोलीं, "एक ही बात है बेटा! पर तू क्या दोनों में अन्तर मानता है?" संकुचित रैक्व ने उत्तर दिया–"हाँ, माँ!"

उपसंहार

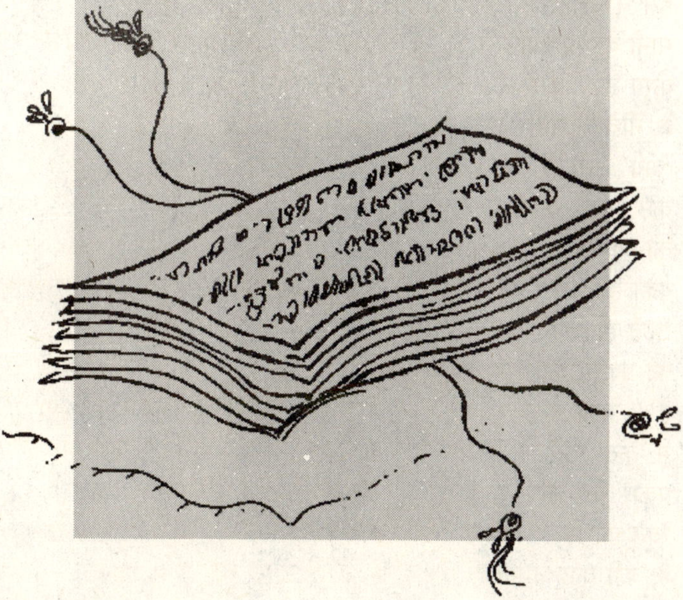

औषस्ति-आश्रम के उपाध्याय वुडिल तर्कराक्ष्य को रैक्व पर कभी आस्था नहीं थी। वे तो उनके ब्राह्मण-वंश में जन्म लेने को भी सन्देहास्पद समझते थे। रैक्व जब जटिल मुनि के पास गए तो उन्हें बिल्कुल अच्छा नहीं लगा था। वे नहीं चाहते थे कि आश्रम में शास्त्र-विरुद्ध चर्चा हुआ करे। उन्होंने जब सुना कि राजा जानश्रुति की कन्या जाबाला का उद्वाह रैक्व के साथ हो गया तो इसे भी उन्होंने धर्म-विरुद्ध कार्य ही समझा। अनेक लोगों से सुनी-सुनाई बातों को इकट्ठा करके उन्होंने रैक्व की एक कहानी लिखी जो बाद में छान्दोग्य-उपनिषद् के चौथे प्रपाठक में ले ली गई। उसका अनुवाद नीचे दिया जा रहा है :

प्राचीन काल में जानश्रुति पौत्रायण नामक एक राजा था। वह श्रद्धा से दान देता था, थोड़ा नहीं बहुत दान देता था। उनके यहाँ खूब अन्न पकता था। उसने

जगह-जगह धर्मशालाएँ बनवा दी थीं ताकि भिन्न-भिन्न स्थानों से आकर अतिथि लोग उनके यहाँ भोजन किया करें।

एक बार रात्रि को कुछ हंस उतरे। उनमें से एक हंस ने दूसरे से कहा, "हे भल्लाक्ष! जानश्रुति पौत्रायण राजा का यश द्युलोक के समान फैल रहा है उससे टक्कर न ले बैठना, कहीं वह तुझे अपने तेज से भस्म न कर डाले।" उसे दूसरे हंस ने उत्तर दिया, "अरे, तुमने इस साधारण-से राजा को ऐसा कैसे कहा जैसे मानो वह गाड़ीवाला रैक्व ऋषि हो?" पहले हंस ने पूछा, "यह गाड़ीवान रैक्व ऋषि कैसा है?" दूसरे ने उत्तर दिया, "जैसे जुए में सबसे मुख्य पासा 'कृत' कहाता है, नीचे के पासे 'अय' कहलाते हैं, और 'कृत' के आ पड़ने पर उससे निचले सब 'अय' उसी में आ जाते हैं, इसी प्रकार यह ऋषि 'कृत' के समान है। लोग जो कुछ भलाई करते हैं उनका फल रैक्व को मिल जाता है। जो व्यक्ति उस रहस्य को जानता है, जिसे रैक्व जानता है, वही कुछ जानता है, ऐसा मैंने अन्यों से भी कहा है।" हंसों का यह संवाद जानश्रुति पौत्रायण ने सुन लिया। उसने प्रातःकाल उठते ही अपने सारथि से कहा, "प्यारे! तू क्या मेरी प्रशंसा गाड़ीवान रैक्व ऋषि की प्रशंसा की तरह करता है?" सारथि ने पूछा, "वह गाड़ीवान रैक्व ऋषि कैसा है?" राजा ने उत्तर दिया, "रात को मैंने दो हंसों को यह कहते सुना, 'जैसे जुए में 'कृत' पासे के आ पड़ने पर उससे निचले अब 'अय' उसी में आ जाते हैं, उसी प्रकार यह ऋषि 'कृत' के समान है, लोग जो कुछ भलाई करते हैं उसका फल रैक्व को मिल जाता है। जो व्यक्ति उस रहस्य को जानता है, जिसे रैक्व जानता है, वही कुछ जानता है, ऐसा मैंने अन्यों से भी कहा है।' इसलिए, हे सारथि! यह पता लगाओ कि रैक्व ऋषि कौन है!"

सारथि ने खोज की, और लौटकर राजा से बोला, "कुछ पता नहीं चला।" राजा ने कहा, "अरे! उस ऋषि का वहाँ अन्वेषण करो जहाँ ब्रह्म-ज्ञानियों को ढूँढ़ा जाना चाहिए; महलों में नहीं, झोंपड़ियों में उसकी खोज करो।" सारथि फिर निकला। एक गाड़ी की छाया के नीचे दाद को खुजलाते हुए एक व्यक्ति को देखकर उसके निकट बैठ गया। उससे पूछा, "भगवन्! क्या आप ही गाड़ीवान रैक्व ऋषि हैं!" उसने उत्तर दिया, "अरे हाँ! मैं ही रैक्व हूँ।" सारथि ने लौटकर राजा से कहा, "मैंने रैक्व का पता लगा लिया।"

जानश्रुति पौत्रायण छह सौ गायें, एक रत्नमाला और खच्चरों का एक रथ लेकर चल पड़े और ऋषि के पास पहुँचे। "हे रैक्व! ये छह सौ गायें हैं, यह रत्नमाला, यह खच्चरों का रथ है। हे भगवन्! जिस देवता की आप उपासना करते

हैं उसका मुझे उपदेश दीजिए।''

ऋषि बोले, ''अरे शूद्र! यह हार और ये गायें तू अपने पास रख।'' जानश्रुति पौत्रायण फिर एक सहस्र गायें, रत्नमाला, खच्चरों का रथ और अपनी कन्या को लेकर ऋषि के पास पहुँचे। बोले, ''हे रैक्व! यह सहस्र गायें हैं, यह रत्नों की माला है, यह खच्चरों का रथ है, यह मेरी कन्या है जिसे मैं आपको देने को तैयार हूँ, यह ग्राम जिसमें आप विराजते हैं, यह भी आपको भेंट है। हे भगवन्! मुझे आप उपदेश दीजिए!''

ऋषि ने कन्या के मुख का उपोद्ग्रहण करते हुए कहा, ''ऐ शूद्र! तुम ये गायें लाए हो, परन्तु मैं कुछ न बोलता, इस कन्या के मुख की लाज रखने के लिए मुझे बोलने को बाधित होना पड़ेगा।'' जहाँ रैक्व ऋषि ने निवास किया, उस स्थान का नाम रैक्वपर्ण प्रसिद्ध हुआ। यह स्थान महावृष नामक उपवनों में से एक था। राजा को ऋषि ने निम्नलिखित उपदेश दिया—

''हे राजन्! 'अधिदैवत' अर्थात् 'ब्रह्मांड' की दृष्टि से वायु ही 'संवर्ग' है, सबको अपने भीतर समा लेनेवाला है। आग बुझती है तो वायु में ही लौट जाती है, जब सूर्य अस्त होता है तो वायु में ही लौट जाता है, जब चन्द्र अस्त होता है तो वह भी वायु में ही लौट जाता है। जब पानी सूखते हैं तो वायु में ही लौट जाते हैं, वायु ही इन सबका संवरण करता है, इन सबको ढाँप लेता है। यह अधिदैवत, अर्थात् ब्रह्मांड की दृष्टि से वर्णन हुआ।

''अब 'अध्यात्म' अर्थात् 'पिंड' की दृष्टि से सुनो। पिंड, अर्थात् शरीर की दृष्टि से प्राण ही 'संवर्ग' है, वह सब इन्द्रियों को अपने भीतर समा लेनेवाला है, जब मनुष्य सोता है तो वाणी प्राण को ही लौट जाती है, प्राण को ही चक्षु, प्राण को ही श्रोत्र, प्राण को ही मन लौट जाता है, प्राण ही इन सबका संवरण करता है, इन सबको ढाँपता है। इसलिए 'संवर्ग' अर्थात् लय-स्थान दो ही हैं—ब्रह्मांड के देवों में 'वायु' तथा पिंड की इन्द्रियों में 'प्राण'।

''राजन्! एक बार की बात है कि शौनक कापेय तथा अभिप्रतारित काक्षसेनि को जब भोजन परोसा जा रहा था, तब उनसे एक ब्रह्मचारी ने आकर भिक्षा माँगी। उसे उन्होंने भिक्षा न दी।

''ब्रह्मचारी ने कहा, 'अग्नि, सूर्य, चन्द्र और जल—ये चार, एवं वाणी, चक्षु, श्रोत्र तथा मन—ये चार मानो महात्मा हैं, इन चारों के मुकाबले में एक देव है—अधिदैवत (ब्रह्मांड की) दृष्टि से 'वायु' तथा अध्यात्म (पिंड की) दृष्टि से 'प्राण'। वह कैसा है? वह ऐसा है जो अकेला होता हुआ इन चारों को खा जाता है, परन्तु

फिर भी हे कापेय! हे अभिप्रतारित! वह भुवनों की रक्षा करता है, अनेक रूपों में वह बस रहा है, मैं उस प्राण के लिए ही तो भिक्षा माँगता था, परन्तु जिसके लिए अन्न है उसी को तुमने नहीं दिया, तुमने मुझे नहीं, प्राण-ब्रह्म को अन्न देने से इनकार कर दिया।'

''शौनक कापेय ने ब्रह्मचारी के कथन पर मनन किया और उससे कहा, 'निस्सन्देह ब्रह्मांड में 'वायु' उन चारों देवों का तथा पिंड में 'प्राण' चारों इन्द्रियों का आत्मा है, ये चारों 'वायु' तथा 'प्राण' की क्रमशः प्रजाएँ हैं। 'वायु' तथा 'प्राण' इन चारों को खा भी जाते हैं, और जाग्रत में इन्हें प्रकट भी कर देते हैं। 'वायु' तथा 'प्राण' सोने के दाँतवाले हैं, खा जाते हैं,—सबकुछ अपने भीतर समा लेते हैं, मानो जीवित हों। इनकी महिमा महान है, क्योंकि स्वयं न खाए जाते हुए भी जो खाया नहीं जा सकता, उसे भी खा जाते हैं। हे ब्रह्मचारिन! हम भी ब्रह्मांड में 'वायु-ब्रह्म' तथा पिंड में 'प्राण-ब्रह्म' की उपासना करते हैं।' यह कहकर उसने परोसनेवाले को कहा कि 'ब्रह्मचारी को भिक्षा दे दो!' उन्होंने ब्रह्मचारी को भिक्षा दे दी।''

'वायु' तथा 'प्राण' के सम्बन्ध में यह कथानक सुनने के बाद रैक्व ने फिर कहा, ''राजन्! 'ब्रह्मांड' के चार देवता (अग्नि, सूर्य, चन्द्र, जल) तथा वायु, मिलकर पाँच होते हैं, इसी प्रकार 'पिंड' की इन्द्रियाँ (वाणी, चक्षु, श्रोत्र, मन) तथा 'प्राण' मिलकर पाँच होते हैं, यह सब दस हैं, और ये सब दसों मानो 'कृत' हैं, संसार-जुआ खेलने के पासे हैं, इन्हीं में यह विश्व का प्रपंच खेल रहा है। जैसे 'वायु' अग्नि, सूर्य, चन्द्र, जल इन चारों का भक्षण कर जाती है, इन्हें अपना 'अन्न' बना लेती है। जैसे 'प्राण' वाणी, चक्षु, श्रोत्र, मन इन चारों को समेट लेता है, इन्हें अपना अन्न बना लेता है; वैसे ही विश्व की यह विराट् शक्ति सबको 'अन्न' बनाकर उसका भक्षण कर रही है, वह सबकी 'अन्नाद' है, सबको जुए में लगाए बैठी है, सबकी 'भोक्ता' है और 'द्रष्टा'-रूप में वर्तमान है। जो यह जानता है, वह 'द्रष्टा'-रूप होकर विचरता है, संसार में भोक्ता होकर रहता है।''

अनामदास की टिप्पणी

[अनामदास ने रैक्व-आख्यान की विश्वसनीयता की पूरी जाँच की है। उसके कौन-से अंश किस उपनिषद् से लिए गए हैं, इसका पूरा लेखा-जोखा प्रस्तुत किया है। वे इस निष्कर्ष पर पहुँचे हैं कि इसके अधिकांश स्थल छान्दोग्य उपनिषद् से लिए गए हैं। सारा खतियान यहाँ नहीं दिया जा सकता, क्योंकि उसे पाठकों के धैर्य पर हमला करके अपराध माने जाने की आशंका है। पर उनके कुछ मन्तव्य कुतूहली पाठकों को रुचिकर भी लग सकते हैं। यही सोचकर उनकी टिप्पणी का कुछ अंश उद्धृत किया जा रहा है।]

प्राचीन मानी जानेवाली ग्यारह उपनिषदों का एक साथ विचार किया जाए तो याज्ञवल्क्य उपनिषद्-काल के सबसे बड़े तत्त्वदर्शी थे। ये बृहदारण्यक उपनिषद् के शक्तिशाली चरित्र-नायक हैं। परन्तु एक-एक ग्रन्थ के रूप में यदि

इनका विचार किया जाए तो सबसे प्राणवन्त तत्त्वान्वेषियों का विचार पिटक छान्दोग्य है। छान्दोग्य में एक-से-एक फक्कड़ और अक्खड़ विचारक मिलते हैं जो रूढ़ियों के बिल्कुल कायल नहीं। ऐसा लगता है कि छान्दोग्य और बृहदारण्यक समकालीन उपनिषदें हैं और दोनों के रचयिताओं में एक प्रकार की प्रच्छन्न प्रतिस्पर्द्धा है। एक में जो मुख्य और स्वाधीन विचारक है, उसे दूसरी में गौण स्थान दे दिया गया है। प्रस्तुत कथा के प्रधान तत्त्वज्ञानी महर्षि औषस्तिपाद इस सन्दर्भ में एक विचित्र कुतूहल पैदा करते हैं। प्रस्तुत कथा में याज्ञवल्क्य से तो किंचित् प्रभावित जान पड़ते हैं, पर अपने पिता उषस्त या उषस्ति चाक्रायण की अक्खड़ता क़ा रंचमात्र प्रभाव उनमें नहीं मिलता। रैक्व के प्रसंग में उषस्ति का स्मरण होना बिल्कुल स्वाभाविक होता, पर उनके सिद्धान्तों की कोई चर्चा न तो उनके पुत्र औषस्ति करते हैं, न पुत्रवधु ऋतम्भरा ही करती हैं। ऐसा क्यों हुआ?

छान्दोग्य उपनिषद् में उषस्ति चाक्रायण बहुत ही गरीब लेकिन स्वाभिमानी व्यक्ति हैं। उनमें अक्खड़पना भी है और फक्कड़ाना मस्ती भी है। उनके विचार भी चौंका देनेवाले हैं। आफत के मारे भूख-प्यास से व्याकुल वे एक ग्राम में गए जहाँ खाते-पीते लोग रहते थे। साथ में उसकी पत्नी अटकी भी थीं। भाग्य की विडम्बना देखिए कि पांडित्य की बात सुनकर राजा किसी यज्ञ में उन्हें प्रधान ऋत्विक् बनाने के लिए खोज रहा था और आप भूख की ज्वाला से व्याकुल होकर कहीं अन्न की खोज में निकल पड़े थे! एक आदमी उड़द खा रहा था। उसी से उन्होंने थोड़े उड़द के दाने माँगे। उसने कहा, 'उच्छिष्ट है, महाराज आपको कैसे दूँ?' उषस्ति ने कहा, 'दे दे भाई, इस समय मुझे प्राणों की रक्षा करनी है।' संकोच के साथ उस आदमी ने उड़द के दाने दे दिए। फिर उसने कहा, 'यह पानी भी ले लो, महाराज!' उषस्ति ने कहा, 'तेरा उच्छिष्ट पानी क्यों लूँ?' आश्चर्य से चकित वह आदमी बोला, 'उच्छिष्ट तो वह अन्न भी था, महाराज?' उषस्ति ने समझाया था–'मगर उसके बिना मैं प्राणों की रक्षा नहीं कर सकता था। प्राणों की रक्षा होगी तो मैं कुछ काम कर सकूँगा। काम करने के लिए प्राणों की रक्षा जरूरी है। पर पानी तो मैं जितना चाहूँ मिल सकता है। उसके लिए किसी का अहसान क्यों लूँ?' सो उन्होंने पानी नहीं लिया! निश्चय ही वह बेचारा इस विचित्र तपस्वी की ओर देर तक ताकता ही रह गया होगा।

उषस्ति को इस बात का दुःख नहीं हुआ कि उन्होंने भिक्षा में उच्छिष्ट अन्न लिया, उन्हें भिक्षा माँगने से कष्ट हुआ। कुछ करके खाना चाहिए। भिक्षा माँगना

ग़लत कार्य था। सो वे राजा के पास पहुँचे। राजा कोई यज्ञ करा रहे थे। उषस्ति को खोजवाया था, पर वे मिल नहीं सके थे। वे चाहते तो सीधे राजा के पास पहुँचकर अपना परिचय देते और बाद की घटनाओं से स्पष्ट है कि राजा भी उन्हें अवश्य सम्मानित करते।

परन्तु यह पहलवान कोई और होता होगा जो लोगों के जय-जयकार मात्र से सन्तुष्ट हुआ करता है। सच्चा पहलवान तो वह है जो प्रतिद्वन्द्वियों को अखाड़े की धूल चटा देने के बाद जय-जयकार ग्रहण करता है। उषस्ति ऐसे ही पहलवान थे। यज्ञशाला में पहुँचते ही उन्होंने एक-एक पंडित की खबर ली। प्रस्तोता, उद्‌गाता, प्रतिहर्त्ता सभी से उन्होंने अलग-अलग जाकर प्रश्न किया : 'प्रस्तोता महोदय, प्रस्ताव से जिस देवता का सम्बन्ध है, उसका नाम बताओ! बिना बताए मन्त्र पढ़ोगे तो तुम्हारा सिर गिर जाएगा!' प्रस्तोता चुप! फिर उद्‌गाता और प्रतिहर्त्ता से भी ऐसा ही प्रश्न! सभी चुप! यज्ञ रुक गया। सही उत्तर न देने से सिर गिर जाता, कौन इस ज़हमत में पड़े! यज्ञ बन्द! यजमान अर्थात् राजा परेशान! 'कौन हो महाराज? क्या चाहते हो? यज्ञ का काम तो चलने दो!'

उषस्ति ने अपना परिचय दिया। राजा ने अपना भाग्य सराहा। बोले, 'महाराज! मैं आपको ही खोजवा रहा था, परन्तु आप मिले नहीं। अब तो मैंने इन ऋत्विकों का वरण कर लिया है लेकिन कोई बात नहीं। आप मेरे मुख्य ऋत्विक् बनकर यज्ञ का कार्य करावें। आपको मैं प्रधान ऋत्विक के रूप में वरण कर रहा हूँ।' उषस्ति ने कहा, 'स्वीकार है महाराज, लेकिन एक शर्त है।' राजा ने चिन्तित होकर पूछा, 'शर्त क्या है, ऋषिवर?' उषस्ति ने अपनी शर्त बताई–'शर्त यह है कि ये ऋत्विक् मेरी देख-रेख में प्रसन्नतापूर्वक कार्य करें और मैं प्रधान ऋत्विक् के रूप में इनसे काम कराऊँगा, लेकिन दक्षिणा सबकी बराबर होगी। प्रधान ऋत्विक् होने के कारण मुझे कुछ भी अधिक नहीं दिया जाएगा।'

इस बार राजा ने चकित दृष्टि से इस विचित्र विद्वान् की ओर देखा।

यज्ञ का काम शुरू हुआ। प्रस्तोता, उद्‌गाता, प्रतिहर्त्ता–तीनों ही प्रधान ऋत्विक् उषस्ति के पास आकर बोले, 'भगवन्, आपने जो प्रश्न पूछा था, उसका उत्तर पहले बता दें, तो हम लोग उन्हीं देवताओं को ध्यान में रखकर अपना काम शुरू कर दें।' उषस्ति ने प्रस्तोता को बताया कि 'प्रस्ताव का सम्बन्ध प्राण देवता से है। समस्त भूत, सारे प्राणी उसी प्राण देवता से उत्पन्न होते हैं और अन्त में उसी में विलीन हो जाते हैं। इसलिए जब कभी शुभ कर्म का प्रस्ताव हो यानी आरम्भ किया जाए, तो उसमें प्राण देवता को ही अनुगत समझो। यदि यह बात

न जानकर तुमने प्रस्ताव किया होता तो तुम्हारा सिर गिर जाता।''

उद्गाता को उन्होंने बताया–''उद्गीथ का देवता आदित्य है, वही उद्गीथ का प्रतीक है। अगर तुमने उसे जाने बिना उद्गीथ का गान किया होता तो तुम्हारा सिर गिर गया होता।''

प्रतिहर्त्ता को उन्होंने बताया–'प्रतिहार कर्म का देवता अन्न है। समस्त प्राणी अन्न का प्रतिहरण या ग्रहण करते हुए जीवित रहते हैं। सो यदि तुमने इस अन्न देवता को जाने बिना प्रतिहार कर्म किया होता तो तुम्हारा सिर गिर गया होता।'

इस प्रकार तीनों पर अपनी विद्वता की धाक जमाते हुए उषस्ति ने यज्ञ कराया था। उनमें जहाँ फक्कड़ाना मस्ती थी, वहीं अपने ज्ञान और पांडित्य का उचित अभिमान भी था। छान्दोग्य के यही मस्तमौला और अक्खड़ ऋषि बृहदारण्यक में उषस्ति चाक्रायण के नाम से आते हैं। लगता है, उषस्त और उषस्ति एक ही नाम के दो रूप हैं। क्योंकि दोनों ही चक्र के पुत्र बताए गए हैं। यहाँ भी वे इसी अक्खड़ाना अन्दाज में याज्ञवल्क्य से भिड़ गए थे। उन्होंने कहा था–'याज्ञवल्क्यजी, जिसे आप साक्षात् ब्रह्म कहते हैं और उसे सबके भीतर रहनेवाली आत्मा भी कहते हैं, उसकी व्याख्या कीजिए! यह कथन कुछ पहेली-सा लगता है, साफ-साफ समझाइए।' याज्ञवल्क्य ने 'यह तुम्हारा आत्मा सबके भीतर है,' कहकर उन्हें निरुत्तर करना चाहा था, मगर उषस्ति चाक्रायण ने कहा, 'हे याज्ञवल्क्य! जैसे कोई गौ और अश्व के विषय में पूछे और उसे गाय तथा घोड़ा न दिखाकर 'दूध देनेवाली गौ होती है,' 'दौड़नेवाला घोड़ा होता है'–यह कहकर टाल दिया जाए, वैसे ही 'साक्षात् ब्रह्म आत्मा, जो सबके भीतर है, क्या है?'–यह पूछने पर तुमने मुझे यह कहकर टाल दिया कि 'जो सबके भीतर है, वह 'आत्मा' है! हे याज्ञवल्क्य! सबके भीतर रहनेवाला 'आत्मा' कहाँ है, दिखाओ तो?'

याज्ञवल्क्य ने अपनी स्वाभाविक शान्ति के साथ कहा, ''वह तो स्वयं देखनेवाला है, उसे तुम किससे देखोगे? वह तो स्वयं सुननेवाला है, उसे तुम किससे मनन करोगे? वह तो स्वयं मनन करनेवाला है, उसको तुम किससे प्राप्त करोगे? तेरा यह आत्मा सबके भीतर है! अर्थात् जब तुम पूछते हो, 'दिखाओ, आत्मा कहाँ है,' तो मैं यही तो कह सकता हूँ कि 'आत्मा तो सबके भीतर दीख रहा है'–इससे भिन्न कोई उपदेश तो दुःख पहुँचानेवाला ही है।''

सुनकर मस्तमौला उषस्ति चुप लगा गए थे। छान्दोग्य के उषस्ति चुप होनेवाले नहीं थे, लेकिन बृहदारण्यक में उनका तेज धूमिल पड़ गया। याज्ञवल्क्य विजयी हुए।

अब प्रस्तुत कथा में यद्यपि छान्दोग्य के तत्त्व ही प्रधान हैं, फिर भी रैक्व के प्रसंग में इनका इस रूप में कहीं भी स्मरण न किया जाना कुछ आश्चर्यजनक है। लगता है, महर्षि औषस्ति बृहदारण्यक के ऋषि उषस्ति के पुत्र हैं और याज्ञवल्क्य से काफी प्रभावित हैं।

प्रस्तुत कथा का यह एक पहेली-जैसा अंश है। औषस्तिपाद के प्रसंग में फक्कड़ और अक्खड़ उषस्ति की कोई भी चर्चा न होना कुछ समझ में न आनेवाली बात है।

['अनामदास का पोथा' लिखते समय आचार्य द्विवेदी ने इस उपन्यास की परिकल्पना दो खंडों में की थी। पहला खंड 'अनामदास का पोथा : अथ रैक्व-आख्यान' शीर्षक से प्रकाशित हुआ; और दूसरा खंड उन्होंने लिखना शुरू ही किया था कि काल के क्रूर हाथों ने उन्हें सदा-सदा के लिए हमसे छीन लिया। दूसरे खंड का जितना अंश वे लिख पाए थे, उसे नीचे दिया जा रहा है।]

अनामदास लिखते हैं :

कभी-कभी लोग बेढब सवाल कर बैठते हैं। एक सज्जन मेरे पास आए। अच्छे पढ़े-लिखे युवक थे। किसी विश्वविद्यालय में शोध कार्य कर रहे थे। उनके शोध का विषय था, साधारण लोगों का जीवन-दर्शन। वे झोले में एक प्रश्नावली की बहुत-सी छपी प्रतियाँ लिए हुए थे। एक प्रति उन्होंने कृपा करके मुझे भी दी। गाँव के कई लोगों को दे चुके थे। पहले तो मुझे लगा कि वे बहुत परेशान हैं। सत्य की खोज कोई मामूली बात तो है नहीं, उसमें परेशानियाँ तो होंगी ही। पर बाद में लगा कि वस्तुतः वे परेशान थे नहीं। उन्होंने बताया कि उन्हें सब लोगों की बात इकट्ठी करके उनका विश्लेषण और वर्गीकरण करने की ही चिन्ता थी। वे किसी निश्चित तथ्य पर न पहुँचे थे और न पहुँचना चाहते थे। उनका विश्वविद्यालय सिर्फ़ इस बात से ही सन्तुष्ट हो जानेवाला था कि उन्होंने तथ्यों का संग्रह ईमानदारी से किया है और उनका विश्लेषण आलोचनात्मक ढंग से और सूझ-बूझ के साथ किया है। निष्कर्ष के बारे में न उन्हें चिन्ता थी, न उनके विश्वविद्यालय को। वे अनासक्त चिन्ता के साथ चलने का प्रयास करनेवाले परिश्रमी पथिक मात्र थे। गन्तव्य का न उन्हें ज्ञान था, न जिज्ञासा। इसलिए वे जितना परेशान दिख रहे थे, उतना थे नहीं। सो तो ठीक है। पर मुझ गरीब को तो उन्होंने बुरी तरह झकझोर दिया। उनकी प्रश्नावली का पहला प्रश्न ही मेरी

वाणी रुद्ध कर गया। बादवाले प्रश्नों को तो मैंने देखा ही नहीं। पहला सवाल था—आपका जीवन-दर्शन क्या है?

जीवन-दर्शन? मैं शपथ-पूर्वक कह सकता हूँ कि इसके पहले मैंने कभी सोचा भी नहीं था कि मेरा भी कोई जीवन-दर्शन हो सकता है। सही बात तो यह है कि मुझे इस शब्द का अर्थ भी नहीं मालूम था। 'जीवन' भी थोड़ा-बहुत जानता हूँ और 'दर्शन' का नाम भी सुना है, पर 'जीवन-दर्शन' क्या पदार्थ है? सुना है कि पुराने ऋषि लोग तप करते थे, स्वाध्याय करते थे, श्रवण-मनन-निदिध्यासन से बुद्धि और मन के समस्त मलों को दूर करते थे। और इस प्रकार शुद्ध दृष्टि से चरम और परम सत्य का साक्षात्कार करते थे। वे जो कुछ देखते थे (दृष्टसत्य) उसे युक्ति से, तर्क से, शास्त्रीय प्रमाणों से पुष्ट करके जो कुछ कहते थे उसे 'दर्शन' कहते थे। ऐसी चीज़ को 'दर्शन' तो कहा ही जा सकता है। उनसे ही पूछा जाता तो शायद वे बता सकते कि उनके जीवन और उनके दर्शन का क्या सम्बन्ध था। पर ये मेरे सामने बैठे हुए अत्यन्त सुशील और सुसंस्कृत युवा मित्र साधारण मनुष्यों के जीवन-दर्शन जानना चाहते थे। साधारण मनुष्य के योग, तप और स्वाध्याय, मनन और ध्यान द्वारा निर्मलित आँख ही कहाँ कि वह सही-सही देख सके? वह क्या जाने कि दर्शन क्या पदार्थ है। और लोग जानते भी हों तो भी मैं तो नहीं जानता। मगर द्वार पर एक अत्यन्त प्रियदर्शन सुसंस्कृत सज्जन आए हैं और पूछ रहे हैं। उत्तर न देना अक्षम्य होगा। क्या उत्तर दूँ? अभ्यागत युवा सज्जन दयालु भी मालूम हुए। मैं बहुत-से सज्जनों से मिला हूँ। मेरा अनुभव है कि सभी सज्जन दयालु नहीं होते। कई बार तो वे नियम-कायदा-कानून का अनुवर्ती होने को दया से बड़ा गुण मानते हैं और साफ कह देते हैं कि आपके साथ मेरी सहानुभूति तो है पर नियम-कानून व्यक्तिगत सहानुभूति से कहीं बड़े हैं। अभ्यागत सज्जन ने मेरा असमंजस देखा और उन्हें दया आई। बोले, "तुरन्त उत्तर देना जरूरी नहीं है। बाद में सोचकर बता दीजिए।" एक हफ्ते का समय देकर वे चले गए। पर मेरी जान की साँसत बढ़ा गए। जरूर उनके सौजन्य और भव्य व्यक्तित्व ने मुझ पर मोहिनी डाल दी थी, नहीं तो इस प्रश्न का उत्तर खोजने के लिए मैं इतना व्याकुल क्यों होता? उनसे फिर मुलाकात नहीं हुई। लगता है, उन्होंने अधिक समझदार लोगों से पर्याप्त उत्तर संग्रह कर लिए और उनका विश्वविद्यालय उतने से ही सन्तुष्ट हो गया। जो भी हो, भगवान् उनका भला करें, मुझे तो वे मध्यकालीन साहित्य में पढ़े हुए 'सद्‌गुरु' के साक्षात् रूप ही जान पड़े—'सद्‌गुरु', जो शब्द की चोट मारकर व्याकुल कर जाता है। मुझे सचमुच शब्द की

चोट लगी। मैं व्याकुल हूँ। कौन है जो मेरी सहायता करेगा? कोई-न-कोई तो मिल ही जाएगा। खोजना चाहिए। पढ़ा भी है–'जिन खोजा तिन पाइयाँ!'

एक बड़े महात्मा के बारे में सुना करता था। उनकी तपस्या, उनका ब्रह्मचर्य, उनके व्रत-उपवास और सबसे बढ़कर उनकी अद्‌भुत सिद्धियाँ चर्चा का विषय थीं। जिस पर प्रसन्न हो जाते थे उसके लिए कुछ भी दुर्लभ नहीं होता था। कितने रोगी रोगमुक्त हो गए, कितने निराश आशा की ज्योति पा गए, कितने निःसन्तान पुत्र-सुख पाकर धन्य हो गए–इसकी कोई गिनती नहीं थी। उनको प्रसन्न करना ही कठिन समस्या थी। सोचा, उनसे ही सत्संग किया जाए, कुछ-न-कुछ वे जीवन-दर्शन का रहस्य बता ही सकते हैं। अगर नहीं बता सकेंगे तो कम-से-कम मुझे तो सन्तोष हो ही जाएगा कि मैं ही नहीं, बड़े-बड़े महात्मा भी इस रहस्य से परिचित नहीं हैं। और फिर इसी बहाने एक महान आत्मा से परिचय हो जाएगा।

हिम्मत करके उनके पास पहुँच गया। हिम्मत जरूरी थी। लोग बताते थे कि पहले तो वे भयंकर गालियाँ देते हैं। भक्त उनकी गालियों की चोट बर्दाश्त कर ले तो उनकी प्रसन्नता भी प्राप्त कर लेता है। लोग प्रायः बर्दाश्त कर लेते थे। कम लोगों को क्षुब्ध होते देखा गया था। मैं जब पहुँचा तो भीड़ लगी थी, बाबा अन्धाधुन्ध गालियों की बौछार कर रहे थे और लोग अविचल श्रद्धा के साथ सिर झुकाकर चोट बर्दाश्त कर रहे थे।

परीक्षा चल रही थी। एक बहुत ही शिष्ट प्रौढ़ व्यक्ति सबसे पीछे रहकर कुछ खिन्न भाव से भीड़ की ओर देख रहे थे। उन्होंने मुझे भी देखा और देखते ही समझ गए कि मैं नौ-गिरफ्तारों में हूँ। उन्होंने मुस्कराकर मुझे जब नमस्कार किया तो मैंने समझा कि वे मुझे पहचान रहे हैं। मैंने भी हाथ जोड़ लिए। परिचय न भी रहा हो तो अब हो गया। मेरे पास आकर उन्होंने कहा कि 'आप किस मनोरथ की पूर्ति के लिए आए हैं?' मैंने उन्हें बताया कि ज्ञानी और तपस्वी लोग ही मेरे मनोरथ को पूरा कर सकते हैं। मैं जीवन-दर्शन के बारे में बाबा से सत्संग की इच्छा से आया था। बाबा के मुँह से अनर्गल गालियाँ सुनकर हिम्मत खो बैठा हूँ। क्या इनके साथ सत्संग करने से मैं अपनी जिज्ञासा शान्त कर सकूँगा? आपकी क्या राय है?

मेरे यह नए मित्र मुझे एक ओर खींचकर ले गए। थोड़ा एकान्त में आकर वे खूब जोर से हँसे। बोले, "देखिए पंडितजी, बाबा कुपित ब्रह्मचर्य के रोगी हैं।

इनकी गालियों पर ध्यान न दें।''

मुझे लगा कि संसार में जानने योग्य बहुत-सी बातें हैं जिन्हें मैं नहीं जानता। अभी तक मेरी जानकारी में 'जीवन-दर्शन' नहीं था, और इसी बात से मैं परेशान था। अब देखता हूँ, 'कुपित ब्रह्मचर्य' की जानकारी भी मुझे नहीं है। कातर भाव से बोला, ''मेरे मित्र, मेरी भारी अल्पज्ञता पर ध्यान न दें। क्या आप मुझे बता देंगे कि यह कुपित ब्रह्मचर्य कौन-सा रोग है!'' अबकी बार वे और जोर से हँसे। इधर-उधर देखकर बोले, ''आप ही नहीं, बहुत सारे लोग इस रोग के बारे में कुछ भी नहीं जानते। बाबा ने इतना ब्रह्मचर्य पालन किया है कि अब वह पच नहीं पा रहा है। शर्करा (चीनी)-जैसी बढ़िया चीज़ भी जब पच नहीं पाती तो रोग पैदा कर देती है। यह तो और कड़ी चीज़ है। जो भी चीज़ नहीं पच पाती वह कुपित हो जाती है। कुपित शर्करा से कई गुना भयंकर होता है कुपित ब्रह्मचर्य। उसके रोगी बाबा को प्रत्यक्ष ही देख रहे हैं।''

मैं उनके मुँह की ओर टुकुर-टुकुर ताकता रहा। वे भी विनोद की मुद्रा में मेरी ओर देखते रहे। फिर बोले, ''मैं आपको पहचानता हूँ पंडितजी, आप इस शहर में ही परिचित नहीं, आस-पास के गाँवों में भी लोग आपको जानते हैं। मैं तो गाँव का ही रहनेवाला हूँ, पर आपको पहचानता हूँ। आप परम जिज्ञासु हैं और ज्ञानदान में परम कृपण। नाम तक आप नहीं बताते। आप निश्चित जानते हैं कि शास्त्रकारों ने बताया है कि अन्न से मन बनता है और तेज से वाणी। बाबा का मन विकृत नहीं हुआ है पर वाणी विकृत हो गई है। मन भी विकृत हो सकता था, पर बाबा ने दूषित या पापविद्ध अन्न नहीं खाया है, इसीलिए उनका मन अभी तक शुद्ध है। तेज अवश्य म्लान हो गया है। आपका प्रश्न तो शुद्ध मन से ही सम्बन्धित है, इसलिए आप सत्संग कर सकते हैं। मैं ही चक्कर में हूँ। समझ नहीं पा रहा हूँ कि मेरा मनोरथ इनके यहाँ सिद्ध हो सकेगा या नहीं, क्योंकि उसका सम्बन्ध तेज से हो सकता है और बाबा प्रतिक्षण वाणी का दुरुपयोग करके अपना तेज म्लान करते जा रहे हैं।''

मुझे यह आदमी ज्ञानी जान पड़ा। मैंने उपनिषदों में यह बात पढ़ी थी, पर मौके पर सूझी नहीं। सत्संग तो इसके साथ भी किया जा सकता है। मैंने विनम्र भाव से पूछा कि आप क्या अपने मनोरथ की बात बता सकते हैं। उन्होंने कहा–''आपसे कहने में क्या हर्ज है, लेकिन यहाँ नहीं बताऊँगा। आप यदि कृपा करके मेरी कुटिया पर चलें तो अवश्य बताऊँगा।''

मैंने उत्साह के साथ कहा, ''अवश्य चलूँगा।'' मन-ही-मन मैं सोच रहा था

कि बाबा के पास जाना ठीक नहीं है। उनका तेज ही म्लान हो गया है उसमें विवेक बचा ही कितना होगा! इस ज्ञानी सज्जन के घर ही चला जाए। लेकिन उसी समय एक आदमी भीड़ में से निकलकर आया और बोला कि 'बाबा आपको बुला रहे हैं, अभी कहीं जाइएगा नहीं।' मैं चकित रह गया। बाबा ने क्या मेरे मन की बात जान ली? मेरे नए मित्र भी कुछ चकित और कुछ लज्जित-से लगे। ऐसा मालूम हुआ कि उनके मन में भी मेरी ही तरह यह भाव आया कि बाबा अन्तर्यामी हैं। वे जान गए कि हमारे मन में उनके प्रति अश्रद्धा है। मेरी ओर देखकर बोले, "आप मिल आवें, मैं चलता हूँ।" बिना विलम्ब किए वे चलते बने। न मुझे याद रहा कि उनके घर का पता पूछ लूँ और न उन्हें ही याद रहा कि निमन्त्रित व्यक्ति को घर का पता भी बता देना चाहिए। वस्तुतः ऐसा जान पड़ता था कि वे चोरी करते पकड़ लिए गए हैं और जल्दी-से-जल्दी भाग जाने के सिवा उनके लिए अब कोई रास्ता नहीं रह गया है। देखते-देखते वे आँखों से ओझल हो गए, और मैं अपराधी की भाँति बाबा के सामने पहुँचा।

बाबा शान्त थे। भीड़ बहुत-कुछ छँट गई थी। जो लोग अब भी रह गए थे वे भी जाने की तैयारी में थे। शायद बाबा से मिलने का समय निश्चित था और यह बात सबको मालूम थी। इसीलिए लोग अब बिना कुछ कहे ही समझ गए थे कि आज अब बाबा को छोड़ना ही पड़ेगा। मुझे बाद में पता चला कि बाकी बचे लोगों को कल प्राथमिकता दी जाएगी।

मुझे बैठने की आज्ञा देकर उन्होंने उन लोगों की ओर देखा जो अभी तक वहाँ खड़े रह गए थे। उन्होंने सबको भगाया। भगाने की उनकी अपनी शैली थी। उनका सबसे मृदु सम्बोधन था—मूर्खनिपुण। सबसे कठोर सम्बोधन लिखा नहीं जा सकता। मगर अधिकतर लोग उनके भ्रूभंग मात्र से भाग खड़े हुए। अकेला मैं ही रह गया। कहीं बाबा मुझे भी किसी अप्रत्याशित सम्बोधन से सम्बोधित करके भगा न दें, यह आशंका मेरे मन में बराबर बनी हुई थी। लेकिन सबके चले जाने के बाद वे अत्यन्त शान्त मृदु वाणी में बोले, "कहो महाराज, आप कैसे इन मूर्खों की भीड़ में आए? आपके बारे में अभी कुछ लोगों ने बताया, उससे मुझे बड़ा आश्चर्य हुआ। आपको ही देखकर मैं कह सकता हूँ कि आप विद्वान् और तपस्वी पुरुष हैं। आप-जैसे लोग तो यहाँ आते नहीं। कैसे पधारना हुआ? मैं पहले ही समझ गया था कि आप यहाँ का दृश्य देखने के बाद ज्यादा देर नहीं टिकेंगे। इसीलिए आपको बुलवा लिया। भाग रहे थे न?"

मेरे मन में श्रद्धा और आश्चर्य दोनों एक ही साथ उदित हुए। हाथ जोड़कर

बोला, "आपको क्या बताना है? आप तो अन्तर्यामी हैं।"

बाबा जोर से हँसे, "यह आपको किस मूर्ख ने बता दिया! मैं अन्तर्यामी कैसे हो सकता हूँ? अन्तर्यामी तो जो है सो है।"

बाबा की हँसी से मेरा अन्तस्तल काँप उठा। क्या कहूँ, कुछ सूझा ही नहीं। सच्चे मूर्ख की तरह उनकी ओर मुलुर-मुलुर ताकता ही रह गया।

बाबा प्रसन्न थे—"सुनो महाराज, मैं आपकी मानसिक उलझन समझ रहा हूँ। आप-जैसे लोग जब मेरे पास आते हैं तो प्रायः इसी प्रकार की उलझन में पड़ जाते हैं। वे सोचते हैं कि यह बाबा कहानेवाला आदमी सचमुच कोई साधु है या पामर है। इतनी अनर्गल गाली बकनेवाला क्या साधु हो सकता है! ठीक कह रहा हूँ न, महाराज? आप भी ऐसा ही कुछ सोच रहे थे न?"

मैं अवाक् होकर बाबा की ओर देखने लगा।

वे फिर बोले, "साधु तो मैं सचमुच नहीं हूँ, पर एकदम लम्पट या पामर भी नहीं हूँ।" मैं आश्चर्य से बाबा को देख रहा था। जी में आया कि पूछूँ कि आप इतनी गालियाँ क्यों देते हैं, लेकिन कैसे पूछूँ, किस प्रकार कहूँ कि बाबा को बुरा न लगे, यही नहीं सोच पा रहा था। इस समय बाबा बिल्कुल शान्त, शिष्ट और सृजन दिखाई पड़ते थे। कौन जाने कुछ पूछने पर बुरा मान जाएँ और फिर उग्र रूप धारण कर लें! बुद्धिमान का अस्त्र मौन है। चुपचाप ताकता रहा। बाबा प्रसन्न भाव से मुस्कराए जा रहे थे। फिर स्वयं ही बोले, "मैं दीर्घकाल से आप-जैसे किसी सरल हृदय पंडित की प्रतीक्षा में था। आप वस्तुतः अपनी गरज से यहाँ नहीं आए हैं, मेरी कातर प्रार्थना पर द्रवित होकर भगवान् ने ही आपको यहाँ आने की प्रेरणा दी है। पंडितजी महाराज, मैं थक गया हूँ, व्याकुल हूँ। आप आ गए हैं, तो मेरे ऊपर कृपा करें, भाग न जाएँ!"

बाबा के चेहरे पर सचमुच कातरता के भाव आ गए थे। क्या देख रहा हूँ! बाबा का कौन-सा रूप सत्य है? वह रूप जिसे मेरे अज्ञात मित्र ने 'कुपित ब्रह्मचर्य का रोगी' कहा था या यह रूप जो हृदय पिघला देनेवाली कातर प्रार्थना से आकर्षक बन गया है? मेरे-जैसे किसी आदमी की इन्हें आवश्यकता क्यों होगी भला? आश्वस्त करने के लिए ही मैंने कहा, "मैं तो सत्संग करने की इच्छा से ही यहाँ आया था, पर इसके पूर्व का रूप देखकर घबरा गया था। अब आपका जो रूप देख रहा हूँ उससे भागने का प्रश्न ही कहाँ उठता है! मेरे योग्य कुछ सेवा हो तो निःसंकोच बताएँ। मैं आपके किसी काम तो शायद ही आ सकूँगा, पर आज्ञा होने पर कुछ प्रयत्न तो करूँगा ही।"

बाबा द्रवित लगते थे।

"कौन किसके काम आता है, महाराज! किसी के काम कोई कैसे आता है, कहा नहीं जा सकता। यह सदा एक रहस्य ही बना रहेगा। सीमित बुद्धिवाला मनुष्य कुछ-न-कुछ समाधान सोचा करता है, लेकिन यह समाधान केवल भाषा का खेल-भर होता है। उसका सचमुच कुछ मतलब होता हो, ऐसा नहीं लगता!" बाबा में थोड़ी स्फूर्ति आई। बोले, "यह जो भीड़ यहाँ आपने देखी है, इनमें अधिकतर सचमुच यह समझते हैं कि मैं उनके काम आता हूँ। थोड़ा शोक से, मानसिक तनाव से, पारिवारिक झमेले से हारे-थके मेरे पास आते हैं, गाली सुनते हैं और शायद कुछ मनोबल प्राप्त करके चले जाते हैं। कई आकर कह जाते हैं कि उनकी समस्या सुलझ गई; मुझे उनकी मूर्खता पर क्रोध हो आता है और फिर दो-चार उल्टी-सीधी सुना देता हूँ। न सुनाऊँ तो उन्हें सन्तोष नहीं होता। जानते हैं मैं ऐसा कब से और क्यों करने लगा? सुनकर आपको अच्छा शायद नहीं लगेगा। शायद आप समझेंगे कि मैंने जबर्दस्त पाखंड रचा है। समझिए। मैंने तो अपना जीवन-दर्शन एक प्रकार का बना ही लिया है..."

मैं आश्चर्य और उल्लास के साथ बीच ही में बोल उठा, "क्या कहा बाबा, जीवन-दर्शन! यही तो समझने के लिए मैं आपके पास आया था। कैसे कहूँ कि आप अन्तर्यामी नहीं हैं? बाह्य जीवन-दर्शन की खोज में ही तो मैं आया हूँ!"

बाबा ने कुतूहल और उत्सुकता से मेरी ओर देखा, "जीवन-दर्शन की खोज में आए हैं? आश्चर्य है। लेकिन मैंने तो आपको शुरू में ही बता दिया कि कोई किसी के काम आता नहीं, आ जाना पड़ता है। क्यों आ जाना पड़ता है, कोई नहीं जानता। मेरी बात पूरी सुन लें। शायद मैं आपके काम आ जाऊँ, उसी प्रकार जिस प्रकार इन दयनीय मूर्खों के काम आ जाता हूँ; और कौन जाने महाराज, आप भी मेरे किसी काम आ जाएँ?"